OU-OU

ELIF BATUMAN

Ou-Ou

Tradução
Odorico Leal

Copyright © 2022 by Elif Batuman

Grafia atualizada segundo o Acordo Ortográfico da Língua Portuguesa de 1990, que entrou em vigor no Brasil em 2009.

Título original
Either/Or

Capa
Flora de Carvalho/ Toda Oficina

Imagem de capa
Bosje weegbreezonnebloemen (*c.* 1900 - *c.* 1930), de Richard Tepe

Preparação
Allanis Carolina Ferreira

Revisão
Carmen T. S. Costa
Paula Queiroz

Dados Internacionais de Catalogação na Publicação (CIP)
(Câmara Brasileira do Livro, SP, Brasil)

Batuman, Elif
Ou-Ou / Elif Batuman ; tradução Odorico Leal. — 1ª ed. — São Paulo: Companhia das Letras, 2024.

Título original: Either/Or.
ISBN 978-85-359-3741-1

1. Ficção norte-americana I. Título.

24-196519 CDD-813

Índice para catálogo sistemático:
1. Ficção : Literatura norte-americana 813

Cibele Maria Dias – Bibliotecária – CRB-8/9427

Todos os direitos desta edição reservados à
EDITORA SCHWARCZ S.A.
Rua Bandeira Paulista, 702, cj. 32
04532-002 — São Paulo — SP
Telefone: (11) 3707-3500
www.companhiadasletras.com.br
www.blogdacompanhia.com.br
facebook.com/companhiadasletras
instagram.com/companhiadasletras
twitter.com/cialetras

E não é uma vergonha e uma lástima que escrevam livros que desorientam as pessoas e as enfastiam da vida ainda no começo, em vez de ensiná-las a viver?

Søren Kierkegaard, *Ou-Ou*

Sumário

PARTE I
Setembro de 1996

A primeira semana

Já estava escuro quando cheguei a Cambridge, arrastando a mala da minha mãe pela ruazinha de pedras que dava no rio. Riley ficou indignada quando nos mandaram para o Mather e não para um dos edifícios históricos com tijolos cobertos de hera, onde rapazes antigamente moravam rodeados por servos. Mas eu não estava interessada em história, então achei ótimo que os quartos de lá fossem individuais e que ninguém precisaria quebrar a cabeça para decidir como dividir pacificamente uma suíte assimétrica onde no passado pessoas viveram com servos.

Ivan e eu não nos falávamos desde julho, quando nos despedimos num estacionamento às margens do Danúbio. Não salvamos o número um do outro, já que ambos estaríamos viajando; além disso, nunca fomos de conversar muito pelo telefone. Mas não tinha dúvidas de que, assim que voltasse para a universidade, encontraria um e-mail dele explicando tudo. Afinal, não era possível que não houvesse uma explicação, ou que a explicação viesse de outra pessoa, ou que chegasse até mim de outra forma que não por e-mail, já que era assim como tudo sempre tinha acontecido entre nós.

O Mather parecia uma nave alienígena: impregnável; antigo e futurístico ao mesmo tempo; reunindo suas forças. Segurei minha carteirinha na frente do visor e a porta para a sala de computadores se abriu. Lembrei de um livro que li em que uma mulher se olhava no espelho depois de sete anos em um gulag, e o rosto que o espelho refletia não era o dela, mas o de sua mãe. Na mesma hora eu percebi como era vergonhoso, pretensioso e estúpido da minha parte, uma estudante universitária americana que não abria o e-mail havia três meses, me comparar com uma prisioneira política que tinha passado sete anos no gulag. Mas era tarde demais — o pensamento já tinha me ocorrido.

Digitei a senha errada duas vezes, até acertar. Informações pularam na tela — primeiro sobre o próprio computador e os diferentes protocolos que ele usava, depois sobre quando e onde o sistema tinha me visto pela última vez, até surgir a frase que enviou uma descarga elétrica para o meu coração: Você recebeu uma nova mensagem.

O nome de Ivan estava ali, como eu sabia que estaria. Mas, antes de ler a mensagem até o final, dei uma olhada geral para conferir o tamanho e o assunto. Logo de cara percebi que tinha alguma coisa errada. Algo está errado, li. Reparei nas palavras "chocado" e "monstro": Estou muito chocado por você me ver como um monstro, dizia. Eu sei que você não vai acreditar em nada do que eu disser. E: Espero que você me diga por que sou tão horrível, para que eu possa me defender.

Precisei reler tudo duas vezes até entender que era de três meses atrás. Ivan tinha mandado em junho, em resposta a um e-mail furioso que enviei antes de ir embora. Tecnicamente, essa resposta tinha sido invalidada por todas as coisas que aconteceram entre nós nesse meio-tempo. Mas ainda parecia um posicionamento novo e final da parte dele, pois, embora houvesse várias outras mensagens na caixa de entrada, nenhuma era de Ivan. Ele não tinha mandado nada desde aquele dia no estacionamento — desde que me deu um abraço bem apertado, entrou no carro e foi embora.

Quase todos os outros e-mails também eram de meses atrás e estavam tão desatualizados quanto. Um do Peter dizia Preciso urgente saber o horário de chegada do seu voo em Budapeste; outro, da Riley, perguntava se era ok se a gente se candidatar à residência coletiva para fugir do Mather. Só duas mensagens eram dos últimos dias. Uma dizia que eu precisava ir encontrar o funcionário do auxílio financeiro o quanto antes. A outra, do novo presidente da Associação de Estudantes Turcos, explicava que alguém tinha encontrado uma loja em Brookline que vendia *pastırma* à moda de Kayseri: um tipo de carne curada que algumas pessoas diziam ser etimologicamente próxima do pastrami. Então, se você gosta de *pastırma* à moda de Kayseri, dá uma passada lá, concluía a mensagem.

Fechei o e-mail e usei o terrível comando *finger* para descobrir por onde Ivan andava. Duas horas atrás ele havia logado em Berkeley. Então ele estava lá. Só não me escrevia.

Svetlana chegou no dia seguinte, mas minha impressão era a de que muitos anos haviam se passado. Eu já tinha dormido uma noite inteira no meu quarto novo, tomado café da manhã e almoçado no refeitório e feito inúmeras viagens de ida e volta ao depósito, tendo sempre a mesma conversa: "Como foi seu verão?", "Como foi seu verão?", "Como foi na Hungria?" O caráter vago das minhas respostas me incomodava, mas eu ainda não sabia o que dizer.

No almoço, Lakshmi seguiu na mesma linha, com um ar conspiratório: "E a Hungria, como foi? Aconteceu alguma coisa?". Apesar da forte sensação de que muitas coisas tinham, sim, acontecido, respondi o que eu sabia que Lakshmi queria descobrir: nada tinha acontecido.

Naquela noite, Svetlana me fez a mesma pergunta quando nos encontramos no apartamento alugado dela que tinha cara de depósito na nova Quincy House. Sentadas em grandes pufes debaixo de um pôster de Edward Hopper, falamos sobre tudo o que tinha acontecido com a gente desde a última vez que nos encontramos — eu numa cabine telefônica na estação de trem de Kál, e ela na casa da avó em Belgrado. Contei que telefonei para Ivan em Budapeste, que ele apareceu com uma canoa e que conversamos a noite toda na casa dos pais dele.

"Aconteceu alguma coisa?" Sua voz era mais relaxada e divertida do que a de Lakshmi, mas a intenção era a mesma.

"Bem, *aquilo* especificamente não aconteceu", respondi.

"Ai, ai, Selin."

Quando Ivan me falou pela primeira vez sobre o programa de verão na Hungria, ele me disse para pensar bem, pois não queria me forçar a nada. Svetlana disse que, caso eu topasse ir, Ivan tentaria transar comigo. Eu nunca tinha pensado nessa possibilidade. Eu sonhava com ele o tempo inteiro, imaginando diferentes conversas que poderíamos ter, como Ivan me olharia, tocaria meu cabelo, me beijaria. Mas nunca pensei em fazer sexo. O que eu sabia sobre "transar" não tinha nada a ver com o que eu queria ou tinha sentido.

Eu já tentei várias vezes usar absorvente interno. Meninas mais velhas ou mais sofisticadas falavam deles como sendo itens mais libertários e feministas do que os tradicionais. "Coloco um lá e esqueço dele." Eu não entendia muito bem que isso implicaria que as outras pessoas pensavam constantemente sobre seus absorventes comuns, mas tudo bem. De tempos em tempos, eu dava outra chance ao interno e era sempre a mesma coisa. Não importava a direção em que eu empurrasse o aplicador ou quantos ângulos eu testasse, o resultado era sempre uma dor eletrizante que me cegava. Eu lia e relia as instruções. Claramente estava fazendo alguma coisa errada, mas o quê? Era preocupante, ainda mais porque eu tinha certeza de que um cara — que Ivan — seria maior do que um absorvente interno. Mas nesse ponto meu cérebro já não conseguia imaginar nada, a coisa tornava-se impensável.

Svetlana insistiu que eu refletisse. "Você não vai querer chegar lá sem ter pensado sobre o assunto." Era verdade. Mas, no fim, não tinha muito o que pensar. Era óbvio que, caso Ivan tentasse transar comigo, eu deixaria. Talvez ele conseguisse me explicar onde eu estava errando e a coisa toda não fosse tão terrível quanto colocar um absorvente interno.

Mas ele não tentou, e em todas as noites que ficamos sentados juntos até tarde, só conversamos. Daí no fim de julho ele foi para a Tailândia, e eu fiquei mais dez dias no vilarejo, cercada por pessoas que não eram ele. Uma curiosidade: de certa forma eu tinha ido para a Hungria querendo compreender melhor quem era Ivan, pois ser húngaro era uma parte importante de sua vida. Então fiquei meio perplexa quando percebi, lá nos vilarejos, que, apesar da sua origem húngara ser uma grande parte de Ivan, ele mesmo era apenas uma pequena parte da Hungria. Claro que eu sabia que a Hungria era todo um país, lar de milhões de pessoas que nunca tinham conhecido Ivan e que não sabiam nada sobre ele, mas pelo jeito eu não tinha assimilado isso tanto assim, pois fiquei surpresa do mesmo jeito.

Foi aí que me perdi na história que eu estava contando — a história da minha vida?

* * *

A viagem de Svetlana para Belgrado — seu primeiro retorno desde a guerra — tinha sido boa, provavelmente graças à longa preparação com o psiquiatra. Só teve um momento, na loja que ficava debaixo do apartamento de sua avó, que ela deixou cair uma moeda e, quando abaixou para pegar, lembrou com horror do dia em que uma garrafa de leite se espatifara naquele mesmo azulejo. Ela não lembrava o que mais tinha acontecido, ou o que tinha sido tão terrível na situação. Só lembrava do vidro se estilhaçando irreparavelmente em todas as direções e a poça de leite se espalhando como uma mão diabólica sobre os azulejos sujos.

"Leite derramado", Svetlana sussurrou. "Às vezes eu queria que meu subconsciente fosse um pouco mais original."

Eu queria saber mais, mas o interesse de Svetlana estava menos em Belgrado do que na floresta de onde tinha acabado de chegar, em que atuou como líder em um programa de pré-orientação para calouros. Eu vivia esquecendo da existência dos programas de pré-orientação para calouros. Além dos de campo, havia também os de arte e outro de serviços comunitários para ajudar a construir casas para os menos privilegiados. Era preciso pagar por esses programas — mesmo o de construção de casas —, então nunca nem pensei em me inscrever em nenhum deles. Mas Svetlana tinha feito o programa de campo como caloura e havia tido uma experiência profunda, ligada ao sublime.

Enquanto a ouvia, eu ficava dividida entre acreditar que ela tinha vivido algo de fato especial e me sentir completamente alienada. Ela descrevia os laços intensos que criara com os calouros — que pareciam bem entediantes — por meio de exercícios de confiança, jogos e atividades criadas ao longo dos anos justamente para aquele propósito. Ela não parecia se incomodar, como eu me incomodaria, com a ideia de que aquela experiência tinha sido projetada *para* você — para você se sentir de um jeito específico.

Um papel cada vez mais importante na história de Svetlana era desempenhado pelo outro líder, Scott. Cada grupo tinha dois líderes, um menino e uma menina. Eu até entendia que devia ser empolgante dividir com um garoto uma missão que demandava coordenação, debates e responsabilidades. Ao mesmo tempo, era um pouco sinistro que todos ficassem tão investidos nessa encenação de papai e mamãe de acampamento. Será que eu só me sentia assim porque meus pais eram divorciados?

Scott, que gostava de bluegrass e filosofia zen, parecia aquele tipo de superamericano sem sal que sempre achava Svetlana hilária. Por algum motivo, esses caras nunca pareciam gostar de mim. Quando ela chegou à parte em que contava que Scott era mais velho e tinha namorada, seu tom de voz dava a entender que evitava a comparação com Ivan ou se referia ironicamente a ela, imediatamente óbvia para nós duas. Toda hora ela enfatizava como sua relação com Scott era única por causa do contexto em que viveram lá, já que eles tinham que confiar completamente um no outro, conhecer o corpo um do outro, se ajudar mutuamente a enfrentar diferentes obstáculos naturais e artificiais, carregando as coisas de que seus corpos necessitavam para sobreviver naquela vastidão, envolvidos dia e noite pela beleza insondável da natureza.

Na última noite juntos, Scott perguntou a Svetlana: "Como posso desistir de ter você na minha vida?". Svetlana disse que talvez fosse melhor que aquela proximidade entre os dois acabasse ali mesmo, pois ela nunca tinha se sentido tão viva e intensa quanto naquela floresta. "Eu disse a ele: 'Posso ser bem *maçante* no inverno'" — Svetlana costumava marcar os termos pouco usuais — "'e eu detestaria desapontar você".

"Não precisa falar assim, isso de me desapontar", Scott respondeu. "Não é como se estivéssemos namorando."

Por que me senti arrasada? Svetlana só estava citando uma coisa que Scott falou pra ela. Não tinha nada a ver comigo, e a própria Svetlana não parecia chateada.

Svetlana e eu estávamos sentadas em seu quarto lendo o catálogo de cursos. Era um livro mágico. Todo o conhecimento humano estava ali, escondido por trás da categorização. Era como em *Dos arquivos misturados da sra. Basil E. Frankweiler*: a resposta para a questão decisiva — se a estátua era ou não de Michelangelo —, que determinaria o valor de tudo que havia acontecido, estava naqueles ficheiros, bastava que as crianças a encontrassem, mas para isso precisavam adivinhar qual era o ficheiro.

Fiquei com a impressão de que havia alguma coisa errada no jeito que os departamentos e as graduações eram organizados. Por que os diferentes ramos da literatura eram categorizados pela geografia e pelo idioma, enquanto as ciências eram categorizadas por níveis de abstração ou pelo tamanho do objeto de estudo? Por que a literatura não se classificava pelo número de palavras? Por que as ciências não eram divididas de acordo com os países? Por que havia um departamento só de religião, em vez de estar junto com filosofia ou antropologia? O que fazia uma coisa ser religião e não uma filosofia? Por que a história dos povos não industriais era estudada na antropologia e não na disciplina de história? Por que os assuntos mais importantes só eram abordados indiretamente? Por que não havia um departamento do amor?

Antes mesmo de perguntar pra Svetlana eu já sabia que ela defenderia o sistema de departamentos — mas como? Eram categorias claramente arbitrárias, pensadas por um cara qualquer.

"Bem, é óbvio que são arbitrárias", Svetlana disse, "pois são categorias históricas, não categorias formais." Ela explicou que o catálogo de cursos era uma relíquia de como o conhecimento humano havia sido dividido em disciplinas desde a Grécia antiga. Não dava para separar o conhecimento da história de como ele havia sido concebido ou organizado, de forma que aquele era o modo mais relevante de estudá-lo: dividido em categorias historicamente determinadas. Mesmo tendo ficado impressionada com a inteligência de Svetlana, discordei dela. Para mim, tínhamos de reescrever as categorias e descobrir outra organização, não apenas aceitar a que herdamos por acaso.

Em geral, eu desconfiava das opiniões de Svetlana em relação a influências históricas e a outros tipos de influências. Ela vivia pensando na influência que seus pais exerciam sobre ela. E não só ela. Metade das pessoas em Harvard começava a falar de como eram influenciadas pelos pais depois de cinco minutos de conversa.

Diziam que essa obsessão com os pais era universal, mas eu não me sentia assim. Quando estudamos *Hamlet* na escola, quase morri de impaciência. Tudo o que eu queria era sair de casa — e Hamlet tinha feito exatamente isso, foi para a universidade, mas *voltou*! Para quê? Para se meter num drama tosco envolvendo a vida sexual da própria mãe? Só porque o pai mandou que ele o fizesse, num vômito interminável de autopiedade moralizante em que não dizia nada para ou sobre Hamlet, tagarelando sem parar sobre como o luxo andava rondando o lixo? E nisso Hamlet saía por aí fazendo comentários sarcásticos sobre a mãe? Eu não tenho paciência para gente assim.

Na primavera passada, meses antes do prazo para definir nossas especialidades, Svetlana pediu conselhos para os pais e para outras pessoas mais velhas. Seu pai tinha se recusado perversamente a dar qualquer orientação, dizendo: "Eu não tenho como conhecer você melhor do que você se conhece". Isso era típico do pai de Svetlana. Ele obviamente tinha uma opinião, mas queria ensinar uma lição a ela. Sua mãe disse: "Pergunte a Gould". Referia-se a Stephen Jay Gould. Ela tinha se consultado com ele uma vez e os dois tiveram uma conversa de duas horas sobre a queda do homem. "Como eu te invejo nesse mar de escolhas", disse a mãe de Svetlana. "Queria estar no seu lugar. Estou tão feliz por você que às vezes até choro."

Svetlana estava fingindo que não tinha escolhido todas as disciplinas, mas era óbvio que já tinha. Nós duas cursávamos Russo intensivo, indispensável se você tivesse qualquer esperança de ler um livro de verdade em russo antes de terminar a graduação. Russo intensivo contava como dois créditos. Se acrescentasse uma matéria obrigatória e um tutorial dentro de sua graduação principal, chegava-se às quatro, uma carga horária completa.

Mas como eu faria uma disciplina extra, podia escolher alguma coisa mais livre. Eu não entendia por que mais gente não cursava uma quinta disciplina, já que não ficava mais caro. Só era necessário preencher uma "petição" e conversar com o reitor. Claro, esses encontros nunca eram agradáveis. Por trás da expressão tensa de um reitor, dá para ver que no fundo ele acha que tudo o que você diz é sinal de imaturidade ou inconsequência. Mas, por alguma razão, as leis do universo dos reitores não permitem que eles te contrariem abertamente. A única coisa que eles podem fazer é sorrir de forma fixa, tentando te convencer a não cursar tantas coisa ao mesmo tempo. E, se você sorri fixamente de volta por tempo suficiente, no fim eles acabam assinando a petição.

Abri o catálogo numa página aleatória.

LITERATURA COMPARADA 140: ACASO

"Uma quantidade incalculável do esforço do homem visa a combater e limitar os incômodos ou perigos representados pelo acaso", escreve Carl Jung em seu prefácio ao *I Ching*. Consideraremos tentativas de artistas e pensadores modernos no sentido de redirecionar esse esforço, valendo-se do acaso como uma práxis artística, um condutor para o subconsciente, uma fuga das limitações da memória e da imaginação. [...]

Meu coração acelerou quando descobri que tinha uma disciplina de literatura sobre o acaso, principalmente quando cheguei à parte que dizia que "os tópicos incluem o flâneur e a caminhada aleatória como sítio paradigmático da experiência urbana". Acaso e probabilidade era o que Ivan tinha ido estudar na Califórnia, e sua tese era justamente sobre caminhadas aleatórias! Já flâneurs eram uma coisa de que as pessoas da literatura falavam. Nunca entendi o porquê: elas só apontavam para alguém e diziam "é um flâneur", ou "é um voyeur", e aquilo parecia bastar. Eu sabia que os flâneurs andavam por aí e que os voyeurs observavam as coisas. Isso por si só não me parecia muito interessante, e eu também não sabia por que caminhadas aleatórias seriam um objeto de estudo relevante. Será que essas coisas estavam de alguma forma relacionadas?

No fim da descrição estava escrito que os tópicos discutidos incluiriam "as estratégias surrealistas de André Breton em *Nadja*", e isso também me pareceu um sinal, pois *Nadja* muitas vezes chamou a minha atenção no quarto de Svetlana: um livro leve, com uma capa bem minimalista e fotografias em preto e branco no meio do texto. Teve uma vez que, esperando Svetlana sair do banho, li as primeiras linhas: "Quem sou eu? Se eu fosse depender excepcionalmente de um provérbio, talvez tudo se resumisse a saber 'com quem eu ando'". O resto do parágrafo se prolongava por muitas páginas, mas parecia menos interessante do que pensar sobre "com quem eu andava".

"É bom?", perguntei, segurando o livro, quando a porta se abriu e Svetlana apareceu, toda rosa, com o cabelo enrolado na toalha.

Ela pareceu pensativa. "Não sei se você iria gostar. Pode pegar emprestado se quiser."

Fui à última página. Dizia: "A beleza será CONVULSIVA ou não será nada".

"Talvez outro dia", eu disse, colocando o livro na prateleira.

Uns meses depois, Ivan me mandou um longo e-mail sobre Fellini e palhaços, e a última linha era: A beleza, diz Breton, será convulsiva ou não será nada. Resolvi dar outra olhada em *Nadja* na próxima vez que eu fosse ao quarto de Svetlana, para conferir se na história tinha alguma pista que me ajudasse com os palhaços. Mas o ano escolar acabou sem que eu tivesse a chance de esperá-la em seu quarto enquanto xeretava seus livros.

Agora já estávamos em prédios diferentes, e logo moraríamos ainda mais longe uma da outra, Svetlana se casaria, e eu nunca mais a esperaria no quarto. Quão mágico e breve havia sido morarmos todos tão perto, entrando e saindo dos quartos uns dos outros, tendo como principal tarefa resolver mistérios. A efemeridade de tudo tornava ainda mais crucial fazer a coisa certa — seguir as pistas certas.

Era empolgante fazer uma curva dentro da livraria, passando da seção de Informática para a de Literatura comparada, e ver os livros grossos cederem lugar a outros de tamanho normal, com capas interessantes, que talvez alguém de fato lesse na vida. Só que os livros para a disciplina de Acaso tinham uma frieza desconcertante. Será que eu iria gostar? Os livros de que eu gostava normalmente eram longos, com um monte de descrições de móveis, contavam a história de alguém se apaixonando e em geral tinham pinturas horrorosas do século XIX na capa. Os livros de Acaso eram aqueles fininhos e bonitos com margens largas que eu nunca tinha vontade de ler: livros experimentais ou híbridos ou pós-modernos ou líricos. Por que os livros de poemas eram tão caros, se tinham tão poucas palavras? Como *As flores do mal* podia custar trinta dólares? Abri numa página aleatória: "Don Juan nos infernos". "Mulheres, seios murchos e roupas rasgadas,/ Contorciam-se sob o negro firmamento;/ Tal rebanho de vítimas ali ofertadas,/ Arrastavam por trás dele um mugido lento." Não entendi. Por que eram as *mulheres* que estavam no inferno? Trinta dólares?

Foi aí que notei um volume enorme dos Clássicos da Penguin com uma pintura do século XIX porcamente reproduzida na capa. No medalhão em preto e branco, lia-se:

SØREN KIERKEGAARD

OU-OU
Um fragmento da vida

Peguei uma cópia usada — de sete dólares e noventa e nove centavos — e li o texto da contracapa: "Dessa forma, ou vivemos esteticamente, ou vivemos eticamente".

Meu coração batia acelerado. Existia um livro sobre isso?

A primeira vez que vi a expressão "vida estética" foi no ano passado, numa disciplina chamada "Mundos construídos". Estávamos lendo um romance francês intitulado *Contra a natureza*

— sobre o herdeiro degenerado de uma família nobre que ia para o campo e se dedicava a projetos "decadentes": cultivar orquídeas que pareciam carne ou, de modo mais geral, tentar fazer com que certos objetos orgânicos e inorgânicos ficassem parecidos. No fim do livro, eu não tinha uma opinião concreta sobre o que o personagem tinha feito. Mesmo assim, achei a *ideia* de uma vida estética incrivelmente instigante. Foi a primeira vez que ouvi falar de um propósito de vida que não fosse ganhar dinheiro e ter filhos. Ninguém nunca dizia que essa era sua meta pessoal, mas desde pequena eu percebia que os adultos agiam como se tentar chegar a algum lugar ou alcançar qualquer coisa fosse um sonho fútil, um luxo, comparado ao verdadeiro trabalho que era ter filhos e ganhar dinheiro para sustentar esses filhos.

Ninguém nunca explicava o que havia de tão admirável em ter filhos ou por que todo mundo devia seguir esse caminho. Se você por acaso perguntasse por que tal pessoa tinha tido um filho, ou por que esse filho era uma coisa boa, elas consideravam isso uma blasfêmia — parecia até que você estava dizendo que tal pessoa ou o filho dela devia morrer. Era como se não desse para querer saber de onde tinha vindo o plano sem sugerir a morte de alguém.

Certo dia, bem no comecinho da nossa amizade, Svetlana me disse do nada que achava que eu queria viver uma vida estética e que isso era a nossa maior diferença, pois ela queria viver uma vida ética. Não entendi por que essas duas categorias tinham de se opor e por um momento fiquei encucada, com medo de ela pensar que eu não via problema em trapacear ou roubar. Mas na verdade não era isso: ela queria dizer que eu me arriscava mais e me importava mais com questões de "estilo", já ela se interessava mais por história e pelas tradições.

O "ético e o estético" logo se tornaram o recorte que usávamos para falar sobre nossas diferenças. Quando se tratava de fazer amizades, Svetlana gostava de estar cercada de pessoas confiáveis e entediantes que potencializavam o seu jeito de ser. Enquanto eu me interessava mais por pessoas não confiáveis que me proporcionavam experiências ou impressões diferentes. Svetlana gostava de disciplinas introdutórias, "dominando" o básico antes de ir para o nível seguinte, tirando sempre dez. Eu tinha horror a ficar entediada, então preferia cursar disciplinas bem específicas com nomes interessantes, mesmo quando eu não tinha os pré-requisitos necessários e nem entendia o que estava acontecendo. Dava para ver por que meu jeito podia ser chamado de estético. Só não era tão claro pra mim por que a abordagem de Svetlana era a ética, embora parecesse, de fato, mais "responsável" e obediente.

De certa forma, aquilo parecia ter a ver com o fato de que Svetlana era próxima do pai, e era dele que ela herdara o gosto por ler e debater questões filosóficas e éticas. Eu me via nisso também. Quando era pequena, meu pai e eu ficávamos fins de semana inteiros passeando de carro pelo interior de Nova Jersey, só nós dois, às vezes parando para colher maçãs nas fazendas ou observar pássaros na reserva natural — mas, na maior parte das vezes, ficávamos no carro ouvindo música clássica, falando sobre ética, moralidade e o sentido da vida. Eu amava aquelas conversas. Mas, agora, a palavra "ética" me deixava impaciente.

Quando parava pra pensar em que momento as coisas tinham mudado, lembrava de uma noite quando eu tinha dez anos. Estava no meu quarto fazendo a lição de casa quando meu pai apareceu e propôs que fizéssemos um de nossos longos passeios, mesmo que fosse dia de semana. No carro, meu pai perguntou se eu concordava com ele que, eticamente, não havia nada pior do que a traição, e que as mulheres eram particularmente inclinadas a trair. Clitemnestra, por exemplo, traiu Agamemnon assim que ele pôs um pé para fora da banheira, cumprindo assim a profecia de que Agamemnon não morreria nem na terra nem no mar.

Só fiquei sabendo que Agamemnon tinha matado a própria filha como sacrifício para a Guerra de Troia quando Svetlana me contou. A raiva de Clitemnestra era por isso. Eu não queria pensar nessas coisas, e aquilo não me serviria de nada.

De acordo com a contracapa, a primeira parte de *Ou-Ou* tratava da vida estética, incluindo uma novela chamada "O diário de um sedutor". A segunda era sobre a vida ética e era composta de algumas cartas de um juiz sobre o casamento.

Então a vida ética *estava*, de fato, relacionada a se casar. Ficava implícito em minha amizade com Svetlana que, enquanto ela desejava "uma relação estável" e ter filhos algum dia, eu queria ter experiências amorosas interessantes sobre as quais eu poderia escrever. Svetlana não parecia gostar da sua vida familiar mais do que eu gostava, mas no caso dela isso a inspirava a fazer tudo diferente, isto é, a fazer bem todas as coisas que seus pais tinham feito mal. Eu, por outro lado, achava que meus pais tinham sido condenados ao fracasso desde o início; não me imaginava saindo melhor do que eles.

A contracapa de *Ou-Ou* não dizia qual dos dois tipos de vida era superior, o que não me surpreendeu. Tudo que dizia era: "Kierkegaard quer que escolhamos uma das alternativas? Ou somos devolvidos à ideia existencialista da escolha radical?". Era muito provável que aquilo tivesse sido escrito por um acadêmico. Sempre reconheço o prazer característico dos acadêmicos em não transmitir informação nenhuma. Ainda assim, comprei um exemplar — junto com um livro usado de *Nadja*. Eu tinha a sensação de que era possível que um daqueles livros — ou ambos — mudasse a minha vida.

Eu ainda estranhava vez ou outra que Svetlana e eu não fôssemos mais colegas de quarto. Falamos sobre isso na primavera. "Das minhas amizades, a nossa é definitivamente a mais estimulante", ela disse, "mas eu poderia me sentir ameaçada morando com alguém que não tenha uma personalidade mais fraca do que a minha." Svetlana era a única pessoa que eu conhecia que falava assim tão francamente. Só de pensar eu tinha vergonha, imagina falar que me sentia ameaçada pela força da personalidade das outras pessoas. Eu nem teria admitido que não achava que todas as pessoas eram iguais nesse aspecto. Mas, assim que Svetlana falou aquilo, tudo pareceu óbvio e nem um pouco controverso. Ela mesma tinha uma personalidade mais forte do que a de qualquer pessoa que eu conhecia — muito mais que a minha. Ela jamais passaria o verão numa nação europeia periférica, com tão pouca conexão com o próprio passado ou com as grandes edificações da cultura e da história ocidentais. Por que, então, ela disse que minha personalidade era mais forte? Concluí que ela quis ser educada — para que eu não me sentisse mal por ela não querer morar comigo.

Ao mesmo tempo, quando eu pensava sobre suas colegas de quarto no primeiro ano de faculdade — e que agora moravam no mesmo bloco que ela —, eu via que a dinâmica delas parecia depender do consenso de que Svetlana tinha a personalidade mais forte. Elas eram as espectadoras que encorajavam Svetlana, numa espécie de troca feudal por proteção, tutelagem e entretenimento. Onde eu me encaixaria nisso? Eu não me imaginava recrutando Dolores e Valerie para me seguirem, assim como não me via me juntando a elas para seguirmos Svetlana. Não conseguia me ver chamando nossos bichinhos de pelúcia pelo nome ou me revezando com elas para levar Guthrie, o ornitorrinco, para as provas. Por que Svetlana preferia fazer esse tipo de coisa do que passar tempo comigo?

Quando Riley me chamou para morar com ela, eu concordei na hora, embora não a conhecesse muito bem. Riley era a pessoa mais cabeça-dura que eu conhecia — e também a mais engraçada. Seus melhores amigos — Oak, Ezra e Lucas — eram homens e "levavam comédia a sério". Contar piadas — assim como discutir e jogar pingue-pongue — era uma das muitas atividades supostamente casuais e não profissionais que, na faculdade, revelavam-se disciplinas técnicas e rigorosas que algumas pessoas estudavam dia e noite e encaravam como uma possível carreira competitiva.

Quando me sentei junto com eles na lanchonete — Riley, empertigada e contida como um gato; os outros três com seus longos braços e pernas espalhados por todos os lados em cima e embaixo da mesa, todos soltando piadas, desdobrando-as mais do que eu achava possível, tentando achar ramificações como pontos indiscutíveis de uma lei —, me vi obrigada a ficar próxima dessas pessoas, tanto para amortecer os altos e baixos da vida como para aprender como elas faziam aquilo.

Se já era difícil imaginar Svetlana tendo uma conversa com Riley, o que dirá morando com ela. Era ainda mais difícil imaginar Ivan conversando com Riley, embora isso tivesse acontecido uma vez, na primavera, quando Ivan apareceu misteriosamente na lanchonete dos calouros. Era uma das muitas coisas que ele parecia ter feito só para me confundir.

"O que você está fazendo aqui?", perguntei.

"Eu estava no Centro de Ciências e não tive tempo para voltar para casa. Então resolvi passar aqui para ver se encontrava *você*."

"Mas eu vou encontrar uma amiga."

"Posso comer com você e com a sua amiga?"

Eu o levei até nossa mesa sentindo um desespero crescente. "Essa é minha amiga Riley", eu disse. "Esse aqui é o Ivan."

"Oi", Riley disse.

"Oi", Ivan respondeu.

Eu sentei de frente para Riley, e Ivan sentou do meu lado. Riley olhava de rabo de olho para Ivan, que cortava vigorosamente um bife Salisbury, algo que ela jamais comeria. Então Oak, Ezra e Lucas apareceram, parecendo não três, mas cinco pessoas. Não paravam de sentar e levantar, trocando de lugar e pegando coisas. Estavam rindo de um conhecido, Morris. Riley contou que uma vez ela pegou um pente que pertencia ao tal Morris, o pente partiu ao meio e ela comprou um novo para ele. Ela achou que tinha sido responsável e generosa, pois não havia feito nada com o primeiro pente, ele só quebrou sozinho. Mas Morris não aceitou o novo e disse, cheio de raiva: "Eu tinha esse pente há quinze anos!". Tudo naquela história, incluindo a autodestruição espontânea do pente, era extremamente característico de Morris.

"Quinze anos atrás você tinha três anos. Você mal tinha cabelo", Riley disse, dirigindo-se a um Morris imaginário.

"Talvez o pente fosse como o relógio em *Pulp Fiction*", sugeriu Ivan.

Oak, filho de hippies, olhou fixamente para Ivan com seus grandes olhos azuis, meio assustadores, e parafraseou: "Meu pai escondeu aquele pente no rabo por quinze anos!".

Esse novo fato, referente ao pai de Morris esconder o pente no rabo por quinze anos, foi aceito sem mais comentários, estabelecendo um consenso. Admirei a capacidade de Ivan de fazer uma piada tão próxima do espírito de Riley e de seus amigos, prontamente assimilada.

O bloco onde Svetlana morava acabou ficando com seis judeus ortodoxos, pois ela tinha cursado uma disciplina de Raciocínio moral com o membro alfa do grupo ortodoxo, Dave. Os dois fundiram seus grupos, como num casamento dinástico. Dave era da nossa idade, mas tinha uma barba castanha cheia e uma voz de locutor de rádio. Ele e Svetlana eram os mais falantes da sala e muitas vezes debatiam por horas sem parar — debates que, segundo Svetlana, tinham "uma intensidade quase sexual". Svetlana dizia que se considerava uma pessoa formada pelo pensamento clássico, tal como redescoberto pelos cristãos na Renascença, já Dave se apoiava em um sistema talmúdico de interrogação e comentário. Mesmo assim, os dois conseguiam dialogar, pois seus sistemas tinham uma origem comum: a Bíblia hebraica.

A disciplina de Raciocínio moral se chamava "Se Deus não existe, então tudo é permitido". Não dava para entender como as pessoas conseguiam debater aquele tema com tanta vontade em 1996. Alguém cuja única razão para *não* agir de forma antissocial era o medo de se encrencar com Deus... O que fazer com uma pessoa assim?

O sistema de patronato de Riley era menos opressivo do que o de Svetlana, mas também um pouco menos benevolente. Talvez só desse para ser benevolente se você se metesse na vida de todo mundo. Svetlana disse que o bloco dela fomentava mais o desenvolvimento dos seus moradores, mas que o meu era mais descolado. Segundo ela, a proximidade com esse ambiente descolado a impediria de ser ela mesma e eu nem tinha muita necessidade de que fomentassem meu desenvolvimento. Será que é verdade? Pior que a ideia de "fomentar meu desenvolvimento" provocava mesmo um aperto no meu peito.

Meu grupo tinha sido mandado para o Mather, onde agora os rapazes moravam: Oak, Ezra, Lucas, Morris e uns geólogos simpáticos que eram alguma coisa do Oak. Mas Riley odiava tanto o Mather que fez com que fôssemos transferidas — Riley, sua colega de classe da medicina, Priya, a colega de quarto de Priya, Joanne, e eu — para uma república. Ainda usávamos algumas instalações do Mather, mas nossos quartos ficavam numa das muitas unidades de um edifício baixo de tijolos vermelhos com dois quartos, máquinas de lavar, micro-ondas, pias com trituradores, carpete no chão e aquecimento central. Era quase um edifício comum, só que cada quarto tinha um beliche de metal e duas escrivaninhas embutidas. Pra mim tinha algo meio misterioso na existência de um dormitório estudantil dentro de um edifício onde daria para pessoas comuns morarem.

Mesmo na primeira semana do semestre, em que os estudantes só "testavam" possíveis disciplinas para cursar, a turma de Russo intensivo já se reunia para a tradicional aula de duas horas. Todos achavam ruim, mas eu ficava secretamente feliz. Eu não gostava quando as pessoas agiam como se nada do que fazíamos fosse urgente. "Vocês têm *muito* tempo, não precisam correr". Era o que os reitores diziam quando alguém queria cursar cinco disciplinas. Para eles era fácil falar: eles já eram reitores, algo que eles de fato queriam ser, e nesse caso podiam ficar tranquilos, ou *não era*, daí agora eles viviam para impedir que outras pessoas conquistassem qualquer coisa.

Essa tinha sido a pior parte da infância: todo mundo dizendo que você era sortuda por ter tanto tempo livre, sem nenhuma responsabilidade. Era um dos pontos em que eu e minha mãe discordávamos. Ela dizia que uma das maravilhas da América era como as crianças tinham o direito de ser crianças, enquanto em outros países as crianças precisavam se tornar adultos antes de estarem prontas; eram sexualizadas ou forçadas a trabalhar. Na América, a infância era uma época para brincar e ser inocente, não para ganhar dinheiro ou fazer qualquer coisa importante. Quando eu era pequena, sempre que ouvia falar de crianças que se destacavam na arte, na ciência ou nos esportes, eu ficava cheia de anseios, sentia que estava ficando para trás. Só que minha mãe via esses prodígios com pena e tristeza: eles não tiveram o direito de ser crianças.

Depois do Russo, encontrei Bob, o responsável pela questão do meu auxílio financeiro. Enquanto atravessava a praça, reparei que um homem mais velho tentava chamar a minha atenção. Fiquei devastada. Ele só podia estar querendo dinheiro, mas se eu lhe desse, estaria gastando com coisas supérfluas os trocados que minha mãe juntava com tanto esforço, só para me sentir melhor comigo mesma aos olhos daquele homem. Se não desse nada, então eu era uma hipócrita, já que eu vivia usando o dinheiro dela para comprar coisas de que eu não precisava de verdade, como um sabonete facial que custava sete dólares.

Primeiro fingi que nem tinha visto, mas senti que ele estava lutando ainda mais para que eu o olhasse, com uma energia moralmente superior que vinha do fato de saber que eu tinha mais dinheiro do que ele e que isso não era justo. Desisti e fiz o que ele me forçava a fazer: olhei para ele. Foi aí que vi que estava vendendo o *Real Change*, um jornal de rua, e fiquei aliviada, pois o *Real Change* era tecnicamente um jornal — um gasto legítimo — e era mais barato e mais interessante do que os outros jornais. Eu sabia que minha mãe também acharia interessante.

"Eu adoro o *Real Change*", falei, dando um dólar a ele, que me entregou o jornal com um floreio de mão. Enquanto caminhava, espiei a primeira página. A "Esquina da conspiração", de John Doe — "meu nome verdadeiro permanecerá secreto por questões de segurança" —, me agradou pelo tom animado e pelo final abrupto: "Enfim, preciso achar um esconderijo. Até nunca mais!". Por que nem todo jornal tinha uma seção de poesia?

Os poemas no *Real Change* não me pareciam piores do que os das revistas literárias dos alunos. Será que os escritores de rua eram realmente bons, ou nós estudantes é que éramos muito ruins? Em "Nós, as massas, não queremos tofu", "tofu" rimava com "exceto tu". Outro poema começava assim: "Vivemos num mundo em que bebezinhos reivindicam virgens./ Abracinhos e fofuras são seus subterfúgios". Mais adiante, revelavam que os bebês tinham uma espécie de parlamento. Eu podia recortar aquele poema e fazer uma colagem para a Riley. A gente tinha começado a fazer colagens que deixávamos uma pra outra no espelho do banheiro.

Na sala de espera do responsável pelo auxílio financeiro, contemplei um poema chamado "Ódio".

Nada disso me parece verdadeiro.
Faltam almas para roubar no mundo inteiro.
Meu coração é como um tijolo duro.
Por favor, não me deixe só no escuro.

Era um bom poema? Parecia uma música do Nine Inch Nails. Nine Inch Nails era bom? Eu ficava irritada quando alguém me mostrava uma foto de um urinol e começava a debater se aquilo era ou não era arte. Mesmo assim, eu queria saber identificar quando um poema era bom ou não. "Por favor, não me deixe só no escuro." Não era exatamente disso que eu — e todo mundo — tinha medo? Olhei em volta da sala de espera, absorvendo vários quadros de barcos a vela. O garoto a duas cadeiras da minha estava inclinado com as pernas esticadas; sua mochila tinha caído no chão e se esparramava na frente dele, como se tivesse levado um tiro. Algo naquela cena fez com que eu me perguntasse se aquele poema, e todos os outros poemas, e o resto do jornal, e talvez outros jornais, expressavam um sofrimento que era obsceno imprimir, publicar, distribuir e ler.

Bem, então é isso, pensei: não dá para simplesmente *registrar* um grito de puro sofrimento. Seria entediante e autoindulgente. Era preciso disfarçá-lo, transformá-lo em arte. A literatura era isso. Era isso que demandava talento e chamava a atenção das pessoas, que por essa razão pagavam por ela.

O responsável pelo meu auxílio financeiro, Bob, disse que certas inconsistências envolvendo a declaração de renda da minha mãe estavam interferindo na minha elegibilidade para o crédito federal. Ele me mostrou um relatório que dizia que minha mãe tinha hipotecado uma casa na Louisiana. Parecia que tinha escrito de um jeito confuso de propósito, mas no fim consegui entender o que tinha acontecido: a agência que escreveu o documento tinha confundido minha mãe e minha madrasta, que tinham o mesmo nome e também o último sobrenome. (Como ainda aparecia em todos os seus artigos científicos, minha mãe continuava usando o sobrenome do meu pai.) Até o nome do meio da minha madrasta começava com a mesma letra do nome de solteira da minha mãe.

"É uma coincidência meio engraçada", eu disse, "porque na verdade o nome delas não é muito comum. Quer dizer, não é um nome turco supercomum."

Bob pareceu se retorcer de dor. "Então você quer dizer que Nurhan M. Karadağ e Nurhan M. Karadağ são pessoas diferentes." Fiquei com pena dele. Toda vez que o encontrava, eu acabava com o seu dia.

Eu já era inelegível para qualquer auxílio financeiro além do empréstimo, pois a renda combinada dos meus pais ultrapassava cem mil dólares. E daí que os dois estavam afogados em dívidas e perderam todo o dinheiro que tinham pagando os advogados na disputa pela minha guarda quando eu tinha catorze anos? No fim, minha mãe venceu, sob a condição de que ela voltasse para Nova Jersey. Ela vendeu o apartamento por uma mixaria, largou o emprego que ela amava na Filadélfia e encontrou outro, com um salário menor, no Brooklyn, para onde precisava dirigir todos os dias. Alugamos metade de uma casa no Essex County. As donas eram duas irmãs italianas idosas que viviam na outra metade. No fim foi divertido. Era uma aventura toda vez que a eletricidade ou o gás acabava. Minha mãe tinha certeza de que eu seria uma grande escritora. Daí eu entrei em Harvard, como sempre desejamos, e ela disse que o fato de eu ter sido aceita só mostrava que *ela* podia ter sido aceita também.

Ainda assim, quando Harvard disse que eu não era elegível para o auxílio financeiro e outra universidade me ofereceu uma bolsa integral, eu pensei que devia aceitar. Minha mãe ficou furiosa e disse que eu estava me autossabotando. Ela sentia orgulho de poder pegar dinheiro emprestado a juros altíssimos de seu próprio fundo de aposentadoria para dar para Harvard. Eu também sentia orgulho dela. Só não sentia de mim mesma.

Olhando agora, tudo isso tornou a matrícula na faculdade meio dolorosa e humilhante: todos os ensaios e entrevistas e anexos e cartas *pareciam* falar de você, de sua natureza especial — quando, na verdade, era só para tentar obrigar os pais a liberarem a grana.

Harvard parecia ter muito orgulho de como lidava com a questão do auxílio financeiro. Sempre ouvíamos falar que o "auxílio por mérito", que existia tranquilamente em outras faculdades, não funcionava aqui, onde todos os estudantes tinham muitos méritos. Ao pagarem a mensalidade completa, seus pais pagavam em parte pelo seu privilégio de ser exposta a pessoas mais diversas do que você.

"Meus pais estão pagando para que ele esteja aqui, para que eu possa aprender com ele", disse minha amiga Leora sobre um cara do Arkansas que estudou a vida toda em casa e que, numa aula de história, começou a falar de como os judeus mataram Jesus. Leora foi minha melhor amiga de infância, depois fomos para colégios diferentes, e agora estávamos na mesma universidade. Ela já não tinha nenhuma dúvida de que todas as pessoas do mundo eram antissemitas, então é claro que ela não tinha aprendido nada com aquele cara.

Para mim, o mais absurdo nessa questão do auxílio financeiro era que *todos* os estudantes internacionais ganhavam bolsa integral, independentemente da condição financeira dos pais deles. O filho do príncipe do Nepal estava na nossa turma e não pagava mensalidade. Teve uma vez que Ivan me deixou muito mal, criticando "essas pessoas cujos pais pagavam cem mil dólares para que estudassem aqui". Por acaso ele não sabia que meus pais pagavam cem mil dólares para que eu estudasse ali? Mas o que mais me irritava era pensar que meus pais pagavam para que *Ivan* estivesse ali. Era mais uma experiência minha patrocinada por eles.

Fui dar uma olhada no meu e-mail no centro estudantil. Ivan ainda não tinha mandado nada. Mas hoje não liguei muito pra isso. Ele foi o último a escrever, então, tecnicamente, era a minha vez. Quando conferi as mensagens de voz, encontrei uma da minha mãe, então liguei para o seu laboratório. Ela atendeu no segundo toque. Contei da confusão envolvendo Bob e Nurhan, a Segunda. Pensei que ela acharia engraçado, mas pareceu incomodada.

"Vou falar com o Bob."

"Acho que não precisa."

"Se incomodarem você de novo, me avise que eu telefono para eles. Eles não deviam incomodar você com isso."

Minha mãe disse que tinha ido ao médico e que queria saber minha opinião. Ela disse que tinha um probleminha simples, tipo um cisto. Ela podia ou fazer a cirurgia de remoção ou um tratamento não cirúrgico e voltar para check-ups a cada seis meses.

Eu não sabia muito bem de onde eu devia tirar minha opinião, ou para que ela serviria, já que eu não era médica e ela era. Minha mãe disse, meio friamente, que ela sabia que eu não era médica, mas ela tinha me dado todas as informações relevantes e agora não estava pedindo uma opinião médica; era uma questão de preferência pessoal. Percebi que eu tinha dado a resposta errada. Perguntei se a cirurgia era muito perigosa e o que aconteceria se ela esquecesse de fazer um check-up. Ela disse que a cirurgia envolvia anestesia geral, mas que isso era um procedimento comum e não era considerado de alto risco. Mas esquecer um check-up era inaceitável; esquecer o check-up *era* muito arriscado.

Minha mãe já tinha coisas demais para lembrar, então eu disse que ela devia fazer a cirurgia e deixar de lado os check-ups.

"É o que eu acho também", sua voz era doce.

Depois que desligamos, percebi que comecei a me sentir um pouco ansiosa por Ivan não ter me escrito. Era esquisito: por fora não tinha acontecido nada, mas eu me sentia diferente. Acabei voltando aos computadores e usando o comando *finger*, embora ele sempre me deixasse pior.

Nome de usuário: ivanv
Na vida real: Ivan Varga
On-line desde: Terça-feira, 3 de setembro, 10h24
Tempo de inatividade: 28 segundos
Último e-mail lido: Terça-feira, 3 de setembro, 09h41
Plano: "Natureza, sois minha deusa; à vossa lei/ Meus serviços se atrelam." (KL I.*ii*.1-2)

Ele estava on-line naquele exato momento, olhando para a tela, assim como eu. Ficou sentado ali por 28 segundos, pensando sobre alguma coisa. E tinha adicionado um "plano".

Riley que me explicou o que era um plano. Era um campo em que você podia digitar o que quisesse, e sempre que alguém conferisse seu status pelo *finger*, daria para ver. Se você não escrevesse nada, apareceria *Sem plano*. Os professores geralmente eram *Sem plano*, porque não sabiam usar o recurso — ou não se importavam. Os alunos da pós às vezes colocavam ali seu horário de expediente. Já os calouros vez ou outra escreviam "Dominar o mundo" ou "Conquistar o Universo". Fora isso, o mais comum era escrever alguma citação ou máxima. No da Riley estava escrito: "O caminho mais rápido para o coração de um homem é pelo peito, com um machado".

Eu não reconheci a citação de Ivan, mas supus, pelo jeito

irritante, que era de Shakespeare. Alguém do MIT tinha disponibilizado todas as peças de Shakespeare on-line, e encontrei a citação num solilóquio de *Rei Lear*. O último verso dizia: "Agora, deuses, apoiem os bastardos!".

Embora eu pretendesse ler *Rei Lear* algum dia, não ia fazer isso agora, eu não tinha nem tempo para isso. Decidi passar numa loja de bebidas que vendia livrinhos com resumos de algumas obras.

Lá na loja, descobri que o solilóquio "Natureza, sois minha deusa" era de Edmund, filho bastardo do conde de Gloucester. Edmund, um personagem maquiavélico, ignorava a moral convencional, a autoridade e a legitimidade, privilegiando as "leis da natureza". Isso envolvia um jogo com a expressão "filho natural", que na verdade queria dizer "bastardo". O leitor acabava não desprezando Edmund por querer pegar o poder legítimo, pois Shakespeare o fazia falar diretamente com nós, ele nos aliciava para aventuras perigosas, mas empolgantes — inclusive a sua promíscua conquista sexual de Goneril e Regan.

Nada que fiquei sabendo sobre Edmund melhorou o meu humor.

Svetlana e eu fomos a uma palestra sobre *Mrs. Dalloway* e o tempo. Aparentemente, *Mrs. Dalloway* era usado para ilustrar uma teoria de Henri Bergson sobre dois tipos diferentes de tempo: aquele que podia ser medido pelos relógios e um outro tipo.

Teve uma hora em que um professor levantou e disse, irritado, que Virginia Woolf nunca nem tinha lido Henri Bergson. A atmosfera no auditório voltou-se contra o palestrante, que falou, como se nem ele acreditasse, que certa vez ela assistiu a uma aula aberta de Bergson. Nisso um homem gentil de sotaque italiano ficou de pé e comentou que, na época, as ideias de Bergson estavam "no ar". A colocação dele aliviou um pouco o clima e a palestra pôde continuar — mas agora estava claro, até para mim, que o que estávamos ouvindo era fantasioso, a-histórico e bem pouco "rigoroso".

Fiquei revoltada. Só porque uma escritora não tinha lido tal escritor significava que o que eles diziam não tinha nenhuma relação entre si? Não era *mais* provável que uma teoria do tempo estivesse certa se duas pessoas conseguissem chegar a ela de formas independentes? Que besteira era essa de preferir prestar atenção numa linha do tempo do que descobrir verdades universais? Coisa de historiadores, claro, que só se contentariam quando transformassem todos os livros milagrosos em meros produtos de um determinado momento histórico.

Svetlana achava que aprender sobre as influências históricas de um escritor tornava os livros milagrosos que ele escreveu *ainda mais* milagrosos: assim era possível identificar o milagre de forma mais precisa. Para mim, era inútil perder tempo prestando atenção nas circunstâncias nas quais alguém tinha descoberto determinado fenômeno. Não era mais relevante procurar aplicar o fenômeno descoberto a um número maior de circunstâncias históricas diferentes?

No fim das contas, Svetlana escolheu a especialização chamada História e literatura. Como eu não tinha muito interesse em história, escolhi a que se chamava só Literatura.

A segunda semana

Todos os alunos de literatura tinham que fazer uma "tutoria" em que líamos e discutíamos alguns livros. Minha tutora, Judith, tinha um rosto jovem e cabelos brancos, falava com uma voz de quem entendia das coisas e vez ou outra explodia numa risada aguda. Os temas de que ela mais gostava — tipo *Star Wars*, que tinha o mesmo arco narrativo da *Ilíada*, ou como as diferentes definições de "*fix*" no *Oxford English Dictionary* "subvertiam" umas às outras — não eram exatamente desinteressantes, mas eu não tinha nada para falar sobre eles. Teve uma ou duas vezes que eu inventei uma opinião e a expressei. Foi entediante e deprimente.

Na verdade, a maioria das pessoas na minha tutoria dizia coisas entediantes e deprimentes. Só duas delas, Allie e Jason, diziam coisas interessantes. Allie tinha sotaque nova-iorquino e usava delineado de gatinho. Jason estava sempre confuso e sonolento. Eu prestava muita atenção para tentar entender o que tornava interessantes as coisas que eles diziam.

* * *

Depois da tutoria, fui à biblioteca para tentar ler *Ou-Ou*. Parei em frente às prateleiras do saguão, onde ficavam as cópias encadernadas de todas as teses aprovadas com louvor e que venceram prêmios no ano anterior. Passei o olho pelas lombadas com letras douradas procurando o nome de Ivan. Quando achei, parecia que eu estava sonhando. O nome que não saía da minha cabeça, mas que eu nunca dizia em voz alta, ali em destaque numa lombada — como se já existisse um livro sobre ele.

Peguei a tese na prateleira. Era bem fininha, como todas as teses de matemática. Para minha surpresa, começava com uma história. "Uma garotinha vai visitar o Museu de Arte Muito Moderna junto com os pais. Na seção dedicada ao Cubismo, ela solta a mão deles e começa a fazer uma caminhada aleatória em três dimensões. Por quantas salas ela passará até que encontre os pais de novo?"

O resto da tese era só símbolos e equações. Coloquei de volta na prateleira, tentando entender por que eu estava tão inquieta. Será que era o efeito de ver uma coisa que Ivan tinha escrito, que não tinha nada a ver comigo e que eu não conhecia? A ideia de uma pessoa encontrando os pais, numa chance em um milhão, era quase uma tragédia grega. E por que a personagem era uma menininha? Qual era o lance com meninas? Por que ele estava tão interessado? Percebi que estava com inveja da menina — por causa de sua curiosidade e bravura, e porque Ivan tinha escrito um livro inteiro sobre ela. Fiquei me perguntando se algo do que escrevi algum dia viraria um livro de biblioteca, com meu nome em letras douradas.

Geralmente eu pulava as introduções, mas li a de *Ou-Ou* só pra saber que tipo de livro eu tinha em mãos. Embora fosse classificado como filosofia, tinha narradores diferentes, como num romance. A primeira edição foi publicada em dois volumes: os escritos da pessoa A, que vivia de forma estética, e os da pessoa B, que vivia de forma ética. Esses escritos, que supostamente tinham sido encontrados numa escrivaninha antiga, incluíam ensaios, aforismos, sermões, cartas, críticas musicais, uma peça e a novela "O diário de um sedutor", atribuída a Johannes, amigo de A.

Na introdução dizia que muitas pessoas não liam a parte da "ética" e nem mesmo boa parte da "estética", pulavam direto para "O diário de um sedutor". Só que o próprio Kierkegaard tinha dito que *ou* você lia o livro inteiro, *ou* não lia nada do *Ou-Ou*. Ele era engraçado! Apesar disso, também fui direto para o "O diário de um sedutor".

Começava com uma descrição de Johannes, o sedutor, que, valendo-se de seus "dons mentais", podia fazer qualquer garota se apaixonar por ele, "sem se dar ao trabalho de possuí-la em qualquer sentido mais estrito":

> Consigo ver ele levando uma moça a um ponto em que tinha a certeza de que ela sacrificaria tudo por ele, mas, quando chegava nessa parte, ele se retirava sem dar o menor avanço, e sem ter dito uma única palavra de amor, muito menos uma declaração, uma promessa. Ainda assim, a coisa teria acontecido, e a coitada da moça teria a consciência daquilo com dupla amargura. [...] Teria que ficar se perguntando o tempo todo se tudo aquilo não passara de fruto de sua imaginação.

Quase vomitei lendo aquilo. Não foi o que aconteceu comigo? Não fui levada a um ponto em que sacrificaria tudo — só para que ele se retirasse sem dar o menor avanço? E por acaso eu não ficava o tempo todo me perguntando — assim como outras pessoas também me perguntavam, repetidamente, incluindo um psicólogo do centro estudantil — se tudo não passava de fruto da minha imaginação? "Toda vez que ela pensava em falar sobre aquilo com alguém", Kierkegaard escreveu, "achava meio insignificante." O jeito como ele deixava a garota sem nada era prova do seu talento. Era um autocontrole que lhe permitia não a engravidar, nem largá-la no altar. Sem espectadores, sem prova.

Quanto mais eu lia, mais paralelos encontrava com a minha própria experiência. Se antes eu achava que os e-mails que Ivan e eu trocávamos eram algo que nós dois inventamos, agora parecia que estávamos só seguindo um roteiro. O sedutor explicava a importância de alternar entre as cartas de amor ambíguas e angustiadas e os encontros presenciais irônicos. Era proibido mencionar pessoalmente as cartas de modo explícito, ou perguntar, por exemplo, "você recebeu minha carta?", mas era necessário sempre fazer alusão a elas, reforçando ou voltando atrás em algo que tinha sido dito.

Suas técnicas excelentes, explicava o sedutor, deviam-se ao fato de que as aprendera com as melhores professoras: as próprias jovens seduzidas. A ideia de que Ivan pudesse ter trocado cartas com outras garotas — que ele podia ter feito tudo aquilo antes, várias vezes, de propósito — era nova, dolorosa e chocante.

Precisei voltar às cinco para o departamento de literatura para assistir *Os suspeitos*. Era uma atividade da tutoria para a seção de teoria do gênero. Kevin Spacey, o ator sem graça que sempre interpretava sociopatas, aparentemente se valia da teoria de gênero para induzir um detetive a enxergá-lo apenas como um reles trambiqueiro que tinha sido ludibriado por um criminoso turco genial. O criminoso turco genial — cujo nome, Keyser Söze, não era turco — tinha assassinado sua família e também as famílias de alguns húngaros.

"Seu verão foi desse jeito, Selin?", perguntou Jason.

"Sim, foi uma reprodução fiel. Pelo visto usaram uma câmera secreta."

No final do filme, Kevin Spacey se arrastava para fora do escritório do detetive, aparentemente arrasado depois de descobrir que havia sido manipulado por Keyser Söze. É só aí que o detetive nota que o quadro de avisos do seu escritório era produzido por uma empresa chamada Quartet, em Skokie, Illinois. O relato de Kevin Spacey envolvia um quarteto de barbeiros de Skokie, Illinois. Olhando ao redor, o detetive reconheceu outras palavras e detalhes que também estavam no relato. Foi desse jeito que ele chegou à conclusão de que o relato era falso e que o próprio Kevin Spacey era Keyser Söze.

A sensação de descobrir uma decepção completa sem que o responsável estivesse lá; o fato de que a própria decepção era feita sob medida para uma pessoa em particular, com palavras que pareciam cheias de significado, mas que, na verdade, surgiram de modo aleatório naquele ambiente; a constatação inquietante de que aquelas palavras aleatórias *tinham*, de fato, um significado especial, embora só o conquistassem, por assim dizer, retrospectivamente: tudo isso apertou meu peito e me deixou sem ar.

Alguém acendeu as luzes. O videocassete começou a gemer, girando a fita ao contrário. Jason e Allie começaram a debater se o filme era sensacionalista ou não. Parecia interessante, mas não consegui me concentrar. Depois de um tempo eu me levantei e saí sem dizer nada, como se estivesse indo ao banheiro. Desci as escadas e me sentei numa sala de aula vazia, lembrando de um monte de coisas que Ivan me escreveu ou disse, e que na época não me pareceram importantes. Uma vez, ele me disse que morangos não crescem em árvores. Discordei, dizendo que eu lembrava de já ter visto um pé de morango — no entanto, quando ele insistiu, eu deixei pra lá: a discussão não me parecia importante, e só minha lembrança não provava nada. "É fácil convencer você", ele disse.

"Eu estava me perguntando quando você me interromperia", ele me dissera, em outra ocasião. "Quanto tempo me deixaria falando essas coisas."

Senti o mesmo horror da hora que eu estava lendo Kierkegaard — a mesma sensação de que as ações de Ivan seguiam um roteiro que eu desconhecia. Independentemente de como eu estava me sentindo, será que Ivan tinha planejado tudo para que eu me sentisse daquele jeito? Esse pensamento era aterrorizante, mas de alguma forma sexualmente magnético.

Já tinham parado de servir no refeitório Quincy, mas metade das mesas seguia ocupada. Svetlana me viu e deu um tchauzinho. Ela atacava metodicamente um prato de queijo cottage e legumes crus. Aquilo era novidade. Segundo Svetlana, não era uma dieta, pois seu objetivo não era diminuir de tamanho, mas sim revelar seu corpo verdadeiro, mais forte. Eu continuava sendo o tipo de pessoa que achava que seria interessante ver o que aconteceria se você só comesse castanha de caju por uma semana.

Svetlana e suas colegas de quarto estavam conversando sobre uma garota mais nova que morava no andar delas e que tinha sido nomeada uma das dez universitárias mais promissoras pela revista *Glamour*. Além de ter traços clássicos perfeitos, uma pinta sexy e um cabelo brilhoso, a menina era coautora de três artigos sobre genética avaliados por pares, dirigia um programa de ciência para adolescentes pobres, era vice-presidente de um comitê sobre relações raciais e interculturalismo, além de ser "faixa preta em tai chi". Alguém comentou que era impossível ser faixa preta em tai chi.

"Se existe alguém que pode dizer que é faixa preta em tai chi, essa pessoa é Ayesha", Svetlana disse.

Eu queria falar com Svetlana sobre Kierkegaard e *Os suspeitos*, mas ela e as colegas de quarto iam para o aniversário de uma amiga, Patience. Todas elas tinham feito uma vaquinha para comprar um bolo que Svetlana nem comeria.

"Por que você não vem?", Svetlana perguntou. Valerie acrescentou: "Isso! Daí você fica com o bolo da Svetlana!". As colegas de Svetlana eram bem gentis. Mas de jeito nenhum que eu iria para aquela festa de aniversário.

Tarde da noite, escrevi um e-mail para Ivan listando tudo que ele tinha feito que eu não entendia. Incluí todas as contradições e todas as coisas que me pareciam mentiras — para que ele pudesse "se defender", como ele disse. O e-mail ficou longuíssimo.

Quando cheguei para o café da manhã no dia seguinte, Svetlana já estava terminando seu iogurte. Quase nem tive tempo de engolir metade de uma tigela de sucrilhos de chocolate — o cereal que mais enchia a barriga, de um jeito quase sinistro —, pois Svetlana já tratou de me arrastar para a aula de russo. Fomos as primeiras a chegar. De início parecia que eu teria tempo para falar de Kierkegaard, mas eu mal tinha começado quando Gavriil, nosso colega, apareceu. Gavriil tinha um corpo sarado, um cabelo ondulado que lembrava o de Mozart no filme *Amadeus* e vivia escalando coisas. Às vezes você olhava para uma biblioteca ou uma igreja, via um pontinho na parede e era ele, Gavriil.

"Saca só", Gavriil disse, abrindo o zíper da mochila orgulhosamente. Estava cheia de brócolis e repolho.

"Parece que você arrumou uns vegetais bem saudáveis", Svetlana disse.

"Digamos que eles caíram da caçamba de um caminhão", ele respondeu, fechando a mochila e colocando no chão. "E vocês, como estão?"

"Selin podia estar melhor."

"Sério? Em quem eu tenho que bater?"

Svetlana revirou os olhos. "Ele é muito maior do que você — *e* está na Califórnia."

"Espera, então é um cara mesmo? Eu conheço?"

"Ele fez russo com a gente ano passado", Svetlana disse. "Lembra daquele cara bem alto, Ivan?"

"Ah, sei, aquele com quem ninguém nunca falava. Húngaro. Uma vez eu falei com ele. Gente boa."

"Bem, Selin também falou com ele, e ele a encheu de e-mails com duplo sentido sobre sexo, embora ele namorasse, e a induziu a ir para uma caça a gansos selvagens numa vila húngara. Depois disso, desapareceu, e agora se recusa a falar com ela."

"Sério?" Gavriil parecia impressionado.

"Não exatamente", eu disse, ao mesmo tempo que Svetlana disse "Sim".

Gavriil franziu as sobrancelhas. "Será que ele passou por um processo de formação ideológica durante o pacto de Varsóvia? Será que foi criado especialmente para destruir mulheres? Tipo, eles o enviam para o Ocidente para conhecer mulheres que talvez pudessem se tornar engenheiras ou acadêmicas famosas, mas que desistem, por causa dele?"

"Pensar nisso certamente vai fazer Selin se sentir melhor."

"Eu serei o que eu tiver que ser."

"Com certeza. Você conseguiu cair fora a tempo", Gavriil disse, contente. Ele reclinou a cadeira contra a parede e apoiou os pés na mochila cheia de legumes roubados.

Depois da aula não deu para falar com Svetlana, pois eu ia almoçar com Peter e os outros professores de inglês do programa húngaro. Peter tinha marcado a data em julho, na praça de Eger: ao meio-dia, na segunda quarta-feira de setembro, em frente ao Centro de Ciências. Cheguei um pouco antes e fui conferir meu e-mail num terminal.

Tinha uma mensagem nova de Ivan.

Em resposta a tudo que escrevi, ele compôs um poema. Um poema horroroso — bem pior do que os poemas da *Real Change*. "Vamos comer um saco de morangos empoeirados" rimava com "O psicólogo sabe das coisas, sou uma massa de papo furado". "Eu não amo você, você me odeia." "Venha dançar comigo de novo." "Escritora rainha que admiro, analista decaída." Fechei o e-mail, meu coração batendo forte. Ele não negou nada, nem me tranquilizou. Era uma confissão de que eu estava *certa*?

Os professores de inglês estavam parados no sol. Todos pareciam um pouco diferentes do que eu lembrava, especialmente o cabelo. Peter apareceu com uma garota que eu nunca tinha visto, do programa de coreano. Ela usava uma maquiagem perfeitamente natural e não parava de falar da genialidade de Johannes Kepler. "Isso é o que faz Johannes Kepler genial", ela disse, mais de uma vez. Fomos a um restaurante espanhol. Peter pediu uma rodada de sangria. Ninguém quis saber nossa idade.

"O que aconteceu com Ivan?", perguntou a garota que amava Kepler. "Nunca mais o vi."

"Ele se formou", Peter disse. "Foi pra Califórnia."

"Está usando outro e-mail?"

"Deve estar", Peter respondeu, olhando na minha direção.

Eu pescava meticulosamente uma fatia de maçã da minha sangria. Os outros professores falavam sobre alguém que tinha esmagado a cabeça de um cachorro do mato com uma pedra na Romênia. "Vou descobrir e te falo", disse Peter para a tal garota.

Mais tarde, caminhamos juntos para o campus. O mundo parecia particularmente nítido e em relevo com a luz do sol. Notei que Peter se aproximara de mim.

"Ei, Selin, como você está?"

"Bem. E você?"

"Ah, ótimo. Está gostando das aulas?"

"Sim."

"Maravilha! Selin, tenho uma perguntinha rápida para você. Será que você sabe dizer qual é o novo e-mail do Ivan em Berkeley?"

Eu não queria dizer, mas acho que não tinha outra opção. Ele repetiu o endereço, soletrando, para não ter erro. "Sabe, Ivan e eu não temos nos falado muito ultimamente", ele disse. "Como ele anda?"

"Não sei."

"Ah, você também não teve notícias desde o verão?"

"Bem... Ele não disse como estava."

"Mas sabemos que pelo menos ele está vivo e respirando."

"Isso", eu disse, incapaz de sorrir de volta. De repente soltei, sem querer: "Qual é a do Ivan?".

"Qual... é?"

"Ele... é uma pessoa ruim?"

Uma série de expressões passaram pelo rosto de Peter, e eu tive certeza de que ele não me diria nada de útil.

"Deixa pra lá", eu disse.

"Tem gente que diz que ele é", Peter falou. Parece que meu coração vai explodir.

"Diz?"

"Imagino que você tenha encontrado Zita."

"Quem?"

"Zita está passando por maus bocados ultimamente." Peter falava num tom cuidadoso e discreto, como alguém que tenta explicar o que é racismo para uma criança. "Tem muita coisa acontecendo. Ela anda bem confusa. Diz coisas da boca pra fora. As ex-namoradas do Ivan falam mal dele, mas voltariam num piscar de olhos."

Minha visão escureceu. Então eu era parte de um grupo maior de ex-namoradas: garotas que nunca o superaram e nunca o superariam. Pior: eu nem sequer era uma ex-namorada. Não tinha tido nem a dignidade de ter sido namorada, pra começar.

Voltei aos poucos a olhar para Peter, que parecia estar esperando que eu dissesse alguma coisa.

"Por favor, esqueça o que eu disse. Não sei quem é Zita. Ninguém falou mal de Ivan para mim."

"Isso não tem nada a ver com a Zita?"

"Eu literalmente nem sei quem é essa."

"Então por que perguntou aquilo?"

Senti uma pontada de irritação. "Por causa das minhas próprias experiências."

Houve uma pausa. "E que experiências foram essas?", Peter perguntou, num tom mais gentil.

"Ah, um monte de experiências."

"Talvez eu possa ajudar a elucidá-las."

Reparei na expressão dele — uma expressão preocupada,

adulta. Eu queria pedir que ele esquecesse tudo aquilo, mas acabei dizendo: "Ele não me disse nada sobre a namorada dele".

"Ele não disse nada sobre Zita?"

"Não me disse nada sobre a atual namorada."

"Eunice? Não contou sobre Eunice?"

"Acho que rolou algum mal-entendido."

Peter ficou calado por um momento. "Ivan faz coisas estranhas às vezes, mas é uma boa pessoa. Eu acredito mesmo nisso. Se há algum mal-entendido, você devia falar com ele. Eu sei que ele se importa com você. Ele me disse. Você devia deixar ele se explicar."

Eu podia ouvir o estalar das lágrimas se formando atrás dos meus olhos.

Incapaz de caminhar, sentei numa rocha e fiquei encarando fixamente a seção de conselhos da *Real Change*. Três pessoas diferentes — Carol, Rich e Tammi — respondiam todas as cartas, muitas vezes discordando entre si.

"Não existe uma receita de bolo", disse Carol à Solteira de Somerville, que tinha um filho de um ano e queria saber quando poderia voltar a sair e a namorar. Não ficava claro se ela de fato queria voltar a sair e a namorar ou se via aquilo como uma espécie de obrigação.

Rich achava que o filho de um ano da Solteira merecia ter uma figura masculina por perto, mas só se ela estivesse "preparada para uma relação madura".

O conselho de Tammi foi o seguinte: "Sinceramente, você tem que se abrir para o mundo, se não vai ficar empacada".

O autor da carta seguinte, Irritado com Boatos, tinha uma questão com pessoas que não cuidavam da própria vida. "Eu nunca fiz nada pra metade dessas pessoas", escreveu o Irritado. "Eles só não gostam de mim por causa dos boatos que correm por aí."

"Boatos sempre vão existir", observou Carol, com sua típica falta de conteúdo. "Se você quer pôr um basta, não existe um caminho exato a seguir."

"Evite as outras pessoas e diga para elas evitarem você", aconselhou Rich. "Se isso não funcionar, não vai ter jeito, recorra à violência física."

De acordo com Tammi, a melhor forma de se evitar qualquer tipo de boato era ficando de boca calada. "Você tá dizendo que nunca fez nada contra metade dessas pessoas e que elas não gostam de você por causa de meros rumores. Bem, eu já não vou muito com a sua cara, e olha que eu nem te conheço."

Por que eu não conseguia ficar de boca calada? Peter com certeza contaria tudo a Ivan.

A parte realmente diarística de "O diário de um sedutor" começava no dia 4 de abril. O sedutor via uma garota de dezessete anos numa loja de departamentos e a seguia, tentando descobrir quem era e como poderia abordá-la. Nisso ele passa basicamente o mês inteiro atrás dela.

Lá pro dia 5 de maio, o sedutor ainda não tinha descoberto o nome da garota e começava a reclamar com o acaso. ("Maldito acaso! Estou contando com você. Não quero derrotá-lo com princípios...") Ele falava sobre ser uma pessoa digna de servir ao acaso — digno de ser um servo. Ivan também já havia expressado raiva em relação a umas coisas abstratas e parecia ficar pensando nisso de ser ou não digno delas. O modo como o sedutor se vangloriava de ser tanto colega como servo do acaso me lembrava daquele verso de *Rei Lear*. Fiquei me perguntando se a natureza seria *minha* deusa. Acho que não.

No dia 19 de maio, o sedutor finalmente conseguiu descobrir o nome dela: Cordélia, "como a terceira filha do rei Lear". (Espera — então *Rei Lear* também fazia parte desta história?)

O pai de Cordélia era capitão naval e bastante rigoroso. Mas agora tanto seu pai como sua mãe estavam mortos. Ela morava só com uma tia por parte de pai. Lembrei que eu também morei com uma tia paterna por alguns meses durante a briga pela minha guarda.

"Ela tem, portanto, certa ideia das agruras da vida, do seu lado sombrio", escreveu o sedutor. Mas como ele poderia saber? Talvez ela não ligasse para nada daquilo.

O sedutor dizia que era bom que Cordélia tivesse sofrido tão cedo na vida. Por um lado, sua feminilidade permanecia intacta, não havia sido "corrompida". Por outro, o fato de que ela tinha, *sim*, sofrido talvez fosse "útil" aos seus propósitos. (Será que a história da minha família tinha sido útil para Ivan?) O sedutor também notava, satisfeito, que Cordélia sempre fora uma pessoa isolada. Se para um rapaz o isolamento era prejudicial, para uma moça era essencial. Isso porque uma garota não deve "ser interessante". O sedutor não explicava a conexão entre o isolamento e a falta de interesse, só observava o seguinte: "Uma jovem que, para agradar, se faz interessante, termina por agradar principalmente a si própria". Todos os meus esforços para ser interessante: isso também era uma coisa de que eu deveria sentir vergonha?

"O pai e a mãe não foram felizes juntos. As coisas que costumam atrair mais ou menos claramente uma moça não a atraíam." Isso também era verdade no meu caso: além da parte sobre os pais não terem sido felizes há o fato de que o que atraía outras garotas — Svetlana, por exemplo — não me atraía. As duas coisas tinham algo a ver?

"Embora ela seja calma e modesta, demandando pouco, há ali uma demanda imensa operando inconscientemente": por que essa frase era tão empolgante e tão perturbadora? O sedutor depois dizia que ele não podia deixar que Cordélia jogasse muito peso nele, como um fardo. Ela tinha de ser tão leve a ponto de ele poder erguê-la com um braço. Na hora eu senti que tinha jogado peso demais sobre Ivan, como um fardo. Fiquei me perguntando se deveria fazer uma dieta, como Svetlana, ainda que não admitisse. Claro que eu sei que ele estava falando em "leveza" figurativamente. Mas também não era literal? Era impossível imaginar Cordélia gorda.

Quando a pediu em casamento, o sedutor fez isso da forma mais confusa possível, Cordélia mal entendeu o que havia aceitado: "Se ela for capaz de prever qualquer coisa, então eu errei, e toda a nossa relação perde o sentido". Foi exatamente assim que me senti quando fui para a Hungria.

Uma vez noivos, ele começou toda uma campanha para convencer Cordélia de que compromissos eram estúpidos, levando-a a romper o noivado. O rompimento tinha de partir dela, pois ele era orgulhoso demais para enganar vulgarmente uma garota com falsas promessas. Ele também desprezava a ideia de estuprar pessoas e considerava antiestético usar "dinheiro, poder, influência, soníferos e coisas do tipo". Mas não era ele que usava dinheiro e poder? Ele tinha servos e carruagens e todo tipo de diversões — enquanto Cordélia vivia presa em casa com a tia.

Depois que Cordélia rompeu o noivado, foi enviada para o campo para ficar com "a família". O sedutor enviava cartas angustiadas, enquanto secretamente arrumava uma casa com cada detalhe pensado de forma meticulosa: a vista da janela, os móveis, a decoração dos quartos, as partituras abertas no piano.

"Por que noites como esta não podem ser mais longas?", escreve o sedutor, na última entrada do diário, depois que os dois passam a primeira — e última — noite juntos. Ele vai embora antes de ela acordar, pois sentia nojo das lágrimas e súplicas das mulheres, "que mudam tudo, mas não têm nenhuma consequência real". Fiquei pensando muito nisto: no que ela diria e quais seriam as consequências.

O que eu poderia tirar desse conto intrigante? Claramente era falso. Kierkegaard não tinha feito nada daquilo e não acreditava em nada daquilo. Inventou tudo para ilustrar uma pessoa impossivelmente vilanesca. Sendo assim, como "O diário de um sedutor" podia corresponder tão bem ao que me parecia ser a coisa mais significativa que já aconteceu na minha vida?

Tinha como não ver a situação de Cordélia como uma coisa ruim — ou ruim só por razões históricas? Cordélia tinha vivido no século XIX e não podia fazer faculdade ou ter um emprego legal, então era obrigada a se casar. Mas eu não queria me casar — nem mesmo com Ivan. Tudo bem, eu tinha fantasiado sobre adotar seu sobrenome — com a ideia de ter um novo nome —, com a possibilidade de me sentir escolhida e especial. A frase "*have his baby*" — como na música da Alanis Morissette, quando ela dizia "*Would she have your baby?*" — era eletrizante: a ideia de ser preenchida daquela forma, por ele. Mas a ideia de ter de fato um filho, como minhas tias e minha madrasta, era tudo menos eletrizante.

Será que havia uma versão de "O diário de um sedutor" em que os dois eram iguais — em que ele não a induzisse a nada que ela mesma não desejasse? Ou seduzir era *justamente* fazer isso?

Quando Svetlana veio me buscar no dormitório, Priya estava passando pela sala num vestido esvoaçante. "Eu só me pergunto o quanto nesse desejo de viajar é simplesmente desejo", dizia ela no telefone sem fio. Trocamos acenos, e ela foi para o quarto.

Priya era um ano mais nova, falava numa voz cheia de cadência e era tão cartunisticamente linda que você tinha de olhá-la fixamente para ter certeza de que ela era real.

"E essa beleza em pessoa, quem é?", perguntou Svetlana, já na escada.

"Priya, amiga da Riley."

"Então Riley tem amigos além daqueles caras? E qual é a dessa Priya?"

"Não sei muito bem."

"Bonita desse jeito, ela não deve ter uma personalidade forte. E com isso não quero dizer apenas que ela não *precisa* de uma personalidade forte. Qualquer personalidade que ela venha a ter será só um detalhe perto da beleza dela, então nunca será uma personalidade forte. Quase sinto pena, mas não sinto, pois ela não parece triste, e porque ela provavelmente passará a vida toda cercada de amor. Todo mundo gosta de ficar perto da beleza. Nem Riley, sempre tão crítica, está imune."

Contei a Svetlana tudo o que pensei depois de assistir *Os suspeitos* e de ler Kierkegaard. Levou um bom tempo para eu terminar. Teve uma hora que notei a expressão no rosto dela.

"O que foi?", perguntei.

"Nada, eu só me senti subitamente feliz por não ser você. Desculpa se parece cruel. Ano passado eu tinha inveja da sua situação, agora não tenho mais."

Ela pareceu ir diminuindo, como se eu a estivesse olhando do fundo de um poço.

"Entendi."

"Só acho que você precisa procurar alguém", Svetlana disse.

Eu nunca tinha levado uma rasteira naquele nível. "Procurar alguém" era arranjar um namorado, ter um "relacionamento" que não existisse só na sua cabeça, e ser uma pessoa saudável, uma pessoa que se respeita o suficiente para estar com alguém que realmente se importe com você.

"Estou falando de um psicólogo", ela disse. E, quando viu minha expressão, falou: "Eu acho que você não está vendo as coisas com clareza".

Como um psicólogo me ajudaria a ver as coisas com mais clareza, se ele não conhecia nenhuma das pessoas envolvidas e não poderia saber nada além daquilo que eu contasse — *eu*, a pessoa que aparentemente não via nada com clareza?

Na primeira vez que falei com um psicólogo eu tinha catorze anos. O juiz do processo de guarda decidiu que todos nós tínhamos de ser avaliados psicologicamente: eu, meus pais, minha madrasta, minhas tias e até o namorado da minha mãe, que era identificado nos registros como "o caso romântico da mãe". Os advogados diziam que o juiz parecia estar se esforçando para prolongar o julgamento. Algumas familiares diziam que era porque o juiz era grego, mas eu achava errado acreditar em uma coisa tão preconceituosa.

Todo mundo passou com um psicólogo diferente. A minha falava numa voz de menininha, disse que, quando pensava na Turquia, imaginava camelos e me perguntou se eu tinha de usar véu quando ia pra lá. Sentindo o quanto minha mãe ficaria chateada se ouvisse aquelas perguntas, dei o meu melhor para explicar à assistente social como o secularismo e a ciência eram importantes para a identidade nacional turca.

Fui a três ou quatro sessões dessas, à noite, depois que eu descia do ônibus, voltando do treino de cross-country. Eu quase chorava de cansaço e de raiva. Mas a pior parte foi quando tudo parecia ter acabado, e os psicólogos escreveram relatórios sobre o que falamos e divulgaram entre todos os envolvidos. Eu não sabia que tudo o que dissemos seria espalhado daquele jeito.

Aprendi muitas coisas com aquilo. Por exemplo: que doía muito a forma como as outras pessoas descreviam você e que o que você dizia sobre outras pessoas, sobretudo sobre seus pais, soavam neutras quando ditas para uma terceira pessoa, mas letais quando você imaginava seus próprios pais lendo.

Ano passado, quando quase tirei uma nota baixa em russo, tentei conversar com um psicólogo do centro de saúde estudantil. Ficou na cara a impaciência dele na hora em que mencionei Ivan, que pra começar era o motivo de eu ter ido lá. Ele só queria falar do divórcio dos meus pais. Como todos os adultos, ele achava que tudo tinha a ver com os meus pais — como eles me afetavam ou como eu reagia a eles.

Quando insisti em falar sobre Ivan, o psicólogo disse que eu estava numa relação imaginária com uma pessoa indisponível, porque eu tinha medo de estar numa relação real com uma pessoa disponível. Isso não me dizia nada. De que "pessoa disponível" ele estava falando? Onde estava tal pessoa? Ele não respondeu e só ficou sentado ali, a mão esquerda segurando a direita e exibindo a aliança de casamento, caso eu não tivesse visto a foto na estante de livros. Obviamente, eu sabia que Ivan não estava "disponível". Foi assim que *ele*, o psicólogo, soube disso: eu tinha acabado de contar. Eu obviamente também sabia que minha situação era humilhante. Eu não precisava que um fracassado com diploma de mestrado me dissesse que meu problema era que ninguém me amava como ele amava sua esposa, que, aliás, parecia uma conformista derrotada.

Svetlana disse que ser avaliada por psicólogos durante um processo de guarda não contava como terapia — e muito menos ter ido uma única vez ao centro de saúde estudantil. Terapia só funcionava se você encontrasse a pessoa certa — e fizesse várias sessões. Ela disse que pediria uma indicação ao terapeuta dela. Esse fascínio pela "indicação" era coisa de gente da idade dos nossos pais, que acreditavam que os piores problemas só podiam ser resolvidos por meio de uma informação especial exclusiva que você arrancava de um cara qualquer, com um nome tipo Chuck.

O psicólogo de Svetlana, pelo que ela me dizia, parecia adepto de um conselheirismo socrático jocoso que não me interessava. Uma vez ela me contou, como se fosse muito engraçado, que o psicólogo perguntou por que ela nunca tinha furado as orelhas, e ela explicou que não queria, pois considerava aquilo uma violação da integridade de seu corpo. O terapeuta começou a rir, e nisso ela própria também riu, percebendo que falava, na verdade, sobre o medo que tinha de sexo. A última coisa de que eu precisava era um homem adulto rindo de mim por causa de questões sexuais.

Além disso, eu sabia que Svetlana pagava o terapeuta por fora do plano de saúde, pois ele não trabalhava no centro de saúde estudantil. Para ela, aquilo não fazia diferença, seus pais sempre enviavam dinheiro a mais do que ela precisava. Mas eu não queria pedir mais dinheiro aos meus.

De qualquer forma, como terapia poderia funcionar comigo, quando eu não compartilhava nem de longe a crença do terapeuta de Svetlana de que as pessoas deviam ser saudáveis e bem ajustadas, que deviam dormir no mesmo horário todas as noites, mesmo se estivessem lendo ou tendo uma conversa interessante, ou que era incrível e indispensável fazer caminhadas esportivas com esse ou aquele cara ou se casar? Claro que terapia funcionava para quem acreditava naquelas coisas. Além disso, Svetlana tinha problemas psicológicos reais, como o estresse pós-traumático devido à guerra na Iugoslávia. Eu não presenciei guerra nenhuma, nem tive de deixar nenhum país. Tudo foi organizado para que eu permanecesse no mesmo lugar. Ninguém na minha família jamais tinha me oferecido comprimidos para emagrecer: algo que também tinha acontecido com Svetlana. Para Svetlana, a terapia era uma boa solução, mas meu caso era diferente. Os problemas que eu tinha foram todos criados por mim mesma — o que implicava que eu mesma teria de resolvê-los.

COISAS QUE CONVERSO COM SVETLANA

Como funcionava uma orgia? Eu achava que orgias eram lentas e langorosas; Svetlana as imaginava rápidas e frenéticas. "Ninguém sabe quem é quem."

O que era carisma: conteúdo ou forma? (Discutíamos muito se isso ou aquilo era conteúdo ou forma.) Achávamos que o carisma provavelmente era forma: menos uma questão de dizer ou fazer coisas carismáticas do que de dizer e fazer coisas de um jeito carismático. Discutíamos quem, dentre as pessoas que conhecíamos, tinha carisma, se o carisma podia ser adquirido e se era ou não desejável. Svetlana disse que antes ela tinha carisma, mas depois começou a ficar preocupada com o quanto ela gostava de ter, a ponto de se forçar a não ter mais. Svetlana achava que eu tinha um tipo específico de carisma, mas fingia não ter.

Nós éramos realmente mais interessantes do que as outras pessoas, ou só achávamos que éramos? Na minha opinião, só achávamos. Por causa disso não tínhamos nenhuma obrigação particular de pensar nas outras pessoas. Já que elas se achavam interessantes, poderiam pensar sobre si mesmas. Já Svetlana achava que éramos, sim, mais interessantes e que por isso tínhamos certas responsabilidades.

Uma relação 100% recíproca era possível, ou uma pessoa sempre gostaria mais do que a outra? Qual de nós duas, Svetlana ou eu, gostava mais da outra? "Acho que depende da hora", eu disse. Svetlana concordou.

Amizades podiam alcançar um ponto de estabilidade e se cristalizar ali, ou estavam sempre crescendo ou encolhendo? Svetlana achava que estavam sempre crescendo ou encolhendo.

O que era mais cruel: a crueldade pessoal ou a política? Svetlana achava que era a política: negar a subjetividade de uma pessoa e transformá-la num número. Pra mim, ser atormentado até a morte por um parente ou senhorio era tão horrível quanto ser fuzilado num campo de concentração.

Toda pessoa inteligente era também engraçada? Eu achava que a falta de humor era a essência da estupidez. Svetlana acreditava conhecer algumas pessoas que eram genuinamente inteligentes e que não se interessavam pelo humor das coisas. Nós concordávamos que Susan Sontag não era engraçada.

A qualidade de saber o que se quer e como conquistá-lo: Svetlana tinha isso mais do que eu, mas quem tinha ainda mais era Misty, que cantava em óperas e era mórmon.

Qual era mais pura: a música instrumental ou a vocal? Svetlana dizia que era a música vocal, pois qualquer coisa fora disso era imitação da voz humana. Eu pensava que era a música instrumental, pois um violino tinha mais amplitude e menos limitações do que a voz de uma pessoa.

Para ser bom, genial ou efetivo era necessário ser cruel? Eu dizia que não. Svetlana dizia que sim. Ela dizia que era preciso ter certo "veneno" e sugeriu que, se eu discordava, é porque eu estava me iludindo ou sendo hipócrita. Eu me senti desconfortavelmente lisonjeada.

O que era estilo e o que era gosto; como desenvolver um estilo, como desenvolver um gosto? Quem, dentre as pessoas que conhecíamos, tinha estilo e gosto, e como elas conseguiram?

Em Paris, ficamos por alguns dias em um apartamento que pertencia a Jeanne, filha de uma amiga da família de Svetlana. Jeanne ficou o tempo todo no apartamento do namorado, então nunca a conhecemos.

Tudo no apartamento dela — os cinzeiros volumosos e as pilhas de *Cahiers du Cinéma*, a baixa cama dupla de aspecto japonês, a cozinha com garrafas de licores e uma máquina de café espresso — passava um nível e granularidade de estilo ao qual não podíamos aspirar, vivendo, como vivíamos, em dormitórios cheios de móveis institucionalizados e livros didáticos.

"Acho esse apartamento muito intimidante", Svetlana disse, colocando pra fora o que nós duas vínhamos pensando. "Jeanne só tem vinte anos, mas já tem gosto."

"O que te faz achar isso?", Bill, o amigo de Svetlana, perguntou. "É porque ela tem namorado e você não?"

Eu sabia que Bill tinha falado da falta de namorado de Svetlana só para chateá-la, pois umas poucas frases antes ela o aborrecera ao usar uma palavra que ele não conhecia. Ainda assim, senti que, de certa forma, ele estava certo: que o que nos intimidava — um "estilo", um "gosto" — relacionava-se, *sim*, ao fato de ela ter um namorado.

Era por isso que Svetlana aguentava Bill? Ou melhor, era por isso que os broncos, em geral, eram amplamente tolerados e promovidos a altas posições sociais: por mediarem e refletirem com precisão "o mundo como ele é"? Ou será que esses broncos *determinavam* o mundo como ele é, a partir das posições às quais eram alçados? As coisas poderiam ser de outra forma? Ou era uma questão, para usar uma das frases favoritas dos broncos, "cognitivamente determinada"?

Eu não podia perguntar nada disso para Svetlana; toda vez que eu criticava Bill por qualquer coisa, ela o defendia listando tudo de bom que ele supostamente tinha feito e que eu não sabia.

Era estilo que você precisava ter para que uma pessoa se apaixonasse por você?

Outro assunto que discutíamos era se os homens eram menos afetados pelo amor do que as mulheres — se sofriam menos quando tinham o coração partido. Svetlana insistia que, ainda que o sofrimento fosse universalmente humano, e, portanto, afetasse também os homens, parecia indiscutível que eram melhores em compartimentalizar, sendo menos facilmente distraídos de seus objetivos intelectuais. Isso acontecia porque a programação neurológica deles os tornava mais sistemáticos, enquanto as mulheres eram mais empáticas? Porque os homens valorizavam coisas e habilidades, ao passo que as mulheres valorizavam os sentimentos e as pessoas? Como poderíamos aprender a valorizar menos os sentimentos e as pessoas?

Svetlana gostava de pensar em exceções: casos de homens que tiveram o coração destroçado por mulheres, homens que não conseguiam esquecê-las, embora elas os esquecessem. Me vi na obrigação de dizer que foi minha mãe quem deixou meu pai, e que ele ficou bem magoado e chorou. Por outro lado, minha mãe o deixou porque achava que ela sempre tinha amado meu pai mais do que ele a amava, e, antes de partir, era *ela* quem chorava. Além disso, meu pai logo se casou de novo e voltou a ser feliz, já o namorado da minha mãe a fez sofrer.

Svetlana mencionou nosso amigo Jeremy, graduando de filosofia, que estava apaixonado por duas garotas diferentes, ambas chamadas Diane, e nenhuma das duas o amava. Mas apesar de ele falar constantemente das duas Dianes, ele não parecia incapacitado; sempre arrumava forças para voltar para o tópico de que ele mais gostava: as obras de Thomas Pynchon. Não dava nem para imaginar ele chorando sem parar. Será que o fato de serem duas garotas o protegia de alguma forma?

Outro amigo nosso, Chris, parecia, *sim*, ficar incapacitado pelo amor — mas Chris era gay, então era diferente.

Svetlana comentou que o jovem Werther, que não era gay, se matou por amor. E mais do que isso: depois que Goethe escreveu sobre Werther, jovens apaixonados começaram a se matar por toda a Europa.

Os sofrimentos do jovem Werther era mais curto do que eu imaginava, menos de cem páginas, e a maior parte em forma de cartas. Sentei numa daquelas escadinhas de livraria e folheei só as partes que falavam da vida amorosa de Werther.

Enquanto lia, percebi que eu queria que a garota se interessasse mais por seus próprios objetivos e atividades do que pelo jovem Werther, e que essa fosse a razão do suicídio dele. Não era o caso. De fato, a garota, Charlotte, *não* tinha objetivos nem atividades além de cuidar dos doentes. Nunca sequer descobríamos se ela gostava ou não do Werther, pois já tinha prometido à mãe que se casaria com outra pessoa e era uma alma "virtuosa", o que significava que nem o próprio Werther esperava ou queria que ela mudasse de ideia.

Werther decidiu que alguém precisava morrer: ou ele, ou Charlotte ou o tal pretendente. Como o assassinato contrariava seu código moral, ele optou pelo suicídio. Primeiro, convenceu Charlotte a lhe conseguir pistolas, de modo que pudesse dizer que morreria "pelas mãos dela". Depois, fez um serviço tão porco que todo mundo teve de assisti-lo jorrando sangue por doze horas. Essa parte era narrada por um editor, pois Werther não pôde escrever. As últimas linhas diziam: "Temia-se pela vida de Lotte. Artesãos carregaram o corpo. Nenhum clérigo o acompanhava".

Pra mim, o suicídio de Werther era menos uma expressão de perda de autoestima ou capacidade cognitiva induzida pela rejeição do que uma forma prática de burlar a regra do "não matarás". A autoestima de Werther nunca esteve em jogo. Ele não foi rejeitado depois de cuidadosa reflexão por ter uma alma insuficientemente fascinante. Por isso eu não considerava *Os sofrimentos do jovem Werther* como um livro sobre como os homens sofriam de amor tanto quanto as mulheres.

A terceira semana

O clima mudou quase da noite para o dia e já não parecia mais verão, daí pude usar as botas novas que tinha comprado no Payless do outro lado da Penn Station. Eram marrons, com zíper e salto quadrado, disponíveis não apenas no tradicional 39 feminino, mas também em tamanhos que me contemplavam, pois eu calçava 40/41 — só na teoria, já que na prática os meios-termos paravam no 38/39. Era legal demais usar um calçado não "unissex", o barulho dele nos paralelepípedos era diferente.

Talvez — só talvez — uma coca diet tenha explodido dentro da minha mochila, então agora eu também tinha uma bolsa transversal militar. Ela fazia eu me sentir adulta e confiante, gostava do jeito que ela batia logo abaixo do meu quadril, e tirar as coisas de lá de dentro não era um desafio muito grande, como no caso da mochila. Se por acaso eu andasse com um objeto que eu considerava talismânico, como o meu *Ou-Ou*, eu podia senti-lo sempre à mão.

A professora de Acaso usava um vestido disforme que parecia caro e tinha um colarinho reto como a boca de um vaso. Nem tudo que ela dizia eu entendia, mas de vez em quando uma frase se destacava e parecia brilhar no meio da sala.

Qual era o papel do acaso na literatura? O romance realista partia das imprevisibilidades do dia a dia, descrevendo em suas páginas iniciais os acidentes relacionados ao nascimento dos personagens em um determinado meio histórico, geográfico e social. Os personagens já não eram alegóricos ou meros tipos sociais. Estavam fadados a terem "personalidades".

Balzac dizia que o acaso era "o grande romancista do mundo". Como era possível um artista ser tão magistral que o produto final parecesse livre de toda arte? O romance social emprestava significado a eventos aleatórios, localizando-os numa ordem histórica. Baudelaire escreveu alguma coisa sobre flâneurs, e Walter Benjamin escreveu alguma coisa sobre Baudelaire. Em suas caminhadas o flâneur tanto observava como constituía a vida urbana. Isso era hegeliano.

Freud, Darwin e Conan Doyle levaram o acaso a outro nível. Sonhos, fósseis, pistas: tudo era acumulação do acaso, empilhada aleatoriamente, como as cinzas de charuto que só Sherlock Holmes era capaz de interpretar. O narrador de Proust só pôde escrever seu livro depois de um encontro aleatório com um tipo muito específico de biscoito.

André Breton, surrealista, não apenas documentava como provocava coincidências, vendo-as como "a estrada real para o inconsciente" — Freud chamava os sonhos assim. Louis Aragon descrevia Paris como um palimpsesto de encontros ao acaso. Do volume de Aragon sobre Paris, Walter Benjamin disse: "Deitado na cama à noite eu não podia ler mais do que umas poucas palavras até meu coração começar a bater tão forte que eu tinha de largar o livro".

Àquela altura da aula, eu me sentia animada demais para ficar sentada, então saí de mansinho.

No jantar, expliquei que tinha ido a uma aula de literatura onde a professora leu uma citação de Walter Benjamin em que ele dizia que só conseguia ler umas poucas palavras de um livro de Louis Aragon, pois ficava emocionado demais, e eu então fiquei tão emocionada que tive de ir embora.

"Que disciplina é essa? Literatura do déficit de atenção?", Lucas perguntou.

"Tenho certeza de que já fiz essa", Oak disse, pensativamente. "Várias vezes."

Na cozinha do nosso apartamento, notei uma corda escura pendurada na pia. Depois de fuçar, descobri que era o rabo de uma criatura aquática quadrada com olhos no topo da cabeça. Era grande e achatada, ocupava quase toda a cuba. Parecia uma bandeira feita com um pedaço de tubarão.

Passei o olho pelo ambiente em busca de algum sinal que explicasse a presença daquilo e vi KC, membro do clube de Singapura, sentada à nossa mesa de carvalho. Certo dia nosso grupo decidiu em votação roubar a mesa de algum átrio onde estivesse negligenciada. Lucas e Oak simplesmente ergueram a peça, redonda e pesada, e a carregaram até a rua, e ninguém os impediu.

"Oi, KC."

"Oi", ela respondeu, mal tirando os olhos do livro.

"Então… E aquela coisa na pia?"

"É uma arraia."

Várias questões vieram à minha cabeça: de quem era a arraia, por que estava na nossa pia, como KC entrou no nosso apartamento e onde estava Joanne. Mas, refletindo, concluí que nada daquilo era problema meu, então fui para a biblioteca.

Tentei ler o restante de *Ou-Ou*, mas nada me pareceu tão relevante quanto "O diário de um sedutor". A parte ética, escrita pelo juiz, não só era mais entediante que a parte estética, como também conseguia fazer ainda menos sentido. Na primeira carta, intitulada "A validade estética do casamento", o juiz tentava provar que uma série de casos amorosos eram, objetivamente falando, menos interessantes do que um longo e entediante casamento.

A última vez que li qualquer coisa sobre casamento foi também quando ouvi pela primeira vez a expressão "família nuclear", no relatório das sessões do meu pai com o psicólogo do tribunal. Ele tinha falado sobre a influência estabilizadora da família nuclear, que minha mãe não tinha como oferecer, o que não era o caso dele, pois tinha se casado de novo e minha madrasta estava grávida. Ainda disse que tudo que tinha feito era por mim, mas não entendi muito bem o que eu ganhava com aquilo. O cachorro tinha desaparecido, assim como todos os pratos e as toalhas da minha mãe — e minha tia paterna. Os pratos e as toalhas foram trocados por pratos e toalhas com detalhes dourados. A partir de então, nos passeios de carro, eu ia no banco de trás, com o bebê. Meu pai de tempos em tempos olhava pelo retrovisor e perguntava: "Como estão as coisas aí atrás?". Eu fazia o possível e o impossível para sorrir, sabendo que, se não conseguisse, ficaria marcada como uma adolescente emburrada e difícil — ou, pior ainda, que tinha ciúme do pai, de sua atenção.

Na hora do jantar, só encontrei dois lugares livres no refeitório. O primeiro era de frente para um tutor: um adulto que, tendo estudado em Dalton, sempre perguntava em que escola você tinha estudado, torcendo para que fosse Dalton. O outro era de frente para um cara loiro que parecia um anjo e usava um notebook. Ele estava comendo uma torrada e era idêntico ao amigo desagradável de Ivan, Imre. Mas Imre já tinha se formado e aparentemente estava em Caltech, então não devia ser ele. Ainda que fosse, decidi que eu preferia sentar com ele do que com o fanático de Dalton.

"Posso sentar?", perguntei numa voz que parecia irritada, pondo minha bandeja na mesa.

"Si-im", disse o loiro, afastando o computador. Seus olhos eram de um azul translúcido chocante que eu nunca tinha visto.

"Desculpa, pensei que era outra pessoa. A gente não se conhece, né?"

"Não. Mas podemos nos conhecer agora." Sua postura excessivamente correta e sua entonação, junto com o leve delay nas respostas, contribuíam para a impressão de que ele respondia a instruções enviadas telepaticamente de muito longe. Ele perguntou de onde vinha o nome Selin. Eu respondia isso umas dez vezes por dia, mas, vindo desse cara que tinha uns maneirismos tão pouco comuns e que se apresentou como "Juho", não me incomodou.

"É turco. E Juho, de onde é?"

"Consegue adivinhar?"

"Hum, puxa. Provavelmente não."

"Tente."

"Groenlândia", respondi, percebendo, enquanto falava, que ele usava suéter e calça verdes.

Ele se sentou ainda mais ereto e disse: "Esse é um chute bem surpreendente. A Groenlândia tem a menor densidade populacional do mundo. Até o Saara é mais densamente povoado do que a Groenlândia. A probabilidade de eu ser da Groenlândia é muito baixa. Se, no futuro, você precisar adivinhar a nacionalidade de alguém, a Groenlândia deve ser sua última opção".

Eu olhei para ele atentamente, tentando decidir se ele era ou não um babaca. Eu nem queria adivinhar a nacionalidade dele. "Islândia", eu disse.

"Aí ficou mais quente, não só porque a Islândia é mais quente do que a Groenlândia, mas porque é mais perto de onde eu sou."

"Ah, legal." Voltei minha atenção para a tigela de sopa de feijão Yankee. Não queria mais saber de adivinhar de onde esse cara era.

"Vou te dar uma dica. No meu país, também falamos um idioma aglutinativo."

Daí eu soube que ele era finlandês e fiquei interessada. Perguntei se ele acreditava na família linguística uralo-altaica: uma teoria sobre como os finlandeses, os húngaros, os turcos e os japoneses estavam todos relacionados. Os linguistas já não acreditavam nisso desde os anos 1960, mas na minha cabeça podia ser verdade, por causa de todas as similaridades que eu tinha notado entre as gramáticas turca e húngara. Juho disse que tinha tido uma experiência parecida estudando japonês e perguntou se era teoricamente possível, em turco, como era em finlandês e japonês, criar uma palavra infinitamente longa expressando uma delegação infinitamente longa de comando — por exemplo, uma única palavra que significasse: "Eu ordenei a ele que ordenasse a ele que ordenasse a ele que ordenasse a ele que ordenasse a ele para fazer isso". Pensei um pouco e vi que, sim, era possível.

Juho tinha vinte e três anos, como Ivan, mas já tinha ph.D. em química e física. Fazia parte do grupo de bolsistas por méritos, em que todos passavam três anos aqui, sendo pagos para fazer o que bem entendessem. Um dos membros achava que os mamíferos eram mal classificados e estava trabalhando numa nova classificação. Outro tentava usar padrões climáticos para prever quando o técnico da seleção brasileira de futebol seria demitido.

"E isso é possível, por acaso?"

"Acho que tudo que ele precisa provar é que o clima não é *pior* do que os outros meios de previsão existentes."

Perguntei qual era o projeto de Juho. Primeiro ele disse algo sobre tentar "construir um clavicórdio". Depois disse que estava ensinando um computador a reconhecer o conceito de cadeira. Ele virou a tela do computador pra mim: uma janela exibia minúsculas linhas de código impossíveis de ler, e outra, uma grade de fotografias de cadeiras. Ele não sabia se incluiria poltronas e banquinhos. "Ou isso aqui", ele disse, clicando na foto de uma cadeira de plástico infantil no formato daquele monstrinho roxo — será possível que o nome era mesmo "Grimace"? —, amigo do Ronald McDonald.

Juho disse que seu doce finlandês favorito se chamava *turkinpippuri*, que significava "pimenta turca" e continha sal amoníaco, que era resultado da mistura de hidrocloreto e amônia. "Tem isso na Turquia?"

"Acho que não."

"Você tem que experimentar. Qualquer dia eu trago um pra você."

Fui a alguns encontros de um seminário de ética oferecido por um filósofo famoso de Oxford. Ele usava óculos redondos, tinha um cabelo branco desgrenhado e colocava um número infinito de slides no telão, slides que geralmente estavam de cabeça para baixo ou ao contrário, com tabelas e gráficos sobre a qualidade de vida de diferentes populações.

Uma questão levantada no seminário era como medir o benefício de uma leve melhora na atual qualidade de vida de milhões de pessoas contra um risco maior infligido a milhões de pessoas que ainda não haviam nascido. Era complicado, pois, caso você melhorasse a qualidade de vida, mais pessoas teriam filhos, então as pessoas que você talvez viesse a prejudicar no futuro seriam aquelas que, se não fossem por você, talvez nem tivessem nascido — logo, dá pra dizer que, apesar de tudo, você tinha feito um favor a elas.

Muitas questões de ética tinham a ver com o nascimento de pessoas. Era moralmente errado não ter um filho, se você soubesse que ele seria feliz? Era moralmente errado ter uma criança aos catorze anos, em vez de mais tarde, caso você soubesse que a criança mais tardia seria mais feliz? E se você soubesse que a maior parte da vida dela seria feliz, mas que os cinco últimos anos seriam extremamente infelizes? Eu não entendia por que a pessoa extremamente infeliz não podia se matar antes de estragar sua média de anos felizes.

Eu queria que existisse uma aula em que nos ensinassem a calcular a hora certa de morrer. Esse jeito atual — ficar de braços cruzados esperando pelo momento em que seu corpo decide encerrar os trabalhos — não me parecia nem um pouco ideal. Minha avó muitas vezes dizia que já tinha vivido tempo demais, pois estava sempre com dores e já perdera o marido e os amigos. Em vez de ser levada a sério, essa afirmação era tratada como uma espécie de piadinha que demonstrava o amor da minha avó pelo debate. Minha mãe dizia que minha avó era combativa e adorava a vida. E gostava de comer ovos cozidos de gema mole.

O professor de ética era inteligente. Sempre que alguém fazia uma sugestão ou uma pergunta, ele dava um meio sorriso e imediatamente nos bombardeava com todos os tipos de implicações que uma pessoa normal não teria pensado nem se ficasse ali sentada por anos a fio. E era gentil também, nunca dizia nada que fizesse alguém se sentir burro. Na única vez que fiz uma pergunta, ele ficou pra lá e pra cá e até fez um desenho. Era um alívio que a pessoa que havia sido designada para nos ensinar ética não fosse um babaca.

Apesar disso, eu sempre saía do seminário me sentindo insatisfeita e ansiosa. "Qualidade de vida": como se soubéssemos o que era isso e como medi-la. Eu bem que queria saber o que era qualidade de vida.

Lakshmi disse que era esquisito que eu não participasse da revista literária, como todo mundo que queria ser escritor, ou como ela mesma, que "não era escritora", mas que gostava de escrever. Eu não entendia o que Lakshmi queria dizer quando dizia que "não era escritora".

"Escrevo muito mal", ela disse.

"Bem, ninguém aqui é *bom*."

"Não, é diferente. Eu escrevia poemas..." Uma sombra de horror correu pelo rosto dela, e eu mudei de assunto.

Entrar na revista literária nem tinha passado pela minha cabeça. Eu não queria ser editora ou dirigir uma revista, então por que me dedicaria a uma versão de mentirinha disso na universidade? E outra: quem mais se interessava pela revista literária eram os caras que pareciam incapazes de esconder a alegria que sentiam quando pensavam em todos os escritores famosos que tinham estado ali cem, cinquenta anos atrás. Não que eu tivesse algo contra Wallace Stevens ou John Ashbery, eu só não queria participar de um clube dedicado a babar por eles. Mas agora Lakshmi e outras pessoas que eu conhecia estavam lá, e, pelo que entendi, *não* entrar para a revista era quase uma crítica, então decidi me inscrever.

Todos os candidatos eram encaminhados aleatoriamente para um "tutor": alguém que já trabalhava na revista e que tinha de ajudar você na elaboração do seu ensaio de inscrição. Meu tutor era Lucas, o amigo de Riley. Eu tinha certa afinidade com Lucas, pois ele lia tanto quanto eu, seus pais também tinham crescido em continentes diferentes e agora viviam separados. Lucas estudou em Nova York, mas passava as férias fora do país. Não era nem impermeavelmente americano, como Riley, que nunca tinha saído dos Estados Unidos, nem confiantemente internacional, como Joanne ou Lakshmi. Ele tinha uma energia familiar, aquele constrangimento dos deslocados, a ansiedade de não falar outros idiomas muito bem, algo que não víamos em pessoas que tinham estudado no país onde a maioria dos seus parentes morava.

Para o ensaio, você tinha de ler um conto, descrever as qualidades e fraquezas e dizer o que pediria que revisassem caso pretendesse publicá-lo. Almocei com Lucas, que me passou uma xerox do conto. Fiquei esperando que ele me desse algum conselho, o que não aconteceu. Quando toquei no assunto, ele achou que eu estava brincando. Acabamos só falando de livros, como sempre.

Lucas tinha um jeito de falar sobre escrita que sugeria um mundo previamente insuspeito de competência e colegialidade. Foi dele que ouvi pela primeira vez a expressão "bom no nível da frase". Ele disse isso num tom de autodepreciação, indicando que a autoria da expressão era de outras pessoas. Era fascinante pensar que não só o próprio Lucas como outras pessoas também conheciam aquela experiência de ler um livro em que as frases individuais tinham um ritmo delicioso e uma escolha de palavras perfeita, mas alguma coisa ali te dava um sentimento ruim. Que havia um nome para aquele misto de gratidão e decepção que eu deixei pra lá por achar que era uma coisa pessoal demais para merecer um nome.

O conto para a inscrição era sobre um encanador que transava com uma dona de casa. Escrevi alguns comentários sobre como a história poderia ser menos idiota e entreguei pro Lucas.

Fui aceita na revista literária. Lakshmi ficou encarregada de organizar as festas, área em que suas habilidades eram amplamente reconhecidas.

Dia desses, saindo de uma festa em Boston, Lakshmi e as amigas toparam com algumas pessoas que tinham se formado no ano anterior. Uma delas se aproximou de Lakshmi e perguntou se por acaso ela conhecia "uma garota turca chamada Selin".

"Foi meio bizarro", Lakshmi disse. "Esqueci o nome dela. Zina, Zelda, algo assim."

Meu queixo caiu. "Zita?"

"Isso! Quem é?"

"A ex-namorada do Ivan."

"Ex? Por que ela quer tanto falar com você? Ela pediu seu telefone. Eu devia ter passado? Eu não sabia se era alguém que você estava evitando. O que ela quer?"

"Não sei. Como ela era?"

"Era muito interessada em você. E baixinha. Não se vestia muito bem. Ele trocou você por ela, ou ela por você?"

"Acho que tinham terminado antes de a gente se conhecer."

"Imaginei." Não perguntei o que ela quis dizer.

Sempre achei que a família de Lakshmi fosse rica, até que descobri que ela não tinha comprado nenhum dos livros das disciplinas. Ela *tinha* quase todos os livros, mas eram doados por amigos mais velhos: gente das classes abastadas, glamourosos e pós-coloniais, que também levavam Lakshmi a Nova York para comprar roupas em liquidações exclusivas para convidados e a certas lojas por consignação, onde mulheres e adolescentes ricas se desfaziam de peças usadas de alta costura, e o que arrecadavam pagava os remédios para ansiedade e TDAH. Eu nunca tinha ouvido falar disso, mas Lakshmi dizia que era comum.

Isso de parecer ter dinheiro era uma habilidade que Lakshmi tinha aprendido com o pai diplomata. Ela crescera em residências palacianas ao redor do mundo, com criados, motoristas e jardineiros. Seus pais a entretinham com muito luxo, sem que nada da casa pertencesse de fato a eles.

A bolsa de estudos de todos os estudantes de Singapura, incluindo Joanne, era a mesma: cobria as mensalidades e dava também um estipêndio; em troca, eles tinham de trabalhar pelo governo de Singapura por alguns anos depois de se formarem. Joanne cortava o próprio cabelo, não gostava de roupas caras nem de maquiagem e usava sabonete líquido como xampu. Usou o estipêndio para comprar uma bicicleta de carbono e um notebook com entrada para CD. Tratava esses itens com uma espécie de vergonha, mas com respeito, o que parecia ser o sentimento geral dos estudantes de Singapura em relação ao que eles chamavam de sua "dívida". O caso de Joanne era ainda pior pelo fato de que tecnicamente seus pais poderiam tirá-la daquela situação, pois sua mãe era cidadã americana: informação que todos nós sabíamos, até eu, mas que seus pais aparentemente nunca tinham discutido com ela.

O singapurense mais famoso de Harvard, Percival, era um ruivo que estudava os clássicos e organizava rituais inspirados nos Mistérios de Elêusis, ocasião em que tomavam psicodélicos e assavam um leitão. A maioria das pessoas que não era de Singapura não sabia que Percival era singapurense. Mas ele era trazido à tona o tempo todo por outros singapurenses como exemplo do que podia acontecer com você por causa de uma dívida. No ensino médio, ele era conhecido por participar assiduamente da olimpíada de matemática, com casaquinho e tudo.

No começo eu achava a dinâmica dos estudantes singapurenses meio extrema e arcaica. Mas depois que entendi melhor a situação dos meus colegas, mais me pareceu que todos os estudantes, não só os singapurenses, tinham uma "dívida", só que essa dívida era menos formal, sem base jurídica, e vinha dos pais, não de um país inteiro. Riley ganhara uma bolsa integral da farmacêutica onde sua mãe trabalhava. Ninguém mais na sua família tinha se saído bem nos estudos, então sobrou para Riley a obrigação de virar médica.

O fato de Joanne ter se voluntariado para trabalhar dez horas por semana em um programa de educação para adultos — o mesmo que abandonei ano passado — parecia ter a ver com a dívida. Todos os dias da semana ela pedalava quase dez quilômetros até o projeto habitacional, voltando sempre com o mesmo humor inabalável. Quando perguntei se ela já tinha ficado irritada com alguém de lá, ela me olhou pensativa e disse: "Algumas pessoas de lá podem ser um pouquinho difíceis".

No meu caso, foi minha mãe quem quis que eu me voluntariasse, quando mencionei que estava pensando em arranjar um emprego. Em sua visão de mundo, eu tentar arrumar um emprego era um insulto pessoal — como se eu a estivesse acusando de não me sustentar direito. No ensino médio, fiz de tudo para me mostrar grata, e para ser de fato grata, pois eu sabia que era muito mais privilegiada do que os adolescentes que *tinham* de trabalhar — fosse porque eram pobres ou porque seus pais eram daquele tipo de gente rica que acha prejudicial preservar os filhos de qualquer tipo de aperto. Geralmente, quem pensava assim eram as pessoas que eu considerava completamente americanas — os brancos, como minha amiga de escola Clarissa os chamava. Fiquei surpresa quando descobri que Clarissa, cujos pais eram chineses, não se considerava branca. Segundo Clarissa, eu também não era branca. Mas perguntei para minha mãe, e minha mãe disse, escandalizada, que era óbvio que nós éramos brancas.

Pais que não eram pobres vindos de outros países, ou judeus, muitas vezes não queriam que seus filhos trabalhassem. Um argumento era que nossos salários seriam tão baixos que o empenho todo não valia a pena. A justificativa da mãe de Leora era a seguinte: "Eu não tenho tempo de ir buscar você no seu emprego de mentirinha". A mãe de Leora sempre dava um jeito de falar algo da forma mais ofensiva possível. "Eu não vou dar ouvidos a uma criança de dez anos", ela dizia, ou "uma criança de sete" ou "uma criança de doze", numa voz que ignorava tudo que você dizia, sem discussão. Nesse sentido eu era mais privilegiada do que Leora: meus pais sempre pediam a minha opinião, e, quando não a pediam, não parecia ter a ver com algum princípio do qual eles se orgulhavam. Ainda assim eu sabia que Leora se considerava mais privilegiada do que eu, pois tinha irmãos e irmãs, e porque "nunca tinha passado por um divórcio". Mas meus pais eram os únicos que eu conhecia que não se comportavam como se eu lhes devesse dinheiro só por estar viva, nem falavam que crianças eram "mimadas" ou "egoístas", nem diziam que eu tinha de ser médica, nem ficavam sempre do lado de outros adultos em vez do meu. Eu me sentia tão grata por isso que às vezes sentava no quarto e chorava.

Este ano, decidi que arranjaria um emprego. O emprego para estudantes que pagava melhor era na Equipe de Dormitório, divulgado como uma experiência divertida voltada para o desenvolvimento de equipes, só que, em vez de ir para uma floresta, você limpava o banheiro dos outros estudantes. Ano passado, o funcionário da Equipe de Dormitório do bloco de Priya e Joanne era também monitor de matemática; ele deixava equações escritas com pincel no espelho do banheiro para as duas resolverem. Dependendo da resposta, ele desenhava uma carinha triste ou uma carinha feliz; uma vez, elas resolveram um problema particularmente difícil, e ele deixou pedrinhas de banheiro com formato de golfinho.

A Equipe de Dormitório, que pagava doze dólares a hora, era só para estudantes inscritos em um programa do governo federal, o que significava que seus pais tinham de estar abaixo de um certo limite de renda. A colega de quarto de Svetlana, Dolores, tinha bolsa integral e trabalhava lavando pratos em um dos refeitórios; ela mandava o dinheiro que ganhava aos pais, que, por sua vez, enviavam aos avós dela. Algumas pessoas falavam bem da Equipe de Dormitório, mas nunca ouvi ninguém dizer nada de bom sobre lavar pratos, exceto que os horários eram mais flexíveis.

O emprego com salário mais alto em que você não precisava fazer nada desagradável era o de funcionário da biblioteca, que também fazia parte do programa do governo federal. Os empregos não relacionados ao programa começavam com uma remuneração de 4,75 dólares por hora, e não eram exatamente interessantes. Os empregos interessantes eram os estágios, que não eram remunerados.

Arrumei um emprego fora do campus trabalhando com coleta de dados para um catálogo de jardinagem. Eles me davam uma lista de endereços de pessoas que talvez se interessassem por jardinagem, e eu passava essa lista para um computador. O salário variava de acordo com o número de endereços. Digitando o mais rápido possível, ganhava quase vinte dólares por hora.

Mas daí eu comecei a sentir dores no pulso e nas mãos, e quando fui ao centro de saúde estudantil, disseram que era devido à digitação, então pedi demissão.

Depois disso, consegui um emprego no Instituto Ucraniano de Pesquisa, que era dentro do campus, não era relacionado ao programa do governo federal e, por milagre, pagava sete dólares a hora. Na entrevista, tentei deixar clara minha empolgação. "Sua paixão pela literatura russa é inspiradora, mas você sabe que aqui é um instituto ucraniano de pesquisa, certo? E são basicamente tarefas de escritório", disse o entrevistador, Rob, como que tentando me dissuadir. Mas falei que eu amava tarefas de escritório e também o violinista Nathan Milstein, e no fim Rob me contratou.

O Instituto Ucraniano de Pesquisa ficava numa casa colonial de madeira, com escritórios em diferentes salas. Quase um terço dos funcionários era realmente ucraniano e parecia sempre à beira de um ataque de nervos. Para tirá-los do sério bastava que alguém dissesse "de Ucrânia" em vez de "da Ucrânia", ou achasse que uma palavra em ucraniano era a mesma em russo, ou perguntasse se certo escritor ucraniano escrevia em russo. Essa sensibilidade exacerbada também existia nos turcos, o que me fazia querer proteger aqueles ucranianos como se tivéssemos um laço.

O futon da sala estava coberto com um tecido batik que Priya usava para decorar tudo — como se adiantasse. Riley e Priya estavam numa aula de laboratório. Eu não sabia do paradeiro de Joanne, mas ela era muito silenciosa — e dormia muito. Enquanto eu pensava com admiração na capacidade de Joanne de adormecer em qualquer lugar, percebi, chocada, que ela estava dormindo debaixo da mesa, a um metro e pouco de mim, num saco de dormir que eu achei que estava vazio.

Quando olhei meu e-mail, encontrei uma mensagem encaminhada pelo presidente do clube dos estudantes turcos. Ele tinha escrito: Você tem vontade de acordar às oito da manhã num sábado, colocar o sorriso mais bonito no rosto e se apresentar como um integrante construtivo, sexualmente ativo e etnicamente ambíguo da comunidade de Harvard? A mensagem original era um convite do Crimson Key, grupo estudantil que fazia visitas guiadas pelo campus. Eles estavam em busca de estudantes internacionais e inter-raciais diferentes para receber uma delegação visitante, para que Harvard parecesse mais diversa do que pareceria se só os membros do Crimson Key se apresentassem.

Fiquei pensando que a qualidade dos e-mails do clube turco tinha aumentado drasticamente desde o ano passado. Naquela época, ninguém dizia nada interessante ou engraçado, nem expressava qualquer distanciamento de pessoas como os membros do Crimson Key. Isso, junto com uma simpatia que eu tinha pelo clube singapurense, me motivou a tentar ir a uma reunião do clube turco.

Todas as pessoas do clube pareciam ter frequentado a mesma escola famosa em Istambul. Tirando a escola, o único assunto era onde que dava para encontrar determinado tipo de queijo em Boston. (No mercado armênio, em Watertown.) Quase ninguém dizia coisas engraçadas, a não ser que as provocações sobre comer ou beber demais contassem. Em geral, pareciam mais adultos entediantes em miniatura do que estudantes.

A única pessoa com quem eu gostava de conversar era o presidente, Şahin. Ele frequentara a mesma escola que todos os outros, mas tinha um ar deprimido, dizia coisas engraçadas e não parecia se importar ou mesmo notar que meu turco não era tão bom quanto o dos demais. Enquanto conversávamos, ele ficava alternando entre o turco e o inglês como se nem percebesse. Sua obsessão eram os pássaros, e depois encontrei com ele várias vezes perambulando pelo campus, com fones de ouvido amarelos, olhando fixamente para o chão: estava memorizando cantos de pássaros com o intuito de conseguir financiamento para viajar aos lugares mais remotos do mundo onde os pássaros mais interessantes se reuniam. Memorizar tudo o que os pássaros diziam parecia tão complicado para Şahin quanto aprender russo era para mim. Ele era o único turco que eu conhecia que se mostrava de fato interessado em uma área específica do conhecimento e que não pretendia simplesmente fazer medicina, engenharia ou aquilo que chamavam de "administração".

Havia dois estudantes de pós-graduação, Burcu e Ulaş, que às vezes apareciam nas reuniões para pedir para assinarmos petições sobre o genocídio armênio. Eram pessoas estressantes — não só em relação às petições, mas a tudo. Dava para ter uma boa ideia de como eram os pais dos dois.

A maioria das petições citava dois professores de Princeton que haviam dito que o massacre de armênios no Império Otomano fizera parte de um conflito regional envolvendo grupos pró-Rússia e que tecnicamente não era um genocídio. Às vezes, as petições eram dirigidas ao Museu do Holocausto em Washington, exigindo que não mencionassem o genocídio armênio em alguns dos eventos ou exposições. Muitas das vezes essas petições funcionavam, pois tinha bastante gente no Museu do Holocausto que não queria dar a entender que qualquer outro acontecimento na história humana fosse comparável ao Holocausto. Outras petições eram dirigidas aos legisladores americanos e pretendiam convencê-los a não consagrar o dia 24 de abril como o Dia de Reconhecimento do Genocídio Armênio. Essas adiantavam menos, pois havia mais armênios que queriam um dia do reconhecimento do que turcos que não queriam.

O genocídio armênio era uma coisa que eu ouvia os pais dos meus colegas americanos falarem desde o ensino fundamental. Geralmente era a primeira coisa que mencionavam: quando não falavam de um tapete que tinham comprado, diziam, num tom desafiador, "o cunhado de Jim é armênio" ou "nosso pediatra é grego". Nunca vi nenhum turco falando mal dos armênios, e eu sabia como os americanos amavam falar sobre "ódios étnicos", então sempre pressupus que aquilo era só uma obsessão deles que não refletia a realidade. Fiquei desapontada quando descobri que as tais petições de fato existiam. Parecia indelicado lutar contra o "dia do reconhecimento" de um massacre, independentemente de ele ter ocorrido em um contexto genocida ou no meio do que algumas pessoas em Princeton consideravam uma guerra normal. (Aliás, o que diferenciava uma guerra honrosa, onde você mata pessoas para proteger um pedaço de terra, e um genocídio, onde você também mata pessoas para proteger um pedaço de terra?) Por outro lado, quando Ulaş falava sobre os governos francês e americano estarem sempre lutando para aprovar leis para reconhecer genocídios em outros países, sem jamais chamar desse jeito quando o assunto eram os algerianos ou os nativo-americanos, eu me irritava com os governos francês e americano em um nível que beirava a dor física. Burcu e Ulaş às vezes pediam que Şahin circulasse as petições, mas ele nunca circulava.

Morreu um bardo soviético bem famoso. Todos os instrutores de russo ficaram deprimidos. Vi Galina Fyodorovna chorando na sala de xerox. O bardo era um símbolo da cultura de rua criada por crianças em Moscou, particularmente numa rua famosa da cidade. Em homenagem a ele, todos os estudantes de russo tiveram de memorizar poemas de Púchkin. Na cabeça dos russos isso fazia sentido, já que tudo se conectava a Púchkin.

Para a nossa aula, tivemos de aprender um verso de *Evguiê-*

ni Oniéguin. Fiquei animada, pois *Evguiêni Oniéguin* foi o segundo livro russo que li na vida, ainda na escola, logo depois de *Anna Kariênina*. Era todo escrito num tipo de soneto que Púchkin inventou, então era bem difícil de traduzir. Esse era um dos principais motivos para eu querer aprender russo: poder de fato ler *Evguiêni Oniéguin*.

Chegou a um ponto que Vladimir Nabokov ficou tão indignado com todas as traduções existentes de *Evguiêni Oniéguin* que ele fez a sua própria. A tradução de Nabokov era superliteral, não rimava e acabou com a amizade dele com Edmund Wilson: um homem adulto que as pessoas chamavam de "Bunny". Foi essa que decidi ler. Minha mãe tinha um monte de romances do Nabokov, mas não tinha *Evguiêni Oniéguin*, então eu mesma comprei na Barnes & Noble na Route 22: um dos primeiros lugares para onde fui dirigindo, com o carro da minha mãe, quando tirei a carta.

Só li *Evguiêni Oniéguin* porque eu tinha amado *Anna Kariênina*. Assim que li, percebi que *Anna Kariênina* era um livro muito mais da minha mãe do que meu. O grande conflito do livro era como Anna se sentia dividida entre seu amante e seu filho, e o marido a forçava a escolher entre os dois. Minha mãe também se sentia dividida entre o trabalho dela e seu amor pela filha, um amor do qual seu marido duvidava e que seu namorado não entendia. Eu sabia que ela comparava Jerry a Vrónski e meu pai a Kariênin. Quase todas as mulheres em *Anna Kariênina* eram mães, e todas tinham maridos ou amantes — exceto Várienka, que, contudo, Kóznichev quase pediu em casamento enquanto colhiam cogumelos. Então Kóznichev pelo menos contemplara a possibilidade de fazer sexo com Várienka. Não havia nenhuma mulher no livro com a qual ninguém tivesse pensado em fazer sexo.

Tatiana, a protagonista de *Evguiêni Oniéguin*, não era mãe. Ela *tinha* uma mãe: uma pessoa tradicional, sem graça e mal-humorada que limitava o que ela podia ou não fazer. Tatiana era adolescente e vivia numa província. Não tinha como ir a lugar algum, lia romances o tempo todo e não pensava em fazer sexo com ninguém. Mesmo quando *Evguiêni Oniéguin* apareceu, tudo o que ela queria era vê-lo de vez em quando, pensar nele e continuar lendo seus romances. Foi só quando descobriu que Oniéguin estava indo embora que ela entrou em desespero e lhe escreveu uma carta.

"A carta de Tatiana" era famosa na Rússia — todo mundo sabia de cor. Era uma das duas passagens que podíamos memorizar para o memorial do bardo: ou a primeira estrofe do livro ou o começo da carta de Tatiana. A maioria das pessoas, incluindo Svetlana, escolheu a primeira estrofe, pois era mais curta, mas eu escolhi a carta de Tatiana.

Svetlana era muito boa de memorização. Seu pai lhe ensinara um tal de "método de loci": você imaginava um percurso por um edifício, ou entre edifícios, e "colocava" tudo que você queria lembrar em certos lugares — loci — ao longo do caminho. Assim, você só precisava refazer mentalmente o trajeto para lembrar de tudo.

Svetlana deu a ideia de a gente mapear um percurso de verdade, com paradas que pudéssemos fazer para memorizar nossas estrofes.

"Tipo as Estações da Cruz?"

"Isso daria certinho, pois são catorze Estações da Cruz e catorze versos em cada estrofe do *Oniéguin*." Decidimos começar do Yard, no dormitório onde moramos ano passado, e seguir até o rio.

O tempo estava fechado o dia todo, mas só choveu quando chegamos ao nosso antigo dormitório. Ficamos um momento paradas lá, absorvendo tudo: a fachada de tijolos sem ornamentos, as empenas pontudas. Nos sentíamos um pouco deslocadas, rejeitadas. Sabíamos que nossas carteirinhas já não abririam as portas do prédio. Novos calouros entravam e saíam. Alguns claramente pensavam muito no que iam vestir. Outros pareciam ter se vestido com o intuito de se tornarem irrevogavelmente à prova d'água, como móveis de jardim.

O primeiro verso da carta de Tatiana — "Escrevo para o senhor — que mais dizer?" — era fácil de lembrar e de associar a esse edifício, pois foi ali que escrevi para Ivan. A ideia básica era como a mera existência da carta comprometia sua autora para sempre. Como, ao escrevê-la, ela se colocava totalmente nas mãos de Oniéguin, confiando a ele sua honra. Ela jamais faria aquilo, ela dizia, se as coisas pudessem continuar como estavam — se fosse possível que ver Oniéguin pelo menos uma vez por semana, trocando algumas palavras, para depois "pensar, pensar sempre o mesmo" até o próximo encontro. Eu nem acreditava que aquilo estava escrito: "pensar, pensar sempre o mesmo". Foi exatamente assim comigo.

Do lado de fora do Café Gato Rojo, na Associação dos Estudantes de Pós-graduação, Svetlana teve de memorizar um verso sobre o tio adoentado de Oniéguin. Convenientemente, certa vez ela passou muito mal no Gato Rojo, no dia que conheceu seu tutor de francês. Meu verso era sobre como eu me expunha a ser punida pelo desprezo de Evguiêni Oniéguin. Bem, eu sabia que a namorada de Ivan, Eunice, era estudante da pós e passava seu horário de monitoria no Gato Rojo. Eu sabia disso porque tinha fuçado seu perfil pelo *finger* e no "plano" ela anunciava seus horários. *Eu mesma* me odiava por saber daquilo.

No fim da nossa caminhada, Svetlana foi para a terapia. Eu

sentei num banco e refleti sobre a carta de Tatiana a Oniéguin, perguntando-me se ela podia ser considerada um sucesso ou não. Primeiro que eles nem terminaram juntos. Além disso, houve um duelo e um cara morreu. Não dava para dizer que os resultados imediatos tinham sido positivos. Por outro lado, o próprio Púchkin amava a carta. Ele disse que tinha uma cópia dela e que lia e relia. O amor de Púchkin e o amor de todos que liam *Evguiêni Oniéguin* não eram mais importantes do que o comportamento patético de Oniéguin?

Púchkin disse que alguns leitores poderiam vir a condenar Tatiana — diriam que ela era impulsiva ou indecorosa. Mas não era verdade o que diziam. O que eles realmente queriam dizer era que Tatiana não era estratégica. Não sabia jogar. "A coquete calcula, raciocina; Tatiana, porém, ama de verdade: ao amor, como simples menina, se entrega com cega lealdade." Eu amava Tatiana porque ela não escondia o que sentia, e eu amava Púchkin por expor aqueles que confundiam discrição e virtude. Ainda tinha gente assim: pessoas que viviam como se demonstrar sentimentos amorosos, antes de arrumar um homem que lhe comprasse coisas, fosse uma violação — não do pragmatismo, nem mesmo da etiqueta, mas moral. Significava que você não tinha autocontrole, que não era capaz de esperar pra ser recompensado, fracassando no teste imbecil do marshmallow. Argh. Eu me recusava a acreditar que a dissimulação era mais virtuosa que a honestidade. Se havia qualquer recompensa a ganhar pela mentira, eu é que não queria.

Eu via isso na forma como as mulheres da minha família falavam sobre o "nosso" caráter. Nos assuntos amorosos, éramos inteligentes e honestas demais para fazer joguinhos. Só seríamos felizes com homens com os quais não precisássemos fingir. Os que precisavam de fingimento, embora fossem a maioria, não valiam a pena. Não apenas era impossível conquistá-los, pois éramos constitucionalmente incapazes, como eles próprios não eram dignos de serem conquistados, pois não eram capazes de amar de verdade.

Mesmo assim, desde novinha, vi mulheres da minha família, como minhas tias e minha mãe, prostradas de tanto sofrer por homens. "Prostradas de tanto sofrer" era a minha interpretação para umas expressões turcas que na época eu não entendia completamente: "*kendini yerden yere attı*", ou "*başını taştan taşa vurdu*". Alguém "jogava a si mesmo ou a si mesma" — mas, sejamos sinceros, provavelmente a si *mesma* — "de chão em chão" ou "batia a cabeça de pedra em pedra". Isso porque certo homem tinha dado mais atenção a outra mulher — ao tipo de mulher que faz joguinhos. Nesse caso, passar bem: o cara claramente tinha ficado intimidado com a nossa inteligência e honestidade.

Mas o que esse "passar bem" implicava — que o amor poderia ser desligado, como uma lâmpada, na hora que você percebesse que o objeto do seu amor era um idiota ou um covarde ou uma criatura de mau gosto — não se confirmava quando observávamos de perto. Havia sinais de que era sim possível sofrer absurdamente por causa de covardes de mau gosto. Mas talvez tais infelicidades só abatessem mulheres de gerações anteriores — mulheres que, como elas mesmas me asseguravam, eram menos privilegiadas e menos inteligentes do que eu. Foi um alívio descobrir que Púchkin corroborava o que minha mãe e minhas tias sempre tinham me dito: que era melhor ser inteligente e honesta do que fazer joguinhos.

Em geral, eu pensava, fiz certo em escrever para Ivan. Só de digitar algumas palavras em um computador, fiz um monte de coisas acontecerem no mundo — noites de sono foram perdidas, passagens de avião foram compradas, dinheiro foi parar em outras mãos. De certa forma, era um teste para ver até onde uma pessoa consegue chegar só escrevendo uma simples mensagem.

Mas às vezes eu me perguntava se tinha sido idiota ou jogado a minha dignidade no lixo. Lembrei do baile no começo de *Anna Kariênina*, quando Kitty olha apaixonada para Vrónski, que já estava apaixonado por Anna: "e, por muito tempo, durante vários anos, o olhar repleto de amor que ela, então, lhe dirigiu e ao qual ele não correspondeu feriu seu coração com uma vergonha torturante". Kitty quase morreu de vergonha, literalmente: teve que ir para um spa alemão. Depois, quando ela contou tudo a Várienka, Várienka disse: "Mas o que houve de vergonhoso? Acaso declarou seu amor a um homem que se mostrava indiferente à senhorita?". E Kitty disse que não, claro que não, ela nunca *declarou* nada.

Por alguma razão, pensei em quando minha mãe me contou que, nos anos 1970, meu pai falou que *Anna Kariênina* era um romance burguês sobre mulheres decaídas, surpreendendo-se com o interesse da minha mãe por um livro como aquele. Será que meu pai disse mesmo aquilo? As lembranças dos meus pais às vezes divergiam entre si — e também das minhas.

Uma vez, quando estávamos no ensino fundamental, meu pai me levou a Nova York com a Leora para assistir *Os miseráveis*. Na volta, ele reclamou da sentimentalização da materni dade — de como a maternidade, o "amor maternal", supostamente santificava de imediato uma personagem, quando na verdade Fantine, de *Os miseráveis*, era uma prostituta com a moral duvidosa, não tendo nada a ver com Jean Valjean, que roubava pão para alimentar a família.

Sempre foi parte da minha identidade me sentir mais objetiva do que meu pai e minha mãe — ser capaz de escolher entre suas visões de mundo, guardando o que eu considerava útil e descartando o resto. Por um lado, eu concordava que havia algo irritante na expressão "amor maternal", que era quase o que eu sentia quando minha mãe se referia a mim como "sua criança". Por outro, eu via na opinião do meu pai sobre *Os miseráveis* o tipo de discurso tendencioso, impermeável, "preconceituoso" que era preciso ignorar — esse ignorar sendo, sem dúvidas, uma das habilidades indispensáveis para a vida adulta. O ponto central — que nem estava tão implícito — de *Os miseráveis* não era justamente que Fantine, obrigada a trabalhar como prostituta, não era diferente de Jean Valjean, que roubava pão para alimentar a família? Além disso, o jeito que meu pai dizia "alimentar a família" era quase tão irritante quanto minha mãe falando "minha criança".

Sobre esse assunto — e sobre muitos outros —, concluí que, embora nem meu pai nem minha mãe estivessem cem por cento certos, eu, se fosse obrigada a escolher, concordaria mais com a minha mãe.

A quarta semana

No fim de semana, Riley, Priya, Joanne e eu fomos fazer compras em Boston. No Garment District, onde vendiam meio quilo de roupas por setenta e cinto centavos, comprei uma camisa de veludo cotelê laranja queimado e uma saia de charmeuse sintética com flores roxas enormes. Pelo que entendi, estávamos procurando "tecidos". Não entendia muito bem o porquê: tecido é o que não nos faltava. Entretanto, na loja de têxteis, escolhi alguns metros de cetim marrom que talvez funcionasse para fazer divisórias no quarto.

Passamos a tarde em Somerville em busca de uma TV e de um videocassete que um cara do pós-doutorado disse que daria a Priya. Era um número tão alto de instruções, telefonemas e mudanças de planos que tudo mais parecia uma negociação envolvendo um refém do que uma troca voluntária de propriedade. Teve uma hora que começou a parecer possível — e depois provável — que o videocassete não existisse. Acontecia com frequência na vida de Priya: homens desesperados oferecendo sem um pingo de vergonha coisas que eles não tinham. Os problemas da mulher bonita.

Voltando de Somerville, passamos várias vezes por pilhas de itens domésticos descartados nas calçadas. Peguei um capacho que dizia EU NÃO SOU SEU CAPACHO.

"É um capacho iludido!", eu disse, entusiasmada. Joanne perguntou numa voz gentil se eu gostaria de levá-lo para casa, e fiquei imaginando que todos os dias veríamos o protesto daquele capacho ressentido e todos os dias esmagaríamos sua autoimagem com nossos pés, então coloquei a peça de volta no lugar, entre uma torre de CDs e a parte de um futon desmembrado. Alguns quadras depois, Riley encontrou outro capacho, agora com oito gatos cujos rabinhos juntos formavam um BEM-VINDO. Claramente era o capacho ideal.

Quando voltamos, um dos amigos de Riley e Priya, Lewis, estava esperando na entrada. No começo eu não sabia por que aquele rapaz não saía dali, mas depois entendi: era obcecado por Priya. Ele tinha dito a ela que outros caras talvez nem a considerassem atraente, mas que ele não conseguia tirá-la da cabeça.

"E se ele for o único que me acha bonita?", Priya perguntou, com seus olhos límpidos arregalados de horror.

Joanne foi num jantar do clube dos estudantes de Singapura. Ela perguntou se eu queria ir, fiquei emocionada, mas, quando os singapurenses se reuniam, eles começavam a falar singlês e era muito cansativo acompanhar as conversas.

Passei a hora seguinte no quarto que Riley e eu dividíamos, fazendo uma espécie de dossel na parte de cima do beliche, prendendo o cetim marrom ao teto com fita adesiva e reforçando tudo com tachinhas. Ficou bom. Agora eu podia ler na cama com a sensação de que ninguém estava me vendo.

* * *

Na sala, dois outros alunos do curso preparatório para medicina se juntaram a Riley, Priya e Lewis: um cara mais ou menos como Lewis, de pulôver com estampa xadrez pied-de-poule, e uma garota tão bonita quanto Priya, mas com uma beleza diferente. Priya estava sentada de pernas cruzadas no chão, jeans rasgado e camiseta de gola-canoa, o rosto adoravelmente emoldurado pelo cabelo esvoaçante. A outra garota empoleirou-se na beira do futon, também de pernas cruzadas, vestindo blusa branca e saia-lápis que não só pareciam feitas sob encomenda, como também devidamente passadas a ferro. Alguma coisa nela me parecia familiar, mas eu não sabia dizer o quê.

Lewis estava sentado bem no meio do futon com os braços abertos, parecendo muito mais à vontade e em casa do que eu, embora eu morasse ali. Quase tudo que saía da boca dele consistia em comentários que variavam entre hostis ou elogiosos para Priya ou sobre ela. Priya tinha feito uma tigela de massa de cookie Toll House que eles circulavam entre si, comendo com colherinhas do refeitório. Só a menina de roupa passada dispensou a massa de cookie e, na primeira pausa na conversa, imediatamente começou a falar que não sabia se estava ou não viciada em cigarros. Todo mundo olhou pra ela sem entender. Ela disse que fumava exatamente um cigarro por dia, sozinha, no pôr do sol, no telhado de um edifício específico. “Mas eu não sei se é um vício.”

Riley contou a história de um primo que parou de fumar quando a esposa teve bebê e acabou ficando viciado em tabletes de nicotina. Eles eram tão caros que ele vivia escondendo alguns mascados pela casa para talvez reaproveitar no futuro. Tudo terminou no pronto-socorro pediátrico quando o filho de dois anos conseguiu grudar os testículos com pedaços de goma velha que ele encontrou na mesa da sala.

Eu contei que uma vez meu pai tinha trabalhado no laboratório de um hospital para veteranos no mesmo andar de um cara que conseguiu viciar cachorros em cigarros. Ele usava um tubo de traqueostomia, de um jeito que não tinha nem como os cachorros *não* inalarem a fumaça. No começo eles odiavam, mas depois se viciavam, daí quando ficavam sem cigarro passavam noite e dia uivando. Só quando estava quase acabando foi que percebi que era uma história superdeprimente. Eles ficaram quietos.

"Mas eu não sei se é um vício", repetiu a menina. Ela descreveu minuciosamente seu ritual de fumo — não que ela desse muitos detalhes, mas usava muitas palavras, identificando e reidentificando os detalhes da hora e do lugar, como se fossem por si só interessantes e únicos. Ela guardava os cigarros numa caixinha vintage que ficava em sua gaveta de calcinhas. Só de ouvir a menção das calcinhas, Lewis pareceu ficar agitado. Enquanto ela explicava o que fez no dia em que choveu, eu a reconheci: era a amiga do Peter, a que tinha pedido o e-mail do Ivan e que falava da genialidade de Johannes Kepler.

Eu não sabia o que sentir em relação a essa linda não fumante. Uma parte de mim a detestava por falar, falar e não falar nada, e por não perceber a expressão da Riley. A outra parte minha gostava do fato de que pelo menos ela estava falando com entusiasmo sobre uma coisa que gostava de fazer, sozinha, só pela graça de ter uma experiência ou de pensar em si mesma de uma determinada maneira.

Ela já tinha voltado mais uma vez ao tema de não saber se podia se considerar uma "fumante". A questão, ela dizia, não era o cigarro em si, mas [...] [o horário, a caixinha de cigarros, a cômoda].

Nessa hora vi Priya olhar para Riley revirando os olhos e entendi que ela também era crítica da linda não fumante. Fiquei chocada, pois eu tinha colocado as duas na mesma categoria —

por causa da beleza, e porque pareciam habitar uma mesma persona social: fadinhas mágicas que nos convidavam, meros mortais, a fazer parte da perplexidade que elas próprias sentiam em relação à natureza única e misteriosa de suas existências.

Antes eu não tinha conseguido ver a diferença entre as duas — e a distinção era evidente, para a própria Priya e também para Riley. Tudo bem, quando Priya agia daquele jeito, ela era mais sutil, conseguia perceber o nível de interesse das outras pessoas. Priya com certeza jamais tagarelaria por tanto tempo. Ela soltava uma alusão meio fantasiosa ao seu amor por steak tartare, por exemplo, ou por redes neurais, depois flutuava graciosamente no ar por um instantinho antes de desaparecer.

Quando voltei a prestar atenção na conversa, percebi com certo pânico que a menina continuava falando sobre o cigarro diário. O que era aquilo? Por que estávamos todos sentados ali? Ela continuava reiterando que tinha de estar sozinha e já enfrentara a insistência de várias pessoas que queriam ir junto. Depois voltou, como se fosse capaz de adoecer se não falasse daquilo de novo, à incapacidade crônica de cravar se estava ou não viciada.

"Bem", disse Lewis, em seu tradicional tom de provocação, "na próxima ida ao telhado, faça tudo do mesmo jeito, mas não acenda o cigarro. Se ficar em abstinência, significa que você é viciada."

Eu me levantei, mais abruptamente do que pretendia. "Preciso ir", falei. Todo mundo me olhou, então acrescentei: "Lembrei que tenho um livro pra ler".

"É, às vezes essas coisas não podem esperar", disse Riley num tom de bom senso que contrastava com a forma como eu estava me sentindo. Todo mundo riu, e eu escapuli.

Eu não pretendia ler nada, nem tinha qualquer plano além da vaga ideia de conferir que filme estava passando no arquivo cinematográfico. A próxima — e última — sessão começaria em dois minutos. Era um docudrama que rompia as barreiras de gênero sobre uma prostituta que tinha uma forma especial de levar a paz aos Bálcãs durante a guerra em Belgrado: "atuando como para-raios para os desejos eróticos de homens violentos". Embora eu tivesse certo interesse pela guerra em Belgrado, eu não queria chegar lá sozinha, atrasada e sem fôlego para um filme sobre sexo violento.

Comecei a andar em círculos pelo quarto, arrumando mecanicamente o meu lado, recolhendo pedaços de tecido e fita adesiva, recibos, sacos plásticos, flyers e páginas das tarefas de russo. Encontrei o exemplar usado de *Nadja* que eu tinha comprado e decidi começar a ler.

A rua parecia mais sombria do que o normal. Dava para ouvir o tempo todo o som de músicas abafadas saindo de janelas à meia-luz ou completamente escuras. Pequenos grupos passavam, garotas riam histericamente, colapsando contra o peito dos rapazes que as acompanhavam. Eu sabia que era aquilo que as pessoas faziam, mas eu não sabia o porquê ou como. Peguei meu walkman. Ouvir o álbum todo espanhol de Itzhak Perlman me dava uma pontinha de esperança, como se a própria vida pudesse ser como aqueles clássicos violinísticos: importante, complexa, demandando uma performance precisa e cheia de verve.

As bibliotecas comuns fechavam cedo aos sábados, então fui até a biblioteca do Mather. Na área da TV, um grupo de rapazes que até então estavam sentados com uma expressão tensa saltou subitamente do sofá, comemorando e se cumprimentando.

"Isso! Isso! Isso!", gritou um deles.

Fiquei aliviada quando entrei na biblioteca: um cubo de concreto silencioso, com escadas em espiral bem no meio. Só havia outros dois caras lá: um estava de fones de ouvido e olhos fechados; o outro girava uma caneta entre os dedos de um jeito elaborado, olhando fixamente para um livro didático. Ambos eram asiáticos. Senti uma onda de fraternidade e admiração pelo fato de que os dois tinham escolhido não fazer o que todas as outras pessoas achavam que era legal.

A primeira frase de *Nadja* — "Quem sou eu?" — era exatamente como eu me lembrava. As páginas seguintes ainda eram ilegíveis de tão chatas. Mas, dessa vez, continuei lendo. Se havia alguma coisa ali que poderia mudar a minha vida, eu não deixaria algumas páginas entediantes serem um obstáculo.

Na página 17, senti um arrepio de empolgação quando J. K. Huysmans foi citado: o autor de *Contra a natureza*, livro com o qual eu aprendi sobre aquilo de "viver esteticamente". Quando você está tentando solucionar um mistério e se depara com um nome que já tinha encontrado no começo da investigação, é um sinal de que está no caminho certo.

André Breton exaltava J. K. Huysmans por ser diferente dos romancistas convencionais — "aqueles empiricistas do romance" —, que perdiam tempo lutando para transformar pessoas reais em personagens fictícios. Eu fiquei perplexa. Não era esse o trabalho de um romancista: transformar pessoas reais em personagens fictícios? Mas pelo visto Breton nutria um desprezo genuíno por aquilo.

> Alguém sugeriu a certo autor que conheço, sobre um de seus trabalhos [...] cuja heroína talvez fosse muito facilmente identificável, que ele mudasse pelo menos a cor de seu cabelo. Aparentemente, se fosse loira, talvez se conseguisse ocultar uma morena. Não considero esse tipo de coisa infantil; considero monstruoso.

Nessas palavras, pude vislumbrar uma possível liberdade. Percebi que minha incapacidade de fazer aquilo — disfarçar as pessoas que eu conhecia e transformá-las em personagens "fictícios" — era meu maior problema na escrita e, consequentemente, em todo o meu projeto de vida. De certa forma, era um problema maior do que Ivan — ou talvez Ivan fosse parte daquele problema, que o precedia em muitos anos.

Decidi que queria ser romancista antes mesmo de aprender a ler, ainda na época em que eu só consumia livros quando os liam para mim e nenhum deles parecia suficientemente longo. Todos os livros deixavam muitas questões em aberto, muitas ramificações inexploradas. Meus pais me diziam que eu estava esperando demais de *Rã e Sapo são amigos*: não era um romance. Ali entendi que um romance explicaria tudo que eu queria saber, como por que Sapo era daquele jeito — por que Sapo era essencialmente debilitado —, e por que Rã o ajudava, e se Rã de fato queria que Sapo melhorasse ou se de alguma forma ele se beneficiava da debilidade de Sapo.

Percebi que os romances, diferentemente dos livros infantis, eram sérios e importantes e que, assim como o trabalho dos meus pais era tratar os pacientes no hospital, o trabalho de algumas pessoas era escrever romances. Todo país civilizado tinha essas pessoas que eram, de certa forma, a própria marca da civilização.

Assim que aprendi a escrever, passei a escrever o tempo todo, enchendo um caderninho atrás do outro, registrando coisas que as pessoas diziam ou que eu lia nos livros. Os adultos perguntavam se eu estava escrevendo um romance. Eu supunha que sim, imaginava que o que eu estava escrevendo de alguma forma já era um romance, ou que aquele tipo de escrita algum dia naturalmente passaria por uma transição e se tornaria escrita romanesca.

* * *

Foi só no ensino médio, quando tive as primeiras aulas de escrita criativa, que comecei a ter uma ideia do problema. Percebi, chocada, que eu não era boa em escrita criativa. Eu era boa em gramática e argumentação, lembrava do que as pessoas diziam e sabia fazer graça em situações estressantes. Mas não eram essas as habilidades de que você precisava para criar pessoas curiosas e delinear arcos de desejo. Já me dava muito trabalho escrever sobre gente que eu de fato conhecia e tudo que elas diziam. Era para *isso*, aliás, que eu precisava da escrita. Agora eu tinha de inventar pessoas extras e pensar em coisas que elas poderiam dizer?

Descobri então que escrever sobre o que você já vinha pensando não era criativo, nem sequer era escrita. Era "olhar para o próprio umbigo". A obsessão pela própria vida era infantil, narcisista, não artística e digna de desprezo. Tentei dar um jeito no problema colocando os meus próprios pensamentos e observações em uma personagem fictícia — uma personagem com um nome neutro, universal, porque eu também não queria que achassem que eu tagarelava o tempo todo sobre ser turca. Eu não gostava de livros que giravam em torno da nacionalidade da personagem e que falavam da comida do país o tempo todo. E, mesmo assim, as coisas sobre as quais eu escrevia só fariam sentido se as pessoas fossem de outro país, e eu não sabia tanto assim sobre outro país além da Turquia.

Havia um livro de exercícios de escrita criativa. Você tinha de preencher questionários sobre os "seus" personagens, incluindo a comida e a cor preferida de cada um. Fiquei desesperada: que tipo de gente tinha cor preferida? Mas daí pensei: ok, é para isso que existe a imaginação, para inventar pessoas diferentes de você. As palavras "tacos" e "bege", escritas numa folha destacável, me davam a sensação de que com aquilo eu anulava qualquer chance de que algo empolgante viesse a acontecer na minha vida.

Quase todos os exercícios mencionavam restaurantes, como muitos dos contos que líamos. Havia claramente uma relação entre escrita criativa e restaurantes. Era uma feliz coincidência, pois eu pensava muito sobre restaurantes. Isso foi na época em que eu morava com a minha tia materna, que trabalhava ilegalmente no restaurante de um cara de Adana que só contratava turcos sem visto de trabalho. No começo parecia que ele estava fazendo um favor, mas só parecia. Um dos cozinheiros, por exemplo, teve pedra nos rins, que todo mundo dizia ser a coisa mais dolorosa depois da dor do parto. (E se alguém dissesse que todo menino tinha de ter duas pedras no rim até os trinta anos de idade — como o cara com quem minha tia veio a se casar, e que viabilizou sua saída do restaurante, me disse várias vezes sobre dar à luz?) O dono do restaurante pagou a cirurgia do cozinheiro e, depois, por causa dessa dívida, passou a torturá-lo de mil formas — obrigando-o a fazer sopa de tripa, por exemplo. Sopa de tripa tinha um cheiro bem peculiar que dava náuseas em muitas pessoas, e o cozinheiro era uma dessas pessoas.

Eu via algo narrativamente rico nessa situação, algo maior que eu, que seria apropriado para a escrita criativa. Mas era só começar a escrever um "conto" a partir disso que eu já me sentia tosca, quase traíra. Só vi o dono do restaurante algumas vezes, ele nunca me fez nada de mais, e minha tia às vezes dizia que ele não era a pior pessoa do mundo. Ela levava várias vezes cacciatore de frango do restaurante pra casa, era de graça e eu também comia.

Além disso, eu sabia que a pedra nos rins e a sopa de tripa não formavam, por si só, uma história; não dava para simplesmente passar aquilo para o papel e chamar de escrita criativa. Eu tinha que identificar uma situação universal humana que aquela história representasse e desenvolvê-la, usando minha imaginação. O cozinheiro teria que fazer alguma coisa: se libertar de algum jeito ou causar algum problema para o dono do restaurante. Só que eu tinha *visto* aquele cozinheiro, Serdar. Claramente tratava-se do tipo de pessoa que, apesar de reclamar o tempo todo, era basicamente respeitosa e não fazia nada para mudar a situação. A única vez que ouvi dizer que ele reagiu na vida foi quando deu um soco na parede ao descobrir que a mãe em Adana tinha câncer e que todo mundo sabia, mas escondiam dele pra que não enlouquecesse. Então, quando descobriu, é claro que ele ia enlouquecer. Acabou no pronto-socorro com a mão quebrada. Meu pai pagou tudo, porque minha família inteira sentiu muita pena dele.

Primeiro tentei usar Serdar como narrador, mas continuei me sentindo paternalista demais. Depois tentei eu mesma ser a narradora, e nesse caso também teria trabalhado no restaurante. Mas nunca ter trabalhado nem sequer ter tido permissão para trabalhar num restaurante fazia parte demais da minha essência. Pensei em pedir mais detalhes para a minha tia, mas tinha vergonha. O restaurante era exatamente o tipo de problema na vida do qual eu estava protegida e ela não.

O curso de escrita criativa acabou, e, teoricamente, eu nunca mais teria de ler ou escrever sobre restaurantes de novo. Mas a semente de pânico havia sido plantada. Meus olhos foram abertos para a diferença entre o tipo de coisa que eu escrevia e um romance de verdade.

Mais ou menos nessa época lançaram o filme *Vestígios do dia*, e meu pai comprou os três romances de Kazuo Ishiguro, que eu li. Eram compactos, misteriosos e tinham a história redondinha; não revelavam quase nada *dele*, seja lá quem ele fosse, esse escritor que escrevia em inglês, mas que se chamava "Kazuo Ishiguro". Como era compassivo e criativo da parte de Kazuo Ishiguro escrever tanto romances sobre personagens tão claramente ingleses vivendo em casas de campo na Inglaterra da década de 1930 (personagens que jamais se chamariam Kazuo Ishiguro) quanto sobre artesãos inegavelmente japoneses na Osaka de 1940 (que jamais escreveriam romances em inglês). Ishiguro escrevia em primeira pessoa, mas o narrador era sempre "não confiável", isto é, louco ou ignorante — e diferente do autor. Que disciplina — e que humildade! Foi lendo que percebi que tudo que eu tentava fazer quando escrevia era mostrar meu jeito de ver e de entender o mundo.

Todo o meu desencorajamento foi resumido por uma citação na capa de *Um artista do mundo flutuante*:

> Há muitos bons escritores, mas poucos bons romancistas. Kazuo Ishiguro é [...] não apenas um bom escritor, mas também um romancista maravilhoso.
>
> — *The New York Times Book Review*

Era nisso que eu vinha me agarrando como forma de fugir da realidade: na convicção de que eu era uma boa escritora. Meu estômago se contraiu ao constatar minha ilusão.

Enquanto tinha algo rolando entre mim e Ivan, eu sempre escrevia sobre tudo no meu caderno, ou no computador, e eu às vezes me perguntava se algum dia transformaria aquelas páginas num romance. Só de pensar eu sentia vergonha. Era constrangedor ser tão não artística e narcisista, não querer inventar ricos personagens fictícios. Era vergonhoso escrever um livro inteiro sobre Ivan. E se ele descobrisse?

Não sei por que, mas lembrei que minha mãe e eu costumávamos rir de *Mamãezinha querida*, um livro escrito pela filha de Joan Crawford que nenhuma de nós tinha lido, mas a que minha mãe sempre fazia referência, dizendo "mamãezinha querida" num tom de voz agudo sempre que me obrigava a fazer alguma coisa.

Depois lembrei de outra piada que ela costumava contar quando fazia alguma coisa que considerava errado, como falar uma mentirinha inofensiva ao telefone ou tirar o cinto de segurança enquanto dirigia: "Não coloque isso no seu livro". Isso também sempre me fazia rir, embora tivesse ali nas entrelinhas uma sugestão um tanto perturbadora: que a desordem que você vivenciava em sua infância era, no fim das contas, enriquecedora ou capitalizável no futuro, ainda que — ou justamente porque — desmoralizasse sua mãe. Assim, o que você ganhava e o que a sua mãe ganhava acabavam entrando em conflito.

Mas por que é que eu estava pensando na minha mãe se o assunto era Ivan? Argh: "Ivan". Falar o nome dele para qualquer pessoa sempre me parecia uma traição — como se eu fosse a *responsável* pela forma como o pronunciavam, seja incorretamente ou com uma correção elaborada e irônica que sugeria certa pretensão da parte de Ivan, por não dizer simplesmente "Ai-van", que era como os americanos, e só os americanos, pronunciavam. "Quando gosto muitíssimo de uma pessoa, nunca conto seu nome a ninguém": li essa frase em *O retrato de Dorian Gray* e senti uma fisgada nauseante da desonra.

E, no entanto, cá estava André Breton, dizendo justamente o oposto: "Insisto em saber os nomes, em me interessar apenas pelos livros largados entreabertos, como portas; não sairei à procura de chaves". Todos os subterfúgios que eu achava que tinha inventado — transformar duas pessoas reais em um único "personagem" "fictício", transformar uma pessoa real em dois personagens, trocar aparências e nacionalidades — Breton já conhecia e via como erros de principiantes. Ele parecia ter orgulho de *não* mudar nada, incluindo a si mesmo.

Era ok se orgulhar disso? Era possível que o tipo de livro que ele estava descrevendo fosse de alguma forma melhor do que os romances que eu conhecia — melhor do que a "literatura psicológica, com todas as suas tramas fictícias"? E não só isso: será que havia uma forma de eu me tornar romancista? Huysmans e a vida estética vinham ao caso? E se eu desse um jeito de usar a vida estética como um algoritmo para resolver meus dois maiores problemas: como viver *e* como escrever romances? Poderia começar a fingir em qualquer situação da vida real que estava num romance e faria o que eu gostaria que a personagem do romance fizesse. Depois, anotaria tudo e no fim teria escrito um romance sem ter que inventar um monte de personagens falsos e fingir que me importava com eles.

Lá pela página 20, Breton do nada deixa de lado o tema que era questão de vida ou morte envolvendo pessoas reais e romances e por algum motivo começa uma descrição minuciosa de algumas coincidências que ele e seus amigos já testemunharam. Por que as coincidências das outras pessoas eram tão entediantes? Nadja mesmo só aparece na página 64: "De súbito, talvez a uns três metros de distância, vi uma mulher jovem e malvestida caminhando na minha direção [...]". Senti um arrepio de identificação. Então andar malvestida não necessariamente se opunha à vida estética, era possível que as duas coisas coexistissem.

Assim que Nadja entrou em cena, a quase cada página havia alguma coisa nova que me parecia uma pista. Por exemplo:

Nadja ficava doente e, não podendo bancar um médico, decidia se curar pelo trabalho manual, arranjando "um emprego numa padaria ou até num açougue". Isso tinha muito a ver com uma história que Ivan me contou várias vezes sobre um colega de escola cuja namorada eslovena mudava-se para Budapeste e acabava trabalhando num frigorífico. Ivan sempre falava da namorada eslovena num tom risonho e admirado. Nunca entendi o porquê e não tinha com quem compartilhar esse mistério. Agora eu finalmente tinha conseguido encontrar mais um dado relevante, pois André Breton também achava engraçado e admirável que Nadja trabalhasse no açougue.

Comecei a registrar no meu caderno tudo em *Nadja* que parecia relacionado aos meus próprios problemas. Não demorou muito para que tudo que eu quisesse fazer fosse ficar o dia inteiro escrevendo essa lista. As fileiras de números de páginas e citações lembravam *Fogo pálido*, romance em que a primeira metade era um poema, e a segunda era uma glosa autobiográfica escrita pelo vizinho do poeta (o vizinho tinha problemas mentais). Eu queria poder escrever um livro assim sobre *Nadja*, em que eu pudesse explicar cada linha, mostrando como tudo se aplicava de um jeito bem específico a coisas que tinham acontecido na minha vida. Eu sabia que ninguém ia querer ler esse livro; as pessoas morreriam de tédio. Mas por que história e ciência podiam ser entediantes, mas outros livros não? Quando foi a última vez que fiquei tão intrigada com alguma coisa da vida real como fiquei pela brusca revelação de que André Breton era casado? Ou pela revelação ainda mais brusca de que Nadja tinha uma *filha*: "Uma criança sobre cuja existência ela me informou com precauções sem fim e a quem ela adorava"? Li e reli essa frase várias vezes. Quantos anos tinha a filha, onde morava, com quem? Por que Nadja perambulava por Paris sozinha? Pensei na minha mãe, que me adorava e que também tinha se apaixonado por um homem que acabou se casando com outra. Por que esse tipo de coisa acontecia com as pessoas? Por acaso alguém estava estudando essa questão? Alguém estava buscando resolvê-la?

O departamento eslávico tinha uma atmosfera diferente à noite: como um aeroporto, ou como o passado. Um projetor foi instalado para o memorial do bardo. Um dos professores discursou agradecendo aos instrutores de idioma pelo trabalho árduo, mas o tom que usou dava a impressão de que para ele o trabalho deles era meio patético. Como a maioria dos professores de literatura, ele era americano. Os instrutores eram todos da antiga União Soviética, não tinham estabilidade de carreira e nem eram chamados de "professores".

Recitei a carta de Tatiana rápido demais, mas, em geral, fui ok. Uma menina que eu não conhecia leu o mesmo texto, mas empacou depois de quatro versos. Talvez estivesse apaixonada por um babaca.

Cinco pessoas seguidas recitaram a estrofe sobre o tio de Oniéguin. Era entediante demais ouvir a mesma coisa repetidas vezes, até que chegou a vez de Svetlana. Como é que ela conseguia parecer tão mais viva do que todos os outros? As piadas de Púchkin até voltavam a ter graça quando ela recitava.

Quando Svetlana sentou de novo ao meu lado, Matt, do terceiro ano, sentou num assento vago do lado dela, deu-lhe um tapinha no ombro e se inclinou para dizer alguma coisa. Svetlana corou.

Assistimos a uma filmagem em preto e branco do bardo cantando uma canção sobre Púchkin, a quem ele chamava de "Alexander Sergeyevich", juntando as muitas sílabas em quatro ou cinco notas de um jeito pungente. A canção se chamava "All the Same, It's Sad" e era sobre como, apesar de tudo de bom que a humanidade acumulou desde que Púchkin morreu, era triste que não pudéssemos mais contar com a presença de Alexander Sergeyevich. Quando acabou, metade das pessoas que assistia estava chorando. O verso mais triste era: "Nem mesmo por um quarto de hora".

Depois houve uma recepção, e Svetlana imediatamente pegou um copo de vinho e começou a falar em russo com os professores e pós-graduandos. Eu me retirei e fui para a biblioteca terminar de ler *Nadja*.

Nadja tinha problemas com o dinheiro. Ela "resistia às ameaças do senhorio e às suas sugestões aterradoras" e "não guardava segredo sobre os meios que usava para obter dinheiro". Breton parecia achar que Nadja deveria manter esses meios em segredo.

Bem, isso pelo menos era uma das coisas que havia melhorado nos últimos setenta anos. As garotas já não eram mais constantemente forçadas a se prostituir. Claro que prostitutas ainda existiam, mas algumas pessoas gostavam de se prostituir e achavam que era símbolo de empoderamento, sendo até antifeminista pensá-las como vítimas.

Ainda era grande o número de pessoas forçadas a se prostituir? Quando eu pensava a respeito, parecia óbvio que sim. Mas certamente era menos comum do que no passado. Praticamente todo romance antigo tinha uma mulher forçada a se prostituir, ao passo que eu não sabia de ninguém que eu conhecia que já tivesse passado por isso. Uma conhecida minha até que posou para "Mulheres da Ivy League" na *Playboy*, mas uma coisa era trabalhar como modelo na *Playboy* para pagar pelos estudos em Harvard, outra era ter que transar com o senhorio para não ser despejada.

Chegou um ponto em que André Breton começou a se aborrecer com Nadja. Não dava para dizer exatamente o que ela tinha feito de errado. Reclamou demais da vida de prostituta? Fez trocadilhos demais? Parecia que tinha acontecido de uma hora pra outra. "Por algum tempo, parei de compreender Nadja. Na verdade, talvez nunca tivéssemos compreendido um ao outro."

Ivan me dissera coisas daquele tipo: "Talvez a gente nunca tenha compreendido um ao outro, nunca tenhamos tido uma conversa de verdade". Eu achava aquilo absurdo. O problema é que seu ponto de vista anulava o meu. Se uma pessoa achava que era uma conversa, e a outra achava que não era, a segunda pessoa estava certa.

"Faço um julgamento a posteriori, e só especulo quando digo que não poderia ser diferente", escreveu Breton. Era aquilo que Ivan fazia: julgava a posteriori, agindo como se tudo entre nós tivesse seguido um caminho inevitável. Como era injusto quando as pessoas tratavam os fatos como prova dos limites do possível! Sentia que era contra isso que eu lutava e sempre havia lutado: a tirania exercida pela forma particular e arbitrária de como as coisas vieram a acontecer.

Eu não esperava que Nadja tivesse um final feliz; ainda assim, fiquei chocada quando ela enlouquece e é mandada para um hospício. Breton menciona isso no seu típico tom ligeiro ("Contaram-me, vários meses depois, que Nadja tinha enlouquecido..."), iniciando então uma crítica social mordaz sobre as instituições de saúde mental, sobre como elas tratavam mal os pobres. Breton escreve que era por odiar tanto a psiquiatria que ele jamais visitou ou quis saber do estado de Nadja. O livro continua por mais vinte e cinco páginas, sem voltar a mencioná-la. E então termina. Ela sai do hospício? Como era possível que não mencionassem uma coisa dessas ao falar sobre do que se trata o livro?

Reli a contracapa: sempre uma experiência bizarra quando se termina um livro, como receber uma mensagem de uma pessoa que já morreu. "*Nadja*, publicado originalmente em 1928, é o primeiro e talvez o melhor romance surrealista já escrito", dizia.

> A Nadja do livro é uma garota, mas, parafraseando a definição de eletricidade de Bertrand Russell — "não tanto uma coisa quanto uma forma como as coisas acontecem"—, Nadja não é tanto uma pessoa, mas certo comportamento que ela provoca nas pessoas.

Imagine só lhe dizerem que você não é uma pessoa, mas certo comportamento que você provoca nas pessoas. "Bem, não posso dizer que eu me importe muito com o efeito que provoco em *você*", eu diria.

"É o que pode acontecer quando se fetichiza a vida estética. Você corre o risco de se tornar uma pessoa irresponsável e destrutiva", Svetlana me disse mais tarde, referindo-se a André Breton. "Por outro lado, pessoas assim podem inventar um estilo novo, e eu admiro isso."

"O que ele deveria ter feito quando conheceu Nadja?", perguntei. "Se não fosse irresponsável e destrutivo."

Ela pensou um pouco e disse: "Ele poderia ter sido um ponto de estabilidade na vida dela, e evitado se envolver romanticamente".

Senti uma pontada. Eu não queria que Ivan fosse um ponto de estabilidade na minha vida.

Uma questão recorrente no seminário de ética era como evitar uma coisa chamada Conclusão Repugnante. A Conclusão Repugnante dizia que era possível justificar a queda na qualidade de vida de uma população, se você fizesse essa população crescer. E era bem difícil evitar isso. Mesmo quando se dizia uma coisa aparentemente inofensiva — "Acho que devemos fazer o melhor para a maioria das pessoas" —, implicava que, se existisse um milhão de pessoas cujas vidas "valiam muito a pena viver" e surgisse a oportunidade de transformá-las em um bilhão de vidas que "mal valiam a pena viver", moralmente você seria obrigado a fazê-lo. Aí é que estava a Conclusão Repugnante. A frase "mal valiam a pena viver" me dava um nó no estômago. Em que país isso estava acontecendo?

André Breton era menos inteligente e menos bondoso do que o professor de ética. No entanto, o que ele dizia me parecia mais certeiro. Breton não criava regras para cenários com implicações hipotéticas; ele interpretava coisas que realmente aconteceram. A natureza de coisa acontecida era anunciada a cada página, com fotografias. O fato de Breton incluir na história seu próprio comportamento escroto era, de certa forma, outra prova da veracidade do texto.

Nadja conseguia constituir pelo menos um pedaço de como eram as coisas no mundo. Parte disso era que as mulheres tinham uma tendência a enlouquecer. Homens podiam trazer isso à tona. Mas culpar os homens era tomar partido, abandonar a lógica, adentrar a loucura das mulheres — pois o próprio conteúdo da loucura das mulheres era, em grande parte, a culpabilização dos homens.

* * *

Na aula de conversação em russo, Irina Nikolaevna falava tão depressa, usando tantas palavras desconhecidas, que na maior parte do tempo eu não tinha nem ideia do que ela estava dizendo. Mas vez ou outra alguma coisa cintilava, como um anel de ouro no fundo de um riacho, e uma frase me chegava numa clareza imaculada. Como esta: "Tudo que você deseja agora, tudo que você deseja com tamanha paixão e pensa que nunca terá — você o terá um dia". Eu a olhei nos olhos sem querer, e me pareceu que ela falava diretamente para mim. "Sim, você vai ter", ela dizia, olhando bem na minha direção, "mas, quando esse dia chegar, você já não vai mais querer. É isso que acontece."

Minha mente disparou. Era de Ivan que ela estava falando? O que ela sabia? Ivan e eu tínhamos tido aula com Irina ano passado. Ela viu alguma coisa? Ele *contou* a ela alguma coisa? Eu sabia que Ivan gostava dela — nós dois gostávamos, falamos disso uma vez. Será que eles mantinham contato? E isso acontecia mesmo? Como ela tinha tanta certeza? "Você já não vai mais querer": tudo isso porque Tatiana rejeitava Evguiêni Oniéguin no fim de *Evguiêni Oniéguin*? Era possível que todos os russos pensassem constantemente em *Evguiêni Oniéguin*?

Irina Nikolaevna não tinha como saber o que eu desejava. E eu jamais pararia de desejá-lo.

PARTE II
O restante do semestre de outono

Outubro

Era a melhor época do ano. A cada dia as folhas ficavam mais brilhantes, o ar mais cortante e a grama mais reluzente. O pôr do sol parecia se expandir, dissolvendo-se e se estendendo por várias horas, as fachadas de tijolos cintilavam num tom rosado, e tudo que era azul ficava ainda mais azul. A quantos outonos perfeitos será que temos direito na vida? Por que eu sempre me sentia no lugar errado, ouvindo a música errada?

Para a aula de russo, lemos um conto chamado "Rudolfio". Era sobre Io, uma garota de dezesseis anos que se apaixonava por um homem casado de vinte e oito. Io, moça cheia de caprichos, dizia que, quando ela e esse homem, Rudolf, estavam juntos, eles formavam uma coisa só: "Rudolfio". Rudolf ria e dizia que Io era engraçada. Io falava muito sobre os "adultos": como só davam atenção a si mesmos, tratando os não adultos como sub-humanos. A certa altura, Rudolf, apesar de já ter vinte e oito anos, emprestava a *sua* cópia de *O pequeno príncipe* para Io.

Um dia, na ausência da esposa de Rudolf, Io aparece na casa dele. Seus peitos pareciam "pequenos ninhos construídos por pássaros desconhecidos para chocar seus ovinhos". Io pergunta a Rudolf por que ele se casara tão jovem, impedindo-os, Rudolfio, de se casarem. Rudolf riu. Ela era engraçada! Mais tarde, ele é tomado por "um tipo de melancolia inexprimível, ainda não revelada, que, no entanto, existe na natureza".

Rudolf parte numa viagem a trabalho sem avisar Io. Quando volta, se pergunta se estaria contente *demais* em revê-la.

"Você viajou e agora voltou?", Io pergunta. Em russo, aquilo era uma palavra só. Os verbos de movimento eram sem dúvidas a coisa mais difícil do russo.

Io e Rudolf caminham num terreno baldio cheio de lixo. Io pede a Rudolf que a beije. Rudolf a beija na bochecha. "Nos lábios", Io pede. Mas Rudolf responde: "Só as pessoas mais próximas se beijam nos lábios". Io lhe dá um tapa na cara e foge pelo lixo.

Naquela noite, Io não volta pra casa. Sua mãe entra em pânico e telefona para Rudolf. Rudolf não sabe de nada. Io reaparece na tarde seguinte, mas se recusa a falar sobre. Rudolf vai até lá e encontra Io sentada na cama, olhando fixamente para a parede, balançando-se em silêncio. Ele insiste que ela precisa dizer pelo menos onde passou a noite.

"Vá para o inferno", Io diz.

Rudolf balança a cabeça, resignado. Pega a capa de chuva, dá meia-volta e vai para o inferno.

Até ali, a qualidade da escrita não tinha me impressionado. Mas o final me pegou. *Ele deu meia-volta, pegou a capa de chuva e foi para o inferno.*

Na aula, Irina Nikolaevna perguntou à turma se Rudolf tinha amado Io. Praticamente todo mundo concordou que não.

"Talvez um pouco", disse Julia.

"Não", disse Gavriil, com certeza. "Era tudo joguinho."

"Rudolf amava a esposa?", perguntou Irina Nikolaevna.

Gavriil disse que sim. Julia disse que talvez. Svetlana disse que Rudolf era uma pessoa muito tradicional, apegada à instituição do casamento, mas que ele não tinha realmente pensado a respeito. "Nessas circunstâncias, falar de amor talvez não faça sentido."

Aprendemos os verbos russos para "casar", diferentes para homens e mulheres. Um homem "casava-se *sobre* alguém" (caso prepositivo), enquanto uma mulher "casava-se *a reboque* de alguém" (caso acusativo). Irina Nikolaevna ilustrou a diferença com figuras de pauzinhos. Todo mundo riu do homem *sobre* a mulher.

Discutimos a cena do beijo em "Rudolfio" — como Io tinha sido *magoada*, como Rudolf tinha *magoado* ela. Falamos sobre a diferença entre beijo na bochecha (singular preposicional) e nos lábios (plural preposicional). Irina Nikolaevna pediu a cada um de nós para descrever a primeira vez que beijamos alguém nos lábios.

Julia disse que beijou um menino no parquinho quando tinha nove anos. Gavriil falou que beijou a namorada numa festinha da escola quando tinha onze. Svetlana contou que beijou o namorado de uma prima no zoológico de Belgrado quando tinha treze.

Eu menti: disse que beijei um menino num acampamento de verão quando eu tinha quinze.

"Quinze anos, Sonya? Tem certeza?" Irina Nikolaevna escreveu "15" na lousa. Aparentemente ela achava que eu tinha beijado muito tarde.

"Quinze", repeti, com firmeza.

Irina Nikolaevna perguntou como era o garoto. Eu disse que ele tocava bandolim, o que levou a perguntas sobre como e onde ele tocava bandolim.

"Ele tocava bandolim em todo lugar — sem parar."

"O departamento de letras eslávicas é tão esquisito", disse Svetlana, no banheiro. "Agora estou ansiosa pra caramba. Não acho certo que, numa aula de idiomas, você tenha que falar sobre sua história sexual. É engraçado, porque quando eu tinha treze anos me senti supermal por ter beijado o namorado da minha prima. Mas hoje até que serviu pra alguma coisa, porque, se não fosse isso, eu nunca teria beijado ninguém. Fiquei me perguntando o que eu diria se *não* tivesse beijado ninguém. Daí comecei a ficar preocupadíssima com você. Eu sabia que você nunca tinha tido um namorado e não lembrava de você já ter me falado de beijo nenhum. Quase me virei e te disse: 'Selin, pelo menos uma vez na vida, não diga a verdade'. Mas você tinha esse tocador de bandolim na manga! Fiquei tão aliviada!"

"O bandolinista salvou o dia", concordei, conferindo no espelho os círculos escuros sob meus olhos. Meu cabelo parecia um ninho construído por um pássaro desconhecido para chocar seus ovinhos.

O que será que tinha acontecido com Io na noite que passou fora de casa? No fim, deveria ter ficado subentendido que ela havia sido estuprada? Em contos, geralmente era isso que ficava subentendido.

Na disciplina sobre Acaso, lemos uma entrevista em que John Cage dizia que na opinião dele a música mais profunda que existia era a das buzinas da Sexta Avenida. Isso porque ele já não "precisava" da estrutura e do autoritarismo "do que chamamos de música". "Se uma coisa fica entediante depois de dois minutos", escreveu Cage, "experimente-a por quatro minutos... depois por oito. E dezesseis. E trinta e dois." Respirei fundo, sem paciência. Só alguém que já estava velho e já era famoso podia dizer aquele tipo de coisa — que um lixo aleatório qualquer era a maior forma de arte. *Eu* não podia sair por aí dizendo: "Aqui estão os sons da Sexta Avenida. Ah, não gostou? Tente escutar por trinta e dois minutos". Não podia e muito menos queria.

Baudelaire escreveu que andar no meio da multidão era uma arte de que só os poetas eram capazes. Um dom que uma fada provavelmente lhes concedia ainda no berço. Por isso ele era capaz de adentrar tranquilamente a personalidade de todas as pessoas. "Só para ele tudo está vago."

Ah, se qualquer poeta tentasse adentrar *minha* personalidade como quem entra num prédio vazio...!

Perguntei ao *I Ching* se eu deveria trancar a disciplina de Acaso. Caí no hexagrama 6: "Uma parada cautelosa no meio do caminho traz boa sorte. Ir até o fim traz infortúnios".

Svetlana comprou o novo álbum do R.E.M., *New Adventures in Hi-Fi*, e o escutamos inteirinho no quarto dela. Era incrível quando um grupo com um estilo tão inconfundível fazia algo novo. Como será que era *ser* o R.E.M.? Saber por que eles eram o que eram? Uma das músicas tinha um verso que dizia "Prefiro arrancar minha própria perna a dentadas": uma afirmação que apesar de subjetiva me pareceu tão cosmicamente verdadeira que eu nem acreditava que tinha escutado direito.

Svetlana tinha passado o começo da noite no quarto de Scott, fazendo um relatório relacionado à floresta. Ouviram música folk enquanto bebericavam chardonnay e brindavam o amor não sexual que sentiam um pelo outro. Fiquei sabendo que Scott precisou matar algumas partes de si mesmo para que o relacionamento dele desse certo, pois Jenna não gostava muito da "sua música e sua espiritualidade". O que Svetlana sentia por Scott, segundo ela, não era uma quedinha, era amor mesmo. "Uma quedinha tem a ver com inflar o próprio ego, o amor é doar algo do nosso ser. No amor, é preciso ter um eu com o qual você se sinta à vontade, para oferecê-lo à outra pessoa." Aceitei calada a implicação de que o que eu sentia por Ivan era apenas uma quedinha, pois eu não me sentia segura com o meu eu.

Na *Real Change*, encontro um poema intitulado, inacreditavelmente, "E pensar que ela nunca tinha sido beijada". Será que eu estava ficando louca?

Inocência seduzida pela chance
De sentir os prazeres do leito
Infância roubada aos vinte e três
Quando a língua dele toca seu peito.

Infância roubada aos…vinte e três? Por quanto tempo essa pessoa pretendia, tipo, estender a infância? Ignorei, como sempre, a menção a qualquer pessoa que só tivesse dado o primeiro beijo depois dos dezenove. Uma vez ouvi um escritor na NPR dizer que só foi beijar alguém aos vinte e cinco anos. Mas ele era gay e tinha nascido nos anos 1940.

O resto do poema falava de como os arrependimentos batiam depois, mas que na hora tudo era "prazer, dor, suposto amor,/ estar em seus braços e só".

Quais eram os arrependimentos que batiam depois? Pensar que ele te amava, quando na verdade nunca tinha amado? Não era possível que fosse isso *de novo* — era? Tudo era sobre isso?

Juho me convidou para a Mesa Alta, que era o nome do jantar semanal do grêmio de que ele participava, mas também o nome da própria mesa. Na verdade, de várias mesas, enfileiradas de uma parede a outra, numa plataforma elevada. Algumas pessoas vestidas de garçons serviam vinho. Alguns dos professores e tutores usavam togas pretas. Não dava para acreditar que aquele tipo de coisa ainda acontecia, e na América: pessoas vestidas de togas pretas sentadas numa mesa vinte centímetros mais alta do que as demais, conhecida como Mesa Alta.

Percebi que eu tinha criado uma visão sobre os outros membros daquela sociedade baseada no próprio Juho, achando que todos eram parecidos com ele. Mas não era bem assim. Ele claramente era o mais novo — com muitos anos de diferença. Sua jaqueta verde de corrida não tinha nada a ver com a roupa dos demais. Um dos tutores de toga preta, dirigindo-se a ele como "Iu-hu", perguntou num tom jovial e forçado quando foi a última vez que Juho tinha feito a barba. Juho disse que não tinha certeza, mas achava que tinha sido na terça.

Foi meio que para defender Juho que fiz o esforço de conversar com os demais membros e perguntar de seus projetos, para provar que Juho e eu habitávamos tanto aquele mundo — e falávamos dele tão fluentemente — como qualquer outra pessoa ali, tendo todo direito de dar conta das atividades das outras pessoas.

A mulher sentada à minha frente disse que vinha tentando usar um modelo computacional de uma flauta extinta para reconstruir a música executada durante as tragédias na Grécia Antiga. "O verso e a música trágica eram inseparáveis para os gregos, mas hoje não temos ideia de como era essa música", ela disse, com sotaque britânico.

"Como *você* acha que era?" Eu sabia que tinha falado num tom quase de flerte, como Ivan teria feito. Essa mulher devia ser pelo menos dez anos mais velha que eu, mas havia uma pontinha de sorriso, um brilho em seu olhar que me pareceu — ou que pareceria a Ivan — promissor.

"Acho que era *aterrorizante*", ela disse.

Eu queria conversar um pouco mais com ela e conhecê-la melhor, mas um cara do nosso lado não parava de nos interromper explicando sua tese sobre a área em que uma vaca pastaria caso fosse presa a uma "cerca móvel".

Cortei um pedaço de aspargo grelhado. A própria essência de uma cerca não era ser estacionária?

Riley tinha ido à Sociedade pela Prevenção da Crueldade contra Animais, num esforço para arrumar um gato. Todo mundo achava que um gato podia ser escondido mais facilmente em uma residência abarrotada de gente do que num dormitório comum. Eu nunca tinha tido um gato, não entendia qual era a dos gatos e havia passado por uma experiência ruim com um cachorro quando era criança. Tinha 60% de certeza de que o cachorro acabou sendo sacrificado. Além disso, já me dava muito trabalho viver cercada o tempo todo por inteligências estrangeiras. Por esses motivos, eu não via necessidade nenhuma de adicionar mais uma criatura senciente à nossa casa. Mas Priya,

Joanne e, principalmente, Riley amavam gatos, e o amor delas era mais poderoso do que a minha indiferença.

Descobrimos depois que o SPCA só permitia a doação de um gato se você conseguisse uma licença assinada pelo proprietário afirmando que o prédio aceitava bichos de estimação. O que era um problema, já que nosso prédio *não* aceitava bichos de estimação. Riley planejou conseguir a assinatura de um dos tutores da nossa residência, que ela achava que tinha um gato secreto. Mas o tiro saiu pela culatra. Depois disso, o tutor parou de nos responder quando o cumprimentávamos no corredor.

No rádio do refeitório da Quincy estava tocando o novo lançamento da Alanis Morissette, "Head over Feet". A música falava sobre ter maturidade para querer coisas boas para si mesma. Eu me senti traída. Achava que a Alanis estava "aqui para nos lembrar" de coisas bem diferentes.*

Agora ela se maravilhava pelo tanto que se sentia "saudável", pois finalmente era capaz de "querer algo racional". Obviamente, a coisa racional que ela queria era algum cara daqueles bem entediantes.

"É *heels*, Alanis, *heels*." Só percebi que tinha dito aquilo em voz alta quando Svetlana me deu uma batidinha no braço.**

* Alusão à canção "You Oughta Know", em que Alanis canta: "*I'm here to remind you of the mess you left when you went away*" [Estou aqui pra te lembrar do caos que você deixou ao partir]. [Esta e as demais notas são do tradutor.]

** Trocadilho entre o título da canção de Alanis e a expressão idiomática "*head over heels*", que sugere uma paixão fulminante e surpreendente, inspirando-se na imagem de um tombo com cambalhota — "*head over heels*" é, literalmente, "cabeça [rolando] sobre os saltos"). Em "Head over Feet", Alanis substitui *heels* (saltos) por *feet* (pés) para sugerir um amor mais racional, domesticando o idiomatismo original.

"Calma, calma", ela disse para me acalmar.

"'Head over Feet' é basicamente o modo habitual de ser das pessoas. É questão de bipedismo."

"Selin, não é em busca de uma compreensão não problemática dos idiomatismos que escutamos Alanis."

Nós geralmente almoçávamos em uma das salas de reunião perto do refeitório principal — na menorzinha, que vivia vazia. Uma das paredes exibia um mapa-múndi Mercator. Tudo no Círculo Polar Ártico aparecia ampliado e proeminente, como uma testa gigante e grotesca. O efeito era pior em Franz Josef Land e Severnaya Zemlya.

Assim que nos sentamos começamos imediatamente a debater quem era nossa poeta predileta: Anna Akhmátova ou Marina Tsvetáeva. Eram as poetas russas mais famosas. Svetlana disse que gostava de Tsvetáeva: a escolha mais legal, objetivamente falando. Eu me identificava mais com Akhmátova, então a defendi, mas sem muito entusiasmo.

Scott chamou Svetlana para uma festa de Halloween e agora ela não sabia que fantasia escolher. No dia a dia, às vezes ela fazia duas tranças, o que a deixava bem diferente, de um jeito fofo, então talvez esse pudesse ser um caminho. Mas Svetlana dizia que tinha medo de ficar infantil demais.

Tentei pensar numa pessoa competente, icônica, que usasse duas tranças. "E se você for de valquíria e usar um chapéu viking? Aquelas da ópera?"

"Não sei... Vou ficar me sentindo gorda", Svetlana disse, dando uma garfada no queijo cottage e brócolis cru. Com um mês de dieta, seu rosto já parecia mais longo, mais esculpido, e seus olhos mais cintilantes.

Quanto mais discutíamos, mais a fantasia de Halloween parecia uma armadilha. Se Svetlana aparecesse vestida de qualquer coisa que pudesse ser descrita como sexy, talvez Scott zombasse dela. Por outro lado, dessexualizar-se deliberadamente também era uma forma de se rebaixar.

Anna Akhmátova tinha um nariz parecido com o meu. Seu nome era um pseudônimo; ela achava que a avó descendia de um khan do século XV chamado Akhmát. Ficou famosa escrevendo um poema sobre pôr a luva esquerda na mão direita. Escrevia sobre despedidas e últimas palavras. Um de seus poemas chamava "Hoje não recebi nenhuma carta". Às vezes escrevia sobre "ele" ou "meu marido". Na vida real, seu marido, também um poeta famoso, tentou se matar. Eles sofreram e logo se divorciaram. Mais tarde, acabou sendo executado. O filho dos dois foi preso. Akhmátova juntou-se ao grupo de mães e esposas que esperavam à porta das prisões e escreveu "Réquiem": poema político que circulou clandestinamente e marcou seu afastamento da lírica amorosa, mas que também era repleto de sofrimentos femininos estilizados. No fim, ela se comparava à Maria na crucificação: "para onde a Mãe quedava em silêncio/ ninguém ousava olhar". Qualquer coisa sobre mães sofredoras me provocava um sentimento opressivo.

"Quantas vezes por dia você e Selin se veem?", Riley perguntou na terceira vez que Svetlana e eu encontramos com ela nas idas e vindas de nossos quartos.

Mais tarde, Svetlana me perguntou se eu achava esquisito que passássemos tanto tempo juntas. "É quase um relacionamento."

"Humm", eu disse, travando. E *não* era relacionamento?

Svetlana esclareceu: "É o tempo que eu imagino que passaria com um namorado".

"Ah, entendi", eu disse.

O irmão mais velho da Valerie, que tinha acabado de terminar um doutorado em matemática e agora trabalhava para a CIA, estava de visita. Svetlana disse que o sondaria para descobrir qual era o lance de Ivan.

"Quê? Não, não faça isso."

"Selin, precisamos saber a verdade. E você sabe que todo mundo na matemática se conhece."

"Ele não vai saber nada de útil, e, se souber, não vai te contar. Tudo que ele vai fazer é contar para o Ivan que estamos investigando."

"Não se preocupe. Eu vou ser supersutil."

"Não, esquece isso."

Estávamos a caminho do laboratório de idiomas para assistir a um filme chamado *Moscou não acredita em lágrimas*. Riley achava que o título fosse uma piada, mas era esse mesmo. O filme era sobre duas meninas que viviam num dormitório: uma loira determinada que vivia fazendo planos para conseguir maridos ricos para elas, e uma morena trágica que trabalhava numa fábrica e queria se tornar engenheira. O filme acompanhava a vida das duas por vinte anos.

A certa altura, a morena, na casa dos quarenta anos, bem-sucedida, mas solitária, estava no metrô, vestindo roupas vagabundas que tinha colocado para ajudar na reforma da casa de campo de alguém. Nisso, um mecânico do metrô, pensando que ela era operária, caía de amores. A partir daí, todos os seus problemas se resolviam — até que ele descobria que ela era engenheira. O mecânico ficava bravo, supostamente porque ela o enganara, mas na verdade era porque ele achava que os homens tinham que ganhar mais que as mulheres. Ela olhou para ele, seu rosto cheio de expressões conflitantes, e, em vez de explicar como no fim das contas não tinha feito nada de errado, ela disse apenas: "Perdoe-me".

Havia algo maravilhoso na submissão com que ela disse aquilo, em vez de protestar e argumentar. E funcionou: ele a perdoava, de um jeito intensamente sexual, embora ela fosse bonita e ele parecesse um ogro pedante. Fiquei querendo dizer aquilo para Ivan — e desejando que ele me perdoasse.

Acabou o horário de verão. Passando pela quadra da Quincy certa tarde, vi o que pareciam ser quatro grandes rochas de cor clara. Duas delas se ergueram, puxando um rastro de borlas brancas, e no fim eram Danny e Josh, colegas de bloco de Svetlana.

"Ei, Selin! Tá pretendendo entrar no prédio?", perguntou Josh, num tom casual, mas esquisito. Senti os quatro me observando. Como é que todos eles poderiam ter ficado presos do lado de fora ao mesmo tempo? Nessa hora vi que Josh segurava sua carteirinha, daí lembrei que era sexta e que eles não usavam eletricidade.

"Ah, claro", eu disse, passando o cartão dele. A luz ficou verde, e eu segurei a porta para que entrassem. Pela centésima vez, fiquei impressionada com o número de regras diferentes a que uma pessoa era capaz de obedecer. Essa em particular parecia bem sem sentido, mas talvez aqueles caras soubessem de alguma coisa que eu não sabia. Conversavam alegremente no corredor, e um deles, cujo nome eu não sabia, gritou de longe, olhando por cima do ombro: "Valeu, Selin!".

Riley estava na sala esmaltando as unhas com Chanel Vamp. Priya fazia uma postura de yoga no chão enquanto lia em voz alta um catálogo de roupas caras para pré-adolescentes que lhe enviaram por engano. O catálogo tinha um monte de fotos de modelos de treze anos que faziam poses sapecas em moletons de trezentos dólares com margaridas nos bolsos. Priya fazia piadas, mas era óbvio que já estava pensando em comprar um daqueles moletons.

Riley pediu que eu a ajudasse a pintar as unhas da mão direita. Eu gostei, pois ela raramente pedia qualquer tipo de ajuda. E eu tinha acabado de ajudar um grupo de rapazes religiosos a abrir uma porta!

"É difícil não raspar nessa fenda", disse Riley, referindo-se ao ponto em que o lado da unha encontrava o dedo. Eu nunca tinha ouvido a palavra "fenda" ser usada daquela forma.

"Moscou não acredita em lágrimas", eu disse a ela, mas dobrei um guardanapo e consegui esmaltar a unha na região da fenda sem grandes problemas.

Contei a Riley e Priya que os colegas de Svetlana tinham ficado presos do lado de fora do prédio, no escuro, porque não podiam usar o leitor de cartões depois do pôr do sol. Priya disse que, uma vez, no Centro de Ciência, um cara aleatório que ela nunca tinha visto na vida gritou com ela dizendo que ela devia saber que ele não podia chamar o elevador, que tinha que ser ela.

"Mas era sexta? Acho que esse cara aí era só babaca mesmo."

"Essa *sim* é uma das maiores religiões do mundo."

Eu disse que não fazia muito sentido que uma pessoa ficasse proibida de chamar o elevador, mas pudesse mandar outra pessoa chamá-lo.

"Não queira entrar nessa discussão, sério", Riley disse. "A única coisa que eles fazem no ensino médio é debater esse tipo de coisa. Eles vão acabar com você." Aparentemente, Morris tinha perguntado a um dos caras da seção de matemática que seguiam as regras religiosas por que ele achava ok se sentar numa sala com luzes acesas, embora se recusasse a acendê-las. O cara passou os vinte minutos seguintes destruindo logicamente tudo que Morris dizia e pensava e acreditava. Morris não teve nem tempo de anotar a placa do caminhão, só repetia: "Mas, poxa, eu participei das simulações da ONU". Eu não conseguia não pensar que era um desperdício que pessoas com habilidades lógicas tão boas gastassem tanto tempo e tanta energia lutando para conciliar um livro velho com o modo como as coisas eram hoje. Não dava pra só escreverem um livro novo?

Joanne tinha acabado de ir e voltar pedalando de Lowell, Massachusetts. Oitenta quilômetros.

"Tem alguma coisa especial em Lowell?", perguntou Riley.

Joanne fez uma cara pensativa. "Provavelmente, sim", disse, prendendo a bicicleta no suporte especial que ela usava.

Riley tinha desistido do SPCA e agora se juntara a um grupo da Usenet. Eu não sabia exatamente como é que funcionava, mas pelo visto eles conectavam pessoas que geralmente tinham um ou dois gatos para passar adiante, sem muito critério como documentação. Tipo um sujeito que cruzava gatos domésticos com servais. Os servais tinham de ser alimentados com "presas vivas", o que os excluía como possibilidade, mas isso era só um exemplo. Riley estava me explicando a questão dos servais no almoço quando nosso amigo Jeremy perguntou se podia sentar com a gente.

"Estamos de saída", Riley disse, mentindo, já que tínhamos acabado de sentar. Mesmo assim Jeremy puxou uma cadeira e começou a tagarelar sobre *O arco-íris da gravidade*.

Riley empurrou a cadeira para trás e disse: "Tenho aula de laboratório agora. Selin, você não tem uma coisa lá do russo?".

Eu tinha acabado de dar uma mordida enorme no meu sanduíche de pasta de amendoim. E eu não era como Riley, que parecia sempre pronta para largar uma refeição a qualquer momento, independentemente do quanto ela tinha ou não comido. Púchkin dizia que essa era uma das maiores bênçãos da vida: poder deixar a mesa antes de o vinho no cálice acabar. Eu, não. Eu comeria meu sanduíche inteiro. Riley se demorou um pouquinho, com ar preocupado, e saiu.

Jeremy passou ao seu tópico favorito, que só perdia para Thomas Pynchon: o amor pelas Dianes. Antes era um assunto que eu nunca cortava, pois me sentia lisonjeada em ser sua confidente, e também porque me parecia mais interessante do que ouvir algum cara aleatório listar todos os professores famosos com quem ele teve aula, que era uma coisa que acontecia muito no refeitório. Só que, por algum motivo, aquilo não era mais interessante. As histórias não acabavam nunca, cheias de detalhes e coincidências.

Eu não conhecia Diane W., mas tinha sido apresentada a Diane H., que usava argolas, saia mídi e All Star cano alto. Riley disse uma vez, numa voz irônica, que ela tinha feito sexo com quatro caras que a gente conhecia, incluindo um tal de Ronnie, que às vezes mentia dizendo que tinha lido livros que nunca leu. Riley era feminista, então eu sabia que ela era irônica em relação a Diane não porque a considerava uma puta — era um pouco mais complicado e tinha a ver com autorrespeito.

Quando voltei para o quarto, Riley estava trocando mensagens com uma mulher de Dorchester, cujo gato norueguês da floresta tinha sentado sobre seu bebê recém-nascido, com resultados quase letais, já que era obeso. Se Riley tivesse sorte, esse talvez viesse a ser o nosso gato.

Pra minha disciplina obrigatória de ciência, tive de assistir a um filme sobre buracos negros. Um físico teórico explicava como sabíamos que buracos negros existiam, embora não pudéssemos vê-los.

"Você já foi a um baile?", ele perguntava, falando numa voz apaixonada, sentimental. "Já viu os rapazes de smoking preto e as moças em vestidos brancos, girando de braços dados, quando de repente as luzes diminuem, e você só consegue ver as meninas?"

Eu nunca tinha ido a um baile, nem a qualquer tipo de dança formal. Era ao mesmo tempo perturbador e reconfortante ver a natureza absoluta e essencial dessa experiência confirmada em termos cosmológicos.

O físico disse que a moça era uma estrela comum, e o rapaz, um buraco negro. Você não conseguia ver o menino, mas a menina girando em torno dele era prova de que ele existia e a mantinha em órbita. Isso me pareceu uma corroboração de "O diário de um sedutor", em que o sedutor desaparecia e Cordélia começava a andar em círculos. Para mim, parecia que os elementos da minha vida que giravam ao meu redor também eram de alguma forma mantidos no lugar pela ausência de Ivan, ou estavam lá por causa dele — para contrabalancear um vazio.

Riley me ensinou como usar o comando *talk* no Unix. Você só precisava digitar "talk" e depois o e-mail da pessoa. Se ela aceitasse, a tela se dividia horizontalmente. O que você digitava aparecia no topo, e o que ela digitava ficava na parte de baixo. Dava para ver o outro digitando, pensando, apertando a barra de espaço. Dava para deletar o que você tinha acabado de escrever e escrever outra coisa — o que podia ser uma forma de piada. Também dava para fingir ser alguém que tinha tomado seu lugar de forma violenta ou fingir que seu computador tinha acabado de ganhar consciência.

Quando tentei digitar "talk" e o e-mail de Ivan em Berkeley, apareceu uma mensagem de erro.

Svetlana interrogou o irmão de Valerie, que já tinha cursado algumas disciplinas com Ivan. Ele disse que Ivan parecia ser uma boa pessoa. Svetlana explicou a teoria de sua mãe, segundo a qual Ivan era o diabo em pessoa. "Aí eu já não sei", respondeu o irmão.

Mandei um e-mail pro Ivan perguntando se poderíamos conversar pelo Unix. Ele respondeu que, embora a princípio ele até quisesse conversar comigo, em termos práticos, nem todas as redes se conectavam entre si, e ele não sabia se seria possível no nosso caso. Além disso, ele falou que não sabia se eu era alguém com quem ele poderia de fato conversar nesse momento, pois ele não sabia quem eu era. É como se existissem várias Selins, e eu não sei com qual delas eu vou me deparar. E se for a Selin que acha que eu sou o diabo?

Tentei escrever um e-mail explicando o que tinha acontecido: por que a mãe de Svetlana achava que ele era o diabo em pessoa, como isso tinha a ver, pelo menos em partes, com o fato de ele ter aparecido do nada no avião para Paris, assustando a mim e a Svetlana. Em partes, também, com as próprias posturas da mãe dela, que insistia em me ver como uma pessoa patética, talvez porque tinha raiva da ocupação otomana da Sérvia, mas principalmente porque tinha inveja de Svetlana e, de certa forma, de mim por tabela. Por fim, eu explicaria por que Svetlana resolveu mencionar o comentário da mãe ao irmão de Valerie, embora eu tivesse pedido a ela que não fizesse isso. Toda a história entre mim e Ivan de certa forma foi difícil para ela, como acabei percebendo. Era uma coisa que colocava certa pressão no projeto dela de autoaperfeiçoamento e na interação com Scott. Explicar tudo isso era entediante e exaustivo. Eu conseguia imaginar Ivan entediado — ou incrédulo. E pior: parecia que eu estava colocando toda a culpa em outras pessoas, tipo na Svetlana e na mãe dela. Quando tentei assumir a culpa, tudo continuou soando igualmente entediante e cansativo, então, no fim, desisti de explicar qualquer coisa.

"Isso é humilhante", disse Svetlana na seção de produtos para couro cabeludo, pegando um kit contra piolho.

O Halloween era só na próxima quinta, mas a festa de Scott

já tinha acontecido. Svetlana acabou indo de Svetlana, pois concluiu que fantasias eram de certa forma contrárias à dignidade humana. Como resultado — ou talvez coincidentemente —, um bêbado enfiou um chapéu vintage na cabeça dela. Pelo menos três outras pessoas na festa pegaram piolho.

Me ocorreu então, e não pela primeira vez, que nossas vidas seriam muito mais simples se fôssemos namoradas. Aquele kit contra piolho custava onze dólares!

"Você acha que seria mais fácil se namorássemos meninas?", eu disse, em voz alta.

Svetlana não respondeu de imediato. "Acho a maioria das lésbicas que eu conheço intimidante", ela disse, por fim. "E não compartilho do senso estético delas. Talvez elas não valorizem muito a estética. Não acho que eu me encaixaria. Ainda mais porque vivo arrastando asa por meninos."

Eu também já tinha pensado naquilo: a resposta física que eu sentia com Ivan, a carga elétrica cega, esse maquinário pesado dando corda no meu peito e entre as minhas pernas. Nunca senti nada daquilo com meninas. Por outro lado, eu geralmente não sentia aquilo quando estava com Ivan também; era algo que acontecia mais quando ele não estava presente.

Mas, assim, será que essa coisa física valia mesmo a pena? Ela compensava todas as desvantagens? Era impossível conversar com Ivan como se ele fosse uma pessoa normal. Ele não era capaz de me ouvir ou me entender, ou então desaparecia e era impossível encontrá-lo. E todos os amigos dele achavam que eu era louca. Em vez de lidar com essas pessoas, não seria muito mais divertido e relaxante pentear o cabelo lustroso e dourado de Svetlana, dizer como ela era bonita e observar como ela ficava ainda mais bonita quando alguém a elogiava? O corpo dela queria ser elogiado, e eu sabia muito bem o que dizer a ela, então por que não fazer isso?

"Mas as meninas são mais bonitas, e é mais fácil negociar com elas. E o desejo por meninos, pelo menos no meu caso, nunca acaba bem. Então me parece que eu deveria pelo menos considerar a possibilidade de sair com meninas."

De novo, Svetlana não respondeu de imediato. Esperou um momento e disse: "Eu me sentiria reticente em relação a qualquer coisa além de dar uns beijos e brincar com os peitos uma da outra".

Percebi que eu também só tinha em mente a ideia de beijar e brincar com os peitos uma da outra. O que mais as lésbicas faziam? Além de sexo oral, que parecia horrível. O jeito como as pessoas falavam daquilo nas séries de comédia: "E por acaso ele gosta de... mergulhar?". Tinha que ser muito altruísta para fazer aquilo — um amante generoso.

Dito isso, sexo oral com meninos também parecia nojento. Os próprios caras pensavam assim, pelo visto. Por isso eles gritavam "seu chupa-rola!" quando eram cortados no trânsito.

"Você se sente reticente quando pensa em sexo com um cara?", perguntei.

"Sim, mas é excitante. A ideia de ser penetrada e dominada."

Ok, eu admitia que a ideia de ser penetrada e dominada também me parecia excitante, embora a mecânica da coisa, as implicações, fossem perturbadoras e não muito claras pra mim. Além disso, por que aquilo tinha de nos excitar? Por que não podíamos ficar excitadas com outra coisa?

Eu sabia que estava sendo infantil e nada realista, e que Svetlana estava certa. O amor não era uma festa do pijama com sua melhor amiga. O amor era perigoso, violento, tinha um elemento repulsivo; a linha entre atração e repulsa era muito tênue. O amor continha em si a morte e a loucura. Tentar fugir dessas coisas era imaturo e antirromanesco.

* * *

"Você tá escutando esse barulho?", Riley perguntou. Estávamos as duas estudando até tarde.

"Não."

Riley pausou o CD-player. "*Esse*", ela disse. Continuei sem ouvir nada. Estávamos ouvindo "Criminal", da Fiona Apple: a música favorita da Riley. Na minha cabeça, Riley achava que *ela* era uma criminosa. Eu não sabia bem o porquê. Não conseguia imaginar ela tendo feito algo de errado. Mas estudou em colégio católico, então vai saber.

Voltei a ler *Temor e tremor* para a tutoria. Mas logo Riley e eu nos entreolhamos: também ouvi o barulho. Riley levantou da cadeira e foi ver o que era.

"Selin. É pra você", gritou Riley, do corredor.

Fui até lá. "Oi", disse Juho, parado sobre o capacho de gatos. "Eu vi que as luzes de vocês estavam acesas, então pensei em bater. Mas decidi espaçar as batidas e diminuir os intervalos aos poucos, para ver quão próximas as batidas precisam ser para serem percebidas como alguém batendo na porta."

Riley me lançou um olhar daqueles e disse: "Ok, vou lá pra dentro".

Não havia onde conversar no apartamento: Riley estava estudando no quarto e Joanne dormia na sala. Peguei meu casaco e fui para as escadarias do nosso bloco. Juho me seguiu até o lobby, onde percebi que tinha um buraco gigante na calça dele na altura de um dos joelhos. Escorria sangue.

Fui buscar antisséptico e band-aid no apartamento. Quando voltei, ele estava sentado nas escadas com a cabeça jogada para trás. Foi ali que percebi que ele estava bêbado. Juho dobrou a calça social — a calça de treino verde tinha sido banida da Mesa Alta —, mas não parecia saber o que fazer com o curativo, que ele só virava e revirava na mão. Explicou que não tinha sido apropriadamente informado sobre o teor alcoólico do vinho do porto. Eu mesma coloquei o band-aid, depois de dar uma pincelada no corte com álcool. Deve ter ardido, mas ele não disse nada.

Juho explicou o protocolo experimental que ele tinha desenvolvido em relação à porta. Ele bateu uma vez, daí esperou trinta segundos. Depois bateu de novo e esperou vinte e cinco. Continuou reduzindo os intervalos de cinco em cinco segundos até chegar a quinze. A partir daí foi reduzindo de um em um. Riley apareceu quando havia doze segundos separando cada batida.

"O resultado me surpreendeu. Não achava que toques tão espaçados pudessem ser percebidos como batidas na porta."

Eu disse que não achava que Riley *tivesse* de fato percebido aquelas batidas como alguém batendo na porta.

"Ah", ele disse, um pouco triste. "Talvez o experimento tenha sido inconclusivo."

Lembrei que era para isso que ele estava ali: para pesquisar, fazer experimentos. Era engraçado pensar que Harvard havia patrocinado aquele estudo sobre percepção de batidas que ele tinha acabado de fazer. Que bolsa de pesquisa estressante: como que alguém decidia o que pesquisar? Pela primeira vez parei pra pensar que Juho talvez *não* soubesse. Que talvez ele fosse igualzinho a mim, ou talvez pior, perambulando pelo mundo com suas calças barradas institucionalmente, batendo incorretamente à porta das pessoas. Mas daí lembrei que ele tinha ph.D. em química e em física, o que significava que ele tinha um corpo de conhecimento e realizações com o qual eu não podia sequer sonhar, e do qual ele provavelmente se valia para fazer escolhas que eu jamais conseguiria compreender. Ele agora olhava para o céu com sua expressão pacífica de sempre, balançando o corpo de leve, e nada parecia incomodá-lo.

Temor e tremor falava de como Abraão era a melhor pessoa e a mais interessante da história da humanidade, pois, quando Deus disse a ele para ir a tal montanha matar o próprio filho, Abraão não perdeu tempo e tratou de colocar as selas nos jumentos. Kierkegaard especulava sobre quão constrangedora deve ter sido a viagem — o que será que ele e Isaac devem ter conversado?

Kierkegaard publicou *Temor e tremor* em 1843, o mesmo ano de *Ou-Ou*, sob o nome de Johannes de silentio. "De silentio" significava "do silêncio". Isso porque o assunto desafiava a linguagem, porque era indizível e paradoxal demais que Abraão concordasse em matar o próprio filho. Abraão não podia contar pra ninguém. Ninguém teria entendido, muito menos acreditado que Deus solicitara aquilo, ou que no fundo ele não quisesse matar o próprio filho.

Na tutoria, aprendemos que *Temor e tremor* ilustrava a "suspensão teológica do ético". Judith claramente gostou dessa frase. Não parava de perguntar: "Mas o que pensar dessa história de *suspensão teológica do ético*?".

"Suspensão teológica do ético" significava que tava tudo bem matar o próprio filho, desde que Deus mandasse. Significava acreditar que Deus te ama, mesmo não parecendo; e acreditar também que você ama seu filho, mesmo não parecendo.

Afinal, se o comportamento de todo mundo fosse visivelmente coerente com os próprios sentimentos, a fé não seria necessária.

Que obsessão é essa em matar os próprios filhos entre as pessoas religiosas?

No jantar, Morris descreveu um debate que aconteceu na disciplina de Raciocínio moral sobre o imperativo categórico de Kant. A ideia do imperativo categórico era a de que os valores morais eram universais, sem exceção. Mentir, por exemplo, era errado — sempre, para todos, sob quaisquer circunstâncias. Mas e se um psicopata com um machado batesse à sua porta e dissesse "Olá, senhor, posso saber onde estão seus filhos? Quero matá-los", mentir seria moralmente justificável? Alguém chegou a perguntar exatamente isso a Kant, e Kant disse que não. A turma de Raciocínio moral de Morris debateu isso por uma hora.

Eu não via sentido em discutir que resposta eu daria a uma pergunta que um psicopata jamais faria. E, em geral, eu não confiava nisso de generalizar um conjunto de regras que funcionassem em todas as circunstâncias. Com certeza qualquer regra acabaria tendo situações excepcionais em que ela não se aplicaria. Eu mesma muitas vezes já tinha me visto impossibilitada de seguir uma regra que fazia todo sentido para todo mundo devido a alguma circunstância pessoal. Quando eu me explicava, as pessoas riam, dizendo: "E a gente ia saber como?".

Riley voltou de Dorchester com um saco de pano gigante contendo Stanley, em todos os seus onze quilos. Ali estava o resultado de uma semana inteira de negociações telefônicas com a dona de Stanley, Barbara, que tinha uma condição neurológica que fazia com que ela às vezes dissesse, involuntariamente, a palavra "lancha".

Stanley era um gato castrado de nove anos e unhas cortadas. Tinha um equilíbrio péssimo. Caminhava lenta e tristemente pelo apartamento, parecendo um velho que tivemos de visitar uma vez em Adana, que não respondia quando lhe dirigiam a palavra e mal parecia registrar qualquer coisa que diziam, inclusive na TV, que ficava ligada ao fundo o tempo todo. Stanley me dava o mesmo sentimento ruim — o de que toda vitalidade que um dia ele teve dentro de si já não existia mais. Por outro lado, era possível que Stanley gostasse de sentar em cima das coisas, como chaves e carteirinhas (e bebês, como Riley fez questão de lembrar), pois ele até parecia se esforçar um pouquinho para fazer isso.

A característica mais problemática de Stanley era o hábito de fazer cocô no carpete *ao lado* da caixa de areia. Então Riley comprou uma caixa de areia ainda maior e pôs no ponto do carpete que Stanley preferia. Mas, assim que a caixa foi para lá, Stanley decidiu operar alguns centímetros mais à direita.

"Moscou não acredita em lágrimas", Riley disse, indo buscar o talco de carpete.

Priya passou a acender incensos para disfarçar o cheiro, criando por fim o miasma denso de sândalo e excremento felino que se tornou a marca do nosso apartamento.

"Nem me fale do *Temor e tremor*", Svetlana falou. "Eu tive um colapso nervoso por causa desse livro ano passado."

"Sério?"

"Passei uma semana trancada no quarto. Valerie e Hedge me levavam tigelinhas de comida do refeitório. Devem ter achado que eu tinha enlouquecido."

"E por onde eu andava nessa época? Por que não levei tigelinhas de comida pra você também?"

"Não lembro. Era uma coisa que me deixava constrangida de verdade. Provavelmente fiquei com vergonha de te contar. Talvez você pensasse que era muita pretensão minha, ou tolice. Essa talvez seja a pior parte de ter um colapso nervoso envolvendo Kierkegaard."

No fim das contas, a pessoa com quem Svetlana conseguiu conversar sobre *Temor e tremor* foi Dave, que fez o jardim de infância numa escola onde havia um mural gigantesco retratando Abraão prestes a matar Isaac. Não era de hoje que Dave pensava sobre aquele tema.

"Que jardim de infância doentio era esse?", foi o que eu quase perguntei, mas percebi a tempo que muito provavelmente era por causa desse tipo de comentário que as pessoas não se sentiam à vontade para me falar de seus colapsos nervosos envolvendo Kierkegaard.

A tela preta do meu computador foi bombardeada por linhas verdes de texto. Como campos férteis, ou dinheiro, ou a luz no semáforo dizendo *vá*.

Mensagem de TalkDaemon@playfair.stanford.edu às 20h54
talk: conexão solicitada por ivanvar@playfair.stanford.edu
responder com: talk ivanvar@playfair.stanford.edu

Mensagem de TalkDaemon@playfair.stanford.edu às 20h58
talk: conexão solicitada por ivanvar@playfair.stanford.edu
responder com: talk ivanvar@playfair.stanford.edu

Mensagem de TalkDaemon@playfair.stanford.edu às 21h01
talk: conexão solicitada por ivanvar@playfair.stanford.edu
responder com: talk ivanvar@playfair.stanford.edu

Só podia ser Ivan tentando falar comigo com um e-mail de Stanford. Eu sabia que uma vez ele tinha arranjado um emprego de verão em um laboratório de lá. A última solicitação tinha chegado quase uma hora atrás. Sentei rapidamente e digitei, talk ivanvar@playfair.standford.edu.

O computador pensou um pouco e disse: [O participante solicitado não está logado.]

Mandei um e-mail apressado para Ivan: Podemos tentar de novo?. Ele não respondeu. Nem naquele dia, nem no outro.

Acordei tarde no sábado. A primeira coisa que fiz foi conferir meu e-mail e usar o *finger* para checar a conta de Ivan em Stanford. Eu não esperava realmente que ele estivesse on-line, já que na Califórnia não eram nem nove da manhã. Mas o computador começou a vomitar as linhas de texto. Ele estava usando a conta naquele exato momento.

Mandei uma solicitação para conversarmos. Uma a uma, novas linhas surgiram na tela.

[Esperando conexão]

[Esperando que o participante solicitado responda]

[Esperando que o participante solicitado responda]

[Conexão estabelecida]

A tela se dividiu em duas. Meu coração batia mais rápido do que o cursor piscando na barra de texto. Digitei:

Oi

E ele respondeu:

oi

Eu ia explodir de felicidade. Inimigos não diziam "oi". Estávamos conversando! Houve uma longa pausa, e daí ele digitou:

quem está aí?

Meu coração se encheu de medo, pois era como se ele não me conhecesse, tudo tivesse sido apagado e nada tivesse sido real — mas depois lembrei que ele tinha dito que havia várias Selins, e entendi que agora ele me perguntava com qual Selin ele estava falando, daí me senti leve e livre de novo. Afinal, ele estava me deixando escolher — estava pedindo que eu escolhesse! Digitei:

Sou a alma no limbo.

Houve uma longa pausa:

eu te conheço?

Fiquei me perguntando como responder. O cursor piscava sem parar.

Acho que não.

Outra pausa.

por que você não quer me dizer quem você é?

Eu quero te dizer.

quem é você?

Você sabe que se eu pudesse eu diria.

Pausa.

com quem você está tentando falar?

Com VOCÊ. Não sei por que tem que ser tão difícil

quem você acha que eu sou?

Pensei em dizer que a resposta para aquela pergunta se resumia a "com quem ele andava". Mais palavras surgiram na tela:

você quer falar com o ivan?

Senti um embrulho nauseante no estômago. Digitei:

quem é?

A pessoa respondeu:

você é celine?

Senti que ia vomitar.

sim sou a selin. estou tentando falar com o ivan. quem está falando?

meu nome é zita
ivan tem duas contas de e-mail, ele me deixa usar essa aqui

Ouvi uma batida na porta e Riley entrou. Fiquei muito aliviada em vê-la. “Estou há dez minutos falando pelo Unix com uma pessoa achando que era Ivan, mas era a ex-namorada dele!”

“Calma aí, como assim?” Riley havia acabado de chegar da rua — tinha uma camada de outono ao redor dela. “Ele deixou a conta aberta e ela começou a usar?”

“Não, ele tem dois e-mails, um de Berkeley e outro de Stanford, que parece que ele deu pra ela. Daí eu escrevi ‘talk’ e o e-mail dele de Stanford, e conectou, mas era ela, e não Ivan.”

“Ele deu a conta dele? Deu a senha? Por quê?”

“Sei lá. Acho que depois que eles se formaram ela deve ter ficado sem e-mail.”

Riley tinha vindo vestir um suéter e agora estava ali de pé, com os braços enfiados nas mangas. “Então agora ela usa a conta do ex-namorado, e ele pode ler os e-mails dela sempre que quiser?”

“Não sei se ele consegue ler. Vai ver ela mudou a senha.”

Riley fechou os olhos numa expressão de dor. “Esse povo nunca ouviu falar em Hotmail?” Ela terminou de vestir o suéter e se aproximou da minha escrivaninha. “Como você conversou com ela por dez minutos sem se tocar que não era o Ivan? Ela estava fingindo ser ele?”

“Não. Ela ficava perguntando ‘quem é você’, mas eu achei que fosse uma pergunta metafísica.”

“‘Sou a alma no limbo?’”, Riley leu por cima do meu ombro.

“É de um livro”, expliquei, na defensiva.

Zita voltou a digitar.

você ainda está aí?

Digitei correndo:

ops! desculpa te incomodar! estou morrendo de vergonha.

Dava para sentir o olhar de desaprovação de Riley na minha nuca. Ela estava certa: eu não tinha que pedir desculpa por nada. "Quer vir tomar café?", Riley perguntou. "Oak e Lucas estão esperando lá embaixo."

Novas palavras surgiram na tela:

ivan falava muito de você, então parece que eu já te conheço. ele ficou muito empolgado quando te conheceu.

"Podem ir", eu disse pra Riley. "Acho que vou demorar mais uns minutinhos."

"Bom, a alma no limbo deve saber o que está fazendo." Eu conseguia ouvir as sobrancelhas dela franzindo antes de perceber que ela tinha saído do quarto.

na verdade, eu queria falar com você. pensei que eu podia explicar algumas coisas sobre ivan.

tipo o quê

pelo que o peter me contou, fiquei com a impressão de que as coisas não estão fáceis pra você. acho que sei mais ou menos pelo que você está passando. acho que posso te ajudar a ver as coisas com mais clareza

Fiquei ali sentada olhando para o cursor, me perguntando se "cursor" tinha a ver com "curse", maldição, e quem tinha escolhido aquele nome, "talk daemon", tipo "fale, demônio". Até que Zita digitou de novo:

topa falar por telefone? não digito tão rápido quanto você.

Pensei em digitar "preciso ir" e correr pro café com a Riley.

Eles não deviam nem ter sentado ainda. Lucas devia estar esperando eternamente por um bagel. Oak encheria demais a máquina de waffle pra no fim ficar com um no formato de couve-flor. Riley até faria um waffle certinho, mas daria duas mordidas e só.

Uma coisa que Riley tinha em comum com Svetlana, e, parando para pensar, com literalmente todo mundo que eu conhecia, é que ela me aconselharia a não falar com Zita pelo telefone.

Não consigo nem imaginar alguma vantagem nessa conversa, imaginei minha mãe dizendo. Eu sabia que ela, assim como Riley, acharia estranho e suspeito que Zita usasse o e-mail de Ivan, e não conseguiria nem pensar em qualquer motivo além de malícia ou insanidade para que ela, a ex-namorada dele, quisesse falar comigo. Para ser justa, eu também achava difícil imaginar outra razão. Mas talvez ela existisse.

Por que é que as nossas familiares sempre diziam que era inveja quando uma mulher dizia ou fazia qualquer coisa inexplicável? Se você dissesse "Mas eu, ou você, fizemos praticamente a mesma coisa uma vez, e no *nosso* caso não foi por inveja", elas diziam: "Não somos iguais às outras pessoas". Isso acontecia entre as mulheres da minha família por parte de mãe, por parte de pai *e* por parte da minha madrasta: três famílias diferentes, que, em geral, tinham visões de mundo diferentes. Ainda assim, *todas* acreditavam que eram as únicas que não faziam as coisas por inveja. Isso significava que devia haver muita gente por aí que também não era motivada pela inveja. Por que Zita não podia ser uma delas? Afinal, Ivan tinha gostado dela.

De todo modo, embora todas as mulheres que eu conhecia — Riley, Svetlana, minhas familiares — tivessem vivido, no todo, um monte de vidas diferentes, passando por várias experiências humanas, nenhuma delas tinha estado numa situação como aquela.

Eu pensava essas coisas, mas sabia que era uma discussão hipotética na minha cabeça, pois eu já tinha decidido que falaria com Zita. Quando e com base em que essa decisão havia sido tomada? Digitei meu número e apertei em "enviar".

"Selin? É a Zita." Ela tinha um leve sotaque e a voz mais jovem do que eu esperava.

"Oi", eu disse. Nós duas começamos a rir e concordamos que aquela conversa era inusitada e que nossa pequena interação no Unix tinha sido esquisita. Aquilo me reconfortou. Percebi que eu estava achando que Zita era como Ivan ou Peter, já que ela os conhecia e tinha a mesma idade que eles, e provavelmente também era húngara, mas foi só começarmos a conversar que senti que a visão de mundo e seus sentimentos estavam mais parecidos com os meus do que com os deles, pois éramos garotas. Por exemplo, quando algo era esquisito, conseguíamos dizer que era esquisito, e assim ficava parecendo um pouco menos esquisito.

"Então", ela disse.

"Então", eu disse.

"Eu queria muito falar com você. Peter me contou que você estava superchateada com o Ivan, e eu acho que te entendo. Quando ele me contou de você ano passado, parecia muito empolgado, mas eu fiquei um pouco preocupada porque eu sei como ele pode ser."

Eu me perguntei se Zita ia ficar tentando me impressionar com todos os conhecimentos a mais que ela tinha sobre Ivan — com a forma como ela sempre estivera observando tudo de longe, temendo que eu me magoasse.

A certa altura Ivan pediu para Zita dar uma "opinião feminina". "Se eu chamar uma garota para um café, significa que eu gosto dela, ou pode ser só amizade? E se eu for nadar com essa menina, significa, de novo, que eu gosto dela, ou pode ser só amizade?" Ela ficou preocupada quando ele contou que queria me levar ao lago Walden de moto, pois sabia como aquilo era romântico e como tudo pareceria aos meus olhos. "Ele disse que eu não entendia, que com você não era assim. Mas depois ele disse 'Zita, talvez você estivesse certa'".

Zita disse que queria me ajudar. Queria me ajudar a entender.

Para me ajudar a entender, ela contou a história de seu relacionamento com Ivan. Eles se conheceram no primeiro ano de faculdade, num programa de orientação para estudantes internacionais. Ivan tinha frequentado uma escola especial de matemática, em que os estudantes eram muito inteligentes mas não tinham as melhores das habilidades sociais. Ele nunca havia tido uma namorada. Zita era diferente — muito sociável, tinha muitos namorados e amigos e estava sempre se envolvendo com algo ou alguém. Desde pequena era chamada de militante, de assistente social, pois defendia os mais fracos mesmo que para isso precisasse entrar em brigas. Para ela, era muito natural ajudar Ivan, que parecia perdido em Harvard. Eu nem teria reconhecido ele na época. Zita era um ano mais velha, então estava sempre no comando.

Mas as coisas mudaram muito rápido. No verão depois do segundo ano, a dinâmica deles já era outra. Ela se sentia pressionada. O que a pressionava era a certeza intelectual de Ivan, o fato de que ele já sabia, e sempre soube, desde criança, que seria matemático.

Zita não era assim. Era artística e gostava de explorar. Ficou muito interessada em budismo. Inclusive agora estava na Divinity School, estudando budismo: era por isso que não tinha e-mail. Eu não entendi muito bem se ninguém na Divinity School tinha e-mail ou se eram apenas os estudantes de budismo.

No terceiro ano, Zita conseguiu uma bolsa para estudar na Tailândia. Ivan não queria que ela fosse. "Brigamos", ela disse, orgulhosa. Ela foi parar num templo ao norte de Bangkok, levantando antes do amanhecer e meditando durante a maior parte do dia. Foi a primeira vez em um ano ou até mais que ela se sentiu livre de verdade. Enquanto isso, em Harvard, Ivan começou a passar mais tempo com Peter, que o apresentou a Eunice. Tanto Peter como Eunice eram estudantes da pós-graduação. Peter estudava economia e coreano, e Eunice foi sua instrutora de coreano.

Ivan e Eunice se encontraram algumas vezes junto com Peter. Um dia, eles se esbarraram na rua e acabaram indo tomar um café, e nisso conversaram por três horas seguidas. A partir daí começaram a se encontrar quase sempre, tendo conversas apaixonadas sobre política e história. Havia uma centelha intelectual entre os dois que não existia com Zita.

"Eu sou muito inteligente, do meu jeito", Zita disse, "mas sou mais emocional do que intelectual. Eu me importo mais com pessoas e sentimentos do que com ideias. Com Ivan, sempre falávamos sobre os meus interesses, nunca sobre os dele. Acho que não fui muito paciente com ele." Depois de um momento, ela acrescentou, casualmente: "Como eram suas conversas com ele? Intelectuais?".

Pensei sobre minhas conversas com Ivan. "Não sei", eu disse. "Acho que não."

"Deviam ser."

Eu não sabia o que dizer, então esperei ela voltar a falar.

Nas férias de primavera, Ivan foi visitar Zita na Tailândia. Os dois viajaram para o sul. Ela alugou uma cabana na praia por alguns dólares a noite. Dava para ver as estrelas pelas frestas do telhado de folha de palmeira. Ivan e Zita sempre contavam tudo um ao outro, então é óbvio que ele contou sobre Eunice. Zita não soube como reagir, até porque a ideia de darem um tempo tinha sido dela. Ela disse a Ivan que ainda o amava, e ele disse que ainda a amava também. Ela sabia que ele abriria mão de Eunice, se ela quisesse. Mas, se ela fizesse isso, ele sempre ficaria com aquilo na cabeça, com a dúvida de como as coisas poderiam ter sido. Zita disse que ele devia seguir seu coração, assim como ela fez ao seguir o impulso de ir para a Tailândia. Ivan disse que não sabia o que seu coração queria ou aonde o levaria. Eles concordaram que o coração era assim mesmo, e nisso fizeram sexo na escuridão total da cabana, ouvindo as ondas quebrando na praia.

No fim do recesso, Zita voltou para o templo, e Ivan para Boston. Ele não tinha certeza se a atração que sentia por Eunice era romântica ou só intelectual. Eles tinham conversas longas e desafiadoras sobre história e coisas abstratas. Nessa mesma época anunciaram que haveria um baile para os estudantes do terceiro ano numa ponte ao entardecer, com orquestra. Ivan convidou Eunice. Suas mãos se tocaram e eles se beijaram. A voz de Zita, enquanto me contava tudo isso, soava afetuosa ou conspiratória, um dos dois. "Ele se apaixonou", ela disse.

Zita só viu Ivan de novo no verão, quando os dois estavam na Hungria. Ivan foi buscá-la no aeroporto, num carro com a mãe e todas as irmãs dele. O carro tinha tanta gente que Zita teve de sentar no colo de Ivan. "Sou muito pequena", Zita explicou.

A mãe dele achava que Zita não devia sentar no colo de Ivan nessa altura do campeonato, mas Zita e Ivan riram. Durante o tempo que passaram em Budapeste, viram-se todos os dias, como sempre faziam, e Zita conviveu com a mãe e as irmãs de Ivan, que ela adorava. "Minha família não é desse jeito, estamos cada um em um canto. Mas sou uma pessoa muito carinhosa."

Ivan e Zita discutiram a natureza do amor. Ivan perguntou

a Zita se ela achava possível que uma pessoa se apaixonasse por duas ao mesmo tempo.

Zita disse que não sabia — talvez sim.

Mais tarde, Ivan perguntou a mesma coisa a Eunice. Ela disse que não.

Zita passou o resto do verão na Tailândia, depois foi direto para Boston em setembro. Foi horrível voltar de Bangkok para Boston — para toda aquela austeridade cinzenta e forçosa —, e sem Ivan, cujo relacionamento com Eunice ficava cada vez mais sério. Em Budapeste, tudo parecia possível. Em Boston, não. Zita percebeu que Ivan tinha que escolher e assumiu pra ele que tinha se equivocado — ela precisava dele. Eunice ficou insegura e se voltou contra Ivan. A vida dos três virou um inferno.

Enquanto ela contava, escutei o toque de uma segunda chamada. Zita, que não podia ouvir nada, disse que a situação talvez tenha sido mais difícil para Eunice. Ela não era uma pessoa ruim, mas era muito decidida, competitiva, tinha muita convicção do que queria e de como consegui-lo. Reconheci na fala dela a forma como geralmente mulheres não asiáticas falavam de mulheres asiáticas. Parecia que Zita pensava que eu era mais como ela do que como Eunice. Por quê? Porque não éramos asiáticas? Ou porque fomos nós que, no fim das contas, não ficamos com Ivan?

Algo na segunda chamada me pareceu particularmente insistente. Pedi um minuto a Zita e apertei o botão para aceitar a chamada.

"Selin?" Levei um segundo para me localizar: era minha mãe.

"Oi! Posso te ligar daqui a pouco? Estou em outra chamada."

"Estou no hospital", minha mãe disse, numa voz cheia de indignação e angústia, e começou a chorar: "Acabei de fazer a cirurgia".

Apertei o botão de novo e disse a Zita que precisava desligar; minha mãe estava me ligando do hospital.

"Meu Deus, agora? Você deve estar preocupada. Ela está bem? O que aconteceu?"

"Eu não sei. Preciso falar com ela."

"Sim, claro. Podemos terminar a conversa depois. Vou te deixar meu telefone. Pode me ligar quando quiser. Qualquer hora mesmo, Selin." Eu anotei o número.

Minha mãe tinha acabado de fazer uma mastectomia dupla. Ela não tinha me contado que estava com câncer de mama. Falou de um cisto, mas o cisto tinha sido uma espécie de alegoria. Ela preferiu não me contar a verdade. Estava contando agora porque se sentia aliviada, a cirurgia tinha sido um sucesso. Parecia ainda estar sob efeito dos medicamentos.

Quando eu tinha dez anos, a irmã do meu pai na Turquia também teve câncer de mama e veio morar por um tempo comigo e com ele em Nova Jersey. Foi bem na época que minha mãe saiu de casa.

Fiquei imaginando minha mãe indo ao médico sozinha, recebendo o diagnóstico sozinha e indo para a cirurgia sozinha. Falei que voltaria para Nova Jersey e ficaria com ela. Mas ela disse enfaticamente que eu não podia perder aula. Minha tia ia ficar com ela. Fiquei aliviada. Depois fiquei com vergonha de me sentir aliviada. Falamos por mais dez minutos, até ela dizer que estava cansada e que precisava desligar.

Já passava de uma da tarde e eu continuava de camisola. Me forcei a tomar banho e vestir uma roupa. Nisso já eram duas horas.

* * *

Zita atendeu no segundo toque. “Ah, que bom que você ligou. Estava com medo de que não ligasse. Como está sua mãe?”

“Acabei de descobrir que ela está com câncer.” Assim que aquilo saiu da minha boca, me arrependi. Zita fez um monte de perguntas sobre o diagnóstico e o tratamento, se minha mãe tinha sido testada para o gene do câncer de mama e quando eu iria para casa.

“Está tudo bem, ela é médica, dá aula de medicina, vai fazer um novo tratamento hormonal e minha tia vai ficar lá com ela.”

“Ah, ótimo”, disse Zita, mas continuou parecendo preocupada.

“Quer terminar de me contar a história?”

“Tem certeza de quer ouvir agora?”

“Sim.”

“Bem... Onde eu parei?”

“Numa situação bem triste. Você voltou da Tailândia e sentia falta do Ivan, e Eunice era competitiva.”

“Ah! Olha, não quero dizer nada de ruim sobre Eunice. A situação dela era difícil. Ela estava com raiva de mim, mas eu nunca senti raiva dela. Só que teve uma época que as coisas ficaram tensas.”

Ivan decidiu ficar com Eunice, mas, vendo que Zita estava sofrendo, quis apoiá-la. Ele era assim. Mas Eunice disse que ele tinha que escolher. Um pequeno acontecimento fez com que Zita achasse que Ivan a escolheria. A mãe de Ivan tinha vindo fazer uma visita e Eunice se ofereceu para preparar um jantar. Estavam todos na cozinha, bebendo vinho — Ivan, sua mãe e Eunice. Daí Ivan foi até o quarto e telefonou para Zita.

"Ele me ligou enquanto Eunice cozinhava pra mãe dele", Zita disse, com uma pontinha de satisfação.

Zita tinha passado por um período em que não conseguia pensar com clareza. Por isso achava que entendia como eu estava me sentindo, pois também tinha ficado assim na primavera. Discutia a situação infinitamente com as amigas e com Peter e interrogava os amigos de Ivan da matemática ("Você deve imaginar que maravilha foi isso"). Agora ela compreendia que, de certa forma, o que ela estava tentando fazer era pegar Ivan de volta: já não direta, mas socialmente, quase de forma política, pela persuasão, pois esse sempre tinha sido seu forte. Ela queria fazer com que todos entendessem qual era o cenário mais justo e fazer com que ele se realizasse.

Só no outono ela aceitou completamente que não tinha volta e que isso era o melhor para todos. Entendeu que o rompimento não começou quando Ivan conheceu Eunice, mas quando ela foi para a Tailândia para se tornar a pessoa que ela de fato era. Quando entendeu tudo isso, sentiu-se menos triste. Claro, um fim era sempre triste, mas *não* terminar algo que *precisava* ser terminado era ainda mais triste.

Eunice, embora tivesse suas peculiaridades, era a pessoa certa para Ivan. E Ivan era a pessoa certa para Eunice, coisa que não era para Zita. Tanto Ivan como Zita demoraram para perceber isso. E era isto que Zita queria me contar sobre Ivan: que às vezes ele se metia em umas situações complicadas, mas era porque ele tinha um grande coração.

Fazendo uma linha do tempo, notei que Zita chegou a essas conclusões bem na época em que conheci Ivan.

"Então desde que vocês se conheceram, ele já morava com

Eunice", Zita disse, empolgada. De fato, eu lembrava que o dormitório de Ivan era muito organizado e que ele tinha falado uma vez sobre alugar para um amigo. Nunca me perguntei por que Ivan não tinha mais coisas lá, ou onde ele ficava quando emprestava o quarto pra alguém.

Zita perguntou o quanto dessa história Ivan tinha me contado. Mas por que ele me contaria qualquer coisa, se nunca perguntei? Contei pra ela que só fiquei sabendo da existência de Eunice porque encontramos com ela na rua.

"Meu Deus! O que você disse?"

"Nada. Quer dizer, eu falei 'Prazer em te conhecer'".

"E o que ela respondeu?"

"Nada. Não disse que era um prazer me conhecer. Só disse pro Ivan que ele tinha de estar em casa às nove."

"Ela deve ter sentido muito ciúmes. Claro, espero que ela se sinta mais segura agora. Eu já estou em outra. Tenho um novo namorado. Estou feliz agora."

"Que ótimo", eu disse, reconhecendo a regra de que, se você tem um novo namorado, automaticamente você é uma pessoa feliz.

Zita disse que, como ela tinha me contado toda a história dela, agora eu tinha que contar a minha. Senti uma onda de ansiedade. A história de Zita tinha começo, meio e fim. Nada entre mim e Ivan tinha acontecido daquele jeito. Não fazia sentido, como a história dela fazia. Aliás, parando para pensar, o que fazia menos sentido era que duas semanas atrás alguém tinha tentado falar comigo usando aquele e-mail de Stanford.

"Não era você, era?", perguntei.

"Não, claro que não."

"Então era Ivan?"

"Não, impossível."

"Então quem era?"

"Não deve ter sido ninguém."

"Mas aconteceu."

"Não, impossível."

Fiquei perdida, porque, por mais que tentássemos nos ajudar, e até conseguíssemos, nós confiávamos mais em Ivan do que confiávamos uma na outra.

"E então", Zita disse. Eu sentia que ela queria alguma coisa — o que era justo — em troca da história que tinha me contado. "Consegui te ajudar?"

A luz do sol entrava pela janela, então dava para ver cada partícula de poeira na torre de CDs da Riley. O que que eu podia fazer? Serdar, por exemplo, deu um soco na parede. Mas com isso só conseguiu trazer mais problemas e mais custos a mais pessoas. Decidi enviar um presente pelo correio para a minha mãe. Estávamos sempre procurando presentes para enviar uma à outra, e eu andava de olho numa vela decorativa no formato do busto de Hipócrates. Por outro lado, que graça tem uma vela especial? Que graça tem Hipócrates? Ouvi vozes no corredor. As pessoas estavam se preparando para ir comer ou beber alguma coisa, até que passasse tempo o suficiente e elas precisassem comer ou beber alguma coisa de novo. A vida certamente era mais do que tentar fugir do azar, certo?

Pensei, ansiosa, em pular de uma janela, não a janela do nosso quarto — que era bloqueada pela cama e ficava só no terceiro andar, com vista para a piscina de uma creche, com formato de tartaruga —, mas de outra janela, mais alta. Por algum motivo, a imagem que me veio à mente foi a de Peter explicando a alguém numa voz calma e séria que os problemas de Selin eram mais sérios do que se imaginava. Não, nada disso, pensei. Eu vou ficar por aqui — e ainda vou enterrar essas pessoas todas.

Novembro

O choro começou com músicas e filmes. Depois, na cama. Eu deixei um rolo de papel higiênico enfiado no vão da beliche de cima e o papel usado estava colocando dentro do cilindro de papelão. Quando eu precisava assoar o nariz, me escondia debaixo do edredom, para que Riley não ouvisse. Só que pelo visto eu roncava quando ele ficava muito entupido, pois era só a tristeza me deixar dormir um pouquinho que era puxada de volta para ela por Riley, que socava meu colchão por baixo. Assim, fui obrigada a continuar naquele estado de miséria ininterrupta para não impedir que outras pessoas dormissem.

Assim que acordava de manhã, eu me sentia leve e livre por um ou dois segundos, sem me lembrar de qualquer razão que pudesse ter para ficar mal. Mas logo tudo o que eu sabia e todas as minhas memórias voltavam de uma vez só, eu sentia um peso no meu esterno e o rangido recomeçava atrás dos meus olhos.

Comecei a passar mais horas no Instituto Ucraniano de Pesquisa. Era um alívio saber que existia um jeito de converter tempo em algo claro e quantificável. Eu sentava ali por uma hora e, pronto, ganhava sete dólares.

Descobri que um monte de coisas que as pessoas achavam que eram da Rússia na verdade eram da Ucrânia. Borscht, por exemplo, e Gogol, que os ucranianos chamavam de "Hohol", o que conferia certo ar festivo ao seu nome, embora ele raramente fosse evocado de forma festiva. Lamentavam muito que ele não tivesse escrito em sua língua materna. A mãe de Gogol teve ele quando tinha dezesseis anos.

Descobri também que os ucranianos, assim como os turcos, e os russos, e muita gente na Hungria, achava que sua cultura "dividia-se entre o Ocidente e o Oriente" de um jeito único. Quais culturas *não* pensavam isso? Uma vez ouvi um japonês dizer a mesma coisa.

Era oficial: o micro-ondas do instituto era assombrado. Katya tentou esquentar um chá e, ao abrir a porta, encontrou o saquinho a vários centímetros da xícara.

As ucranianas mais velhas achavam que eu era insensível e irritante. Uma delas, chamada Olha, dizia que nunca tinha imaginado que sua vida se reduziria àquilo.

Uma vez, enquanto fazia meu chá, preparei uma xícara extra para Olha, do jeitinho que eu já a tinha visto fazer, com leite e três sachês de açúcar. Na minha disciplina obrigatória de ciências, assisti a um vídeo reverso de alguém adicionando leite ao chá, em que o leite saía do chá e voltava para dentro da garrafa. Aparentemente, as leis da física não discriminavam passado e futuro, então não dava para um vídeo de trás pra frente mostrar algo que não fosse possível. Não era impossível, só muito pouco provável, que aquele tanto de leite se separasse do chá daquele jeito.

Quando levei o chá para Olha, achei ter visto certo relaxamento nas linhas ao redor de sua boca e na sua testa. Se um vídeo de seu rosto fosse rodado de trás pra frente, as linhas desapareceriam. Aquilo era impossível na vida real, ou só extremamente improvável?

Digitei um manuscrito que argumentava que o Rus de Kiev foi um fenômeno pré-ucraniano, não pré-russo, e transcrevi uma série de discursos de um embaixador ucraniano. Ele não dizia nada de útil — só invocava relações bilaterais e alinhamentos geopolíticos, fazendo vez ou outra um comentário geral sobre o "conflito de civilizações". A vida de diplomata se resumia àquilo? Como aguentavam?

Depositar um pagamento, notei, produzia imediatamente certa dissociação em relação a qualquer trabalho que você fizesse: um emprego era um emprego. (Foi assim que aconteceu o Holocausto?)

Certa noite, depois de depositar meu cheque, parei na banca de revista da praça e comprei um maço de cigarros: Parliaments, a primeira marca que me veio à mente. Eu não queria perder muito tempo olhando uma por uma, pois queria evitar que o dono da banca suspeitasse de alguma coisa e pedisse minha identidade. Eu até tinha — bastava ter dezoito anos para isso —, mas qualquer forma de tensão ou desafio, ainda que rapidamente solucionado, teria arruinado a leveza da transação, que de alguma forma fazia parte da experiência, como o maço azul-marinho com o selo que lembrava a insígnia dos pilotos da

Pan Am, do tempo em que as pessoas se vestiam bem para viajar de avião e os apoios de braço tinham cinzeiros embutidos.

Pensei no edifício do parlamento em Budapeste: como ele surgia do nada do outro lado do rio, como um bolo realesco, bem na hora em que você achava que tinha se perdido, e como era estranho pensar que ele continuava a existir, mesmo agora, em novembro, no que devia ser — conferi meu relógio — duas da manhã. Provavelmente tinha gente trabalhando lá agora mesmo, falando húngaro, conduzindo o navio do estado, esvaziando lixeiras.

"Fósforos?", o dono da banca de revistas perguntou, nem aí pra minha idade. Admirei o livrinho de papelão que guardava os fósforos: um livrinho de verdade, com um grampo. De graça. Uma coisa pela qual Prometeu precisou pagar com o próprio fígado.

No foyer da biblioteca, pensei em procurar a tese de Zita. Não estava nas prateleiras. Então ela não ganhou nenhum prêmio. Talvez por se importar mais com pessoas e emoções do que com conceitos abstratos?

A tese estava no catálogo on-line da biblioteca. A entrada incluía o nome do templo onde ela estudou na Tailândia. Seguindo a mesma compulsão cega que me fez procurar sua tese, achei uma entrada sobre o próprio templo numa enciclopédia de religiões orientais. Aparentemente, os monges de lá viviam em conflito com a maioria dos outros budistas tailandeses, pois acreditavam que, quando se alcançava o nirvana, o que se alcançava era "o ser verdadeiro". Os outros achavam que alcançar o nirvana significava alcançar o "não-ser". As palavras "controvérsia" e "discussão" eram mencionadas diversas vezes. Fiquei surpresa ao descobrir que monges budistas debatiam tanto.

De alguma forma, era legal ter uma conexão pessoal, ainda que tênue, com esse material, tão distante da minha própria experiência. Parecia que era algo que eu tinha conquistado por meio da escrita.

Ouvindo meu walkman e fumando um cigarro na beira do rio, senti uma espécie de elevação no peito, meus olhos ficaram mais abertos, eu me senti mais viva.

Chorar muito deixava meu corpo tão mole, quente e trêmulo que eu achava que era o mais próximo possível da sensação que o sexo trazia. Talvez houvesse uma linha onde o sexo e a tristeza absoluta se encontravam — uma daquelas fronteiras inesperadas, como a fronteira entre a Itália e a Eslovênia. A música também era uma coisa adjacente. Era como Trieste, que era italiana e eslovena, mas também, de certa forma, austríaca.

Música era a coisa que mais me mostrava o que o sexo poderia ser. A sensação de diferentes lugares sendo tocados, ressoando ao mesmo tempo. Como sentar num parapeito de olhos fechados, sentindo o sol na pálpebra esquerda e uma brisa no antebraço direito. A não ser pelo sexo, só a música era assim, repleta de camadas, cada novo componente transformando o sentido do conjunto. E havia tantos crescendos e quebras de expectativa na música — tantas promessas e mil adiamentos. Sem isso você vai morrer. Você nunca vai chegar lá. Você vai morrer. Pronto, aqui está.

De início, eu não via sentido no orgasmo. Parecia um espasmo abrupto irritante, uma interrupção bem na hora em que as coisas começavam a ficar interessantes. Mas, gradualmente, alcançá-lo e viver a experiência tornou-se um processo mais e mais demorado, e depois o orgasmo virou essa coisa cobiçada, perdida na distância — como nos longos períodos de uma sinfonia, quando nada parece acontecer, e há apenas texturas oscilando, até que um vislumbre da melodia cobiçada cintila, e o fato de que você pode vislumbrá-la, mesmo que só por um segundo, é um milagre que promete tudo, que defere tudo para o futuro, e parece fazer a vida valer a pena.

Eu sabia que o que eu tinha experimentado era o orgasmo clitoriano, que era imaturo e incompleto e, de certa forma, egoísta e imoral, se comparado ao orgasmo vaginal. A sensação pulsante, inquieta, tremeluzente que às vezes eu sentia depois dele era prova disso. A coisa não era real ou certa se era feita sozinha. Mas o que um homem haveria de fazer — como aquilo ia funcionar? Tentei pôr de novo um absorvente interno. NEM A PAU.

Muitas vezes o que faz uma música funcionar não é a melodia óbvia e agradável, mas algo que fica mais por baixo — talvez nem bem seus componentes, mas a combinação, as notas que se proliferam e se ramificam e se mesclam de novo; a tensão entre elas, que promete se revolver, mas que vai para algum lugar inesperado, um lugar, no entanto, em retrospecto, absolutamente necessário, tanto que é preciso ouvir repetidas vezes, pois a mera lembrança não basta.

Aquela frase devastadora no fim de "O diário de um sedutor": "Se eu fosse um deus, eu faria por ela o que Netuno fez por uma ninfa: eu a transformaria num homem". Ivan faria isso por mim? VOCÊ TEM QUE FAZER ISSO POR MIM. Esse pensamento me fez gozar, chorando. O banheiro era o único lugar onde dava pra fechar a porta. Eu tinha ligado a ducha, mas estava deitada sobre uma toalha no chão, para me concentrar melhor. Riley chegou batendo na porta — queria usar o banheiro.

Eu tinha um sonho recorrente em que eu voltava pro ensino médio — ficava presa lá no mínimo pelo dia inteiro, mas talvez por anos a fio. Havia uma questão envolvendo a validade do meu diploma, daí minha mãe me matriculava e pagava as mensalidades tudo de novo. Minha mãe não ligava muito para o diploma, o que a animava é que agora eu finalmente teria uma boa educação, finalmente aprenderia física de verdade.

No sonho, eu tentava explicar ao diretor que eu não precisava estar ali. Só fui pra agradar a minha mãe. O diploma não era mais necessário. Não mencionei Harvard, pois eu sabia que aquilo enfureceria o diretor, pois dava a entender que eu me achava boa demais para aquele colégio. O diretor dizia acidamente que minha presença ali não estava sendo celebrada por ninguém e que havia uma boa chance de que eu não tivesse de fato me formado, pois não tinha "cumprido" todos os créditos, e que, se fosse eu, ele estaria muito preocupado.

Não sei por que, mas a parte mais dolorosa era saber que a culpa de toda aquela situação era minha. Nenhuma lei me obrigava a ir para a escola. Só que o ônibus tinha aparecido às sete da manhã, buzinou e buzinou, de forma cada vez mais insistente, expressando a raiva que crescia nas pessoas que esperavam — então fui lá e subi. Ao mesmo tempo, eu sabia que, embora o não comparecimento àquela aula de ensino médio fosse tecnicamente possível, e até esperado para alguém no meu lugar, aquilo era, por algum motivo, impossível para mim, especificamente — por eu ser quem eu era.

Quando contei o sonho no brunch, descobri que todo mundo, exceto Priya, tinha algum pesadelo envolvendo o ensino médio. O sonho mais parecido com o meu era o de Lucas. Ele também tinha a nossa idade — a idade em que se deve estar na faculdade —, e uma parte estressante de seu sonho era procurar algum lugar em seu velho colégio onde ele pudesse estudar as matérias da faculdade escondido. Como no meu caso, era a mãe dele quem o matriculava de novo, dizendo que ele finalmente aprenderia matemática.

* * *

Na tutoria, um dos tópicos era Freud. Lemos Análise fragmentária de uma histeria ("O caso Dora"). O pai de Dora a levava até Freud, pois ela vinha tossindo e se engasgando, e porque esbofeteara um amigo do pai. Freud precisava "extrair a história" dela. A habilidade de extrair uma história era uma coisa de que minha mãe sempre falava: quem tinha essa habilidade e quem não tinha. Não era só perguntar o que aconteceu.

"Os pacientes muitas vezes não são capazes de contar uma história organizada sobre suas vidas", Freud escreveu. A palavra "paciente" fez meu estômago revirar. Eu não queria ser médica, mas às vezes me parecia que essa era a única forma de não ser uma paciente.

Freud dizia que o problema de Dora era que ela estava secretamente apaixonada pelo amigo do pai, Herr K — aquele em quem ela deu um tapa. Segundo ele, ela só achava que o odiava porque estava com medo do sexo e reprimindo seus próprios desejos sexuais.

Dora contava a Freud que Herr K tinha prendido ela por trás e a beijado. Freud dizia que qualquer virgem normal de catorze anos teria sentido uma "sensação genital saudável" ao descobrir que um homem tão atraente e honrado estava apaixonado por ela. Em vez disso, Dora respondeu com um engasgo doentio na garganta. Isso provava que Dora também estava apaixonada por seu pai, que vinha tendo um caso com a esposa de K. Seu engasgo tinha a ver com a inveja que sentia da esposa de K, que podia fazer sexo oral em seu pai. (Então sexo oral envolvia a *garganta*?)

O livro me deixou desesperada. E se alguém me dissesse que o que estava por trás de todos os meus problemas eram as minhas motivações e frustrações sexuais — minha inveja e meu amor sexual pelos meus pais? Também me senti desmoralizada pela precocidade de Dora, pois ela já havia atraído um homem e sido beijada por ele tendo apenas catorze anos, enquanto eu já tinha passado dos meus "doces dezesseis", e dos dezessete, e dos dezoito.

Na aula, aprendemos que havia duas maneiras de interpretar *Dora*: (1) Freud estava certo, e Dora estava apaixonada tanto pelo próprio pai como por K; (2) Freud era um narrador não confiável que se identificava excessivamente com K.

Ler *Dora* supostamente nos ensinaria a ler um texto de maneira interpretativa, assim como Freud "leu" a própria Dora. "De maneira interpretativa" pelo visto significava "com hostilidade e beligerância". Judith queria que víssemos aquele texto como uma "performance" em que Freud, o "autor", estabelecia sua "autoridade", marginalizando interpretações diferentes da sua. Tínhamos de aprender como os discursos se impunham, como identificar os pontos cegos de um texto e como tomar para nós mesmos o poder e a autoridade. Havia algo deprimente nessa ideia de todo mundo se matando para conquistar poder e autoridade.

Qual era a razão de as pessoas ainda lerem Freud? Porque ele estava certo ou porque não estava certo? Qual era exatamente o problema com Dora? A palavra "histeria" era sempre dita com ironia, como se fosse retrógrada e antifeminista demais para sequer ser discutida. Aprendemos que *hystera* era "útero" em grego, e que Hipócrates acreditava que os úteros das mulheres podiam se deslocar e vagar por seus corpos. Isso, obviamente, estava errado.

Judith projetou algumas fotografias de uma clínica em Paris onde a histeria tinha sido documentada pela primeira vez. Ao fotografá-las, o médico, Charcot, impôs seu poder sobre as mulheres. Uma delas aparecia deitada numa cama com os braços abertos, como se tivesse sido crucificada. Outra bocejava raivosamente. Algumas eram mostradas tendo convulsões, chegando a arquear as costas. Outras de fato tinham epilepsia, derrames ou lesões cerebrais, que eram coisas que existiam de verdade. As pessoas ainda tinham isso. Mas ninguém mais tinha histeria. Aparentemente, o que causava histeria eram as normas repressivas do período vitoriano. Já não seguíamos essas normas, então ninguém mais tinha histeria.

Riley me deu uma fita com o seu disco da Fiona Apple. No começo eu ficava meio assim com a Fiona Apple por causa de sua beleza quase agressiva de modelo internacional, e também porque ela tinha a minha idade, mas fazia músicas ácidas sobre seus ex-namorados, e porque às vezes as letras me davam a sensação de que ela tinha sido obrigada a usar palavras difíceis. Mas depois que ouvi o álbum inteiro algumas vezes, a gramática e a escolha vocabular de qualidade duvidosa começaram a fazer sentido e parecer necessárias, e eu entendi que era possível ser bonita daquele jeito — cintilante e desgrenhada, com todos os seus membros compondo um arranjo engenhoso — e também ser talentosa.

Até onde eu me lembrava, nenhum disco já tinha me deixado tão instantaneamente deprimida quanto o da Fiona Apple. As músicas mais tristes tinham um piano sinuoso e arbitrário, que às vezes parecia perdido, à deriva, e em outras convicto, e isso se repetia ao longo da música toda. Como ela conseguia fazer aquilo? Quando eu ouvia aquela que começava com "*Days like this, I don't know what to do with myself*", eu tinha certeza de que tinha passado a vida toda sem saber o que fazer de mim — o dia *inteiro*, a noite *inteira*. "*I wander the halls...*". Era bem isto: eu não vagava por ruas, como um flâneur, mas por corredores. E eu sabia muito bem quais.

Os discos que eu conhecia melhor eram de música clássica, por causa do violino, e porque meu pai só ouvia música clássica, então era o que tínhamos em casa. Minha mãe ouvia pop americano, mas só no rádio. Pra mim, aquele tipo de música era "música de rádio". Fiquei muito tempo sem saber que aquelas músicas também vinham em disco ou em fita.

O que uma música de rádio precisava ter era: o tom de verdade oracular; o apelo a um certo "você"; e a incerteza se você era ou não esse "você". Dava pra resumir sua essência com aquela mulher de voz de esfinge sem gênero definido, que tinha "*traveled the world and the seven seas*" e que descobria que "*everybody is looking for something*". "*Some of them want to use you/ some of them want to be used by you*":* eu via isso como uma verdade absoluta, sem qualificações, apesar — ou talvez por causa — da maneira como aquilo contradizia a lógica do interesse próprio, de um jeito que em algum momento a vida adulta revelaria e que seria, de certa forma, sua marca distintiva.

Tower Records era o lugar menos interessante para comprar discos, mas lá você não precisava saber nada e nem falar com ninguém, então tudo bem. A arte da capa do novo disco dos Fugees parecia o cartaz de *O poderoso chefão*. O que era mais

* Em inglês: "viajado pelo mundo e pelos sete mares"; "Todos estão procurando alguma coisa"; "Alguns querem te usar/ outros querem ser usados por você".

alienante: a capa que não me tinha como público-alvo ou a que claramente me tinha (a da Fiona Apple)?

O disco dos Fugees tinha o cover de "Killing Me Softly", uma música que ouvi pela primeira vez na primavera, numa balada em Boston. Eu só fui para fazer companhia a Lakshmi, pois Noor seria o DJ da noite. A caminho da estação de metrô, quase cruzamos com Ivan e Eunice. Os dois estavam numa pequena multidão vendo um cara tocar guitarra. A cena dos dois nublou qualquer ideia que eu tivesse de desistir da balada e voltar pra casa. Fui obrigada a seguir em frente, para dentro do que quer que existisse lá.

Lakshmi nem tentou me iludir sobre a chatice universalmente conhecida dessas boates. Era por isso mesmo que as pessoas se drogavam. O problema é que a minha relutância em falar com o cara das drogas só não era maior do que a minha desconfiança em relação às drogas em si. Se eu acabasse com o meu cérebro, o que me restaria? E como é que Lakshmi não tinha medo?

Não foi Noor quem tocou "Killing Me Softly" (ou qualquer música que tivesse letra ou que fosse de alguma forma reconhecível). Foi o DJ seguinte, que parecia ser profissional. Percebi de cara que era uma música antiga — daquelas que você ouvia quando era criança, sabendo não apenas que o mundo de onde ela vinha e ao qual ela se referia não existia para você, como também que você mesma era a razão do desaparecimento daquele mundo. Portanto, a música falava de algo que não existia mais, que você jamais poderia viver — tirando o fato de que você *estava*, sim, vivendo aquilo, pois ela tinha sido transformada, desenraizada, arrastada para o agora, e uma portinha fechada se abria de novo.

Até então, o que eu achava constrangedor quando ia a boates era não sentir nada e ter que fingir que estava sentindo. Mas acabei descobrindo que sentir coisas — sentir muitas coisas — era ainda mais constrangedor. Quando você deixava de lado a música para interpretar a letra e o seu significado — coisa que eu fazia o tempo todo —, "*strumming my pain with his fingers*" se tornava algo insuportavelmente constrangedor, o tipo de coisa que você escreveria no ensino fundamental.

Mas quando Lauryn Hill cantava, acompanhada por uma harmonia que mudava a cada frase, o tempo todo, de forma que você nunca sabia muito bem qual era o acorde ou onde exatamente estava pisando — e esse não saber se relacionava a "*his fingers*", que, por sua vez, se juntavam imediatamente a "*your pain*" —, tudo aquilo junto me trazia uma experiência emocional que eu não acreditava que estivesse tendo em público.

Nisso, a canção passou a ser *sobre aquilo*. "*Embarrassed by the crowd*" rimava com as cartas dela que ele encontrava e lia, "*each one aloud*". As *cartas* dela? Quem ainda escrevia cartas? Quem, além de mim e de Tatiana? Só de pensar em alguém — ele — lendo minhas cartas em voz alta... De estar presa naquela situação, rezando para ele parar. A ideia de ser completamente exposta, sem que se compadecessem de mim ou me abordassem, apenas ele, ali, contando "*my life with his words*". *Minha* vida, com as palavras *dele*.*

Nunca nem tinha passado pela minha cabeça comprar o disco que tinha "Killing Me Softly". Talvez porque os Fugees tocassem hip-hop? "Killing Me Softly" tinha algumas das carac-

* Em inglês: "*Strumming my pain with his fingers*" [Dedilhando minha dor com seus dedos]; "*Embarrassed by the crowd*" [Constrangida pela multidão]; "*Each one aloud*" [Cada uma delas em voz alta]; "*My life with his words*" [Minha vida com suas palavras].

terísticas que costumavam me afastar do hip-hop, como, por exemplo, homens ao fundo dizendo "ã-hã, ã-hã". Mas, apesar dos vários alarmes falsos, nenhum dos caras cantava; era sempre a garota cantando sozinha aquela velha canção com lindas harmonias. Em relação a "Killing Me Softly", eu certamente era uma poser, o tipo ideal de covarde que os estúdios tinham em mente ao lançar discos de crossover ou, pior, alguém que cooptava a experiência dolorosa de outra pessoa.

Apesar de tudo, estando agora na Tower Records, entendi que "Killing Me Softly" era só uma música — a música *por si só* não era a fonte cursiva com que imprimiram os títulos, que me fazia pensar em tatuagens e fazia eu me sentir uma inútil que vivia numa bolha. Acabei comprando o single em fita cassete, pois só custava dois dólares, e porque me pareceu mais honesto da minha parte: eu gostava mesmo era daquela canção, a mais popular do álbum.

Agora que eu podia ouvir "Killing Me Softly" sempre que quisesse, consegui entender melhor a história toda. Lauryn Hill ouviu falar desse cara que era bom cantor, que "tinha estilo". Era engraçado pensar que pessoas de certo nível de competência de vez em quando ouviam falar de outros artistas e iam conferi-los, e que a admiração de Lauryn por ele se baseava na competência dela mesma — que, por sinal, era a única coisa que de fato ouvíamos na música. Você nunca ouvia em primeira mão as habilidades do tal cantor, apenas a evocação que ela fazia dessas habilidades, a forma como ela exercia essas habilidades sobre você, o ouvinte. (Envolvendo aí a capacidade de fazer alguém sentir exatamente o que você sentiu.)

Ainda que aqueles artistas, Wyclef Jean e os outros, estivessem ali, era só para dar um palco para Lauryn Hill — para que ela destruísse tudo e todos com uma exibição técnica brutal e inquestionável, como o final do capítulo três de *Evguiêni Oniéguin*. Os rapazes davam a deixa — "L, você sabe a letra" —, assim como Púchkin dava a deixa para a carta de Tatiana, com o mesmo orgulho e a mesma convicção. Nesse gesto tão solícito da parte deles, eu lembrava de algo que sentia com os e-mails de Ivan, que me enchiam de confiança em relação à minha própria competência (teve uma vez que ele chegou a dizer que minha escrita "tinha estilo"). Para mim, ele estava certo, eu *tinha* mesmo estilo, naquele sentido específico da palavra, ainda que no outro eu não tivesse — o sentido de uma pessoa que vive num apartamento na cidade certa, cercada pelos objetos certos, usando um relógio de pulso interessante e pesado que ressalta a fragilidade do seu braço. Mas esse pensamento não melhorou em nada o meu humor, na verdade só piorou. Lágrimas rolaram dos meus olhos e meu coração se encheu de saudade.

Lemos um trecho de *A interpretação dos sonhos* para a tutoria, onde descobrimos que era fácil interpretar sonhos. Todos eles eram desejos reprimidos. Será que minha vontade secreta era voltar para a escola?

Freud disse que, nos sonhos, o déjà-vu sempre tinha a ver com "o órgão genital da mãe; não existe outro lugar de que podemos dizer com tamanha certeza de que já estivemos lá". Fiquei aliviada por não ser o meu caso. Minha mãe ficou bem doente quando nasci — quase morreu — e eu vim ao mundo por cesárea um mês antes do previsto.

Aparentemente, muitas crianças sonhavam em matar seus irmãos. Freud parecia caçoar delas: do garotinho "cujo reinado foi interrompido após quinze meses" pelo nascimento de uma irmã; da garota que sonhava que todos os irmãos e primos ganhavam asas e saíam voando, deixando "nossa pequena fazedora de anjos" sozinha com os pais, tal como ela queria. Fiquei feliz por nunca ter tido sonhos como aqueles, e lembrei de todos os adultos que, quando eu era pequena, diziam que eu devia ser "terrivelmente mimada" por ser filha única e que devia amar ter toda a atenção dos meus pais só para mim. Leora às vezes perguntava por que eu era de um jeito e ela de outro, e sempre dizia: "Minha mãe diz que é porque você é *filha única*. Você é *filha única*". Um tempo depois, no ensino médio, era com alegria que Clarissa me perguntava, toda vez que jogávamos Verdade ou Desafio: "Você *sente falta* de ser filha única?", "Como você se sente *de verdade* em relação à sua madrasta e seu meio-irmão?".

Eu vivia começando e-mails para Ivan.

Querido Ivan,

Você tentou falar comigo?

Querido Ivan,

Tive uma conversa estranha com

Querido Ivan,

Meu desprezo geral pela psiquiatria é motivo suficiente para não ter ousado ir atrás de saber o que aconteceu com Sonya.

Vós, ó Natureza,

O que desejas dançar, tu, buraco negro? Tenho um gato agora. Não tem nada que aconteça que eu não queira te contar. O gato está na caixa. Já o cocô do gato, são outros quinhentos...

Você morreu ou não?

Em raros casos, é possível ir pro inferno ainda em vida.

A abdução de Perséfone representa sua função enquanto personificação dos vegetais. Na primavera eles esguicham

Quê? Não.

Moscou não acredita em lágrimas.

Sebastopol não acredita em cera de ouvido.

Minsk não acredita em bile negra.

Parecia que a gente não tinha uma linguagem para falar de coisas normais.

Querido Ivan,

A Olha, funcionária do Instituto Ucraniano de Pesquisa, não gosta muito de mim. Ela diz que nunca achou que o destino dela seria tão terrível. Mas ela não consegue separar o leite do chá, então parece que o tempo continua se movendo numa única direção.

Agora Hohol está em seu trenó, os sinos de prata tocando, sua sacola cheia de almas mortas para todas as crianças que se comportaram.

Quando falaremos da teoria dos gêneros?

Por favor, me perdoe.

Selin

Rob apareceu e, na pressa de fingir que estava trabalhando, sem querer apertei Ctrl + S em vez de Ctrl + D. Será que enviei *aquilo*?

* * *

Para a tutoria de literatura, lemos uma parte de *Para o lado de Swann*, a primeira parte de *Memória das coisas passadas*. Chamar o livro assim, em vez de traduzir o título ao pé da letra — "À procura do tempo perdido" — supostamente era uma forma de comunicar ao público anglo-americano o status universal de Proust, pois "memória das coisas passadas" era um verso de Shakespeare.

Eu achava *À procura do tempo perdido* intrigante e detetivesco, já *Memória das coisas passadas* era sem graça. "Quando para sessões de doce e silencioso pensamento/ convoco a memória das coisas passadas": eu não gostava quando as pessoas usavam "doce" pra falar de experiências não sensoriais. Do nada lá estava eu com água na boca. Também não acreditava nos poetas quando eles alegavam se divertir evocando lembranças antigas. Era como os velhos que diziam que, no tempo deles, só precisavam de uma vareta e de um barbante para se entreter, criticando quem assistia televisão.

Alguma coisa no nome "Proust" me parecia exigente e me dava a impressão de que ele não teria gostado de mim. Tudo que eu sabia era que ele tinha escrito maravilhosamente sobre a infância e sobre o campo francês. Por que a ideia do campo francês me angustiava? Parecia ok nos quadros de Van Gogh. Mas foi ali que ele cortou a orelha — então era um lugar intenso, imagino. Uma vez Ivan me perguntou isso sobre Nova Jersey — se tinha sido intenso —, e percebi que intensidade era uma coisa que as pessoas valorizavam num lugar. A infância era de alguma forma o oposto da intensidade.

Talvez o problema fosse comigo, e não com o campo francês. Lembrei que eu nunca tinha gostado de livros sobre infância — exceto os livros que li quando *eu* mesma era criança, livros em que as próprias crianças resolviam mistérios e viviam aventuras. Mas livros sobre infância escritos para *adultos*? "Ouvi mal uma palavra e pensei que significava outra coisa." "Eu equivocadamente achei que havia uma relação entre duas palavras ou conceitos que no fim não tinham relação nenhuma." "Não entendi uma história lá que mais tarde descobri que era sobre sexo." "Comi um negócio delicioso." "Minha mãe parecia um anjo." "Fui punido injustamente."

Das minhas três amigas que leram *Para o lado de Swann*, Leora disse que era tão chato que, durante a leitura, ela era capaz de ouvir os fios do seu cabelo crescendo. Svetlana pareceu constrangida e disse que o livro demandava certo esforço pra engatar na leitura, mas em algum momento o ritmo se tornava hipnótico. No fim das contas ela acabou lendo os sete volumes.

"Proust é difícil, mas não tão difícil quanto Joyce", Lakshmi disse, mas era só uma deixa pra ela falar de uma caloura, Mia, que era amiga de Noor e dizia que seu livro favorito era *Finnegans Wake*. Lakshmi perguntou se era possível um calouro ler e entender *Finnegans Wake*.

"Mas quem é que quer entender *Finnegans Wake*?", perguntei.

"É verdade, você tem razão", Lakshmi disse na mesma hora. E ficou calada por um tempo. "Vai ver ela entendeu mesmo e é uma gênia."

Svetlana começou a fazer meditação. Eu não tinha o *menor* interesse em contemplar minha respiração por vinte minutos.

Às vezes eu ia pro pilates com Svetlana — ainda que a logística da disposição dos tatames fosse estressante a ponto de me fazer entender os conflitos primais por território que constituíam a base da história moderna. A sala tinha uma ocupação máxima de trinta pessoas, o que poderia ser ok se todo mundo ficasse sentado, mas não se o propósito da aula fosse esticar o corpo o máximo possível e fazer longos movimentos com todos os seus membros. Svetlana sempre fazia questão de chegar cedo para garantir um lugar bom. Nisso as pessoas que chegavam mais tarde se enfiavam no meio da gente ou bem na nossa frente, bloqueando a visão e tentando nos tirar de onde estávamos — e nem tinham vergonha de fazer isso, faziam com convicção. Se você não defendesse seu espaço como Svetlana defendia, sentando-se mais ereta do que o normal e fazendo alongamentos complicados, acabava espremida, incapaz de realizar os movimentos. Durante a aula, as outras pessoas não paravam de esbarrar em você (ou era você que esbarrava nelas?) e de te olhar estranho.

Uma vez, *eu* cheguei mais tarde no pilates, e aí percebi como as pessoas que chegavam primeiro evitavam contato visual, alongando-se na óbvia esperança de que eu não sentasse perto delas. Achei injusto e doloroso: eu cheguei a tempo e tinha tanto direito de estar ali quanto elas. Fui correndo o caminho inteiro e teria chegado mais cedo se não estivesse no telefone com uma tia que queria que eu assinasse um termo de compromisso que me tornaria a guardiã do meu primo autista, David, quando ela e meu tio morressem. Enfim, as pessoas se achavam demais pelos direitos concedidos aos que chegavam primeiro — o que, na verdade, era só uma questão de sorte, pois não tinham recebido um telefonema de uma tia. Aliás, para onde exatamente queriam que eu fosse? Queriam que eu deixasse de existir? Era assim que israelenses e palestinos se sentiam?

Lancei olhares à instrutora, na esperança de que ela fizesse alguma coisa, mas ela não tinha o menor interesse na justa disposição do espaço. "Tem espaço pra todo mundo", ela repetia. E a razão era só uma: ela se sentia orgulhosa do número de alunos que vinham para a aula, coisa que ela tomava como um elogio pessoal em vez de um indicativo do nível de estresse dos nossos corpos. Sempre que um novo aluno entrava pela porta, o que deixava todo mundo tenso, a instrutora parecia ficar ainda mais feliz e mais satisfeita consigo mesma.

Seu comportamento me lembrava o tom de voz com que minha mãe às vezes me contava que alguém no trabalho tinha dito que ela ainda podia "ter filhos" ou "ter outro filho". Nessa época eu estava no ensino médio. De início ela debochava da ideia, mas depois acrescentava, baixinho, que sim, não deixava de ser verdade. Eu sabia que ela jamais teria outro filho, e eu não deveria me ressentir do prazer que aquele pensamento claramente lhe dava. Só que não dava para não entrar em pânico. Do jeito que as coisas estavam nós já mal dormíamos o suficiente e de vez em quando ficávamos sem dinheiro, como ela conseguia sentir qualquer prazer sonhando com uma vida que seria ainda mais difícil?

Querida Selin,

O problema de Olha é difícil. Não surpreende que ela seja ranzinza.

Tente ser paciente.

É claro que eu te perdoo.

Não sei nada sobre teoria dos gêneros, mas posso aprender.

Ivan

Eu não achava que Ivan ia me responder. Foi mágico, como ter notícias de um morto. Quase que eu choro. Daí usei o *finger* e vi que ele estava on-line na rede de Harvard. Ou seja, ele se encontrava fisicamente aqui. Que alívio — como se um elemento vital tivesse sido devolvido à atmosfera. Ivan estava enfim em Harvard de novo, como no ano passado, e provavelmente planejava me ver, por isso havia certa esperança e certo senso de futuro no tom do e-mail. Me perguntei se eu deveria mandar outro e-mail, mas decidi esperar que ele me ligasse, como eu tinha certeza de que faria.

Com o passar das horas, comecei a achar essa expectativa insana. Era óbvio que ele não me ligaria. Se quisesse me ver, ele teria dito que viria. Ivan estava aqui para ver a namorada, para transar com a namorada, para fazer um monte de coisas e ver um monte de gente, menos eu. Eu era literalmente a pessoa que ele menos queria ver, de todas as pessoas do planeta, incluindo as que ele nunca conheceu.

Tudo que eu queria era ficar inconsciente — dormir — para experimentar de novo aquele momento de liberdade que eu sentia pela manhã, logo ao acordar. Eu sempre achava que era culpa minha não conseguir prolongá-lo. Mas, durante esses momentos, mesmo quando eu tentava prolongá-los, eu esquecia o que buscava repelir, daí o esforço de lembrar trazia tudo de volta.

Dei uma olhada no relógio. Ainda eram quatro da tarde. Como eu sobreviveria até a hora de dormir? Me perguntei, não pela primeira vez, se seria possível nocautear a mim mesma batendo a cabeça na parede. Mas eu sabia que, caso bater a cabeça na parede fosse uma solução para o problema da consciência, eu já teria ouvido falar disso a essa altura do campeonato. Decidi descer até o rio e correr até cansar. (Correr *era* isso, certo?)

* * *

Quando uma música falava de amor, eu começava a sentir as engrenagens pesadas girando atrás dos meus olhos e no interior das minhas fossas nasais. As canções que não eram de amor pareciam deliberadamente enigmáticas — quase assustadoras. Embora eu quisesse correr por duas horas, fiquei com cãibras depois de vinte minutos. Tentei "forçar" até passar, mas não consegui. Era isto: eu não tinha sequer o direito de exaurir meu próprio corpo. Dei meia-volta e comecei a caminhar, piscando para secar as lágrimas enquanto pessoas mais fortes e mais admiráveis do que eu passavam por mim correndo ou pedalando. Essas pessoas tinham forças para correr apesar da cãibra ou eram tão fortes que nem ao menos as tinham?

Quando voltei para o ponto de partida, continuei caminhando na direção oposta. Andar não mudava nada, não era como correr, mas o tempo continuava a "passar" daquele jeito aparentemente irreversível que se atribui à segunda lei da termodinâmica. Logo o sol começou a se pôr em algum lugar. Pelo menos a isso eu tinha direito: à passagem do dia para a noite, às luzes dos faróis que faziam com que os assuntos humanos parecessem, ao menos um pouquinho, com aquelas formações cosmológicas que não tinham sentimentos nem conheciam a vergonha.

Quando voltei pra casa, Riley e Priya estavam se arrumando para ir a uma festa. Lewis, o colega delas que fazia o preparatório para medicina, estava envolvido. Imaginar vários clones de Lewis, com seus pulôveres sem graça, dando risadinhas forçadas e sendo engraçadinhos e explicativos, era terrível demais para mim. Não que eu tivesse sido convidada. Enquanto elas se vestiam, tirávamos sarro de tudo. Quando saíram, era quase nove.

Faltava só uma hora para chegar a um horário de dormir aceitável. Eu poderia ficar lendo na cama. Escovei meus dentes, subi pro beliche de cima e peguei *Para o lado de Swann*.

"Por muito tempo eu fui pra cama cedo."

Meus olhos se encheram de lágrimas, eu não conseguia ver, não conseguia respirar. Por *muito tempo*?

Era preocupante o quanto de *Para o lado de Swann* era sobre tentar adormecer. Tinha partes interessantes — como quando ele adormecia lendo e pensava que seu corpo *era* a rivalidade entre Francisco I e Carlos V, pois estava lendo sobre aquilo. Ou quando notava que seu corpo conseguia se lembrar dos móveis e da disposição deles em todos os outros quartos em que ele tinha dormido ao longo da vida. Fiquei aliviada ao perceber que lembrava da configuração dos dois quartos em que dormi na casa dos pais do Ivan — onde ficavam a porta, a janela e a mesa.

Mas eu não gostava quando Proust descansava suas bochechas "gentilmente contra as bochechas confortáveis do meu travesseiro, tão gordo e fresco quanto as bochechas da infância". Eu não estava nem aí para bochechas. Mas tinha gente que amava. "Olha essas *bochechas*!", mulheres diziam, apertando bochechas de crianças. Minha mãe costumava falar com orgulho e inveja das minhas, sempre frisando que as dela não eram iguais, que ela não tinha "gordurinha de bebê". Eu nunca gostava quando ela enfatizava nossas diferenças. Sempre quis me parecer com ela.

Talvez o problema fosse, de novo, a infância. Adormecer era interessante se você tinha recursos para confundir sua própria perna com um conflito entre reis europeus ou para revisar mentalmente um mapa espaço-temporal dos móveis de diferentes quartos. Mas eu não queria ler sobre uma criança tentando dormir. A parte em que certos familiares dão a ele uma lanterna mágica: "Para me distrair nas noites em que me viam muito infeliz, tiveram a ideia de me dar uma lanterna mágica...". A bondade "deles" — quando eram "eles" que tinham causado todo o problema.

A lanterna mágica me lembrava das figuras de sombra da TV turca e do carrossel de cobre que ficava em cima do piano no apartamento da minha avó em Ankara. Quando você acendia as velas, os anjos de cobre, finos como papel, giravam lentamente em círculos. Era tão difícil descrever, e se ganhava tão pouco com isso. Ainda assim, existia essa compulsão para descrever: a mesma compulsão, que claramente muitas pessoas tinham, de fazer descrições vívidas de coisas que havia nas casas de seus avós. Se eu tivesse de ler sobre mais um sofá na casa de uma avó, ou sobre como o sofá cheirava a pastilhas para tosse...

A própria descrição que Proust dava sobre sua avó era irritantemente sentimental — ele se prolongava, falando de como ela amava todo mundo e desprezava a si mesma. Seu amor e sua falta de autoestima se expressavam num "sorriso no qual, ao contrário do que se vê no rosto de muitos seres humanos, só havia ironia para com ela mesma e, para nós todos, como que um beijo de seus olhos". O "amor" de uma avó, seus beijos: o que significava tudo isso? O que era isso de "amar" um bando de pessoas aleatórias que você talvez nem compreendesse — parecia bem óbvio que o bebê Proust não compreendia seus avós — só porque elas tinham laços de parentesco com você? E o que havia de bom nisto: no "amor" de uma avó por você e no autodesprezo? Minha avó de Adana costumava olhar para o vazio, com os olhos cheios de lágrimas. Uma vez sugeri que ela escrevesse um diário, uma coisa que eu mesma fazia para não ficar entediada ou chorando. "Ah, *maşallah*, minha garota está sempre escrevendo, ah ah.

Escreva você o seu diário. Eu, o que tenho para lembrar?" — e seus olhos viravam duas poças de lágrimas.

"Como gostava dela, como a revejo bem, nossa igreja!", escreveu Proust, falando de um lugar onde certamente quase enlouquecia de tão entediado. Ele descrevia as "graciosas arcadas góticas que se apertavam faceiramente" em torno de uma escadaria — "como irmãs mais velhas que, para escondê-lo de estranhos, se colocam sorrindo na frente do tosco irmão mais novo, reclamão e malvestido". A personificação das arcadas me lembrou de certas tardes quando, para não morrer de tédio, eu mantinha a palma da minha mão voltada para mim e examinava as minhas unhas, que, vistas de cabeça pra baixo (ou de lado, no caso do polegar), pareciam ter fisionomias e expressões diferentes. O dedo indicador era uma mulher suplicante, com um grande sorriso trêmulo. O dedo médio, maior e de boa natureza, era um homem com um sorriso mais largo e menos suplicante. No anelar, a parte branca da unha tinha um formato diferente, conferindo-lhe a expressão seca e irônica da minha tia Arzu (prima da minha mãe), ao passo que o mindinho parecia um garçom em miniatura: ágil e solícito. O polegar era genioso, com um sorrisinho maroto e um queixo enorme. De lado, os dedos indicadores tinham um semblante de adoração. Podiam se contemplar em adoração mútua, ou olhar para baixo, tímidos. Nossa, quantas horas eu já passei assim, fazendo meus dedos trocarem sorrisos afetados. Eu jamais escreveria sobre essas coisas. Bastava o tempo que eu já tinha perdido *fazendo* aquilo. Eu não perderia ainda mais tempo escrevendo a respeito.

Na tutoria, Judith se deteve na parte sobre o "beijo de boa-noite" ou o "beijo da hora de ir pra cama" em *Para o lado de Swann*. Eu achava essas frases repulsivas, assim como a forma com que Proust mesclava seu amor infantil pela mãe e o amor romântico entre não crianças. Era como aquelas piadas sobre homens com *mommy issues*, que faziam a paixão parecer uma coisa infantil e nada romântica. Eu tinha tios assim: sempre que eu segurava um dos meus primos e o bebê se apertava contra o meu peito — isso no ensino fundamental, antes de eu ter seios —, eles riam histericamente e diziam: "Aí não tem o que você está procurando!".

O próprio episódio sobre a angústia do bebê Proust nas noites em que seus pais recebiam visitas para o jantar era doloroso. Eu não queria admitir, mas tinha quase certeza de que eu sentia o mesmo desespero quando era pequena e meus pais saíam para jantar. Ser abandonada à noite por causa de uma festa era muito pior do que ser abandonada durante o dia por causa do trabalho. O que, para você, era um motivo de desespero, para eles era uma ocasião para se vestir bem e celebrar. Mas por que Proust tinha que matutar essas coisas? Por que não escreveu sobre outro assunto?

No feriado de Ação de Graças, fui pra casa e dei de cara com a minha mãe toda engraçadinha e descolada. Seus novos peitos andavam empinados por aí, sem precisar de nenhum suporte, e ela jogou fora todos os seus sutiãs. Ela fez uma comida que estava, como sempre, deliciosa, uma receita do *The Silver Palate Cookbook*, e explicou sobre o novo remédio que estava tomando, como era engenhoso o funcionamento dele, bloqueando o estrogênio dos receptores hormonais nas células cancerígenas.

Um dos efeitos colaterais eram as ondas de calor e a menstruação, que havia parado de vir. Era preciso tomar os remédios por cinco anos, então, dependendo da idade quando começava a tomá-los, talvez você nunca mais menstruasse. De todos os efeitos da menopausa, o que mais preocupava minha mãe era sua voz ficar mais grossa.

Eu fiquei me perguntando se iria querer fazer implantes se precisasse remover os seios algum dia. Quando a irmã do meu pai ficou na nossa casa para fazer a mastectomia, ela chorava todos os dias na hora do jantar. Teve uma noite em que ela disse que não se sentia mais mulher, pois não tinha peitos. Eu não tinha peitos e não achava nada de mais. Mas pelo visto era uma coisa séria, já que meu pai, que geralmente tentava minimizar as preocupações da minha tia, só ficava calado e deixava ela chorar. Por outro lado, ainda lembro de como foi estressante quando os meus seios e os de Leora começaram a crescer, um ou dois anos mais tarde. Será que dava para voltar àquele estado mental?

Fiquei olhando meus livros do quarto antigo. Peguei minha cópia de *Evguiêni Oniéguin* da época da escola e descobri ou lembrei de uma coisa importante: que o cara com quem eu associei Oniéguin pela primeira vez não foi Ivan, que eu ainda não conhecia, mas meu professor de violino. Como eu podia ter me esquecido completamente disso? Como era possível substituir uma pessoa por outra daquele jeito?

O quanto disso tudo havia começado com meu professor de violino, que era russo e casado e tinha dois filhos? Foi para ele que pensei em escrever uma carta — foi ele quem imaginei surgindo "como um fantasma horripilante". Ele parecia mesmo um fantasma horripilante; o visual que ele buscava era quase esse. Eu achava isso engraçado — do mesmo jeito que *Evguiêni Oniéguin* era engraçado. Era a forma como Púchkin tratava Oniéguin com bom humor que fazia a coisa toda parecer benevolente e brilhante.

Não que eu não tivesse visto coisas estranhas no meu professor de violino. Havia claramente algo suspeito e indigno nele, alguma coisa que não parecia certa em sua presença física intensa e inquietante, nas ligações tarde da noite para remarcar aulas, na forma como ele me olhava e me tocava e pegava meu violino, o tocava ou afinava, forçando as cravelhas quando elas empacavam. Além disso, embora as aulas particulares estivessem inclusas na mensalidade da escola de música, ele insistia que minha mãe lhe pagasse como se fosse hora extra, dizendo que ele era muito melhor do que os outros professores. Isso deixava minha mãe estressada e não era nem um pouco atraente, e pensando agora fazia tudo parecer meio vergonhoso.

Mas ele tocava muito bem, e seu jeito de tocar bem era complicado e cheio de detalhes a serem explorados. Além disso, durante aquela hora que passávamos juntos toda semana, ele se esforçava muito para que eu melhorasse — escutava com toda a atenção, pegava tudo que eu tocava e me devolvia de um jeito diferente, bonito. Numa época em que eu só pensava em fugir ou em ser resgatada — *ele* me resgatou. Me resgatou de um manejo ruim na mudança de direção da arcada. Sozinha, eu me angustiava contra o arranhado traumático na passagem do golpe de arco para cima para o golpe de arco para baixo — e foi ele quem me mostrou como controlar a pressão e a velocidade, até que eu não ouvisse mais a mudança de direção, e o som fluísse, aveludado.

Embora eu pensasse em Ivan como meu primeiro amor, será que tudo já tinha acontecido antes com o meu professor de violino? Nunca lhe escrevi uma carta. Mas tive os mesmos sentimentos que Tatiana teve quando escreveu para Oniéguin, sentimentos que se repetiram quando escrevi para Ivan: a sensação de que eu me colocava a seu dispor, confiava-me à sua honra, como se eu estivesse em queda livre, como se pudesse morrer, mas certa de que ele me salvaria... provavelmente. Eu sentia isso toda semana, naquele estúdio frio com papel de parede verde e vista para o Riverside Park.

E mesmo assim a segunda paixão bloqueou a primeira, e eu não gostava de pensar que aquela não tinha sido a primeira vez.

Eu evitava lembrar do meu tempo de escola. Tinha sido quase uma prisão. Eu sabia que era errado comparar minha experiência numa escola preparatória em Nova Jersey à de uma pessoa desfavorecida que esteve de fato na prisão. Mas comparo. Ócio forçado, punições arbitrárias, horas e horas presa entre pessoas enlouquecidas pelos hormônios e pelo tédio. Algumas recompensas iam para os dominadores, outras para os servis. Era impossível *não* estar numa relação de poder doentia.

A pior parte era o ônibus escolar, porque você não podia descer, e os meninos "americanos" faziam coisas do tipo bater na cabeça do motorista com tacos de lacrosse. O motorista, Darnell, que, olhando em retrospecto, era gay, reclamava teatralmente, mas não via como mudar aquela situação, então só aumentava o volume da fita com músicas do Queen. Uma revelação nauseante: dirigir na estrada, ao contrário do que os adultos diziam o tempo todo, *não* demandava concentração total, e Darnell era perfeitamente capaz de fazê-lo enquanto era atacado com tacos de lacrosse. O pensamento que me vinha em seguida era reconfortante: enquanto estivessem ocupados com Darnell, os meninos do time de lacrosse não encheriam o meu saco. Eu senti vergonha só de pensar isso. Um tempo depois, vi um pensamento parecido expresso nas memórias de um sobrevivente do Holocausto e me senti melhor, e depois pior.

O espaço entre os dentes da frente de Darnell, junto com a devoção com que ele cantava "Bohemian Rhapsody", me lembravam da minha tia mais nova e faziam eu me sentir quase amiga dele. Nas primeiras dez vezes que ouvi "Bohemian Rhapsody", não consegui entender como aquilo podia ser chamado de música e achei que os outros alunos tinham razão em reclamar dela. Mas numa das vezes Darnell gritou "*Mama! Just killed a man!*", e eu comecei a chorar, certa de que eu também tinha matado um homem.

Eu queria fazer alguma coisa por Darnell, mas me sentia impotente diante dos meninos do time de lacrosse. Sempre que a atenção deles se voltava para mim, começavam a rir baixinho e a cochichar sobre como eu era feia. Um deles, desfigurado pela acne, dizia que eu era a menina mais feia da escola. O seu amigo sempre me defendia: "Não sei. A *mais* feia?". Os dois encerravam a discussão amigavelmente, unidos pelo consenso de que ninguém jamais teria coragem de fazer sexo comigo.

Escrevi uma carta para a empresa de ônibus, pedindo que dessem a Darnell o prêmio de motorista do mês. Ele sempre falava disso: quem tinha sido escolhido para ser o motorista do mês e como ele gostaria de ser um dia. Em vez disso, eles deram a *minha* carta para Darnell. Ele a guardava debaixo da viseira e falava dela o tempo todo. Eu sentia tanta vergonha que queria não tê-la escrito.

Durante todo esse período — de seis anos — eu estive apaixonada por pessoas diferentes. Era o único jeito de viver daquele jeito, acordando às seis da manhã e permanecendo consciente até tarde da noite. Era tipo a religião para as pessoas da Idade Média: lhes dava energia para encarar uma vida de injustiça, impotência e trabalho duro. Os garotos por quem eu me apaixonava sempre me ignoravam, mas não eram grosseiros. Tinha algo abstrato e gentil na experiência de ser ignorada — a sensação de que eu era poupada, a consciência da impossibilidade de que alguma coisa acontecesse — que se juntava um pouco com o que eu entendia como amor. Em teoria, claro, eu sabia que o amor podia ser correspondido, até porque era algo que acontecia com frequência com outras pessoas. Mas eu era diferente das outras pessoas, de muitas maneiras.

Eu sabia que minha mãe, que era mais inteligente e também mais bonita do que todo mundo, também nunca tinha namorado durante o ensino médio. Sua irmã dizia que era porque ela era inteligente demais: ela sacava todos, ninguém era digno. Não foi isso que ela mesma contou. O que minha mãe disse foi que ela sonhava em ter um namorado e ouvia músicas americanas tristes e chorava toda noite. "Fico tão feliz por você não ser assim. Fico feliz por você não se importar. Você é muito mais inteligente que eu. Se eu fosse você, estaria apaixonada por algum babaca", ela dizia. Mas eu quase sempre *estava* apaixonada por um babaca, só que eu guardava isso pra mim.

A vida amorosa da minha mãe mudou quando ela fez dezessete anos e foi para a melhor faculdade de medicina da Turquia, onde conheceu meu pai. Então eu sempre contei com a certeza de que minha vida também mudaria quando eu saísse do colégio. Enquanto isso, eu considerava a indiferença daqueles garotos como uma força benigna, até beneficente — uma indiferença que me incentivava a estudar para dar o fora dali.

Mas aí morava um problema, pois a ideia era dar o fora para me tornar escritora e escrever romances, e romances tratavam daquele outro tipo de amor — o tipo de amor em que "alguma coisa acontece". Mas quando foi que não tive de me preocupar com alguma disparidade entre a literatura e a forma como eu levava minha vida? No ensino fundamental, quem me intrigava eram Huckleberry Finn e Holden Caulfield, que não estavam nem aí para as notas que tiravam e tiveram coragem de fugir. Será que eles me menosprezariam?

* * *

No fim de semana, eu e minha mãe dirigimos até Nova York para ver uma exposição do Picasso no Museu de Arte Moderna. Passeamos lentamente, de braços dados, lendo em voz alta os textos nas paredes e dando nossa opinião. Minha mãe comentava comovida, ainda que um tanto a contragosto, que tal quadro era bonito; ou dizia, às vezes num tom de desaprovação: "Muito feio". Dos quadros de que *quase* gostávamos, falávamos com tolerância: "Ele fez o melhor que pôde" — literalmente, "ele fez o que sua mão mandou": uma das muitas frases turcas que me pareciam um chiste cheio de sabedoria mundana.

A exposição era dedicada a retratos que "documentavam" o relacionamento de Picasso com mulheres com quem ele vinha fazendo sexo. Cada mulher se associava a um estilo diferente de pintura, embora o estilo por vezes precedesse a mulher que posteriormente veio a incorporá-lo. Fernande Olivier era cubista. Olga Khokhlova era neoclássica. Marie-Thérèse Walter era "biomorfismo surreal", e Dora Maar era "expressionismo angustiado".

A forma como Picasso idealizava ou desfigurava as mulheres em seus quadros era um teste: não apenas da beleza física delas, mas, de certa forma, de seu valor humano.

FRANÇOISE GILOT MANTEVE A AFEIÇÃO DE PICASSO POR QUASE UMA DÉCADA. PRESENTEADA COM O DOM DA PINTURA E DA ESCRITA, GILOT FUNCIONAVA COMO UMA COIGUAL DELE. AS DESCRIÇÕES QUE PICASSO FEZ DELA E DE SEUS DOIS FILHOS, PALOMA E CLAUDE, REVELAM A ADORAÇÃO MAIS INEQUÍVOCA.

Como Françoise tinha conseguido aquilo? Não era só por ser artista. Afinal, Dora Maar também era uma fotógrafa famosa e fracassou. Virou a *Mulher chorando*.

Verde, aos pedaços e aos gritos, Dora Maar enfiava na boca um lenço que parecia um pedaço de vidro. Seu corpo estava crucificado numa poltrona. O rosto costurado a um cesto. Quando Picasso a largou para ficar com Françoise, vinte anos mais nova do que ela (e quarenta mais do que ele), Dora foi encontrada nua nas escadas de seu apartamento. Foi parar num sanatório, submetida a tratamentos de eletrochoque por três semanas. Lacan a curou, mas ela virou católica e não produziu nenhum outro trabalho artístico pelos próximos dez anos.

O que deveríamos sentir em relação a Picasso? Quando eu era pequena, me sentia intimidada por ele. Nas fotos, ele era careca, agressivo, parecia um touro, mas também tinha cara de menino. Ele me lembrava Jerry. Era justamente aquele ar de menino que era sinistro. Eu sentia que ele estava tentando roubar uma coisa que por direito pertencia às crianças — uma das poucas coisas que tínhamos. A sensação de ser intimidada também tinha a ver com ter de escolher entre o professor de arte, que dizia que Picasso era um gênio, ou as pessoas que só gostavam de pinturas realistas de carros. Nessa situação, eu ficaria com Picasso, mas contra a minha vontade.

No ensino médio, Picasso começou a me parecer um pouco menos ameaçador. Embora nada na minha vida exterior tivesse mudado — minha mãe ainda fosse uma mulher elegante e heroica, e eu, uma adolescente esquisita e privilegiada sem independência e sem namorado —, ainda assim havia uma dimensão, separada da realidade perceptível, em que a chavinha havia virado. Casos amorosos já não me pareciam *apenas* uma arma que meus pais usavam para me ameaçar à distância. Era um caminho em que, ainda que só hipoteticamente, eu poderia ser a protagonista, tendo finalmente alguém do meu lado, além de mim.

Nessa época eu já vinha pensando de maneira mais prática sobre como me tornar escritora, e entendi que uma pessoa tinha de apreciar Picasso — não tudo, mas a parte artística, pelo menos. Era um exercício intelectual que me deixava orgulhosa da minha mente aberta e da minha objetividade. Dava para considerá-lo um babaca, guardar isso num canto da mente, e, ao mesmo tempo, com o resto dela, apreciar como ele conseguiu se expressar de uma maneira tão completa. Se você era a favor do individualismo, da autoexpressão e das realizações humanas; se acreditava que era admirável manter-se vivo e desperto, recusando a cegueira e o insípido das convenções; se você era uma pessoa generosa, sutil, capaz de complexidade e nuance — capaz, em outras palavras, de perdoar e de passar por cima das suas queixas em nome do "humano" —, então você tinha de gostar de Picasso.

A última pintura da exposição era feita com giz de cera: "uma máscara quase mortuária, contemplando, com terror e espanto, o abismo". A imagem de um Picasso de noventa e um anos fitando o abismo de olhos esbugalhados, reproduzida no catálogo da exposição, me lembrava tanto Jerry como Philip Roth, cujos livros Jerry fez minha mãe comprar e que por isso acabei lendo. Era antissemitismo não ter pena de Philip Roth porque as shiksas não quiseram fazer sexo com ele?

Jerry chamava minha mãe de shiksa e falava mal das rainhas de coração de gelo. Nisso minha mãe também começou a criticar as rainhas de coração de gelo e as mulheres "engraçadinhas", e em algum momento me disse para não ser uma engraçadinha, coisa que nunca falou antes de conhecer Jerry. Pra mim, embora minha mãe fosse uma shiksa, seu coração não era de gelo. O meu também não era, e jamais seria. Mas eu seria uma shiksa quando crescesse?

Jerry me chamava de "a menina" e dizia que eu era mimada, pois meus pais me deixavam ler durante o jantar, sendo que eu só fazia isso quando ele estava lá, para não ter que conversar. Uma vez, estávamos num restaurante e ele disse para a minha mãe — eu escutei, embora estivesse lendo — que ela jamais entenderia quão frágil ele se sentia no mundo, sabendo que o Holocausto poderia acontecer de novo a qualquer momento. Ele falou que às vezes se perguntava se podia contar com ela para escondê-lo dos nazistas — e ele não tinha plena certeza disso.

Quando eu comparava a vida dele — a casa de dois andares, o carro esportivo italiano, o jogo de squash semanal, o quarteto de cordas onde ele tocava um violino de cem anos de idade, os dois diplomas de Harvard e o laboratório muito bem financiado — à vida da minha mãe — que foi fazer medicina aos dezessete anos autopsiando bêbados mortos numa aula de anatomia nojenta; que sempre ganhava menos do que meu pai pelo mesmo serviço e que agora tinha dois empregos e era constantemente criticada por todos; minha mãe, a quem os colegas viviam fazendo perguntas absurdas, tipo se ela conhecia pessoalmente a esposa de Yasser Arafat, ou se as mulheres na Turquia podiam usar maiô — eu me perguntava que tipo de proteção esse cara esperava que ela lhe oferecesse contra os nazistas. No fim, Jerry trocou minha mãe por uma das rainhas de coração de gelo de quem ele sempre reclamava. O casamento foi no dia do aniversário da minha mãe.

Minha mãe disse que eu não parecia bem. Não me surpreendeu: eu chorava o tempo todo. "Estou bem", garanti. "Não é nada." Eu tinha essa crença de que sempre fui de chorar muito. Por acaso não ficávamos rindo disso quando eu tinha três anos? Adultos me perguntavam qual era o problema, e eu dizia que estava "emocionada".

Minha mãe me corrigiu: eu sempre tive um coração mole, mas não andava por aí como se fosse uma máscara de tragédia grega. Comentou que havia trabalhos muito interessantes sendo desenvolvidos com antidepressivos. "Temos que achar um especialista", ela disse, decidida a achar alguém que entendesse de psicofarmacologia. Era exatamente o que eu achava que não queria — uma indicação, um nome qualquer —, mas, ouvindo-a falar como se fosse uma coisa já decidida, me senti aliviada.

"Não vai ser caro?"

"Isso não vem ao caso", ela disse, como se aquele tipo de coisa não devesse nem ser considerada.

A caminho do metrô, minha mãe falou que, quando eu fosse embora, ela não lavaria meus lençóis. Às vezes, me disse, ela dormia na minha cama por uma ou duas noites, porque ainda tinha meu cheiro. Deu um sorrisinho conspiratório, e senti meu coração se apertar.

Dezembro

Quando fui chamar Svetlana para correr, ela abriu a porta só de legging e top de ginástica.

"Fiquei com o Matt", ela disse, mostrando umas marcas vermelhas no peito e nos ombros. Urticária? Quem era Matt? Será que algum dia eu voltaria a entender a realidade? Fiquei aliviada quando Svetlana vestiu o pulôver de lã. Talvez as coisas voltassem ao normal. Com certo esforço, descobri quem era Matt — um cara genioso, meio paternal, que cantava num grupo a cappella. De vez em quando eu encontrava com ele na mesa de conversação em russo, que larguei porque a conversa era entediante.

Nada voltou ao normal. Agora Matt era namorado de Svetlana. Senti as mesmas emoções vergonhosas que sentia no passado quando minhas tias, minha mãe, ou meu pai, por causa de seus variados "relacionamentos", colocavam mais e mais pessoas entediantes na nossa vida. Inveja, ciúme, solidão, desespero — e também certa culpa, misturada a um pouco de alívio. Se Svetlana e eu estávamos competindo para ver qual das nossas visões de mundo era a melhor… o assunto estava encerrado. Ela nunca mais seria o que era antes, não na minha vida, e nem na dela. Esse namorado, ou o próximo, restringiria suas atividades, seus pensamentos. De certa forma, eu tinha vencido, mas o sentimento era de derrota. Como ela pôde desistir da competição daquele jeito? Tínhamos acabado de começar! Como conseguiram cooptar ela facilmente? Então eles cooptavam todo mundo? Eu também seria cooptada? Será que eu queria?

Havia dois caras na mesa de conversação em russo: Matt e Gavriil. Gavriil me parecia um pouco menos desgastante do que Matt. Será que eu devia namorar com Gavriil? Como se escolhia um namorado?

Gavriil e eu fizemos dupla para escrever uma esquete russa. Assim que sentamos, ele comentou que estava saindo com uma menina, Katie. Eu conhecia Katie: estudava história da arte, falava francês fluente e parecia um cachorrinho fofo. Parecia tão amigável quanto Gavriil, *e* mais legal e mais convencionalmente bonita.

Ficou impossível ter uma conversa de verdade com Svetlana. Pensando pelo lado bom, Matt era gente boa e não tinha problemas de autoestima, então não precisávamos lidar com ele nos culpando por se achar burro. Mas, por outro lado, sempre que tentávamos conversar sobre qualquer coisa interessante, ele vinha com o jeitão gente boa dele e na mesma hora voltava a falar sobre as duas ou três coisas sobre as quais ele sempre falava.

Matt fingia gostar da minha companhia: claro pretexto

para interromper meus momentos com Svetlana sempre que se sentia sozinho. Ele me cumprimentava de um jeito meio ensino médio e me enfiava em piadinhas cuja premissa era: "A gente sabe como a Svetlana é". Depois ele começava a beijar o pescoço dela e eu ficava com a sensação de estar violando a privacidade dos dois, personificando uma espécie de amargura estéril.

Uma vez, Matt foi viajar com os Chorduroys, e Svetlana e eu pudemos conversar como antes. Ela me surpreendeu dizendo: "Esse é o tipo de conversa que não dá pra ter quando Matt está com a gente". Primeiro senti um alívio inexplicável — ela finalmente tinha percebido que Matt não era plenamente capaz de *um* discurso relevante —, depois, fiquei horrorizada: Svetlana sempre soube disso, mas não ligava.

Gavriil achava esquisito que no ano passado eu tivesse tido uma vida amorosa tão agitada, enquanto ele e Svetlana não tinham tido nenhuma aventura, mas que agora os dois estivessem vivendo romances e eu não. "Não acha esquisito?"

Katie ficou doente e se recusava a comer qualquer coisa que não fosse morangos. Gavriil levava morangos, mas ela vomitava. Ele limpava tudo, porque a amava. Disse numa voz fervorosa que esperava que um dia eu encontrasse alguém que me amasse a ponto de limpar meu vômito.

Lucas e eu estávamos conversando sobre livros que achávamos engraçados, e ele falou de *The Rachel Papers*, de Martin Amis. Eu e minha mãe tínhamos lido A *informação*, do mesmo autor, e não gostamos. Lucas disse que *The Rachel Papers* era mais engraçado e que eu ia gostar. Foi uma surpresa agradável descobrir que Lucas tinha certa ideia de mim, ainda mais uma ideia sobre a qual eu poderia saber mais lendo um livro.

The Rachel Papers era sobre um rapaz de dezenove anos que queria conquistar Rachel, uma garota que ele considerava inalcançável. Mais tarde, depois que os dois transavam, ele de repente concluía que Rachel não era inteligente o bastante pra ele e que tinha um narigão. O nariz dela era um problema durante o livro todo. O narrador parecia se sentir pessoalmente atacado pela existência desse nariz, como se ele se exibisse deliberadamente para recordá-lo de seu status social inferior, que o impedia de conquistar alguém com um nariz mais bonito. Como se não bastasse, tinha uma hora que aparecia uma espinha no nariz.

> Quando abri os olhos e dei de cara com aquela belezinha quase estourando a poucos centímetros dos meus lábios, o que eu realmente devia ter dito era: "Bom dia, linda". E vendo-a meia hora mais tarde, camuflada pelo corretivo, eu devia ter gritado: "É *óbvio* que não tem nada no seu nariz!". E, na mesma noite, quando Rachel anunciou: "A maldição caiu sobre mim" (citando errado *A dama de Shalott*), minha resposta tinha que ter sido: "Surpresa, surpresa. A maldição, querida, está em itálico bem no meio da sua napa".

Reli o trecho, tentando identificar onde foi que Rachel errou. Ela definitivamente não devia ter passado corretivo: só piorava as coisas, sem contar que entupia os poros. E provavelmente era muito pretensioso citar *A dama de Shalott* em vez de só dizer que estava menstruada — ainda mais se não tinha certeza se a citação estava certa. Conferi a frase correta — "A maldição abateu-se sobre mim", não "A maldição caiu sobre mim" — e guardei para referências futuras.

Quando li o trecho pela terceira vez, percebi que nem o corretivo nem *A dama de Shalott* vinham ao caso, já que o narrador já tinha se irritado antes, assim que pôs os olhos na espinha pela primeira vez. Talvez o verdadeiro problema de Rachel fosse não ter encontrado o produto certo contra espinhas. Eu mesma tinha percebido uma melhora considerável na textura da minha pele depois que comecei a usar um sabonete de sete dólares que limpava os poros.

Só que na mesma página o narrador dizia algo que dava a entender que ele tinha consciência de que todas as pessoas às vezes tinham espinhas. Então, o problema não devia ser a espinha em si, mas a reação equivocada: fingir que ela não estava lá. Me pareceu que Rachel tinha tomado parte numa hipocrisia respeitável, mas hostil à vida, com certa relutância em falar de maneira franca sobre menstruação ou sobre o próprio corpo, que eu às vezes via sendo condenada nos romances ingleses. Tudo parecia se relacionar também com o fato de ela ter se negado a fazer sexo oral no narrador, mesmo depois de ele ter enfiado o pênis na cara dela ("quase dentro do nariz"). Ela devia isso a ele — sua obrigação era tirar o pênis dele de dentro do nariz e abrigá-lo na boca —, pois ele tinha sido generoso o suficiente para fazer sexo oral *nela*, mesmo achando um nojo. ("Estava escuro demais — graças a Deus — para que eu visse o que estava bem à frente do meu nariz, uma espécie de estojo reluzente, recendendo a ostras.")

No fim, o narrador era aceito em Oxford e dava um pé na bunda de Rachel por carta. Ela ia encontrar com ele e começava a chorar, e o choro deixava seu nariz mais brilhante. Quando ela ia embora, o narrador começava a escrever um conto da perspectiva de uma garota que ficava com espinhas na TPM. Pronto. O livro era isso.

Tentei resumir o que aprendi: "A maldição *abateu-se* sobre mim"; evitar corretivo; ser a pessoa que escreve.

Por que Lucas tinha gostado desse livro? Acho que era bom no nível da frase. (Será? Um estojo recendendo a ostras era *capaz* de reluzir na escuridão?) Além disso, ler aquilo não fazia uma pessoa se sentir pior? Lucas não se sentiu pior lendo esse livro? Ou será que despertar sentimentos ruins era de certa forma o propósito da arte? E se eu não gostei do livro só porque sou mulher e tenho um nariz grande — o que era um tópico sensível, de forma que eu tinha de superar um viés pessoal para conseguir apreciar o livro objetivamente, como Lucas tinha feito?

Por algum motivo, lembrei de quando eu tinha doze anos e fui passar o fim de semana com minha mãe na Filadélfia. Chegando lá, dei de cara com seu rosto todo preto, cheio de hematomas e curativos, como se ela tivesse levado uma surra. O que tinha acontecido é que Jerry disse que minha mãe seria "classicamente bonita" se tivesse outro nariz, e, quando ela riu e disse que não tinha como bancar uma cirurgia plástica, ele se ofereceu para pagar tudo. Jerry era um baixinho careca com uma personalidade nitidamente ruim; minha mãe era linda, e ele acabou com o rosto dela. Mas minha mãe ficou feliz com o novo nariz e parecia considerar esse episódio um exemplo de algo positivo que Jerry fez por ela. Um tempo depois, um dos argumentos do advogado do meu pai para provar que minha mãe não devia ficar com a minha guarda era que ela talvez me forçasse a fazer uma cirurgia plástica. Essa fala dele me fez suspeitar de que meu pai não gostava do meu nariz. Minha mãe sempre disse que meu nariz era completamente diferente do dela, muito mais elegante. Que se o nariz dela fosse igual ao meu, ela jamais teria mudado. Eu não sabia se era verdade, pois eu não lembrava muito bem do seu nariz antigo e nenhuma foto daquela época tinha ele à mostra.

Lakshmi disse que, embora Martin Amis tivesse feito algumas contribuições para a literatura pós-moderna, *The Rachel Papers* era bem juvenil, e que não estava surpresa por eu não ter gostado. Lakshmi, cujo nariz parecia o meu, disse que não era contra a ideia de fazer uma plástica algum dia. A conversa chegou a Orlan, uma artista conceitual cujo projeto artístico era fazer plásticas baseadas em pinturas famosas. Ela tinha a testa da Monalisa e o queixo da Vênus de Botticelli, e era horrorosa. Aparentemente, era comum perguntarem se Orlan era de fato uma artista ou só uma pessoa com distúrbios mentais sendo explorada por cirurgiões.

De cara não consegui dizer quem Orlan me lembrava, até que caiu a ficha: o personagem de *Contra a natureza*. Seu projeto parecia interessante na teoria, mas, na prática, era bizarro e sem sentido.

Lakshmi me explicou que o propósito dela era criticar a convenção artística masculina da mulher ideal, juntando partes diferentes de beldades famosas. Orlan mostrava que, se você levasse ao pé da letra o que era dito por homens estúpidos, acabava chegando a um resultado bizarro e perigoso.

"Mas não acabou saindo pela culatra?", perguntei. "E, no fim, que nariz ela escolheu?"

Lakshmi tirou um papel dobrado de sua bolsa: um artigo sobre Orlan. "Uma escultura de Diana, famosa e sem autoria, da Escola de Fontainebleau", ela leu. Nós duas caímos na risada. Eu disse que era mais fácil apenas ignorar a sociedade e os homens estúpidos. Lakshmi disse que, de acordo com a teoria feminista francesa, era impossível ignorar os homens, pois a visão deles sobre as mulheres estava profundamente entranhada na nossa cultura. Só de usar palavras você já perpetuava as ideias dos homens, pois foram eles que inventaram a linguagem.

"Então o que temos que fazer? Não usar palavras?"

"Bem, elas dizem que as mulheres precisam inventar sua própria linguagem, seu próprio jeito de escrever, fora da hegemonia patriarcal."

Olhei para ela sem acreditar. "Você está brincando."

"Não, de jeito nenhum. É o que chamam de *écriture féminine.*"

Fui procurar "*écriture féminine*" num dicionário de teoria literária. As pessoas que a conceberam aparentemente não gostavam de defini-la, pois definições eram parte do racionalismo falocêntrico ocidental. *Écriture féminine* não era exatamente o *oposto* de falocentrismo, pois a ideia de elementos opostos e binários também tinha sido criada por homens para dominar e explorar a natureza. Em vez disso, a *écriture féminine* queria estilhaçar esse binarismo, abrindo uma nova dimensão que envolvia discurso, jogos aleatórios e caos. A ideia de inaugurar uma nova linguagem parecia muito legal. Por outro lado, nunca fui muito fã de jogos aleatórios e caos. Nem achava que meu principal problema com as outras pessoas e com o mundo externo derivasse de um excesso de lógica.

Quanto mais eu lia sobre *écriture féminine*, menos interessante eu achava. Aprendi que ela se caracterizava por interrupções textuais, trocadilhos, etimologias e metáforas escorregadias envolvendo leite, orgasmos, sangue menstrual e oceano. Operava celebrando figuras maternais e a multiplicidade do feminino, desafiando o fetiche da verdade "objetiva" — o pai-autor-Deus —, suplantando o falo unificador "com os dois lábios do sexo feminino, que se envolvem continuamente". Isso era uma citação de Luce Irigaray, que também notou que a palavra "colaboração" estava etimologicamente ligada a "lábio" e que os lábios das mulheres estavam "sempre se tocando, em 'colaboração'".

E se eu não quisesse colaborar daquele jeito? E se eu, particularmente, preferisse usar a lógica de forma "objetiva" — sem mães ou sangue menstrual?

"Um corpo textual feminino se faz reconhecer pelo fato de ser sempre eterno, sem fim: não há desfecho, ele não cessa, e é isso que dificulta com frequência a leitura do texto feminino", escreveu Hélène Cixous, numa frase que definitivamente podia ser mais curta. Eu não entendia: por que *nós* tínhamos de escrever coisas difíceis e sem desfecho sendo que eram os homens que estavam errados?

No jantar, Oak disse que mudou sua área de pesquisa para Folclore e Mitologia, que demandava um número menor de requisitos. Eu dei minha opinião sobre a arbitrariedade das escolhas dos departamentos e sobre como deveria existir um departamento do amor.

Ezra contou que, na aula de ciência da computação, um rapaz perguntou sobre certo algoritmo, num tom de quem não tinha medo de fazer perguntas difíceis: "Mas ele é capaz de amar?".

Um amigo de Ezra do basquete, Wei, disse que estava dando aulas sobre o cálculo lambda, e um calouro esperou para falar com ele depois da aula, pelo visto querendo desabafar, até que disse: "Quando vamos aprender lambada?". Wei raramente abria a boca, mas sempre que falava soltava alguma coisa curiosa.

Oak, que parecia nunca ter o que fazer ou aonde ir, voltou do jantar caminhando comigo, Priya e Riley.

"Você está bem?", Riley perguntou a Priya, que não parava de olhar para o céu.

"Não sei se está chovendo."

"Pode ser só um exercício intelectual do amigo finlandês de Selin." Agora Riley dizia isso sempre que não conseguíamos determinar se tal coisa estava ou não acontecendo de verdade.

Deixaram um bilhetinho para Riley na nossa porta. O rosto dela se iluminou de um jeito que só acontecia quando havia gatos envolvidos.

"É do Lucas?", Oak perguntou. Riley baixou os olhos, envergonhada. "A Riley gosta do Lucas!", disse Oak. Como Riley não negou, deduzi que ela não apenas gostava dele, como acreditava que Lucas também gostava dela.

Eu me senti meio idiota por não ter considerado a possibilidade de que Riley no fim formasse um casal com um de seus amigos homens. Agora me parecia óbvio. Obviamente, *todas* as garotas, quer falassem ou não sobre isso, estavam sempre de olho numa forma de fugir do aborrecimento de não ter um namorado, já que isso as expunha à censura e ao falatório dos outros.

Pelo visto essa coisa de começar a namorar não era uma moda passageira. Nada voltaria a ser como antes. Tudo ficaria mais e mais igual ao jeito que é agora. As apostas ficariam mais altas, as escolhas mais limitadas. Já não haveria descobertas particulares empolgantes. Qualquer opção que lhe ocorresse já teria fatalmente ocorrido a outras pessoas, e nisso você acabaria envolvida numa competição — como a competição entre Zita e Eunice, na qual acabei entrando sem saber. Lucas era engraçado, alto, educado e não dizia coisas nojentas. Era um candidato óbvio. Fiquei lembrando de todas as coisas gentis e educadas que ele já havia me dito. Por que eu nunca tinha pensado nisso? Agora pensei, mas tratei de ignorar, já que Riley gostava dele.

Minha mãe conseguiu a indicação de um psiquiatra em um dos zilhões de hospitais universitários de Boston. Era só pegar a linha vermelha até a estação Park Street e de lá pegar a linha verde. A linha vermelha era subterrânea e parecia um metrô, mas na linha verde o trem voltava para a superfície e parecia que você estava andando num bonde.

No passado, aquele hospital tinha sido uma "maternidade" beneficente para moças virtuosas com condições limitadas. As prostitutas eram mandadas para outro hospital. O edifício era muito mais sofisticado que o hospital no Brooklyn onde minha mãe trabalhava. Bem acima do nível da rua, pessoas com ar ocupado vestindo uniformes ou jalecos brancos seguravam copos de café, caminhando a passos largos por corredores envidraçados. O departamento psiquiátrico ficava no subsolo e não tinha janelas. O cheiro era igual ao do corredor do lado de fora do laboratório da minha mãe. Será que tinha coelhos ali?

O psiquiatra era de meia-idade, magro, estava ficando careca e vestia um jaleco branco. Sentava-se atrás de uma mesa numa poltrona executiva de couro. Eu sentei em uma das poltronas mais baratas que ficavam em frente à mesa.

"O que a traz aqui hoje?", ele perguntou, sem um pingo de curiosidade.

“Acho que estou deprimida.”

“O que te faz pensar isso?”

“Não paro de chorar.”

Ele perguntou sobre o histórico de doenças físicas e mentais na minha família. Percebi que, embora achasse que conhecia a história da minha família, eu não sabia responder a muitas das perguntas. Era como abrir uma gaveta e ver que está vazia. Eu lembrava que uma tia-avó minha tinha se matado, mas por quê? Não sei. Muita gente tinha câncer também.

O psiquiatra me lançou um olhar cortante. “Quem tem câncer?”

Também me toquei que, apesar da minha sensação de que nossa casa sempre tinha estado cheia de gente com câncer, eu não conseguia dizer nenhum nome além do de meu avô e minha tia, e agora minha mãe.

“O tratamento *deu certo*?”, ele perguntou, referindo-se à minha tia e à minha mãe, num tom de crítica por eu não parecer tão preocupada quanto deveria.

Logo depois, fez uma série de perguntas de rotina: se eu bati a cabeça quando era pequena, se eu já tinha tido convulsões, se recebia mensagens especiais pelo rádio ou pela televisão; se eu era sexualmente ativa, se usava drogas, se pensava que estaria melhor morta, ou se planejava ferir a mim mesma ou a terceiros.

Eu disse “não” para tudo, apesar do meu desejo, por vezes apaixonado, de morrer. Estava claro que a única parte que o interessava era o plano — o plano de “me ferir” (embora na verdade fosse o oposto: um plano para não ser mais ferida). Me irritava aquela ideia de estar “melhor morta” — como se a questão não fosse exatamente se retirar de uma vez por todas do problema de como ficar *bem* ou *melhor*.

De todo modo, eu não tinha planos, não faria nada: primeiro porque seria a mesma coisa que matar minha mãe e a irmã dela, e nisso sabe-se lá o que aconteceria com a minha prima. E segundo porque eu tinha medo de fracassar, daí as pessoas diriam que tudo não passou de um grande "pedido de socorro". Que é exatamente o que seria se eu falasse sobre esses pensamentos para esse psiquiatra.

"Você gostava da escola?", ele perguntou.

"Não."

Um olhar de insatisfação cruzou brevemente seu rosto. "Por que não?"

O panorama inexplicável de doze anos de escola surgiu diante de mim. "Era uma tortura, basicamente."

Tinha alguma coisa no que eu disse que ele não concordava ou não acreditava. "Mas você deve ter sido uma aluna exemplar."

Eu nunca tinha conhecido uma pessoa tão desagradável. Me perguntei se aquilo era a tal da resistência. Talvez ele estivesse me dizendo coisas que por alguma razão eu havia reprimido? Se eu as aceitasse, eu me sentiria melhor?

"Na verdade, acho que a maioria das pessoas na minha família é deprimida", eu disse, só percebendo a verdade daquela afirmação ao fazê-la.

"Mas eles estão sendo *tratados*?", o psiquiatra perguntou, num tom que sugeria que, se eles fossem responsáveis, o tratamento era o mínimo que deviam estar fazendo.

Contei que achava que minha mãe passava com um psiquiatra. Ele perguntou há quanto tempo. De início, eu ia dizer que ela só começou a ir depois que o tribunal a obrigou a voltar para Nova Jersey. Mas daí lembrei que, durante o processo de guarda, ela pediu a um psiquiatra da Filadélfia uma declaração sobre o seu bom caráter, e ele disse que o máximo que podia dizer ao tribunal era que ela tinha largado uma relação masoquista com meu pai para se meter imediatamente em outra relação masoquista com Jerry.

"Então sua mãe abandonou você e seu pai. Como você se sentiu?", perguntou o psiquiatra, e eu percebi que, como a maioria das pessoas, ele estava prestes a criticar e culpar minha mãe, de forma que meu coração se fechou pra ele na mesma hora. Mas continuei sentada ali respondendo às perguntas; não levantei e saí. Por quê? Pela convenção social? Talvez parte de mim ainda esperasse que ele soubesse de alguma coisa que eu não sabia?

"Rolou, finalmente", Svetlana disse. "Transei com Matt. E hoje pensei: um passo muito importante foi dado na minha vida. Mas, fisicamente, qual seria a diferença se ontem eu tivesse simplesmente enfiado uma banana *lá*?"

O refeitório parecia ter acabado de receber um carregamento de bananas particularmente grandes. Rígidas e ainda verdes, eram distintamente curvas numa ponta e menos curvas na outra, o que dava a elas um aspecto levemente sorridente, lembrando um queixo. Para mim, maçã foi a escolha óbvia. Mas Svetlana pegou uma banana e estava segurando até agora.

"É *literalmente* a mesma coisa."

Olhei pra banana, estimando que sua circunferência era quase seis vezes a de um absorvente interno. E pior que Svetlana não era o tipo de pessoa que usava "literalmente" com o sentido de "figurativamente".

Como sempre, ela parecia saber o que eu estava pensando.

“É que o do Matt é realmente muito grande”, ela disse, num tom que combinava exasperação, humor e orgulho.

“Mas, tipo...” Eu olhava — com um olhar autoexplicativo, acho — para a banana.

“Eu sei, fiquei muito surpresa. É bizarro como não dá nem pra imaginar qual vai ser o tamanho.”

“Mas como você... Como foi que...”

“Bom, foi uma dor torturante, principalmente na primeira vez. Mas depois de duas ou três vezes, entra. Você *sente* que é impossível, mas é óbvio que a capacidade do seu corpo é maior do que você imagina. Por exemplo, a cabeça de um bebê tem uma circunferência de trinta e cinco centímetros.”

Senti uma onda de desespero.

Svetlana me perguntou se eu achava que ela estava diferente. Eu disse que sim. Seu rosto parecia mais suave, mais redondo. Ela estava vestindo um cardigã branco que eu não conhecia, e o branco parecia guardar um significado diferente do que teria antes.

Svetlana disse que sexo era diferente do que se esperava — não era exatamente a continuação dos amassos iniciais. Era uma coisa que não dava pra imaginar antes de fazer e, claramente, como tudo, demandava prática. A única parte que já era excitante e satisfatória desde o começo era poder ver o desejo de Matt — ter uma evidência clara de que estava sendo desejada daquele jeito.

“Nós mulheres podemos esconder nosso desejo da outra pessoa, às vezes nem nós mesmas temos consciência dele”, ela disse. Fiquei confusa. Os homens também não ocultavam seus desejos de si mesmos e dos outros? “Mas o caso deles é diferente”, ela continuou, “porque nos homens o desejo é muito visual e tangível.”

"Desejo" parecia algo metafórico e amplo demais, enquanto ereção era muito literal e específico. Desejo era aquilo? Uma coisa que podia ser representada por uma ereção?

Como se tivesse sido combinado, Gavriil me contou que fez sexo com Katie. Ele achava que era bom de cama, mas não tinha certeza e se sentia perplexo com o fato de que o sexo era um mistério muito maior para as mulheres do que para os homens.

"Como assim?"

"Bem, para um cara, é sempre a mesma coisa. Mas para a mulher… é sempre diferente."

Eu não fazia a menor ideia do que ele estava falando. "Você tá querendo dizer que o *resultado* é diferente? Ou o processo?"

"Isso, exatamente isso!"

Quanto mais a gente conversava, maior era a impressão que eu tinha de que ele queria me pedir algum tipo de informação ou conselho. Parecia prestes a me perguntar se eu achava que Katie tinha orgasmos de verdade, ou se ela fingia. Mas eu ia lá saber?

Svetlana disse que Katie com certeza fingia. Até Svetlana, com sua recusa em se encaixar para caber em formas aceitáveis, tinha sentido um impulso fortíssimo de fingir. Sexo era radicalmente diferente de gozar sozinha. O que você tinha aprendido sozinha não se aplicava ao sexo. Tinha coisas demais em jogo, e você não estava no controle; você tinha de renunciar ao controle. Mesmo se ficasse por cima. Por isso você basicamente não chegava ao orgasmo nunca. Quando Matt usava os dedos, acabava sendo uma distração, porque a penetração era totalmente diferente do estímulo clitoriano e demandava toda a concentração da pessoa para entender. As duas sensações pareciam convergir em algum ponto, sobretudo quando você deitava de bruços. Talvez daquele jeito a coisa viesse a acontecer em algum momento.

O impulso de fingir era mais complicado do que parecia. Não era *só* para aliviar a ansiedade de Matt em relação à performance dele. Envolvia também a ansiedade de Svetlana. A capacidade dos homens de ter um orgasmo sem nenhum transtorno tinha um efeito um pouco desmoralizante. Você podia acabar ficando com um bloqueio, se sentindo inadequada, frígida. Svetlana sabia que ela não era nada disso. Tinha vezes que ela sentia uma onda profunda percorrendo seu corpo, mais forte do que qualquer coisa que Matt pudesse imaginar, e ela sabia que, quando conseguisse acessá-la, aquilo os engoliria como uma onda gigante. Ela tinha medo disso, mas sabia que precisava chegar lá — e *chegaria*. Mas também havia momentos em que ela se desesperava, sentindo que essa onda estava sempre fora do alcance. Nessas horas ela entendia a expressão "tirar leite de pedra". Mas fingir seria ceder ao desespero, e isso ela jamais faria.

Riley desapareceu por duas semanas, pois Lucas tinha o próprio quarto no Mather e agora ela dormia sempre por lá. Só que daí um dos geologistas do Oak, Beau, voltou com a namorada do ensino médio, que estudava numa pequena faculdade de artes liberais que encorajava as personalidades das pessoas e não ligava se seus alunos faltassem nas aulas. Essa garota, Becca, basicamente se mudou para o apartamento deles e vivia por lá, fiscalizando o cronograma dos rapazes. Até lavava as toalhas. Becca era aquele tipo de pessoa que ou não sabia ou não ligava se irritava Riley — chegou inclusive a oferecer conselhos para ajudar Riley a ser uma pessoa menos negativa. Por causa disso, Riley parou de ir ao Mather, e Lucas começou a dormir com ela no nosso quarto, no beliche de baixo. Era uma situação que nunca discutimos ou mencionamos. Podíamos estar todos juntos conversando numa boa no começo da noite, mas, quando chegava a hora de dormir, era como se esquecêssemos da existência uns dos outros. Riley e Lucas cochichavam entre si, e eu nunca sentia que dava para me enfiar na conversa fazendo uma observação sobre alguma coisa que eu tinha acabado de ler.

Depois do psiquiatra, eu sempre chorava no trem. Se você deixasse transparecer algum constrangimento ou fizesse algum movimento muito brusco ao enxugar os olhos, as pessoas te olhavam, ou perguntavam se você estava bem, ou viravam a cara agressivamente de um jeito que te fazia sentir culpada. Mas, se agisse como se aquilo não fosse nada de mais, era como se vestisse um manto de invisibilidade. Talvez as pessoas não notassem, ou achassem que era um problema de vista.

Era sempre difícil reconstruir a conversa que tinha me perturbado tanto. Minha mente só retinha fragmentos. Como quando o psiquiatra perguntou: "Por que todos esses detalhes são tão preciosos para você?".

"Como assim?"

"O que há de tão precioso nessa história com esse camarada húngaro? Por que você se apega tanto a ela?"

Isso me lembrou uma coisa que eu tinha lido em Freud, sobre como os avarentos estocavam ouro tal como as crianças estocavam fezes. Era isso que ele queria dizer? Essa era a grande questão da psiquiatria? O esvaziamento de privadas? Eu tinha que pensar sobre isso? A palavra "precioso" me fazia pensar em Gollum, do *Hobbit*, a representação do que havia de mais baixo na natureza humana. Por que considerar as coisas "preciosas" era ruim? Por que criticavam escritores "preciosistas"? Era errado valorizar as coisas — querer preservá-las? E, se fosse, como que eu me livrava disso? Se esse senhor queria que eu parasse de dar valor a tal coisa, ele não tinha a obrigação de me oferecer algo melhor em troca?

Outro dia voltei àquele subsolo de hospital e tentei descrever meu sentimento de que o mundo era uma grande conspiração sexual deprimente da qual eu não sabia como participar. O psiquiatra me olhou com frieza e disse: "Você se acha bonita para os homens?".

Fiquei pasma. Ele estava sendo cruel ou só burro? Contei que ninguém nunca tinha me beijado e nem pedido para me beijar. E, de qualquer forma, ele estava me vendo. Lá estava eu. "Não", eu disse.

Ele me olhou com impaciência. "Por que não?"

Devolvi o olhar, incrédula. Como ele ousava me pedir para explicar aquilo? Eu era obrigada a viver *e* explicar? Ele estava querendo dizer que a culpa era minha?

Na estação, eu olhava pro nada enquanto as lágrimas rolavam pelo meu rosto e as minhas fossas nasais entupiam. Esse era o "trabalho" que eu tinha de fazer? Será que eu estava melhorando?

Minha mãe perguntou sobre a terapia. Contei que eu chorava muito depois das sessões e que eu geralmente não lembrava o porquê, então talvez estivesse funcionando.

"Hum." Minha mãe não parecia muito convencida. "O que ele diz sobre medicamentos?"

"Nada."

"Ele não falou nada sobre isso?"

"Não."

"Você contou das crises de choro?"

"Uhum."

"Na próxima vez, pergunte pra ele sobre os medicamentos."

Eu não disse nada.

"Vai perguntar?"

"Talvez ele ache que eu não precise", eu disse. "É uma coisa que você só toma se estiver com um desequilíbrio químico, não é?" Ou um cérebro estava quimicamente equilibrado ou não estava, e um especialista com certeza conseguia notar a diferença. Ir ao psiquiatra não era como ir a um restaurante, onde você dava uma olhada no cardápio e apontava o que queria. E se *fosse* assim — se antidepressivos não fossem objetivamente necessários, mas, de alguma forma, opcionais...

"Meu bem, se uma das opções é se sentir melhor, por que não escolhê-la?"

"Mas, se é assim, então todo mundo devia simplesmente usar drogas recreativas."

Minha mãe me explicou por que não devíamos todos usar drogas recreativas. Essas drogas eram extremamente viciantes, você tinha que aumentar a dose o tempo todo e, se não aumentasse, ficava doente. Elas afetavam os centros de controle do cérebro, levando a um comportamento inconsequente, e não tinha fiscalização, então não dava para saber o que de fato havia nelas. Também eram ilegais, o que significava que, se as comprasse, você estaria ajudando a perpetuar um sistema que levava à pobreza e à guerra, e você mesma podia acabar sendo presa.

Os antidepressivos não tinham nada disso. Fiquei admirada com a capacidade da minha mãe de explicar as coisas.

Minha mãe disse que eu estava fazendo tempestade em copo d'água com uma coisa que não era nada de mais, já que muitas pessoas da minha idade tomavam antidepressivos. Aidan, namorado de uma amiga minha da escola, Shelly, estava indo muito bem tomando Lexapro. Essa informação, que chegou por meio da mãe de Shelly, era uma novidade pra mim.

Aidan, cujo pai era proctologista numa "clínica particular" — o que, para os meus pais, significava que o único interesse dele era ganhar dinheiro —, tinha crescido numa mansão em Watchung e fora homenageado na nossa escola por arrecadar cem mil dólares para proteger elefantes contra comerciantes de marfim. Ele parecia sempre tão seguro de si — tão certo das falhas das outras pessoas: dos caçadores de elefantes, das bandas que se vendiam. Tudo bem, uma vez ele chorou na frente da escola inteira, mas foi um choro de raiva, por causa dos elefantes. Sempre achei Aidan meio mimado, alguém que carecia de estamina e que não tinha problemas reais: se tivesse, como teria tanto tempo para se importar tanto com os elefantes? Será que Aidan já tinha se sentido como eu me sentia agora?

Pensar que muitas pessoas da minha idade podiam estar, sem eu saber, tomando antidepressivos me fez lembrar do livro *Nação Prozac*, que tinha saído quando eu estava no ensino médio. Qualquer coisa com "nação" ou "geração" no título já parecia uma espécie de recriminação — sugeria que "nós como nação", por exemplo, já não "encarávamos nossos problemas de frente", optando por tomar um comprimidinho. Por "encarar nossos problemas de frente", o que estavam querendo dizer era: "Engole o choro". Eu não gostava de pessoas que diziam: "Engole o choro". Por outro lado, eu também detestava gente preguiçosa, e muitas vezes tive a impressão de que estávamos indo perigosamente para uma situação em que todos acabavam numa incubadora, drogando-se para não pensar com a própria cabeça, como em *Admirável mundo novo*. Eu não sabia de qual das duas coisas *Nação Prozac* falava — recriminações ou incubadoras —, mas de qualquer jeito não tive a menor vontade de ler.

Eu sabia que a autora do livro, a menina que tomava Prozac, tinha estudado em Harvard e era vista como a voz de uma geração. A geração X: gente que andava por aí pagando de "alternativa" na minha época do fundamental. Na capa tinha uma foto da autora. Cara de criança abandonada, cabelo desgrenhado, lembrando muito a Fiona Apple. Quando vi pela primeira vez, achei tudo um saco. Mas agora eu queria saber o que o livro tinha a dizer.

Encontrei uma cópia no catálogo da biblioteca — *Nação Prozac: Jovens e deprimidos na América*. "Na América" também era irritante, como se tudo que acontecesse com você fosse, no fim das contas, sobre a América. A biblioteca tinha dois exemplares. Os dois estavam emprestados. Acabei indo ao subsolo dar uma olhada em resenhas antigas. Era um pouco dramático sentar ali no escuro, colocando microfilmes na máquina enorme que exalava o tempo todo, como se estivesse aborrecida. Era impossível regular o ritmo com que as semanas do *New York Times* passavam pela tela, oscilando sempre entre duas possibilidades: máxima lentidão ou velocidade desconcertante.

Passando os olhos pela resenha, que se chamava "A vida examinada também não vale a pena", presente na edição dedicada à invasão americana do Haiti, lembrei claramente por que não quis ler o livro quando ele saiu. A autora, Elizabeth Wurtzel, era descrita como uma pessoa "precoce", que "teve a primeira overdose" aos onze anos e começou a se cortar aos doze. Algumas amigas da minha mãe tinham filhas anoréxicas, ou que se drogavam, ou que se cortavam com navalhas. Minha mãe me contava tudo isso horrorizada, se perguntando em voz alta o que ela faria se eu fosse daquele jeito. Como se eu tivesse tempo, mesmo aos doze anos, de andar por aí me cortando com navalhas. Aliás, eu não conseguia nem entender como aquelas garotas não tinham vergonha de preocupar os pais.

Comecei a me perguntar se minha consideração pelos meus pais era motivada pela covardia — por medo de perder a pouca liberdade que eu tinha, de um jeito que Elizabeth Wurtzel jamais toleraria. Com certeza ela fugiria de casa para se drogar com os amigos descolados. Era *isso* que despertava tanto a minha animosidade contra ela? O fato de ela ser mais corajosa e mais resiliente que eu?

A resenha não era positiva. "A sra. Wurtzel não nos poupa de nenhum mínimo detalhe sobre sua vida", Michiko Kakutani escreveu. Era a mesma crítica que André Breton tinha feito à Nadja: ela não hesitava em contar todas as adversidades de sua vida, "sem omitir um único detalhe". (Nota mental: era importante poupar as pessoas de certos detalhes.)

Para uma pessoa que supostamente não gostava de reclamações, Michiko Kakutani reclamou até demais do que Elizabeth Wurtzel escreveu sobre o divórcio dos pais. Por vezes, "as lamúrias indulgentes da sra. Wurtzel" deixavam a sra. Kakutani com vontade de "sacudir a autora e lembrá-la de que há destinos muito piores do que crescer em Nova York nos anos 1970 e estudar em Harvard".

Li outra resenha, escrita por um tal de Walter Kirn. "O chororô começa com os pais de Wurtzel, que se separaram quando ela tinha dois anos." Segundo ele, as queixas da autora eram "alongadas pela adjetivação vazia". Aparentemente, havia uma ligação entre o tipo de autoindulgência que levava as pessoas a reclamarem da própria infância e aquela que fazia com que escritores se tornassem incapazes de "matar seus queridinhos". Ambas vinham de uma vida sem grandes problemas: tinham a ver com ficar carregando a vida toda as decepções que você teve quando tinha dois anos e entupi-las de adjetivos.

Walter Kirn escreveu que, por não evitar a autoindulgência, Elizabeth Wurtzel virava as costas para a "lição formal da poesia de Plath, sua heroína", que era a ideia de que "a histeria tem mais impacto quando é contida" e de que "a tristeza na arte precisa de limites bem definidos contra os quais se bater, de outra forma vira um transbordamento confuso". Era uma linha de raciocínio familiar, incontestável: não dava para jogar tudo numa página, pois isso não era arte. Mas agora alguma coisa me incomodava — como não me incomodara antes, no colégio — nessa história de uma garota que foi para Harvard, que vivia deprimida porque seus pais se divorciaram e que escreveu um livro abertamente criticado por ser autoindulgente.

"Eu queria saber um pouco mais sobre antidepressivos." Para minha surpresa, o psiquiatra me perguntou de cara se eu queria uma receita.

"Não sei. Vai ajudar?"

"Pode ajudar."

Fiquei olhando fixamente para ele. Se ele sabia de uma coisa que poderia me ajudar, por que não mencionou? "Há algum problema em experimentar?"

"Como em qualquer medicamento, há efeitos colaterais. O efeito colateral que mais preocupa as pessoas, sobretudo as mulheres, é o ganho de peso. Mas algumas na verdade *perdem* peso. Outras não têm nenhum efeito colateral." Eu nunca tinha visto aquele homem falar com tanto interesse — especialmente quando disse que "algumas na verdade *perdem* peso".

Comecei a tomar metade da dose mais fraca de Zoloft dia sim, dia não. Poucos dias depois, lá estava eu caminhando para o Instituto Ucraniano de Pesquisa ouvindo "Cowboys", o lado B do single de "Killing Me Softly". A maior parte da música tinha rappers rimando, mas não era cansativo, em parte por causa da música de fundo, muito evocativa, e em outra pela postura deles em relação aos caubóis. Quando um deles dizia que foi *ele* quem atirou no John Wayne — expulsando-o do comboio, como no filme *Shane* —, eu ri alto. Eu nem lembrava mais desse filme. Uma vez minha mãe alugou a fita pra mim, pois tinha visto quando era criança e amou. Acompanhei incrédula o menino loiro, que parecia um dos babacas da minha escola, correndo com a arma na mão, berrando "Shane! Shane!" — pois ele amava um cara que saía por aí matando pessoas. Na época eu me perguntei como minha mãe conseguia não perceber que aquelas pessoas eram estúpidas? Pras e Young Zee percebiam. "Eu e aquele menino, argh, qual era o nome dele mesmo?" Era incrível pensar que havia americanos, homens, que, assim como eu, achavam caubóis alienantes e distantes!

Havia um trecho em que Lauryn Hill cantava uma estrofe junto com Rashia, sua amiga. As partes mais interessantes eram sobre a competência, o estilo das duas. "Meu estilo é um dos mais sujos", uma delas dizia. "Eu inalo grandes nuvens de fumaça pelo meu cálice." Nessa hora me veio um pensamento que me deixou tão surpresa que parei no meio do caminho. Será que o Zoloft estava me fazendo gostar de rap?

PARTE III
O semestre de primavera

Janeiro

Lakshmi e eu estávamos num ônibus indo para Woods Hole. Quem eram aqueles ianques super-reservados que estavam lá? Suponho que eram as shiksas e as rainhas de coração de gelo com suas inúmeras sombras masculinas. Um desses "shiksos", um careca igualzinho ao meu psiquiatra — será que *era* meu psiquiatra? —, reclamou comigo por falar alto demais. "Não vê que sua voz está ecoando pelo ônibus inteiro?", perguntou.

Como ele falou aquilo como uma observação e não um pedido, rebati: "Isso aqui é um ônibus, não uma biblioteca".

"Selin!", sussurrou Lakshmi, escandalizada, mas rindo. Voltei pra história que eu estava contando em um tom de voz que me parecia perfeitamente normal.

Inicialmente eu não estava conseguindo entender por que ninguém além de mim e de Lakshmi queria sentar no convés, ao ar livre. Depois, a balsa começou a se mover e tivemos de abaixar pra evitar o vento aniquilador que soprava sobre a superfície do Atlântico. Lakshmi, totalmente destemida, abaixou um pouco e deu um jeito de acender um cigarro por baixo do casaco de camurça. Assim que ela levantou de novo, o vento jogou o seu cigarro longe e ele desapareceu *imediatamente*.

Tínhamos decidido passar o recesso em Martha's Vineyard. Fiz as reservas numa pousada, mas Lakshmi foi terminantemente contra a ideia de ficar numa pousada e pareceu surpresa por eu sequer ter cogitado aquilo. Ela disse que com certeza encontraríamos "um lugar onde capotar". Mesmo quando nossa grande chance — uns amigos dos pais de Isabelle — foi por água abaixo, Lakshmi manteve-se inabalável, dizendo que, quando chegássemos lá, alguém nos ofereceria abrigo. Na minha cabeça isso não fazia o menor sentido. Nós não conhecíamos ninguém em Martha's Vineyard, então por que alguém nos ofereceria abrigo? E, mesmo se oferecessem, por que aceitaríamos?

"Estou com um bom pressentimento", Lakshmi disse, assim que desembarcamos. A ideia de alguém ter um bom pressentimento naquele lugar claramente deserto, onde a falta de formas vivas sencientes só era compensada pelo excesso bizarro de mastros, me pareceu insana. Lakshmi disse que, na pior das hipóteses, poderíamos passar a noite em algum lugar 24 horas, como um pronto-socorro, e tentar de novo no dia seguinte.

Ainda não eram nem cinco horas, mas já estava completamente escuro. Só alguns poucos prédios estavam com a luz acesa. Lakshmi passou de forma confiante pelos dois primeiros lugares — um bar e um hotel — e parou no terceiro, um clube esportivo, onde logo engatou uma conversa com duas garotas loiras com raquetes de squash na mão. Lakshmi perguntou sobre o clube e os horários, emendando perguntas sobre lugares pra se hospedar. Fiquei pasma quando as garotas prontamente nos convidaram para ficar com elas.

* * *

Elsa e Malin eram gêmeas idênticas, embora por alguma razão Malin fosse mais bonita. Tinham vindo de Uppsala para Martha's Vineyard dois verões atrás, pois tinham ouvido falar da grana que era possível ganhar, e acabaram ficando também para a baixa temporada, trabalhando com qualquer coisa e alugando baratinho a casa de um cara que, por questões jurídicas, precisava fingir que morava ali, quando na verdade morava em outro lugar.

"Os homens ficam mesmo loucos com essa história de vocês serem gêmeas?", Lakshmi perguntou.

"Ah, é total um fetiche para alguns", Mali disse.

"É aquela coisa: 'gêmeas suecas'", complementou Elsa, séria.

O que ficou combinado foi que as gêmeas se hospedariam conosco na próxima vez que fossem a Boston.

"E o que vamos fazer se elas aparecerem mesmo?", sussurrei para Lakshmi, quando finalmente ficamos sozinhas no quarto extra com um painel de lagosta gigante.

Lakshmi deu de ombros. "Elas podem ficar nas áreas comuns. Você fica com Elsa, eu fico com Malin." Não consegui não rir. Era cômico como Lakshmi gostava mais de Malin.

Lakshmi ainda estava apaixonada por Noor, mas tinha começado a sair com Jon, um veterano que escrevia ficção e publicava um conto em praticamente todas as edições da revista literária. Nunca consegui ler nenhum. Lakshmi dizia que Jon era bonito demais e inteligente demais para ela. "Eu devia terminar com ele. Se eu esperar demais, *ele* vai terminar comigo."

Jon, que morava fora do campus, uma vez fez um jantar para os dois.

"A comida ficou boa?"

"Ficou ok." Sem grande emoção, ela descreveu o risoto de cogumelos, o Pinot Noir, as velas e o vaso de cravos.

Eu disse que aquilo tudo parecia muito esforço para alguém que não gostava dela de verdade.

"Que nada, é tudo parte do esquema dele."

"Que esquema?"

"Ah, ele olha no fundo dos meus olhos e diz que minha beleza é exótica e misteriosa e que ele não consegue me decifrar. Os caras devem dizer esse tipo de coisa pra você também. Você sabe: você é uma beldade exótica oriental cheia de mistérios."

Nunca diziam aquilo pra mim. "Eu meio que acho que você *é* mesmo uma beldade exótica oriental cheia de mistérios."

"Isso é papo furado orientalista", Lakshmi disse, inclinando o queixo de um jeito que ressaltava as maçãs de seu rosto. Sua boca parecia especialmente floral, desdenhosa e bonita.

Malin se ofereceu para nos levar para andar de cavalo no estábulo onde ela trabalhava, se ajudássemos a limpar tudo. Elas acharam que eu estava brincando quando disse que não sabia cavalgar. Lakshmi pegou emprestada uma roupa inteira de montaria e ficou parecendo a personagem de um drama histórico.

Um pouco mais tarde, Malin e Elsa entraram em pânico — principalmente Elsa. Graças a um mal-entendido com um arquiteto para quem as duas trabalhavam, elas tiveram de levar um cachorro para passear naquela mesma hora enquanto coletavam um monte de pedras achatadas na praia. Nós todas entramos no Volvo delas e dirigimos pela ilha.

A casa do arquiteto era um caixote comprido e rebaixado feito de madeira e de vidro. Tudo nele tinha um ar evocativo e caro, exceto o cachorro, que parecia mais um homúnculo em pânico que tinha sido enfiado à força num terno velho e grande demais do que um cachorro em si. Malin abriu a porta de correr de vidro e ele correu para as dunas, fazendo tudo de uma vez: mijando, brincando, escavando a areia. Lá estava o oceano, igual a um personagem recorrente de quem você passava um bom tempo sem lembrar.

Das cinco grandes pedras achatadas que arrastei da praia para a casa, eu não conseguia ver uma diferença sequer entre as duas aprovadas por Elsa e as três reprovadas. Lakshmi parecia ver toda aquela questão de desenterrar pedras como algo fora de seu campo de preocupação, e escavava com muita má vontade, só com o dedão do pé. As ondas quebrando e o chiado da espuma produzia uma atmosfera cinematográfica, cheia de significados.

Naquela noite, as gêmeas teriam um encontro duplo com fetichistas locais e disseram que podíamos usar a banheira de hidromassagem. Elas nos emprestaram biquínis, a minha parte de cima não parava no lugar de jeito nenhum, então usei só a de baixo, já o de Lakshmi ficou todo perfeito nela. O vapor subia pela superfície azul brilhante. Tudo ao nosso redor era escuridão. Quando foi a última vez que vi tantas estrelas assim? Aquilo era deprimente ou divertido?

Na noite em que voltamos para o campus, Matt seguia na turnê dele com os Chorduroys. Svetlana e eu ficamos sentadas por três horas depois do jantar, falando de mil assuntos diferentes. No que consistia o fetiche por gêmeas suecas? Em fazer sexo com as duas? Ou de elas fazerem sexo entre si? Achei que fazia sentido a hipótese de Svetlana de elas nunca terem chegado a transar, mas que deviam dar uns amassos. Isso era incesto? Dava pra uma pessoa a princípio heterossexual se sentir atraída por sua gêmea idêntica? O narcisismo era bom, ruim ou neutro? Por que Narciso era menino e não menina? Qual era o papel da personalidade e das expectativas de uma pessoa no destino dela? Lakshmi tinha certeza de que estranhos nos ofereceriam lugar para ficar em Martha's Vineyard, e no fim a expectativa estava certa. Nem eu nem Svetlana jamais esperaríamos aquele resultado, muito menos saberíamos como alcançá-lo.

Mais tarde contei sobre uma competição de chilli a que Malin e Elsa tinham nos levado. "Daí, Chili com Blarney disse para os Red Hot Chilli Preppers...", comecei, mas ria tanto que não conseguia terminar a história.

"Sabe, Selin", Svetlana disse, "acho que o Zoloft definitivamente está tendo um efeito positivo."

Fiquei perplexa. Não havíamos mencionado o Zoloft desde que contei a ela que eu tinha começado a tomar. Eu sabia que ela se recusava a tomar ansiolíticos, dizendo que queria compreender sua ansiedade por dentro, não mudá-la por fora. Mas agora ela me olhava com carinho. "Eu estava com saudade dessa Selin", disse. Nunca tinha me ocorrido que ela também sentisse minha falta.

Decidi fazer um curso de escrita criativa — menos por achar que eu aprenderia alguma coisa do que para converter o horário em que faço minhas tarefas em horário de escrita.

Havia dois cursos de ficção. Um deles era dado por uma escritora famosa e era preciso ir a um encontro introdutório só para descobrir como fazer a matrícula. Cheguei cedo, mas todos os lugares no auditório já estavam ocupados. Tinha gente sentada nos degraus e encostada nas paredes.

A escritora famosa, que usava um echarpe ao redor do pescoço, disse que não gostava dessa história de matrícula, mas que era necessário para manter um número administrável de alunos. Com isso em mente, ela tinha levado uma tarefinha pra gente.

Queria que escrevêssemos uma descrição das nossas camas. "Uma coisa bem simples: sua cama", ela disse, falando bem devagarinho e com clareza.

Umas cem pessoas levantaram a mão. Podia ser qualquer cama em que já tivéssemos dormido? E se fosse uma cama de algum período histórico? O que contava como cama? Um colchão valia? Com um ar levemente surpreso, a escritora disse que a princípio não havia problema em escrever sobre qualquer coisa que considerássemos cama, embora ela tivesse imaginado que escreveríamos sobre aquela em que nós acordamos todas as manhãs.

"De que tamanho tem que ser o texto?", alguém perguntou.

O rosto dela foi tomado por fadiga. "O necessário para simplesmente descrever sua cama."

A ideia de escrever sobre a minha cama — lotada de protetores auriculares, protegida pelo "dossel" de fita adesiva, com um rolo de papel higiênico enfiado entre ela e a parede — era profundamente desanimadora. E esse sentimento, pensando bem, não se restringia àquela cama. Eu não queria descrever *nenhum* móvel. Não queria descrever o meu quarto, ou o quarto de qualquer outra pessoa, ou a minha casa da infância, ou um lugar que eu conhecia bem. Eu queria escrever um livro sobre relações interpessoais e a condição humana.

Olhando para a escritora, para o seu rosto que emanava um cansaço natural porém reprimido, tive certeza de que ela mesma não queria ler cem descrições do que, no fim, seria a mesma cama de dormitório. Dos muitos livros que ela já tinha escrito, eu tinha lido apenas seu primeiro romance, que se passava numa antiga colônia britânica, baseado em sua infância — uma infância que parecia ter sido tão mais difícil do que a minha que me senti culpada e envergonhada. E agora ela tinha que ler um texto sobre a minha cama?

Acabei me matriculando na outra turma de ficção. O professor era um homem americano desconhecido. Não houve encontro introdutório — você só precisava entregar um texto seu sobre o tema que você quisesse.

Lakshmi disse que o problema com Jon é que em algum momento ele ia querer fazer sexo. Eu não entendi por que aquilo era um problema.

"Eu vou casar virgem", Lakshmi disse.

Fiquei pasma. Eu sabia que existiam pessoas que não queriam fazer sexo antes do casamento, mas não imaginei que Lakshmi fosse uma delas. "Mas e o Noor?", perguntei.

"Nunca rolou nada com o Noor."

Franzi as sobrancelhas, pensando num jeito de perguntar se o plano dela sempre foi aquele ou se em algum momento houve outro. "Então você não acha que precisa saber se você é sexualmente compatível com alguém antes de decidir se casar?" Aquela não era a pergunta certa. Eu não sabia como perguntar o que eu realmente queria saber, que era: quais regras ela estava seguindo, e com quais expectativas, e como ela havia chegado a essas regras e expectativas.

"Mas, Selin, meu casamento vai ser arranjado." Lakshmi pareceu ficar mais surpresa com a minha surpresa do que eu mesma fiquei com essa nova informação. Ela disse que não era novidade. "Eu te contei da minha irmã." Era verdade: a irmã mais velha de Lakshmi tinha se casado com o filho de um amigo da família, num grande casamento com fogos de artifício e cavalo branco. Mas uma das primeiras coisas que Lakshmi me disse sobre a irmã era que ela "não era uma intelectual". Não que ela não fosse inteligente; era brilhante em decoração, moda, organização de festas, e precisava ser muito inteligente pra fazer tudo aquilo. Mas ela não tinha interesse em livros. Para mim, fazia sentido que uma pessoa que se importava mais com organização de festas do que com livros tivesse um casamento arranjado. Mas Lakshmi disse que aquilo não tinha nada a ver com seus interesses e preferências. A sua família toda tinha tido casamentos arranjados. Não era algo que se decidisse fazer ou não fazer. Todo casamento *era* um casamento arranjado.

"E se você não quiser se casar?"

"Mas eu quero. Acho que viver sozinha é muito difícil, ainda mais para uma mulher. Admiro quem vive, mas não é pra mim. Além disso, eu quero ter filhos."

Me sentindo cada vez mais a idiota daqueles filmes americanos sobre reencontro entre amigos do colégio, perguntei se ela não queria escolher o próprio marido, casar por amor.

Lakshmi disse que namorar e viver romances era divertido quando se era jovem, mas que essa liberdade de escolha era uma ilusão e só causava dor. Sartre explicava isso: escolher era nunca estar segura, estar sempre em fluxo — viver, no caso das mulheres, como Simone de Beauvoir tinha mostrado, num tipo de não existência. Talvez Sartre tenha sido feliz, mas Simone de Beauvoir não. E, mesmo se tivesse sido, aquilo não era para Lakshmi.

Além disso, tratando-se de escolhas, o pai de Lakshmi a valorizava tanto que ia exigir para ela mais do que ela própria jamais exigiria. Ele a chamava de joia rara, uma rosa sem preço — ela não conseguia nem imitar a forma exagerada que ele falava dela. Sua irmã era a beldade da família, tinha puxado a mãe, mas o pai delas também achava que Lakshmi era bonita, de uma forma mais peculiar. Além disso, ela teria um diploma de Harvard, e cantava! (Isso me pegou de surpresa, nunca ouvi Lakshmi cantar.) A grande vantagem de um casamento arranjado era que seu marido se comprometia não com você como pessoa, mas com a instituição do casamento — com a família dele, assim como com a sua. Isso tirava muito da pressão sobre sua aparência, que não tinha como durar para sempre, e de você como um todo, pois quem tinha uma personalidade encantadora o suficiente para manter um homem interessado por sessenta anos?

O pai de Lakshmi às vezes ironizava sobre mulheres que se casavam por amor: elas deviam se valorizar demais, já que achavam que eram mais atraentes do que todas as outras mulheres juntas e que conseguiriam, sem a instituição do casamento, manter um homem fiel a elas. Ele provocava Lakshmi, perguntando se ela se via dessa forma.

Senti uma onda de gratidão pelos meus pais, que jamais teriam pensado ou dito nada daquilo sobre mim. Mas mesmo assim... isso não quer dizer que o que o pai de Lakshmi dizia não fosse verdade.

Decidi de última hora ir com Svetlana para uma aula de pilates. Deitada num mar de garotas com calças de lycra fazendo arcos pélvicos, imitando a respiração sincronizada e bufante da professora, era difícil não lembrar de um trabalho de parto. Por alguma razão, a pessoa que me veio à mente foi a filha de uns amigos do meu pai, Dilek. Quando eu estava no ensino fundamental, Dilek ficou noiva de um economista turco já quase careca, um homem que tinha o que ele mesmo chamava de "um senso de humor sarcástico". Meu pai disse numa voz fervorosa que Dilek finalmente parecia feliz e estável, que ela finalmente encontrara alguém que se importava com ela.

A gravidez de Dilek, até mais que o casamento, foi recebida por todos nas nossas famílias com lágrimas de alívio e de felicidade, como o fim de um período agonizante de preocupação. O bebê, Erol, era "difícil", ou seja: chorava doze horas por dia, às vezes soluçando até vomitar. Alguém comentou, de forma bem-

-humorada, que Dilek também havia sido um bebê difícil e torturara a mãe gritando, chorando e vomitando.

Quando perguntei por que era bom que Dilek tivesse tido um bebê, me disseram: "Se ela não tivesse tido Erol, nós não teríamos Erol". Eu não tinha nada contra Erol; ele era um bebezinho. Mas todo mundo tinha vivido muito bem até ali sem ele, não? Minha mãe disse que *Dilek* não tinha vivido muito bem. Ela desejara Erol, ansiara por ele. Quando mencionei que Dilek precisou abandonar o doutorado, argumentaram que ela sempre desistia das coisas, desde pequena. Minhas tias disseram que ela não queria de verdade uma carreira; se quisesse mesmo, teria dado um jeito, como minha mãe deu. Sempre citavam minha mãe como prova de que era possível ter tanto uma boa filha como uma carreira. Sugerir o contrário era ter uma mente fechada, chegando até a ser sexista.

Ninguém achava que o sofrimento de Dilek ou do bebê, que era óbvio para qualquer pessoa que passasse cinco minutos ao lado deles, invalidasse minimamente a visão celebratória que se tinha de seu casamento e de sua gravidez.

Agora a instrutora de pilates falava sobre fechar nossa caixa toráxica. Na maior parte das vezes eu não tinha certeza se as coisas que ela dizia sobre costelas eram literais ou figurativas.

Era estranho como as pessoas agiam como se ter um filho fosse a melhor coisa que pudesse acontecer na vida de alguém, ainda que os próprios pais parecessem passar a maior parte da infância de seus filhos achando tudo uma perturbação que eles compensavam mandando e desmandando neles. Pessoas com filhos tinham que ir trabalhar todos os dias em seus empregos entediantes, porém seguros. O lado bom é que trabalhar era uma forma socialmente aceita de fugir dos filhos sem parecer que *estava* querendo fugir. As crianças não tinham essa escapatória, então passavam longos períodos entediadas e impacientes, e vez ou outra ganhavam presentes que elas superestimavam e que as deixavam pulando de felicidade, porque todo o resto era vazio demais.

Se era assim, então por que devíamos continuar fazendo isso? Algumas pessoas, geralmente homens, falavam sobre programação genética e diziam que não podíamos negar nossa natureza. Isso era uma opinião supostamente científica. Eu não entendia muito bem como obedecer a nossa natureza poderia ser uma atitude científica, já que também era da nossa natureza morrer de catapora e não ser capaz de voar.

Os religiosos eram as únicas pessoas que falavam abertamente que ter filhos era o propósito da vida — algo que você fazia porque Deus mandava, e porque era preciso ter um número de fiéis maior do que o das outras religiões. Pelo menos isso fazia sentido, embora me parecesse meio antissocial. Mas e se você não fosse uma pessoa religiosa? Alguns secularistas falavam de dever cívico, da necessidade de bater de frente com os religiosos — para vencê-los demograficamente nas eleições. Mas não havia formas mais diretas de influenciar o resultado das eleições que não fosse dar à luz pessoas para votar nos seus candidatos?

A diarista da minha avó me disse que eu deveria ter filhos para que eles cuidassem de mim quando eu envelhecesse. Mas eu achava melhor pagar alguém que já existia para cuidar de mim — o que, na verdade, parecia ser algo bem comum entre as pessoas com formação educacional — do que criar um novo ser humano e obrigá-lo a fazer isso de graça.

Meus pais diziam que a verdadeira razão para se ter filhos era o amor: a forma inimaginável e imprevisível como você "se apaixonava" pelo seu bebê. Aquela resposta não me convencia, já que envolvia imaginar uma coisa que você aparentemente jamais conseguiria compreender até que acontecesse com você. Eu também não entendia o que impedia alguém de "se apaixonar" por algo que não fosse seu próprio bebê. Além disso, sempre que pais em geral falavam sobre "amor", alguma parte do meu cérebro desligava. Eles tinham uma narrativa pronta e jamais abririam mão dela. A história é que eles nos amavam de um jeito que éramos incapazes de compreender, e as coisas eram como eram porque eles nos amavam daquele jeito.

No fim, concluí que o mais provável era que a maioria das pessoas no mundo simplesmente não sabia que tinha o direito de não ter filhos. Ou isso, ou elas não tinham criatividade o suficiente para pensar em outra coisa para fazer, ou já se sentiam derrotadas demais para fazer o que quer que tivessem imaginado. Esse tinha sido o maior motivo para eu querer tanto entrar em Harvard: eu tinha certeza de que lá eu encontraria um monte de gente corajosa, talentosa e sortuda que tinha um plano de vida bem definido, sobre o qual eu poderia aprender melhor. Foi uma grande decepção descobrir que, mesmo em Harvard, o plano da maioria das pessoas era ter filhos e juntar dinheiro para criar esses filhos. Você estava ali conversando com pessoas que pareciam ver o mundo como um lugar de livre circulação e de troca de ideias, mas depois descobria que na verdade elas viviam numa pressa absurda para viver tudo que havia de interessante o mais rápido possível, enquanto ainda eram jovens.

"Ei, Selin", disse um rapaz loiro com a cara chorosa no primeiro encontro da aula de escrita criativa. Eu o reconheci depois de alguns segundos: o novo pretendente de Lakshmi, Joey. Jon de fato terminou com ela, como Lakshmi previra. Eu não via muita diferença entre Joey e Jon: ambos eram veteranos, escreviam contos e eram loiros. Lakshmi disse que eu estava ficando louca: Jon era mais inteligente, mais confiante, tinha um corpo mais bonito e se vestia melhor — "e por acaso você não viu os olhos dele?".

Quando vi Jon de novo, fiz questão de conferir seus olhos. Ele *imediatamente* me olhou de volta, com pupilas de um azul penetrante que pareciam disparar um feixe de luz. "Opa, desculpa", eu disse, e logo virei o rosto.

Gavriil me perguntou se o fato de as mulheres gostarem mais de Jon do que de Joey tinha a ver com Jon ser escroto e Joey ser bonzinho. Aquilo me irritou. Peguei no ar a sugestão de que, mesmo sem ter interesse, deveríamos nos dar de presente para rapazes bonzinhos — que outros caras classificavam como bonzinhos, pois nossa própria opinião não podia nem ser levada a sério. Qual era a conexão, se é que havia alguma, entre a onda crescente de irritação que eu sentia e a imagem mental da expressão de coitado de Joey? Aquela expressão era algo que ele conseguia controlar ou a cara dele era aquela mesmo?

Toda semana na aula de escrita criativa líamos dois contos: um de um escritor de verdade e um nosso. Geralmente as histórias publicadas eram ok, mas tudo que era escrito por nós era horrível. Por que tínhamos de falar sobre aqueles textos? Todas as sugestões pareciam aleatórias e performáticas. Era como se estivéssemos todos olhando para um suéter malfeito enquanto dizíamos, *talvez ficasse melhor se fosse de outra cor, ou se fosse feito de gelo*.

A melhor parte da aula era quando o professor, Leonard, falava sobre como era a vida do escritor. Eu nunca tinha conhecido um escritor profissional, fora o amigo endocrinologista dos meus pais que escrevia romances de espionagem usando um pseudônimo.

Leonard dizia que ser escritor era viver sempre à espreita. Quando ia na casa de alguém, os homens ficavam na sala falando de futebol ou do mercado de ações. Leonard não conseguia ficar ali por cinco minutos; sempre acabava indo pra cozinha, ficar com as mulheres. Eram elas que falavam sobre as coisas que o interessavam de verdade: fofoca, basicamente, sobre pessoas reais ou fictícias. Mulheres são gentis, então elas nunca o expulsavam, embora na cozinha ele não tivesse nenhuma habilidade além de picar legumes e abrir potes.

Eu, assim como todas as garotas e a maioria dos rapazes na sala, ri daquela descrição — de como as mulheres toleravam Leonard, apesar de sua incompetência. Mas meu sorriso me pareceu um pouco falso. Por que as mulheres ficavam sempre na cozinha, e o que Leonard estava perdendo estando ali com elas? Por que *ele* era escritor e elas não, se tinham os mesmos interesses? Por que ele não era melhor na cozinha? Por que havia alguma coisa empolgante na brutalidade dos homens que só falavam de dinheiro e esportes?

"A gente nunca sabe quem vai chegar lá", Leonard disse uma vez. "Mais pra frente você se surpreende quando vê quem conseguiu." No primeiro ano de pós-graduação, um de seus colegas de classe escreveu o conto perfeito, sobre dois presos que organizavam uma rinha de aranhas. Ninguém tinha dúvida de que o autor desse conto seria o aluno que se tornaria um escritor famoso. Mas três anos se passaram sem que ele escrevesse nada de bom, e até então nunca tinha escrito um livro. Ser escritor na maior parte das vezes tinha mais a ver com perseverança do que com talento.

Escritores, Leonard disse, não eram pessoas normais. Como escritor, você nunca estava completamente presente em um lugar. Você passava o tempo todo pensando em como colocar tal ideia em palavras. Sempre se arriscando e sendo constantemente rejeitado. Você traía as únicas pessoas que te amavam de verdade. Por isso, o conselho mais sincero que alguém podia dar sobre se tornar escritor era que, se você fosse capaz de fazer *qualquer* outra coisa, você devia fazer essa outra coisa, e não escrever.

Não entendi. Todo mundo era capaz de fazer outra coisa, não? Como aquilo poderia ser um teste para saber se você deveria ou não ser escritor?

Pelo jeito que ele falava, ficava claro que Leonard se considerava um fracassado. Mas ele tinha publicado dois romances que estavam sendo vendidos em livrarias e dava aulas em Harvard. Por que ele agia como se aquilo não valesse nada?

Um cara descolado e de costeletas chamado Marlon escreveu uma história sobre um cara também descolado chamado Marvin, que sentava em vários sofás diferentes e, em algum momento da história, bebia um pouco de cerveja.

Leonard disse, com muito cuidado: "Acho que o que precisamos saber sobre esse conto é se — e não digo isso num tom de crítica — é uma história sobre frustração sexual. Porque se for, então tudo bem, mas precisamos *saber* que é sobre isso".

Será que esse era o tema da *minha* história?

Leonard nos pediu que lêssemos "Meu primeiro ganso", de Isaac Babel. Todos os indicadores superficiais — a tipografia, o design, o tom com que Leonard mencionou o conto — davam a entender que se tratava de algo muito bom e importante. O narrador, um intelectual, tinha sido enviado para um regimento militar cossaco. Os cossacos não eram intelectuais. Nesse ponto, ainda que em nenhum outro, eram iguais à irmã de Lakshmi. No conto, um soldado cossaco de cabelo loiro e longo, com um "belo rosto de Riazan", quebrava a mala do narrador e peidava em cima dele. Outros soldados cossacos também faziam um monte de piadinhas sobre peido. O narrador tentava ler uma cópia do jornal *Pravda*, mas os cossacos peidorreiros o distraíam o tempo todo, então ele pedia à senhoria que lhe trouxesse alguma coisa para comer.

A senhoria, cuja fazenda tinha sido requisitada, olhava para o narrador com olhos lacrimejantes, quase cegos, e dizia que a vontade dela era se enforcar. A resposta dele foi capturar e matar um ganso, ordenando a ela que o assasse. Depois disso, os cossacos começavam a chamar o narrador de "irmão" e todos adormeciam juntos num celeiro.

Eu me identificava com várias coisas naquele conto. Eu tinha passado boa parte dos meus anos de escola tentando me concentrar no que eu estava lendo enquanto garotos loiros com rostos lindíssimos peidavam em cima de mim. Mas eu não entendia por que o narrador precisava matar um ganso ou ser tão rude com uma pessoa com deficiência visual. Talvez eu não entendesse por sentir que, não importava quão grosseira eu fosse ou quantos gansos eu matasse, o respeito e a camaradagem dos peidorreiros loiros sempre se voltaria contra mim, pois meu nome, minha aparência, meu ser, tudo em mim era parte do que sustentava aquela camaradagem.

Eu sabia que, com aqueles sentimentos negativos, eu acabava sendo simples e simplista — que o conto era mais complexo e, logo, mais "humano" do que eu. As últimas linhas eram sobre o narrador tendo pesadelos à noite, o que mostrava que o conto não apoiava suas atitudes, mas também não as julgava. A alta literatura não julgava, só descrevia indivíduos complexos que não eram nem bons nem maus. Enfim, eu sabia perfeitamente como tirar dez em literatura assim como qualquer outra pessoa.

* * *

Lakshmi terminou com Joey.

"O que você disse pra ele?", perguntei.

"A verdade. Que ele não era interessante ou atraente o suficiente. Primeiro eu tentei ser diplomática. Mas ele não parava de perguntar 'por quê? por quê?'." Ela usou uma entonação americana quando repetiu "por quê? por quê?", de um jeito que achei engraçado, embora eu também falasse daquele jeito.

"E o que ele disse?"

"Ele *chorou*!", ela disse, exasperada. Eu achava muita graça naquela raiva incondicional e convicta de Lakshmi, seu imediatismo abrupto. Engraçado que, desde muito nova, sempre foi um traço da minha personalidade ser a única pessoa que não ria quando alguém escorregava numa casca de banana. Os únicos além de mim que não riam eram aqueles que se chocavam com qualquer coisa e nunca riam de nada. Mas havia alguma coisa na expressão de Joey, a mescla de sensibilidade, mágoa e falta de criatividade, que me deixava menos triste por ele do que eu gostaria.

Svetlana achava que eu me enganava nesse ponto — que eu fingia sentir pena das pessoas, quando na verdade o que eu sentia era desprezo. Ivan disse algo nessa linha também. "Imagino que você vai sentir pena do cachorro." Do que Ivan me acusou mesmo naquele dia? De sentir um excesso de piedade? De fingir mais pena do que eu sentia? De ser indulgente com bondade vazia sem de fato transformá-la em ações? Ivan era o tipo de pessoa que achava engraçado quando alguém escorregava numa casca de banana. Nisso, eu tinha certeza de que ele estava errado.

"Tadinho do Joey", eu disse, em voz alta.

"Ele não está nem aí pra mim de verdade, só se importa com a ideia que ele tem de si mesmo", Lakshmi disse, abrindo uma linha de raciocínio nova e dolorosa. Joey *realmente* se importava mais com a ideia que ele tinha de si mesmo do que com quem Lakshmi de fato era? Quem Lakshmi era de verdade, senão alguém que não se importava muito com Joey? Como ele se comportaria se realmente se importasse com ela? O interesse de Joey por Lakshmi traía alguma incompreensão fundamental sobre quem Lakshmi era? Será que não entendi muito bem o que Ivan quis me dizer naquele dia? Eu me importava mais com a minha ideia de mim mesma do que com ele?

Fevereiro

Fui a uma festa que Lakshmi organizou para a revista literária. Ela recebia todo mundo na porta, sorrindo de forma deslumbrante entre cílios falsos.

"Você veio! E o que é isso?" Ela se aproximou e conferiu o material aveludado da minha saia. "Finalmente uma roupa que mostra o seu corpo!"

Minha tia me deu de presente o conjuntinho de saia e top durante o recesso de inverno. Comprou na sessão da DKNY na Bloomingdale's. Eram feitos de algum material aveludado e chique, mas também elástico, com dobras, suave ao toque, que me lembrava o coala de brinquedo, Tombik, que eu tinha quando era criança, cujas orelhas peludas e brancas eu muitas vezes considerei "o lugar perfeito para afundar a cara e chorar". Geralmente, quando as roupas eram bonitas logo de cara — por serem macias ou brilhosas ou terem um capuz embutido —, acabavam ficando ridículas no corpo, fazendo você se sentir enganada. Mas dessa vez não foi assim. As duas peças se colavam sinuosa e gentilmente à pele, sem apertar. A forma como a saia se assentava parecia intencional, quase senciente. O preço das duas peças, mais de trezentos dólares, me pareceu obsceno — como não era proibido ter algo tão caro? Ver a roupa pendurada no armário que eu dividia com Riley me deixava melancólica, comovida, eu chegava a quase chorar — ela era tão macia, tão confortável, sinal do amor que minha família sempre me dedicou.

Alguém tinha colocado um CD da Ella Fitzgerald pra tocar. A música dava uma atmosfera meio adulta ao ambiente, meio nova-iorquina, e um tanto quanto natalina, algo que não parecia ter a ver com quem foi Ella Fitzgerald, que certamente não pôde ocupar aqueles espaços, pelo menos não antes de se tornar uma cantora famosa. Isso significava também que a prisão sobre a qual ela sempre cantava, naquele tom agradável e elegante — "*between the devil and the deep blue sea*"* — não era e nunca tinha sido a sua prisão, sua prisão era outra. Desse modo, você se via sozinha numa experiência que não podia ser a de Ella Fitzgerald, uma experiência que só existia graças à magia daquela voz prateada e cintilante que não tinha como não transformar a vida de qualquer pessoa que cantasse daquele jeito.

Observando o ambiente da festa, eu me surpreendi ao ver Şahin, do clube de estudantes turcos, parado perto da janela, conversando com um rapaz loiro.

"Ah, então eu conheço alguém da literatura", Şahin disse, quando me aproximei. "Aqui não é muito meu ambiente." Ele tinha que se inclinar para que eu o ouvisse. Eu nunca tinha ficado tão perto dele, nem tinha reparado em como ele era alto. Seu amigo também tinha quase um metro e noventa. Era prazeroso

* Expressão idiomática que significa, no sentido literal, "entre o diabo e o profundo mar azul", indicando uma situação difícil em que as opções são igualmente desagradáveis.

ficar do lado deles, me sentir a pessoa mais delicada da rodinha, a menor. Eles estavam comemorando o fato de que Şahin havia conseguido a bolsa para estudar os pássaros marítimos do Antártico. Ele precisava correr, pois o inverno daqui era o verão de lá. Os dois fizeram uma piada que não ouvi, envolvendo um picador de gelo.

"Acho que nunca vi um picador de gelo", eu disse, fazendo os dois caírem na gargalhada. Şahin me trouxe uma taça de vinho. Brindamos a algum tipo de ave marinha. "E aí, alguma novidade sobre os pássaros?", perguntei. Şahin contou que alguém na China havia identificado um pássaro desconhecido e deu a ele o nome de Confúcio. Outra pessoa tinha descoberto que os dinossauros tinham penas. Era verdade, e não apenas os aviários, mas também outros tipos de dinossauros.

Aquilo me lembrou uma piada do Woody Allen em que ele dizia que "a coisinha com penas" no fim das contas não era a esperança, mas sua sobrinha.* Eu não tinha nada a favor do Woody Allen, cujos filmes frequentemente incluíam cenas de homens da idade dos meus pais tendo conversas terapêuticas sobre "livre-arbítrio" ou namorando adolescentes que pareciam meio catatônicas. Mas achei engraçado que sua sobrinha, como os dinossauros, aviários ou não, tivesse penas. Era o vinho que fazia as pessoas não terem critério nenhum pra achar graça das coisas?

Era por isso que Ivan estava sempre tentando me embebedar? Sem dúvida ficava mais fácil pensar em coisas para dizer. Antigamente, meu objetivo numa conversa era descrever com precisão as coisas que eu pensava e ligar esses pensamentos às coisas que as outras pessoas diziam, sempre com cuidado para

* Referência a um famoso poema de Emily Dickinson, em tradução livre: "A esperança é aquela coisinha com penas/ que se empoleira na alma/ e canta a canção sem palavras/ e nunca para".

evitar ideias ignorantes ou antissociais, só que tudo isso demandava tanta reflexão que geralmente eu acabava não dizendo nada. Svetlana disse que, se eu de fato escutasse o que as outras pessoas estão dizendo, em vez de me preocupar com o que eu vou responder, eu perceberia que todo mundo fala um monte de coisas antissociais, ignorantes ou irrelevantes, e essas coisas só representam um comportamento que elas estão testando ali naquele momento específico, não necessariamente refletiam a verdadeira personalidade delas, que provavelmente nem existia. Na época eu não acreditei, mas Svetlana estava certa: ninguém respondia de verdade nada que outra pessoa tivesse dito, e todo mundo tinha *constantemente* falas antissociais.

O amigo de Şahin me trouxe outra taça de vinho. Era muito fácil e agradável ficar ali de pé com os dois, falando qualquer coisa aleatória e irrelevante que me vinha à mente. Os dois pareciam se divertir e vez ou outra faziam suas próprias observações aleatórias e irrelevantes — embora, em geral, passassem a maior parte do tempo surpresos com a minha capacidade, superior à deles, de pensar aquelas coisas. Ficava implícito que era das garotas o papel de pensar coisas daquela natureza, enquanto o deles era considerá-las divertidas. Pela primeira vez eu pude compreender — por encarná-la naquele momento — a persona que Priya e a beldade não fumante representavam.

No fim das contas, eu podia perguntar qualquer coisa que me viesse à cabeça e eles respondiam. Perguntei ao amigo de Şahin de onde era seu sotaque, e ele disse que era da Polônia. Perguntei sobre o sistema de transporte público de Varsóvia: se o acesso era baseado na honestidade e se havia alguém para conferir as passagens, como em Budapeste. Se ele já tinha fugido ou discutido com uma autoridade para escapar de uma multa. Ele deu um sorriso evasivo e disse que *pode ser* que algo do tipo já tivesse acontecido. Contou também que você tinha direito a andar de bonde de graça se tivesse lutado no Levante de Varsóvia, ou se sua mãe tivesse te dado à luz num bonde.

Depois daquela, fomos a outra festa, num dormitório. Por que todas as festas tinham o mesmo cheiro e o mesmo som, ainda que as pessoas que estavam lá fossem diferentes? Era como se diferentes indivíduos, ao se juntarem, formassem uma entidade eterna: a pessoa-festa. Lembrei de *Voltron*, um desenho sobre cinco pilotos espaciais que tinham de proteger o universo. Em cada episódio eles se metiam em enrascadas terríveis, onde a única garota do grupo sempre acabava prestes a se tornar escrava sexual e carregar frutas na cabeça. Aos quarenta e cinco do segundo tempo, eles fundiam os cinco foguetes, formando o Voltron: um homem-robô gigante e imbatível, com braços e pernas-foguetes. Não ficava claro por que eles não viravam Voltron antes.

"Provavelmente por causa do individualismo americano", Şahin disse.

O comentário era prova de que ele estava prestando atenção na minha longa história sobre o Voltron, o que me impressionou. Por outro lado, eu tinha certeza de que *Voltron* não era um programa americano. Talvez tenha sido por isso que o individualismo não funcionou muito bem no caso deles.

Perguntei se havia alguma coisa no gim-tônica além de gim e tônica. O amigo de Şahin disse que a beleza do gim-tônica estava justamente na sua simplicidade. A conversa passou então para a questão do quinino da água tônica. Şahin disse que pássaros podiam contrair malária; acontecia com pássaros canoros do Havaí.

"Então consiga uma bolsa para o Havaí e dê a eles pequenas doses de gim-tônica", disse o amigo de Şahin, trazendo outra rodada.

Observei as pessoas se movendo pela festa em diferentes configurações. O que era aquilo? Não era dançar, nem conversar. Elas estavam "festejando". As pessoas falavam daquilo como se fosse uma atividade de honra, de prestígio. No som, tocava Massive Attack no volume máximo. Eu sentia que havia alguma coisa no meio de todas aquelas pessoas, algo que eu quase podia distinguir — uma coisa que se movia. Quase dava pra ver Voltron ao fundo, erguendo seu braço gigante.

Pequenas velas estavam na borda da banheira vitoriana. A pia tinha duas torneiras. Uma delas jorrava uma água escaldante de tão quente; a outra, congelante de tão fria. A porta do banheiro se abriu e o amigo de Şahin entrou. Fiquei com vergonha quando percebi que não tinha trancado a porta e disse que já estava saindo. Fechei a torneira fria; a outra agora estava impossível de tocar de tão quente. Nisso, o amigo de Şahin veio na minha direção, olhou pro meu rosto com uma expressão especulativa, quase carinhosa, e me beijou. Foi lento e fácil e infinito e imediato. Algo que por tanto tempo me pareceu impossível estava acontecendo, com tanta facilidade, como uma fileira de cartas caindo, caindo e caindo...

Lembrei de um conselho que li na revista *Seventeen*, quando tive pneumonia e minha mãe me deu uma, sobre o que fazer com as mãos Quando Ele Te Beijar. O artigo dizia para colocar uma das mãos no pescoço dele e a outra em seu peito — a mão no peito te deixava sentir como ele era forte e sexy, mas também te dava um certo "controle".

Eu coloquei a mão no peito dele, para sentir quão forte e sexy ele era — e ele era inesperadamente sólido, como uma estátua, embora fosse também, é claro, vivo. Tinha um leve cheiro intoxicante de pós-barba, e de suor, o que não fazia sentido, porque o cheiro de suor geralmente era repulsivo. Com a minha outra mão, mal ousando tocar a parte de trás do pescoço dele, senti o ponto em que seu cabelo começava. A sensação era tão terna e preciosa e viva — tão cheia de vida. Como era incrível o pescoço, um lugar por onde todo o sangue do corpo humano tinha de passar, e como era fácil matar uma pessoa, ali pelo pescoço. E a facilidade de matar um homem também me pareceu preciosa e terna.

Ele pôs as mãos na minha cintura, movendo-as sobre o tecido macio da minha saia, e deslizou uma delas por baixo da cinta — primeiro por cima da minha calcinha, depois por baixo. Quando senti sua mão na minha pele, me veio uma onda de pânico e eu empurrei seu peito de leve. Ele logo tirou a mão da minha calcinha — exatamente como a *Seventeen* deu a entender que ele faria. Era incrível poder se comunicar daquele jeito. Ele tocou meu rosto, ergueu meu queixo, e o ângulo mudou e ficou mais profundo. Meu próprio cabelo parecia seda roçando meu pescoço. Ele deu um passo para trás e me olhou de novo. Agora havia algo diferente em sua expressão, algo preguiçoso e possessivo.

Saímos do banheiro e ficamos em uma rodinha com Şahin e outras pessoas, "dançando", por um bom tempo. O amigo de Şahin passou uns minutos dançando com uma menina baixinha de vestido prateado. Depois eu e ele de alguma forma ficamos frente a frente, não havia ninguém entre nós, e nisso ele se aproximou ainda mais e passou a mão pela minha perna, me puxou pela cintura e me beijou de novo. "Vamos dar o fora daqui?", ele disse, num tom suave, eufemístico. Aceitei. Eu *sempre* quis "sair daqui", e ninguém nunca me chamou. Eu não sabia para onde iríamos, nem se Şahin viria e, se não, o que diríamos a ele.

"Pegue o casaco", ele disse. Eu estava conferindo a pilha enorme de casacos quando me toquei que Şahin estava do meu lado.

"E aí, qual a novidade?", disse, em turco.

"Está tudo bem", respondi, puxando um casaco da pilha e tentando distinguir se era ou não o meu.

"Você não precisa pular", disse ele.

"Pular?", repeti.

Ele balançou a cabeça, enfático. "Você não precisa pular. Eu estou aqui."

Eu estava entendendo o que ele estava dizendo. O amigo voltou, tirou meu casaco das minhas mãos e me ajudou a vesti-lo.

O frio era de tirar o fôlego. O amigo de Şahin e eu caminhávamos na direção do rio. Nossas mãos se roçaram, e ele pegou a minha, o que me deu uma sensação quente e macia. Por que não dava para andar de mãos dadas o tempo todo? Logo lembrei que, no primário, Leora e eu vivíamos de mãos dadas pelos corredores. Quando foi que isso deixou de ser normal?

Era maravilhoso caminhar do lado de alguém tão alto e tão forte. Assim que tive esse pensamento, lembrei que era isso que minha mãe costumava dizer quando andava comigo, o que sempre me estressava. E se eu fizesse esse cara sentir a mesma coisa? Olhei pra ele, que não parecia particularmente estressado. Talvez fosse ok, já que eu não era sua mãe.

Não entendi quando ele diminuiu o ritmo em frente a um portão de metal aleatório. "Moro aqui", ele murmurou. Eu não tinha considerado que talvez estivéssemos indo para onde ele morava. Entramos, passamos por uma torre com um relógio, cruzamos um pátio, chegamos a uma entrada de tijolos e subimos vários lances de escada. Num único movimento habilidoso ele destrancou a porta, acendendo uma luz amarelada. Quando se inclinou para me beijar, foi como voltar para a água num desses longos dias de praia, quando você sai do mar só para entrar de novo.

Teve uma hora que ele pediu um minuto e desapareceu banheiro adentro. Continuei de pé, olhando a pilha de equipamentos de acampamento e escalada encostados numa parede. Depois de contemplar aquilo por um tempinho — havia travas e grampos —, dei uma volta na sala de decoração minimalista: só tinha um sofá e uma mesa de centro. O sofá, quando sentávamos, tinha uma textura orgânica, pantanosa. Na mesa de centro, uma revista científica. Abri numa página aleatória. "Desaceleração induzida por despolarização do canal de desativação de Ca2+ em neurônios de lulas." Me pareceu um sinal de como o mundo era imenso, repleto de processos desconhecidos.

O amigo de Şahin voltou do banheiro, foi até onde tinha me deixado e pareceu surpreso quando não me achou lá. Seus olhos varreram a sala, mas ele não me viu. Talvez eu tivesse afundado demais no sofá. Pela expressão perplexa, mas tolerante, no rosto dele, senti que dava para ler tudo o que ele pensava sobre garotas. Elas podem estar em qualquer lugar! Chegou até a abrir o armário, como se talvez eu tivesse me escondido ali para pensar sobre a minha menstruação.

"Aqui", eu disse.

Ele pareceu levemente irritado, como se fosse injusto da minha parte esperar que ele adivinhasse que eu faria uma coisa tão inusitada: sentar no sofá. Isso apesar da natureza tradicional dos sofás enquanto lugar de sentar. Mas talvez fosse só impressão minha, pois logo ele voltou a falar naquela voz suave: "Achei que tivesse te perdido". Voltamos a nos beijar. Era tão fácil, fluía tão bem. De repente, comecei a achar que talvez estivesse sendo fácil *demais*, que eu estivesse sendo muito passiva ou desinteressante ou não estivesse expressando minha personalidade. Revistas sempre diziam coisas do tipo: "Não fique lá só deitada". Tentei pensar algo diferente que eu pudesse fazer. Não parecia haver muitas opções. Ele começou a rir e disse: "Um pouco menos de língua, por favor".

Eu me senti encorajada: então não havia problema pedir algumas orientações. "A pessoa tem que ser interessante?", perguntei. Ele não respondeu.

"Só relaxe", ele disse, finalmente. Nunca gostei que me mandassem relaxar.

No quarto, o beliche de baixo tinha sido retirado para fazer uma cama suspensa, mas não havia mesa ou penteadeira embaixo — só o espaço vazio. Sem nada ali pra pisar, não ficava claro como fazia para chegar ao beliche de cima.

"Eu gosto desse tecido", ele disse, mexendo no meu top antes de puxá-lo por cima da minha cabeça, coisa que não me acontecia desde os seis anos. Era estranho que *isto* fosse como *aquilo* — que a coisa mais adulta do mundo tivesse algo a ver com a infância. Quando ele jogou o top no chão, lutei contra a vontade de pegar de volta e dobrar. Eu sentia uma pontinha de remorso e vergonha por tudo aquilo estar acontecendo justamente com essa roupa, que era presente da minha tia. Ela ficou feliz quando me deu, pois era uma roupa apelativa e atraente. De certa forma, era como se fosse feita para que um cara a tirasse e jogasse no chão. Só que era meu tio quem trabalhava, quem tinha dinheiro, e foi ele quem deu o dinheiro para a minha tia comprar. Você precisa parar de pensar nisso. O amigo de Şahin tateou minhas costas para tirar meu sutiã. "É de abrir na frente", eu disse, bem na hora que ele desabotoou o sutiã — por trás. Em seguida, ele encontrou o zíper escondido da saia, que caiu no chão num sopro suave. Eu dei um passo para fora da saia, que rapidamente peguei e pendurei numa cadeira.

A camisa dele tinha desaparecido. Como é que seus braços e peito podiam ser tão fortes? Ali compreendi de verdade o que havia de excitante no corpo masculino: não dizia respeito apenas ao corpo em si, mas a como ele fazia *você* se sentir: delicada e flexível.

A forma de subir na cama era pisando em cima da mesa e meio que pulando. Por que alguém escolheria viver daquele jeito? A fronha do travesseiro era preta com uma caveira branca. O som do cinto dele se abrindo provocou alguma coisa entre as minhas pernas. Como é que minhas pernas sabiam? Pensei naquela história de "as paredes têm ouvidos", depois em "as pernas têm ouvidos" e, por fim, na conotação sexual que deveria haver quando Shakespeare falava de derramar veneno dentro de um ouvido.

"Qual a graça?", ele me perguntou, sussurrando.

Comecei a explicar, mas ele não parecia estar ligando muito. Era radical sentir tanto da pele de alguém — não com as mãos, mas com o corpo inteiro. Eu nunca tinha visto olhos daquela cor assim tão de perto: um azul-cinzento com uns pontinhos amendoados. Ele pôs a mão entre as minhas pernas, afastando minha calcinha. Dessa vez, eu deixei.

"Jesus!" Sua voz tinha um toque de arrependimento, como se aquilo fosse lhe trazer problemas. A sensação de ser capaz de lhe trazer problemas era de tirar o fôlego.

Eu tentava pensar em possibilidades enquanto acompanhava o ritmo dos acontecimentos externos. Eu sabia que a primeira vez tinha de ser com uma pessoa especial, alguém que se importasse com você. Eu também sabia que, mesmo se não fosse a primeira vez que você fazia sexo na vida, não era aconselhável fazer sexo com qualquer pessoa num primeiro encontro. Como eu nunca tinha feito sexo, e nunca tinha saído com esse cara, tudo indicava que eu não devia deixá-lo fazer sexo comigo, não agora, no nosso encontro número zero, se é que era isso mesmo que ele estava tentando fazer.

Por outro lado, Svetlana tinha feito tudo do jeito que devia ser, e eu não fiquei muito interessada. Nem a própria Svetlana me pareceu ter achado lá essas coisas. Além disso, supondo que eu desejasse seguir o caminho tradicional — vai saber *se* e *quando* uma oportunidade surgiria. Caras especiais e atenciosos, que viviam falando sobre respeitar as mulheres, nunca se interessavam por mim. E, sendo sincera, eu também não era muito fã deles.

Quanto mais eu pensava, menos entendia por que a duração da minha presente situação — essa humilhação e inércia, a sensação de estar de alguma forma presa a Ivan — tinha que estar atrelada à minha capacidade de encontrar algum pateta que me dissesse que eu era especial. Eu já sabia que era especial. Pra que eu precisaria de um pateta?

Apesar de esse rapaz, cuja mão, aliás, já se encontrava completamente dentro da minha calcinha, tocando-me de um jeito bem parecido, mas diferente — mais agitado e menos certeiro — de como eu mesma me tocava... Acabei perdendo a linha de raciocínio. Onde eu estava? Certo: apesar de esse rapaz não parecer me achar especial — e estar se envolvendo comigo apenas como uma garota, uma mulher, um membro da categoria que ele buscava só por ser o que ele era —, aquilo tudo era eufórico e libertador, uma das coisas mais excitantes que já aconteceram na minha vida.

Daí ele colocou a mão mais para dentro e fez uma coisa que me deixou paralisada de dor e de medo. Foi aí que entendi, como acontece quase sempre, que todas aquelas minhas reflexões não vinham ao caso. Eu não podia simplesmente "decidir" ir adiante, não mais do que poderia decidir dobrar meu cotovelo na direção contrária, por exemplo.

"Eu não tenho muita experiência", desabafei.

"Tudo bem", ele disse, tirando a mão. Era estranho como algumas coisas que eu dizia não significavam nada para ele, enquanto outras tinham um significado óbvio ao qual ele respondia de imediato.

"Vou mostrar o que você pode fazer", ele disse, com aquela voz suave.

Então aqui estava aquela coisa de que todo mundo falava: o "desejo" dele, tangível e real. Esse desejo tinha mesmo a ver comigo? Ele envolveu minha mão com a dele. Eu conhecia muito bem o termo "punheta". Era uma punheta que ele queria, claramente. E eis outra coisa que eu conhecia: a diferença entre significante e significado. Enquanto o termo "punheta" soava genérico, mecânico, robusto, o ato em si era específico, orgânico, terno e meio nojento. A pele era macia demais, e se mexia. Uma criatura sem olhos entrava e saía de seu capuz. Eu não conseguia me imaginar colocando aquela coisa no meu corpo — como aquilo caberia, e qual seria o propósito.

Ele soltou minha mão para que eu fizesse sozinha, mas não fiz direito. Ele fez uma demonstração: com mais vigor, com mais ritmo, mais forte, mais devagar. No começo eu quis fazer bem-feito, mas perdi a vontade rapidinho. Minha impressão era que eu tinha poucas informações. Não seria melhor ele mesmo fazer? Qual era o sentido de delegar aquela tarefa a alguém que faria um serviço pior? Senti uma pontada de dor na palma da mão. E se eu tivesse outra lesão por esforço repetitivo, como no caso do catálogo de jardinagem?

Enquanto eu procurava as palavras certas para apresentar minhas preocupações diplomaticamente, aconteceu aquilo que vi tantas vezes nos filmes, simbolizado por gêiseres, fontes ou sistemas de irrigação. Mas o que vi foi um jato muito fraquinho, muito jovem, como uma plantinha desabrochando na primavera. Acabei me emocionando. Ele puxou um lenço de uma caixa que ficava enfiada entre a cama e a parede. Lenço, não papel higiênico: pura classe, pensei, já que uma parte de mim nunca parava de emitir comentários.

Fiquei preocupada com a ideia de dormir naquele beliche apertado, com um único travesseiro — o da fronha sinistra —, mas logo ficou claro que a expectativa não era essa. Ele me ajudou a recolher minhas roupas, me observou enquanto eu me vestia, me beijou e me pegou de novo pela cintura. Fiquei triste quando ele tirou as mãos de mim e parou de me beijar. Por que as partes favoritas de cada um tinham de ser diferentes?

Acordei cedo e fui correr. Era o primeiro dia do ano com sinais de que a primavera estava chegando. A luz do sol cintilava no rio. Um caiaque cortava a corrente como um longo bicho-pau. Tudo parecia novo, como se tivesse acabado de ser pintado. Até as velhas pinturas vermelhas pareciam recentes.

Só depois de tomar banho e enquanto me vestia que uma grande coluna de mal-estar caiu na minha cabeça e eu percebi que não dava para melhorar de uma ressaca correndo.

Quando acordei de novo, várias horas mais tarde, minha dor de cabeça tinha passado, embora parecesse que eu tinha morrido e que nada era real. O clima primaveril era o mesmo, mas mais intenso. A caminho da biblioteca — aonde mais eu poderia ir? —, dei de cara com Gavriil, que propôs uma caminhada. Caminhamos por duas horas, banhados pela luz amena.

Eu não pretendia dizer nada sobre a noite anterior, mas ele falava tanto de Katie que acabei contando que tinha conhecido um cara e que fui pra casa dele.

"Quantos anos ele tinha?"

Isso eu sabia, pois ele falou sobre o seu aniversário. "Vinte e três", eu disse. Gavriil achou tudo muito suspeito. Ele me olhou nos olhos, segurou a minha mão e disse que achava melhor eu encontrar alguém que realmente se importasse comigo.

No jantar, Riley perguntou se eu estava "saindo com alguém".

"Não."

Ela franziu de leve as sobrancelhas. "Adam me disse que viu você com alguém numa festa."

"É verdade, mas eu o conheci naquela mesma festa", respondi, tentando lembrar quem era Adam. "Ele é amigo do Adam?"

"Adam não o conhece muito bem, mas diz que acha que ele é um cara bem legal. É mais velho, né?" Reconheci em Riley a mesma curiosidade que eu sempre via nas minhas tias em relação aos "namoradinhos".

Na fila pra descartar os pratos sujos, um cara contava sobre a entrevista que tinha feito para uma vaga na McKinsey. Eles não perguntavam nada sobre fatos seus; em vez disso, te pediam para resolver alguns enigmas sobre os mistérios da produção em massa: como eram feitos os M&Ms, como a pasta de dente entrava nos tubos. "Eles querem ver como você pensa", ele disse, numa voz venenosa.

Depois do jantar, eu continuava sentindo vontade de fazer uma caminhada. Segui pela beira do rio na direção do MIT, escutando uma fita do Tom Waits com a canção "Innocent When You Dream". O sentimentalismo gritante me fazia rir, mas mesmo assim me emocionava. Alguém que já não era inocente sonhando com o tempo em que *era* inocente — a ideia de conseguir um adiamento da não inocência, ou de qualquer outro aspecto do presente — me fez pensar que eu choraria, embora eu não chorasse mais. Era como se meus olhos tivessem secado, fisicamente falando. Antes, eu achava que primeiro vinha a tristeza, e as lágrimas eram o resultado dela, mas claramente a realidade era mais complicada, pois, quando as lágrimas não vinham, a tristeza de alguma forma diminuía junto, tornava-se mais superficial. E se o Zoloft operasse por meio da desidratação?

Grandes edifícios contornavam o rio. Alguns escuros, parecendo depósitos, outros superiluminados. A lua havia se erguido no céu, e aviões e satélites piscavam, impenetráveis. Senti que era hora de fazer uma lista, de conferir o que eu tinha aprendido sobre a vida estética.

Em síntese, a vida estética envolvia seduzir e abandonar jovens garotas e fazê-las enlouquecer. Foi o que aprendi nos livros. Só tinha um problema: o que fazer se você mesma fosse uma dessas garotas? Nadja era e tentou viver a vida estética. Acabou sendo seduzida, abandonada e ficando louca. Mas isso foi em outra época. E agora? O que fazer? Seduzir homens e abandoná-los? Foi isso que o feminismo tornou possível? Algo naquela ideia não me parecia estética. Pensar nos homens revoltados, reclamando de tudo. Talvez você também devesse seduzir e abandonar jovens garotas: era *isso*, então, que o feminismo tornava possível? Mas o que fazer com essas jovens? E agindo assim você não acabaria numa competição — desvantajosa — com os homens?

Talvez fosse o caso de "acabar" com os homens de forma ampla: não como eles acabavam com as garotas, obrigando-as a se enfiar em conventos ou hospícios, mas fazê-los comprar coisas, como acontecia até mesmo nos tempos de Kierkegaard. Eu não via vantagem em mandar alguém pra um hospício; mas, com dinheiro, dava pra viajar ou escrever livros. Dava pra viver uma vida estética.

Onde ficava a linha entre tentar fazer com que uma pessoa específica se apaixonasse por você e, com isso, lhe desse dinheiro e tentar arrancar dinheiro do mundo de forma mais geral?

A próxima música no álbum do Tom Waits era "I'll Be Gone". A letra enumerava tudo que ele faria naquela noite: arrancar o coração de faraós, beber mil naufrágios, pintar os lençóis da cama. E o refrão dizia: "E de manhã terei partido". Um galo cantava. Lembrei de uma frase de "O diário de um sedutor", em que o sedutor ficava acordado até tarde, tramando a ruína de Cordélia, pensando em como tudo aquilo era triste, e um galo cantava, e ele dizia que talvez Cordélia também tivesse ouvido aquele mesmo galo — mas ela pensaria que era apenas a chegada de um novo dia.

Tom Waits ia ficando cada vez mais agitado, e agora só gritava frases aleatórias: "Oitocentas libras de nitrogênio!", "Eu tenho uma amante francesa!". De alguma forma, "I'll Be Gone" parecia um antídoto para o sentimento representado pelo novo single do Cranberries, "When You're Gone", em que harmonizações vocais melosas cinquentistas reproduziam sem parar o horror onírico e multifacetado de um mundo sem você. Como fazer para que fosse *eu* quem partisse?

Parecia que algo sempre girava em torno de "deixar o país". "Estou deixando o país." "Terei que deixar o país." As viagens internacionais não tinham sido a régua que Ivan usava para medir o valor humano — ainda que em quase todo o resto ele parecesse desprezar os ricos? Na Hungria, outras pessoas me fizeram a mesma pergunta — "Quais outros países você já visitou?" —, sempre no mesmo tom. Parecia que deixar o país não era um sinal de privilégio, mas uma espécie de conquista.

Qual era a relação entre a vida estética e morar fora? O que havia na América em particular que tornava nossa vida não estética? Ou era só impressão minha? O resto do mundo não considerava os americanos infantis? Passei a maior parte da minha infância sendo a única criança do lado americano da minha família, e a única americana na minha família inteira, e não havia nenhuma distinção clara entre a minha americanidade e a minha infantilidade. Por exemplo, meus pais carregavam a minha pasta de amendoim e minhas vitaminas Flintstones na mala, e outras crianças tinham de ser orientadas a não zombar de mim por não saber de certas coisas. (Minha prima Evren até hoje reclamava disto: de como eu chorava por tudo e colocavam a culpa nela por isso.) Não era assim que as pessoas de outros países viam *todos* os americanos — com sua inocência, sua incapacidade de dirigir com câmbio manual, vivendo na Disney? A forma como eram protegidos — como *eu* era protegida — de grande parte da "realidade" lá fora?

Eu vinha observando com certo desprezo as pessoas que já estavam em pânico com relação ao verão, candidatando-se freneticamente para vagas de trabalho na Merrill Lynch ou construindo casas na Tanzânia. Agora percebi que eu estava errada: eu também devia estar em pânico. Eu precisava encontrar alguém que me pagasse para deixar o país.

Que relação havia entre deixar o país, acabar com pessoas, se apaixonar e fazer sexo? Claramente havia uma relação. Quanto ao sexo, começou a me ocorrer que eu havia confundido uma medida emergencial com uma política sustentável. Mas a emergência, no caso, tinha sido a minha própria infância, e o sexo era o que fazia você deixar de ser criança. Que fazia sua infância finalmente acabar.

Na minha cabeça, uma vida estética se pareceria mais com uma história cheia de aventuras do que com um romance de formação — ou com o ciclo de vida de um sapo, em que havia uma progressão majestosa que terminava com a "maturidade" e a capacidade de procriação. Mas era impossível imaginar uma vida estética, ou qualquer vida, sem se apaixonar. Sem amor, o próprio conhecimento se tornava um aborrecimento; virava uma provocação perversa, uma imposição. "Meu país", por exemplo. "Aprender sobre o meu país." A paixão era a única coisa que fazia você *querer* aprender sobre o país de alguém, ou sobre qualquer outra coisa que não fosse sobre você ou suas experiências. A paixão era um elemento essencial do romance. A palavra russa para "romance", *roman*, também podia significar "caso de amor". E um "caso de amor" implicava sexo, ou pelo menos a questão do sexo.

Qual era a relação entre se apaixonar e fazer sexo? Mesmo com os meus doze, treze anos, eu sabia que tinha alguma coisa a ver com a "paixão" quando minha calcinha ficava molhada, quando eu tinha sonhos em que ficava grávida e quando eu queria conferir a palavra "orgasmo" no dicionário. Mas não pensei muito além disso. Tinha coisas mais urgentes — ainda mais porque ninguém deu o menor sinal de que queria fazer sexo comigo. Agora, múltiplas variáveis tinham mudado. Primeiro, a emergência tinha acabado, e eu já não precisava mais ser criança. Era hora de virar escritora e compreender a condição humana. Em segundo lugar, aquele cara, o amigo de Şahin — que, olhando em retrospecto, era lindo —, ele quis fazer sexo comigo, não quis? Repassei a interação toda na minha cabeça e não consegui pensar em nenhuma outra interpretação pra aquilo.

Se ficar apaixonada era a única forma de aprender alguma coisa, e se essa paixão tinha a ver *justamente* com sexo, talvez o fato de que não "fiz" sexo explicasse minha impressão de que eu não tinha aprendido nada — não aprendi nada, por exemplo, sobre a Hungria —, e de que tudo que aprendi parecia meio incompleto e irrelevante. Era o sexo — "fazer" sexo — que me devolveria o senso narrativo da minha vida?

Talvez eu devesse ter resolvido essa questão com o amigo de Şahin, quando tive a oportunidade. Seria o caso de tentar de novo? Mas como eu faria? Será que ele ainda toparia? Um probleminha: eu não lembrava o nome dele. Şahin nos apresentou, mas nós dois tínhamos nomes estrangeiros, do tipo que é preciso ouvir algumas vezes para gravar. Comecei a achar pouco promissor que ele não tenha me perguntado meu nome de novo. Por outro lado, talvez perdido o timing, e ele estivesse planejando perguntar para Şahin. Assim que pensei nessa possibilidade, tive certeza de que era isso que aconteceria: ele descobriria meu nome e entraria em contato de algum jeito.

Março

A forma mais certeira de conseguir que alguém pagasse para você viajar para fora do país era trabalhando no *Let's Go*. Todo ano eles mandavam um monte de gente para o mundo todo a fim de atualizar o guia do ano anterior. Na minha inscrição, coloquei Rússia como primeira opção, seguida por Argentina e Espanha.

Além disso, na agência de empregos para estudantes, encontrei o anúncio de uma fábrica peruana de comida congelada que estava fechando parceria com uma rede de supermercados em Moscou e queria um falante de inglês que também soubesse russo ou espanhol. As atribuições do cargo não estavam muito claras, mas fiquei animada, pois eu tinha estudado tanto russo como espanhol.

Depois descobri que a Radcliffe College oferecia bolsas de viagem especiais para mulheres. De início, achei injusto tentar conseguir vantagens financeiras por ser "mulher", quando as coisas tinham sido muito mais fáceis para mim do que foram para minha mãe e minhas tias. Por outro lado, estava cada vez mais claro que literalmente nada no mundo era justo. As pessoas que me diziam isso ao longo de toda a minha infância não estavam brincando ou tentando justificar a própria falta de integridade. Fui em frente e me candidatei para uma bolsa no valor da mensalidade de um curso de verão credenciado em São Petersburgo.

Não tive notícias do amigo de Şahin, então decidi perguntar ao próprio Şahin qual era o nome dele. Şahin não pareceu muito feliz, mas me disse. O nome, Przemysław, era do tipo que eu não sabia pronunciar. Num dos romances de Iris Murdoch que minha mãe e eu gostávamos tinha um personagem que todos chamavam de "o Conde", não porque ele fosse um conde de fato, mas porque tinha um nome polonês que os ingleses não conseguiam pronunciar. "Seu nome é um trava-língua", um de seus professores dizia, delicadamente. Eu me lembrava do "trava-língua" e do "delicadamente", e também de outra frase que dizia: "Mas agora o Conde compreendera plenamente que estava destinado a ser irremediavelmente polonês". Será que Przemysław tinha de lidar com o mesmo problema?

Só havia dois Przemysławs em toda a base de dados da universidade, e um deles cursava odontologia. Escrevi cuidadosamente um e-mail para o outro Przemysław, perguntando se ele gostaria de tomar um café. Ele respondeu na mesma hora. Pra ser sincero, eu não bebo café.

Sempre tinha uma festa em algum lugar. Se você quisesse, podia sair toda noite. Não precisava nem conhecer os anfitriões. Numa dessas festas topei com Ham, que cursou a disciplina de

Mundos construídos comigo no ano passado. Ele estava com o cabelo mais comprido — e verde. Só pelo jeito que me abraçou saquei que, se eu quisesse, podia ir pra casa dele. Dei uma volta pela sala, bebendo cerveja quente num copo plástico. Todo mundo estava bebendo essa cerveja de barril. Eu nunca tinha visto um barril antes. Parecia comicamente literal. Voltei para perto de Ham. Não teve erro: dois minutos depois, ele me abraçou e perguntou se eu queria dar o fora dali. Sempre foi fácil assim e eu é que não tinha notado?

Exércitos de pequenos bonequinhos de chumbo, de tribos e raças diferentes, acampavam em todas as superfícies do dormitório de Ham. As gavetas da cômoda estavam todas abertas e cobertas de feltro verde, formando uma sequência de terraços; nos terraços, guerras se desenrolavam. Expulsando um pelotão de trolls militarizados da cama, Ham mencionou uma namorada em Anchorage que tinha uma distúrbio alimentar. Contou que sempre se sentiu atraído por mim na Mundos construídos, uma disciplina que não tinha um único aluno normal. Quando eu disse que nunca tinha feito sexo, ele disse que havia muitas coisas que podíamos fazer. Então tecnicamente eu também não transei com ele. Ele tinha um pau enorme, aterrorizante, com uma curva ascendente, como um chifre.

Em outra festa, bebi dois runs com coca e passei terrivelmente mal. Eu não vomitava desde criança. Era pior do que eu me lembrava. O anfitrião, um cara que eu mal conhecia, pareceu de fato preocupado e largou a própria festa para me levar pra casa.

"Eu não achei nem que você viria", ele dizia.

No dia seguinte acordei destruída como nunca na vida. Fui me arrastando para um café da manhã tardio e mal reconheci Juho quando ele se sentou na minha frente. "Não quero ser indelicado, mas você está com uma cara péssima", ele disse.

Seus olhos brilhavam com a sabedoria de alguém que claramente já tinha tido muitas ressacas na vida e tinha ph.D. em química. Contei o que aconteceu e perguntei como era possível que eu me sentisse daquele jeito depois de apenas dois drinques, quando em outras ocasiões eu bebi mais do que aquilo e não passei mal.

Juho explicou que não se sabia plenamente como o álcool afetava o cérebro, mas pessoas diferentes eram afetadas de formas diferentes pelos compostos que acompanhavam a produção do etanol, o que, por sua vez, podia interagir de outras formas com carboidratos, com o açúcar e a cafeína. Licores escuros como o rum tinham mais compostos do que a vodka, pois não eram destilados seguidas vezes, e o rum barato, por sua vez, não era tão destilado quanto o rum caro. No fim, havia tantos fatores que era impossível saber por que você passou mal num dia e não em outro, mas uma boa ideia era beber muita água e evitar bebidas baratas.

"Curiosamente, os efeitos de uma ressaca parecem ser os mesmos de uma leve abstinência alcoólica, então é possível se sentir melhor bebendo mais. Tenho um pouco de vodka no meu quarto."

"Não. Não *mesmo*."

Juho contou que algumas pessoas na Islândia tratavam ressacas comendo carne podre de tubarão que eles deixavam enterrada na areia por muito tempo.

"Ok, eu nunca mais quero falar nem pensar sobre isso de novo, mas por quanto tempo eles deixavam a carne enterrada?"

"Bem, alguns meses, acho."

Na nossa conversa, tínhamos adotado aquela atitude universalmente bem-humorada com que se fala sobre o álcool, sobre pessoas vomitando, desmaiando ou sofrendo de ressaca. Porém... A sensação era de morte. Claro, você não estava morrendo de verdade. Talvez fosse daí que vinha o humor: a discrepância entre quão grave aquilo parecia e quão trivial era de fato.

Lembrei então que, no outono, um cara do MIT tinha morrido de intoxicação alcoólica durante um trote da fraternidade. Na época vi como uma história sobre um cara que era tão burro que morreu de tanto beber. Agora eu via a coisa por outro ângulo. Afinal, fui burra e bebi até vomitar. E foi tudo uma surpresa. Talvez o cara da fraternidade também tenha se surpreendido. Falando de modo mais geral, por que se considerava louvável, sociável e engraçado fazer uma coisa que quase sempre deixava a pessoa com a sensação de que estava prestes a morrer e que, ocasionalmente, levava de fato à morte?

Claro, não dava para fazer uma festa sem álcool; agora estava claro para mim. E eu entendia o porquê. Simples: as pessoas são insuportáveis. Mas não dava para contornar esse fato? Juho me falou de uma pesquisa sobre alcoolismo que vinha sendo desenvolvida na Finlândia. Por que ninguém pesquisava a questão mais premente de como tornar as pessoas menos insuportáveis?

"Talvez seja um desses casos em que é preciso reduzir um grande problema que não podemos resolver a um pequeno problema que podemos resolver", Juho disse.

No domingo à tarde, Oak e eu fomos ao arquivo cinematográfico para ver uma cópia restaurada de *Ivan, o Terrível*. Depois, demos uma volta pelo prédio das artes. Quando a equipe de faxina saiu, voltamos para a sala escura de exibição e sentamos no chão — era interessante ver a tela por um ângulo diferente —, falando aleatoriamente sobre barbas. A certa altura, eu me perguntei se Oak iria me beijar, e ele me beijou. Ele não era alguém que eu tinha acabado de conhecer, e nós não tínhamos bebido. Era por isso que tudo me parecia mais cognitivamente desafiador do que das outras vezes? Aquela situação era mais "racional"? Oak seria meu namorado agora? Ele começou a desabotoar meu jeans, mas expliquei, e era verdade, que estava menstruada, e logo depois disso nós nos levantamos, limpamos nossas roupas e fomos jantar com Riley e o resto da galera.

Quando estávamos nos despedindo, eu me demorei um pouco ao lado de Oak, e ele segurou minha mão por um breve momento, mas, tirando isso, nada me pareceu diferente do normal.

Numa outra festa, encontrei um cara que juntava um jeito grotesco, persistente e indiscreto de beijar com uma personalidade entediante, de sabichão, cheio de sorrisinhos, que nem consegui continuar. O cara tinha o mesmo sotaque de Lakshmi, com o qual ele falava num tom presunçoso e avuncular. A festa ficava numa residência distante, então eu tive de esperar por quinze minutos congelando num ponto de ônibus, fingindo uma doença gravíssima para evitar que o cara devorasse meu pescoço.

Antes, quando eu ouvia garotas falando sobre caras que beijavam bem e caras que beijavam mal, eu presumia, sem duvidar delas conscientemente, que era exagero: elas associavam os sentimentos bons ou ruins que tinham em relação ao cara com sua suposta habilidade. Beijar não me parecia algo em que se pudesse ser especialmente bom ou ruim. Agora eu via como estava errada.

Passei a semana seguinte inteira dando de cara com esse garoto que beijava mal. Ele não parava de dar sorrisinhos na minha direção, fazendo comentários cheios de insinuações.

Enviei outro e-mail ao Conde. Ok, esqueça o café, escrevi. Preciso da sua ajuda com uma coisinha. Tentei explicar de um jeito bem claro, para não haver mal-entendidos, pois eu não sabia se ele era um bom leitor. Depois que apertei Ctrl + S, fui fazer minha tarefa de russo. Respondi três questões, e o telefone começou a tocar.

A voz dele era mais grave do que eu me lembrava. Era excitante ouvi-lo pronunciar meu nome de um jeito levemente errado.

"Selin estava no telefone com um *garoto*." Era a Riley, quando desliguei. Forcei um sorriso. Como ela sabia? A conversa toda durou menos de um minuto. Deve ter sido o tom da minha voz.

Os três dias seguintes foram dos mais pacíficos da minha vida. Não pensei sobre o que aconteceria. Como já estava marcado, eu podia *parar* de pensar sobre aquilo.

Na noite do terceiro dia, fui correr, tomei um banho e fiquei olhando fixamente para o meu lado do guarda-roupa. Será que eu escolhia uma roupa especial? No fim, vesti um jeans e a blusa laranja queimado de veludo cotelê do Garment District. Já estava prestes a sair, mas não encontrei minhas chaves. Fiquei uns dez minutos procurando até encontrá-las no lugar mais óbvio: debaixo do Stanley. Quando o levantei, ele se virou e olhou para mim, com aquelas pupilas pretas com formato de amêndoas: o que havia por trás delas? Ele virou o rosto e olhou pra parede.

* * *

Tinham acabado de adiantar os relógios. Eram sete e cinco. Os galhos secos distinguiam-se nitidamente contra o céu iluminado, mas um ou outro poste flagrava os botões minúsculos começando a aparecer. Tinha chovido mais cedo, e o som ainda era de rua molhada quando um carro passou. Eu sentia o cheiro de tudo: da chuva, do asfalto, dos pneus, do solo úmido, da casca da árvore, das folhinhas novas, quase invisíveis. Estava vendo a vida — vendo o que ela era de fato.

De início eu me apressei por puro reflexo, porque estava "atrasada". Mas pensei melhor. Ele ia esperar. Eu podia levar o tempo que quisesse e ver tudo que podia ver antes que aquela janela se fechasse de novo.

"Fiquei surpreso com o seu e-mail", disse o Conde. "Ninguém nunca me escreveu nada do tipo antes."

"Não?" Dei uma olhada no quarto. Ele me olhava de um jeito irônico, achando graça.

"Acho que nós dois somos capazes de guardar um segredo", ele disse, num tom sugestivo.

Ele estava querendo dizer que eu não podia contar pra ninguém?

"Hum", eu disse, sem me comprometer. De rabo de olho, reparei num pacote com três camisinhas e um tubo meio achatado de lubrificante. Pra que tinha sido usado? Quando foi adquirido? Como o lubrificante foi enfiado dentro do tubo? Pensei nas grandes fábricas e nas máquinas gigantes e nos milhões de dólares, nas fôrmas que moldavam e encrespavam o plástico derretido, na contratação de engenheiros e consultores, no envio de alguns desses consultores para refeitórios universitários a fim de perguntar para as pessoas como diferentes substâncias coloidais eram inseridas dentro de tubos — tudo porque queriam saber como você pensa.

"Você não tem nada pra beber, tem?", perguntei.

"Álcool? Não, desculpa. Você está nervosa?" Um tom de piadinha apareceu na voz dele. Parecia que eu ia morrer. Eu tinha de fazer alguma coisa. Me forçando a olhar em seus olhos, peguei a mão dele — o que me pareceu a coisa mais ousada que fiz na vida — e a coloquei no meu peito, onde eu achava que era meu coração, embora eu me sentisse momentaneamente confusa em relação à direita e à esquerda. Mas não fazia diferença: minha caixa toráxica inteira pulsava. E funcionou. Ele ficou sério de novo.

"Não precisamos fazer nada que você não queira", ele disse.

"Eu sei."

Ele moveu a mão mais para baixo. "Vamos fazer tudo bem devagar."

Nesse momento, foi como voltar para a água de novo, depois de pegar sol na areia quente, sabendo que você alternaria entre a praia e o mar várias vezes, até que o sol se apagasse e afundasse na água. Eu me sentia simultaneamente calma e excitada, de um jeito que me parecia quase inalável — eu queria inalar aquilo. Senti um breve choque quando ele abriu meu jeans — será que ele não estava sendo um pouco literal demais naquilo de fazer devagar? —, mas, quando me recuperei, não achei ruim estar vestindo um pouco menos de roupa.

Uma série de expressões cruzavam seu rosto. Eu sabia que os sentimentos dele não poderiam ser iguais aos meus, mas pareciam, pelo menos naquele momento, igualmente numerosos. Eu me senti muito íntima dele e tinha a impressão de que ele também sentia a mesma coisa. Pensei: teria sido o fim do mundo se ele tivesse tomado um cafezinho comigo antes? Passamos pela bizarra provação de subir para o beliche de cima.

Entendi por que as pessoas fingiam orgasmos. Ele claramente só desistiria quando alguma coisa mudasse. Mas faltava algo, e eu não sabia como guiá-lo. Era como ouvir um som numa floresta e não saber de onde ele vinha; e mesmo se eu soubesse a direção, levaria tempo demais para chegar lá — ultimamente vinha demorando mais —, eu ficaria sem jeito pensando que ele estaria entediado ou desconfortável, e mesmo se eu pudesse ter certeza de que ele não estava entediado ou desconfortável, *eu* não conseguiria suportar tamanha intensidade e tensão sem saber como e quando e se aquilo teria um fim. Urgia cada vez mais a necessidade de chegar a um clímax, real ou inventado — não só para que ele parasse, mas para que ele se sentisse tão excepcional e delicado e apto quanto nós dois precisávamos que ele fosse, e para que eu me sentisse tão sensível e aliviada e grata quanto precisávamos que *eu* fosse — assim, a certa altura eu me ouvi emitindo sons que nunca me imaginei ser capaz de produzir: aqueles gritinhos abafados que, nos filmes, indicavam que era algo que se opunha à vontade ou ao bom senso da pessoa, mas que era também seu mais profundo desejo. O ar ficou preso na minha garganta, senti uma convulsão que tanto era como não era obra minha. Nem sei de fato *o que* foi falso.

Ele deu uma risadinha e afastou a mão. "Meu Deus, você está muito molhada." Só entendi o que ele disse quando ele me mostrou. Senti meu coração derreter.

Ele se sentou, e eu ouvi o som do pacotinho da camisinha se rasgando. Sentei também, para ver melhor. Como é que o preservativo ficava todo enroladinho daquele jeito? Qual tamanho tinha a máquina que fez aquilo? Como ele colocaria? Qual era a sensação?

"Você parece deslumbrada", ele disse, parecendo insatisfeito.

"Por que não estaria?"

Ele não disse nada, mas assim que ficou com as mãos livres de novo e deitou por cima de mim, senti que seu cenário preferido havia sido restaurado. Nesse cenário, eu não ficava deslumbrada, perguntando-me por que a marca da camisinha se chamava Troia, quando o Cavalo de Troia era uma história sobre *permeabilidade*, sobre como os gregos enganaram e assaltaram os troianos, que acreditavam que estavam protegidos, e, no momento que ele me reclinou um pouco mais na cama, percebi, com euforia, que eu também poderia preferir aquele cenário, que eu não *precisava* pensar sobre aquelas coisas. Era o oposto de "eles querem ver como você pensa". Não havia nada a fazer além de olhar para ele, reforçando nossa consciência mútua de sua força superior. Que sorte imensa: que o que ele queria era algo que eu era capaz de querer naquele nível também — que meus desejos se justapunham, ou podiam se justapor, à realidade social concreta. Senti meu corpo se ajustando à realidade social concreta.

"Tem certeza de que quer fazer isso?"

Assenti.

"Acho que preciso que você diga que quer."

"Eu quero."

Uma dor inimaginável atravessou meu corpo. Gritei, não como tinha gritado antes, e entendi que *isso*, sim, era verdadeiramente involuntário e, portanto, não falso — pois era uma extensão de como cada fibra do meu ser dizia que aquilo era algo que não devia estar acontecendo.

"Tenta relaxar", ele murmurou.

Respirei fundo e fechei os olhos. Primeiro, achei que o relaxamento estava dando certo. Mas foi aí que começou mesmo — a dor. Eu me forcei a relaxar *no meio* da dor. Que foi se intensificando, crescendo até ficar maior do que o mais alto dos prédios, pairando acima de mim e ao meu redor.

"Você quer que eu pare?"

"*Não!*" Só de pensar em ter de passar por aquilo de novo — por não termos feito direito na primeira vez... Era intolerável.

Quando ele pôs mais lubrificante, eu vi o sangue na camisinha. Fiquei mais tranquila. Finalmente alguma coisa estava acontecendo.

E continuou acontecendo. "Relaxe", ele me disse de novo. "Você tem que deixar." Pensei sobre isso de "deixar". A coisa ficou tão mais intensa que tive certeza de que tinha acabado, ou pelo menos quase. Mas não era o caso.

"Eu não coloquei quase nada", ele disse. Detectei uma nota de pânico em sua voz.

"É normal esse sangue todo?", perguntei.

"Eu não sei", ele disse, tenso.

"Como foi na sua primeira vez? Ela tinha mais experiência?"

"Digamos que sim." Seu tom era irônico, sugerindo que a mulher era uma prostituta.

Ele tentou fingir que não ficou chateado quando o sangue sujou a fronha de caveira. Era um pouco excitante a especificidade de sua reação — como aquela reação representava exatamente o jeito dele: gentil o suficiente para tentar esconder a contrariedade, mas não o suficiente para tentar com mais afinco, ou para não ficar chateado. Em seguida ele pareceu recuperar o controle. Aquilo também era sexy: vê-lo dominando alguma coisa, inclusive a si mesmo. "Talvez a gente possa tentar uma coisa um pouco menos ortodoxa", ele disse, naquela voz suave e divertida, ajudando-me a descer da cama. Ele empurrou o computador para o canto da escrivaninha. Será que ele ia usar pra alguma coisa? Depois ele me deitou de costas na mesa, onde o computador estava antes, e puxou minhas pernas contra seu peito.

Minha cabeça não parava de bater na janela, e dali dava pra ver o lado de fora, o caminho que dava no rio, no velho dormitório de Ivan.

Enquanto eu caminhava pela rua úmida, me sentia completamente desperta e tranquila — tranquila de um jeito que eu nunca tinha visto. Acho que era a primeira vez que eu não me sentia culpada por não estar trabalhando. Finalmente me senti alguém que estava tendo um tempo livre.

De acordo com meu relógio, três horas haviam se passado. Minha memória parecia ter apagado uma parte do tempo. Teve uma hora em que ele disse alguma coisa sobre um colega de quarto e perguntou se eu queria tomar banho. Parei pra pensar e percebi que não havia nada de que eu estivesse precisando mais do que de um banho naquele momento.

Era como estar num país desconhecido, só um Head & Shoulders quase vazio. Nada a ver com o banheiro que eu dividia com três garotas, em que a gente sempre precisava achar um espacinho para um gel de depilação com aroma de floresta tropical entre o xampu de anoneira e o esfoliante de damasco. A toalha também era diferente. Áspera e cinza. Objetivamente, não havia nada de superior em relação às nossas — muito pelo contrário —, mas emanava um tipo de força protetora que me causou um leve anseio. Como será que devia ser ter aquela toalha? Quando crianças, aprendíamos que suave e colorido era coisa de menina, e naquela época eu pensava "que sorte a minha!". Mas essa toalha cinza e áspera... Será que fui enganada?

Em algum momento antes disso, ele tinha ido ao banheiro e eu fiquei de pé em frente à escrivaninha. Vi sua calça com o cinto pesado, o tecido pesado, tudo mais pesado do que as minhas peças, largada quase violentamente no chão. Senti vontade de dobrá-la, achei que era uma coisa legal que eu poderia fazer por ele, algo que talvez até nos deixasse meio quites. Peguei a calça, sacudi, dobrei e estava prestes a pendurá-la no encosto da cadeira quando ele voltou do banheiro — e foi só ver sua expressão que percebi que eu tinha feito alguma coisa errada, que não era para eu ter dobrado a calça dele.

Foi antes ou depois disso que, contemplando a cena da carnificina, eu disse, na voz mais cristalina, "Então é *disso* que todo mundo fala?".

"Não!" Ele parecia realmente preocupado com a possibilidade de eu achar isso. Fiquei comovida, embora também desapontada por ele não ter entendido o que me pareceu uma ótima piada. "Não costuma ser assim", ele disse. "Você vai ver."

"Vou?", perguntei. As palavras pareceram se eletrificar, como uma linha de batalha, pulsando com o perigo mortal que de alguma forma rodeava a pergunta: eu o verei de novo ou não?

Diziam que era preciso tomar cuidado com quem se perde a virgindade, pois você se apega, quer fazer de novo e não supera nunca. De fato, embora tivesse sido uma das experiências mais dolorosas da minha vida, o que eu sentia por ele ainda era algo parecido com gratidão, além de um sentimento de submissão difícil de diferenciar do desejo — pois ali você precisava se submeter *a* algo.

Lembrei de um anúncio que vi uma vez num ponto de ônibus, uma propaganda da Virgin Atlantic (por que alguém daria esse nome a uma companhia aérea?): VOCÊ NUNCA ESQUECE SUA PRIMEIRA VEZ. As pessoas adoravam dizer que você nunca esquece sua primeira vez, mas não diziam se seu parceiro esquecia a *sua* primeira vez. Revisitando mentalmente a imagem que vi no espelho do banheiro, meu rosto manchado de lágrimas, minhas pernas e meu corpo sujos de sangue e de lubrificante, pensei que era bem possível que ele se lembrasse.

As máquinas de refrigerante do refeitório brilhavam no escuro. Bebi um copo de Gatorade, depois um de água. Como fui parar ali? Identifiquei uma figura solitária na penumbra, digitando num laptop. Era Juho?

"Ah, eu estava torcendo pra te encontrar", ele disse, quando me aproximei. "Sempre esqueço de te dar isto." Depois de abrir o zíper da mochila enorme, ele me entregou uma coisinha de plástico toda amassada: um saco de um doce finlandês chamado "Pimentinhas turcas". Os losangos pretos cobertos de alcatrão tinham um sabor forte de alcaçuz e de sal e, quando você comia, parecia que tinha engolido água de piscina. Eu não sabia exatamente o que havia de turco neles — ou o que tinha de bom —, mas eu já estava pedindo mais um.

Sentamos ali no escuro, chupando os docinhos salinos, falando sobre o recesso de Juho. No inverno em Helsinki, o sol nascia depois das nove e se punha antes das quatro, então a maior parte do tempo era de crepúsculo e escuridão. Ele contou que as pessoas passavam o dia inteiro nessa paisagem cintilante — porque as luzes dos postes refletiam na neve —, indo a diferentes cafés para ouvir gêneros muito específicos de música e beber cafés incrivelmente fortes. Cada casa tinha sua própria sauna, e, ainda que a culinária nacional fosse baseada na caça e na pesca, era mais fácil ser vegano em Helsinki do que em Harvard, já que ninguém precisava comer molho de tomate caseiro o tempo inteiro. Juho disse que nunca tinha passado tanto tempo longe de casa, e agora percebia que esteve deprimido.

Contei que também andei deprimida, mas que me senti melhor depois que comecei a tomar remédio. Juho disse que ficava feliz por eu me sentir melhor, mas que medicamentos não iam resolver o problema dele, pois em seu caso a depressão era uma reação natural do seu corpo à não procriação.

Achei que tinha ouvido errado. "À não... procriação?"

"Sim. Como você sabe, somos geneticamente programados para nos reproduzir, e se não fazemos o que nosso corpo está programado para fazer, certamente nos sentiremos inúteis e tristes." Assim que sua bolsa acabasse, seu plano era voltar para a Finlândia e ter filhos, para não ficar deprimido.

Pensei em todas as pessoas que vi ao longo da vida que pareciam ter se tornado bem mais deprimidas depois de fazerem filhos. "Mas e a depressão pós-parto?", perguntei.

"Acho que é hormonal. É igual se sentir deprimido depois

do orgasmo. Talvez tenha a ver com conseguir subitamente uma coisa de que você estava sendo privada. Mas não é uma condição permanente."

"Mas ser pai..." Era difícil colocar aquilo em palavras. "Como você vai conseguir lidar com uma responsabilidade tão grande se já está deprimido?"

"Bem, você está pressupondo que a falta de responsabilidades torna uma pessoa feliz, e vice-versa. Esse é um jeito bem americano de pensar. Hoje em dia você tem relativamente poucas responsabilidades. Você está feliz? Talvez se sentisse mais feliz se tivesse mais responsabilidades."

Na manhã seguinte, o meu rosto no espelho parecia diferente — mais simpático. Eu continuava sangrando. O sangue era vermelho-vivo, diferente do da menstruação. Mas a quantidade não parecia particularmente preocupante, então pus um absorvente e fui pra aula de russo. O tema era particípio passado — gramaticalmente, a ênfase era menos em *fazer* a coisa do que em *tê-la feito*.

"Seu cabelo está bonito hoje", Svetlana comentou.

Pela primeira vez, me senti grata pela presença de Matt no almoço, pois com ele lá eu não precisava decidir se contava ou não a Svetlana. Eu não parava de pensar em loop sobre o que tinha acontecido na noite anterior, mas isso até que facilitava minha participação meramente simbólica na conversa que eles estavam tendo, que envolvia alguma coisa que alguém disse sobre células-tronco.

O dia todo foi a mesma coisa: a noite anterior numa reprise incessante, quase que conferindo uma espécie de legitimidade a todas as partes rotineiras e entediantes, como se eu estivesse num filme. Por que, quando chegamos a uma cena entediante ou rotineira em um filme, não entramos em pânico ou nos desesperamos? Nos filmes, o número, a duração e o significado das cenas são previamente determinados. Tudo que temos que fazer é esperar para ver. Teoricamente, suponho que também seja assim na vida — o número e a duração das cenas certamente não são infinitos —, mas há sempre a chance de que tudo termine sem que nada significativo aconteça.

Lakshmi estava preparando outra festa, agora com tema definido, e estava com receio de as pessoas não se vestirem direito. O tema era sadomasoquismo.

"Você sabe como é, S&M", Lakshmi disse. "Bustiês, meias-arrastão, coisas assim." Ela claramente tinha enlouquecido.

Pensei em não ir, mas Lakshmi ficaria chateada, e eu também não teria onde ficar. As bibliotecas estariam fechadas ou vazias por causa do fim de semana. Na minha presente condição, eu só conseguia trabalhar se estivesse cercada por outras pessoas que também pareciam estar trabalhando.

"Sua roupa... Até que dá pro gasto!", disse Lakshmi, inclinando-se para me dar um beijo na bochecha. Eu tinha passado um batom Very Vamp e usava meia-calça preta rendada com padrão floral. Lakshmi pareceu não gostar da meia-calça, até ver que havia rasgos na parte de trás. Pelo visto, rasgos eram sádicos — ou masoquistas. Ela estava de gargantilha de couro preto com spikes prateadas, corselete, uma saia minúscula de vinil e salto agulha.

Alguns dos convidados ficavam, assim como Lakshmi, descolados ou interessantes nos looks sadomasoquistas, mas a maioria não. Um editor particularmente entediante apareceu com uma bola de plástico amarrada com uma correia à boca, mas não parava de tirá-la para falar, então passava a maior parte do tempo com uma bola cheia de baba pendurada no pescoço. Um casal de calouras foi de sutiã preto com renda, sem nada por cima, e pareciam tristes e um tanto indigentes. Uma estudante de literatura que eu conhecia de vista circulava com o namorado meio pateta na coleira. A herdeira marrenta de uma rede britânica e bilionária de supermercados, que escrevia microficção em que os personagens faziam piadas sobre câncer, vestia uma calça de couro bem apertada que parecia cara demais e, por isso, também um tanto triste.

Fiquei aliviada ao ver Oak, que vestia uma gola rolê preta, com o que Svetlana chamava de "cara de Nureyev insano". Seu cabelo estava todo arrepiado, e ele parecia especialmente distraído. Num momento estávamos falando de formalismo russo e no outro ele tinha desaparecido. Encontrei-o na sala ao lado, brincando com o chicote de Lakshmi, que revirava os olhos. "Não é *para* você", ela disse.

Ele olhou para ela de forma ousada. "Por que não?"

"Por que você não é nem interessante e nem bonito o suficiente."

Um casal que estava por ali riu da cena, constrangido. Oak arregalou os olhos. "Vamos", eu disse, arrastando-o para as escadas. "Vamos fumar um cigarro."

"Por que ela diria aquilo?"

"Porque as pessoas adoram rejeitar e magoar umas às outras", eu disse.

Ele balançou a cabeça com firmeza. "Não, isso é totalmente diferente."

Paramos na janela onde as pessoas fumavam e eu tentei animá-lo.

"Você é sempre tão legal", Oak disse, brincando com o par de algemas que ele aparentemente estava carregando no bolso.

"São de verdade?", perguntei.

Mal falei isso, Oak me algemou a Jeremy, nosso amigo mais pedante, que tinha vindo pedir um cigarro e que até ali, no meio da festa, falava que o interesse de Michel Foucault por bondage tinha a ver com suas críticas às instituições penais.

"Me dê a chave", falei pro Oak.

"Não tenho", ele disse, pegou uma pequena chave do bolso, inclinou-se na janela e, bem na minha cara, jogou lá embaixo. E foi embora. Fiquei olhando, pasma. Por acaso eu o ofendi?

"Bem, espero que você seja masoquista em relação a escadas, pois vamos descê-las", eu disse ao Jeremy, numa tentativa de dizer algo com temática sadomasoquista que nos levasse a descer lá pra baixo.

"Vamos beber alguma coisa antes, pode ser? Foi uma longa semana."

"Chave primeiro, bebida depois."

"Vou pegar um vinho pra você."

"Você vai *pegar* um vinho? E eu faço o quê: fico aqui te esperando?" Nós rimos e fomos em direção ao vinho.

"Saúde", ele disse, servindo com a mão livre.

"Saúde", reconheci, sentindo que tinha sido *mesmo* uma longa semana.

"Sabe", ele disse, "sempre fui a fim de você."

A falsidade óbvia me deixou indignada. "E as Dianes?"

"Acho que finalmente superei as Dianes. O que é um grande passo para mim."

"Hum, conte-me mais", eu disse, aproveitando sua longa resposta para sutilmente nos arrastar em direção às escadas.

"Você realmente não gosta de mim de jeito nenhum, não é?", ele disse.

"Desculpa..."

"É porque você é dos estudos regionais."

"Como assim?"

"Tem sempre um fetiche envolvido em tudo. Você não quer nem olhar na minha cara, só porque não sou do Leste europeu."

Embora eu tivesse certeza de que acharia Jeremy cansativo independentemente da sua nacionalidade, não deixava de ser verdade que eu *realmente* não lhe dava muita atenção, estava sempre mais preocupada em pensar em Ivan ou no Conde, ambos do Leste europeu. Fiquei chateada comigo mesma e me forcei a olhar de verdade para Jeremy. Ele tinha um cabelo maravilhoso e vestia uma camiseta bem legal. Por outro lado, era um desses caras que por alguma questão de princípios não faz exercícios, o que fica na cara pelo seu físico e sua postura. Por que ele não se sentia na obrigação de correr ou passar fome o tempo todo para ter o direito de chamar a atenção das pessoas, como Svetlana e eu fazíamos? Agora ele estava passando o dedo pela parte interna do meu antebraço. "A pele aqui é ok, mas nada de mais. Mas aqui, perto do pulso — aqui é *sublime*."

Senti uma pontada de irritação. Eu por acaso pedi uma avaliação comparativa da minha pele? Comentei que a pele do interior do antebraço dele também era lisinha e macia. "Coisas do braço humano...", eu disse.

"Nem me diga. Minha pele é sedosa como a de uma menina. Não sou um daqueles iugoslavos gigantes."

Olhei ao redor procurando um lugar pra apagar meu cigarro.

"Essa é a primeira coisa que eu disse que chamou a sua atenção. Você imediatamente passou os olhos pela sala, procurando um iugoslavo gigante. Tudo bem, admito que não sou um garanhão iugoslavo. E aceito que não posso olhar pra você lá do outro lado da sala com uma cara de 'Você sabe que você quer me *voder*'."

"Estou achando que é *você* quem tem interesse em iugoslavos gigantes. Já considerou a possibilidade de que seu interesse por mim seja transferência?" Na mesma hora que disse aquilo, senti vergonha da infantilidade e da inadequação da frase, foi a primeira resposta que me veio à mente. Mas Jeremy ficou radiante.

"Touché!", ele disse.

"Ahn?"

"Touché! Você é sempre irônica, mas muito sincera. Só *você* pode me salvar dos meus devaneios egocêntricos."

"Sou uma mulher ocupada. Não tenho tempo para salvá-lo dos seus devaneios egocêntricos."

"Eu sei! Você é tão egocêntrica quanto eu! Por isso fomos feitos um para o outro!"

Uma corrente poderosa atravessou meu corpo. De início eu não soube dizer o que tinha acontecido. Mas daí vi o Conde parado na porta, de jaqueta shearling. Nossos olhares se encontraram, ele ergueu as sobrancelhas e acenou de leve. No minuto seguinte, um monte de gente se pôs entre nós. Quando o vi de novo, ele caminhava em minha direção. Senti a mudança no meu corpo — tudo parecia derreter, escorrer, como a chuva na janela —, como se estivesse se preparando para que algo fosse enfiado ali dentro de novo — como se eu de alguma forma fosse dele.

"Como está?", ele perguntou.

"Oi."

Seus olhos passaram por Jeremy sem vê-lo. "Você veio com

alguém?", ele perguntou, num tom sugestivo. O que me pareceu absurdo.

"Não", eu disse, igualmente absurda. Vi quando ele notou as algemas. "Bem, alguém nos algemou", eu disse.

Sua expressão mudou — aquele ar zombeteiro voltou. "Parece que você está se divertindo", ele disse, tocando brevemente o meu ombro e em seguida desaparecendo de novo entre as pessoas.

"Quem *diabos* era esse cara?", Jeremy perguntou.

"Por que as pessoas gostam tanto de torturar umas às outras?", perguntei a Jeremy.

Pela primeira vez, seus olhos encontraram os meus, e foi como se uma cortina subisse e eu o visse, a pessoa em si, pela primeira vez. Senti certo alívio e certa promessa, como se talvez nossa verdadeira relação estivesse começando ali. Mas a cortina caiu de novo quase na mesma hora, tudo voltou a ser o que era, e entendi que o que havia me sido revelado nesta festa sadomasoquista era a verdadeira face de todas as festas: o sadomasoquismo, de um jeito ou de outro, era o tema de todas elas.

"Você sabe que todas as algemas têm a mesma chave, né?" — quem falava era um cara vestido de body verde com a parte da frente aberta. (Aquilo era sadismo ou masoquismo?) "Não existe", ele continuou, quase implorando para que entendêssemos, "uma *chave diferente* para cada par de algemas."

Se aquilo fosse verdade, só precisávamos encontrar outra pessoa com algemas e pedir a chave emprestada. Dei uma olhada pela sala e achei dois sujeitos curiosamente pequenos algemados, ambos sorrindo de orelha a orelha. Arrastei Jeremy até eles.

Os dois foram muito solícitos. O que tinha costeletas exibiu uma pequena chave com um único dente. Coube direitinho.

* * *

Como uma chave pode ser considerada chave se todas são iguais? A ideia não era justamente que cada chave fosse diferente? Tentei resolver esse enigma a caminho do banheiro. Será que dependia do objetivo? Impedir que muitas pessoas diferentes entrem ou que uma pessoa em particular saia?

Já fazia um tempinho que eu estava mais ou menos ciente de que havia alguma coisa debaixo do meu pé direito. Na privacidade da cabine do banheiro, percebi que o sangue tinha encharcado o absorvente, depois escorreu pela minha perna e por dentro da meia-calça de renda, terminando numa poça dentro do meu sapato.

O sangramento parou no dia seguinte. Fiquei aliviada: se durasse mais, eu teria que ir ao centro médico estudantil, o que era sempre degradante. Ao mesmo tempo, fiquei triste e ansiosa, como se eu tivesse voltado ao meu horário de trabalho — como se o atestado tivesse acabado.

Abril

Uma vez, por impulso, peguei o telefone e disquei o número do Conde, mas ninguém atendeu. Deixei uma mensagem. Poucos dias depois, voltando do jantar, ouvi o rangido de uma corrente de bicicleta e alguém disse “Oi, Selin”. Era ele. Eu estava a pé subindo a ladeira, e ele descia. Acenou cordialmente, mas sem desacelerar.

Uma das formas de ver a situação é que agora eu estava apaixonada por *outro* cara que não queria saber de mim. Claro, era um resultado que eu já tinha previsto; mas, até onde parei pra pensar, me pareceu uma melhora no status quo, já que seria mais tolerável e legítimo se o cara por quem eu estava apaixonada fosse alguém com quem eu tinha de fato feito sexo. Não deixava de ser reconfortante imaginar um futuro em que eu não estivesse pensando constantemente no Ivan — mesmo que isso implicasse substituí-lo por alguém com uma personalidade ainda pior.

No fim, eu estava certa: era, *sim*, por comparação, mais tolerável e legítimo. No entanto, dizer que eu estava objetivamente mais feliz seria exagero.

* * *

Na aula de escrita criativa, lemos "A dama do cachorrinho", de Tchékhov. Era sobre um homem casado de quase quarenta anos que, num resort de verão, se envolvia com uma menina também casada que tinha metade da sua idade. (Ou seja, ela tinha a minha idade.) Ela ficava pra cima e pra baixo com um cachorrinho. Depois que os dois faziam sexo pela primeira vez, ela chorava e dizia que tinha "caído" na dele, que "o Maligno" a seduzira. Depois o homem a dispensava, entediado. Em geral, ele tinha uma opinião bem ruim sobre as mulheres e as considerava uma "raça inferior", embora sempre precisasse de uma por perto e vivesse tendo casos, que depois ele nem lembrava.

Ao final do verão, o homem voltava para Moscou. Primeiro, se distraía usando casacos de pele e indo a festas. Mas o tempo passava e ele não conseguia parar de pensar na "dama do cachorrinho". Era assim que se referia a essa pessoa de dezenove anos.

No fim, o homem ia até a porcaria de província onde a dama morava, seguia-a até uma estreia num teatro deprimente e percebia que, apesar de suas roupas e acessórios banais e até vulgares, ela era a pessoa mais importante do mundo para ele. Quando ele a encurrala durante o intervalo, ela implora para que ele vá embora e diz que nunca foi feliz, e nem nunca seria, mas que o encontraria em Moscou.

Não entendi vários pontos da história. O homem gostava de ter um caso com a dama? Se sim, por que não a considerava especial? Se ela não era especial, então por que ele não conseguia esquecê-la? O comportamento dele em relação aos filhos também me deixava perplexa. A passagem em que ele leva a filha para a escola, explicando formações climáticas, enquanto pensa na ida ao hotel para fazer sexo com a amante: aquilo era algo que eu sentia que sempre soube. Mas a parte que dizia que "estava cansado dos filhos, cansado do banco" — juntando os filhos e o banco no mesmo balaio — era um tanto chocante.

Na aula, todo mundo disse que Tchékhov era sutil e sugestivo, pois não idealizava seus personagens, deixando claro que o protagonista era um mulherengo. Debatemos se seria "redentor" o fato de ele se mostrar capaz de amar uma mulher banal que usava um vestido cinza.

Eu me perguntei se estaria na defensiva em relação à história por não ter agido como a dama agiu quando eles transaram. Eu não senti que "o Maligno" havia me tentado ou que eu tinha "caído" na dele. Nem esperava que o Conde se "redimisse", percebendo que não podia viver sem mim.

Alguém disse que "A dama do cachorrinho" quebrava todas as regras narrativas, pois não havia nem clímax, nem resolução. Leonard disse que talvez aquilo fosse o mais maravilhoso em Tchékhov: a forma como ele era maravilhosamente entediante. Será? Eu concordava? Em geral, eu gostava de Leonard. Ele não parecia nos odiar secretamente, nem parecia ter a intenção de ser cruel, mas quase tudo que ele dizia doía em mim.

"Selin? Algum comentário?"

Eu não sabia como perguntar o que eu queria saber, que era: o que havia de errado com Leonard, o que tinha havido de errado com Tchékhov, e por que eles pareciam tão infelizes, nos deixando também infelizes. Em vez disso, falei da minha frase favorita do conto: quando o personagem percebia que todas as festas eram iguais. Era sempre você presa numa sala, cercada por pessoas embriagadas que diziam as mesmas coisas sem parar, "como se você estivesse sentada num hospício ou numa prisão".

"Essa é uma ótima descrição de um *unrequited love*",* concordou Leonard. Eu nunca tinha ouvido alguém dizer a palavra "*unrequited*", e não sabia que era daquele jeito que se pronunciava, nem imaginei que pudesse ser algo que Leonard tivesse vivido. "Talvez nem necessariamente *unrequited*, mas um amor que simplesmente não vai para onde você quer." Com o olhar distante, Leonard falou do "erro que sublinhava todas as engrenagens", e tudo que ele dizia era verdade.

Minha mãe me encaminhou um e-mail de Jerry. Você pode me explicar o significado dessa mensagem? Eu não sabia que ela e Jerry trocavam e-mails. Eu sabia que às vezes ele telefonava para reclamar que a shiksa, a rainha de coração de gelo, a sua esposa, não sabia apreciar uma boa refeição. Para ela, o jantar ideal era uma tigela de cereais para comer na esteira lendo o *The New England Journal of Medicine*.

Assunto: ENC:ENC:ENC:ENC:ENC: Mais provas de que o mundo é cheio de idiotas

* A polícia de Wichita, no Kansas, prendeu um homem de vinte e dois anos em um hotel nas redondezas do aeroporto após tentar passar adiante duas notas falsas de dezesseis dólares.

* Um ônibus levando cinco passageiros foi atingido por um carro em Saint Louis; quando a polícia chegou, catorze pedestres já haviam entrado no ônibus e reclamavam de dores no corpo provocadas pela batida.

* Em inglês: amor não correspondido.

* Em Radnor, na Pensilvânia, a polícia interrogou um suspeito, colocando um escorredor de metal em sua cabeça, conectado a uma impressora. A mensagem "Ele está mentindo" foi inserida na máquina, e a polícia apertava o botão de imprimir sempre que achavam que o suspeito não estava falando a verdade. Acreditando que o "detector de mentiras" estava funcionando, o suspeito confessou...

Eu já tinha recebido aquele e-mail. Tinha inclusive ficado irritada com o tom presunçoso e pró-polícia. A história da impressora parecia ilegal.

É uma piada, só babacas encaminham esse tipo de e-mail. Já recebi umas quatro vezes, digitei, com ódio. Não sei por que ele lhe enviaria uma coisa dessas, talvez para mostrar como ele é incrível.

Depois de apertar Ctrl + S, percebi que enviei a resposta não para a minha mãe, como eu pretendia, mas para Jerry. Meu coração acelerou. Mas por quê? E daí se Jerry ficasse sabendo que para mim ele era um babaca? Ele já não sabia disso?

O micro-ondas no Instituto Ucraniano de Pesquisa andava ligando sozinho, aquecendo itens invisíveis. Katya disse que chegou a ouvi-lo falando ucraniano.

"Ele recitou Shevchenko?", perguntou Rob, debochado.

Alguém disse que os micro-ondas às vezes captavam ondas de rádio AM.

Querido Ivan, digitei, quando devia estar trabalhando.

É difícil acreditar que já é primavera. Teve uma nevasca no dia primeiro de abril, então todas as tulipas caíram e morreram — pelo menos foi o que pensamos. "Primeiro de abril, babacas!" Agora tem um monte de tulipas zumbis espalhadas pelo chão.

Estou dando o meu melhor para fazer o que você disse: te esquecer e seguir em frente. É necessário, e, portanto, possível.

Estou melhor agora; antes eu estava assustada e triste. Só depois percebi quanto medo eu estava sentindo! Era como se alguma coisa estivesse bloqueando a passagem. Eu não conseguia sair e estava quase entrando em pânico.

Acabou que percebi que o sexo podia ser uma forma de sair. Escrevi um e-mail para um cara que conheci numa festa. Não sei se isso, por si só, foi uma ideia boa ou ruim.

Você já leu sobre o "lance do cavalo", no formalismo russo? A teoria é que a mudança ou a inovação nunca acontecem em linha reta. Por isso é sempre surpreendente, e às vezes faz parecer que você está caminhando para trás.

Há um erro nas engrenagens. O micro-ondas não deveria recitar Shevchenko!

Mas onde há mortos voltando à vida, há esperança.

Selin

Malin e Elsa vieram a Boston. Elsa ficou uma noite comigo, até que os olhares de Riley, junto com o aroma de odores felinos e sândalo, a levaram para o dormitório de Lakshmi.

"Não tem problema, não se preocupe", Lakshmi me disse. Não parecia estar nem um pouco incomodada. Ela andava ocupada planejando uma viagem para Nova York com Isabelle e Noor, amigo de um cara do mercado financeiro que tinha um loft no SoHo e estava de férias em Mônaco.

Fui chamada para uma entrevista no *Let's Go*. "Então você está no segundo ano de russo", disse o editor da seção russa. "Acha que conseguiria subornar um policial em russo?"

"Posso aprender", eu disse. "Já decorei dezessete versos de *Evguiêni Oniéguin*, então..." Deixei a frase no ar, confiando no raciocínio de que um suborno demandaria menos esforço do que dezessete versos. A menção a *Evguiêni Oniéguin* causou uma má impressão.

"Boa parte do trabalho é improvisar", disse o editor. "Vamos fazer o seguinte. Por que você não tenta me subornar?"

Tentando fingir controle, tirei todo o meu dinheiro — quatro dólares — do bolo de molho de chaves e carteira e abanei as notas na cara do editor. "Quer quatro dólares?", perguntei, em russo.

"Ok. Olha, você não pode sair abanando dinheiro por aí desse jeito", ele disse, acrescentando que eu tinha usado o genitivo plural para "dólares", mas que "quatro" pedia, na verdade, o genitivo singular.

Foi aí que o editor da seção turca, que eu ainda não tinha visto, entrou na conversa, fazendo várias perguntas sobre o meu turco, minha cidadania, de onde eram meus pais, que outras cidades eu conhecia e o que eu sabia sobre a Anatólia Central.

Ah, não. Esse papo de colapsos nervosos de novo não. Eu sabia que o *Let's Go* tinha problemas com os americanos que eles enviavam para a Turquia: todos tinham um colapso nervoso no meio da viagem. O último foi espancado por um cafetão em Cônia, depois foi enganado por um repórter da *Rolling Stone*: o repórter fingiu que estava tentando fazer amizade, mas o que queria mesmo era conseguir material para uma denúncia.

O editor contou dos colapsos nervosos. Descobri que eu estava misturando as coisas. Havia dois caras: um que colapsou em Cônia, e outro que conheceu o repórter da *Rolling Stone* e colapsou em seguida. Um terceiro americano tinha ido ano passado para a Anatólia Central e também surtou. A vantagem é que agora o *Let's Go* não enviava mais ninguém à Anatólia Central que não falasse turco, mas, se eu quisesse, eu podia ir.

Na aula de escrita criativa, Joey escreveu um conto sobre um adolescente do ensino médio que "perdia a virgindade" — uma frase que me soava esquisita quando aplicada a garotos. O narrador estava deitado sobre a namorada num sofá velho e ela começava a se retorcer e gemer e gritar, daí o narrador ficava chateado: ele também queria se retorcer e gritar e achava injusto que só as mulheres pudessem.

Eu fiquei pasma. Seria possível que os homens também quisessem gemer e gritar — também desejassem a falta de controle, e não a desprezassem? Mas imagine só se *todo mundo* fosse ficar gemendo e gritando! E essa história de ficar chateado com a namorada por conta disso?...

Não, não é possível que todos os caras pensassem daquele jeito. Talvez fosse só o Joey. Será que era por isso que Lakshmi o desprezava?

Fui a uma festa fora do campus com Riley e Priya e vi o Conde. Senti que ele me evitava, indo de um cômodo pro outro toda hora. Primeiro achei que era coisa da minha cabeça, mas tava na cara.

O cara que me emprestou a chave das algemas na festa sadomasoquista também estava lá. Naquela noite ele pareceu ser gente boa, mas agora falava numa voz afetada, insistindo para que Riley e eu nos beijássemos.

"Se seu idioma materno é sua língua materna, por que seu país materno não é sua boceta materna?", outro cara dizia.

Todo mundo estava tomando shots de gelatina ironicamente. Na parede havia um quadro abstrato gigante que eu sabia que chegaria o momento em que alguém compararia com uma vagina.

Riley e eu recusamos os shots, então algumas pessoas transformaram numa missão pessoal fazer com que aceitássemos.

"Vamos acabar logo com isso", eu disse. Riley deu de ombros e nós brindamos com os copinhos de plástico.

"Beija! Beija!", gritava o cara das algemas. Riley deu um beijo na bochecha dele. Os irônicos claramente não sabiam fazer shots de gelatina, pois não estavam nem um pouco gelatinosos.

Enquanto procurava o banheiro, passei pelo Conde, de pé no corredor perto de um cara alto de cabelo arrepiado. "Talvez seja o clitóris", ele dizia. Eles olhavam para o quadro que, como previ, alguém compararia a uma vagina.

No brunch do dia seguinte, Priya contou que o Conde deu em cima dela. Ela não sabia que ele era o Conde. "Aquele cara mulherengo do nome impossível", ela disse. "Ele estava dando em cima das duas sul-asiáticas, e depois veio pra cima de mim..."

Riley a interrompeu, mudando de assunto de um jeito muito óbvio, por consideração a mim. Embora eu não tivesse me sentido culpada ou magoada pela caracterização que Priya fez do Conde — um mulherengo que importunava sul-asiáticas —, me incomodou, sim, a suposição de Riley de que eu me sentia ou deveria me sentir culpada.

"Foi muito nojento", Priya disse.

Na noite em que o conheci, ele tinha dançado colado com uma menina baixinha de vestido prateado. Ela o rejeitara naquela noite? Ele *era* de fato nojento? Eu sabia que de certa forma aquilo era subjetivo. Mas o jeito que Priya falou, junto com a resposta de Riley, fez parecer uma questão bem objetiva. Por outro lado, a realidade de Priya era diferente da minha. Ela tinha um número muito maior de oportunidades, então é claro que as avaliava de um jeito diferente.

"Minha vida acabou", Lakshmi disse numa voz catatônica. Era domingo à tarde. Ela ainda deveria estar em Nova York.

Tudo começou na sexta depois do almoço, quando Isabelle a buscou de BMW. Mia, a caloura que amava *Finnegans Wake*, por algum motivo já estava no banco de trás, fingindo estar sem graça por se meter na viagem delas. Em seguida buscariam Noor. Lakshmi percebeu que qualquer organização dos lugares — Noor com Isabelle na frente e Lakshmi e Mia atrás, ou Lakshmi na frente e Noor e Mia atrás — seria insuportável. Depois de uma parada, Mia foi sentar na frente com Isabelle, mas mesmo sentada com Noor no banco de trás, Lakshmi conseguia sentir a energia dele direcionada como a luz do sol para Mia.

Foi assim a tarde toda, no estacionamento e num incidente envolvendo a chave. No fim do dia, quando estavam bebendo cerveja no terraço e vendo o pôr do sol, Mia confundiu Baudelaire e Baudrillard. Noor disse que não era nada de mais confundir aquilo, e Lakshmi acrescentou: "Claro, são só cem anos de diferença". Depois disso Noor deu um gelo em Lakshmi pelo resto da noite; quando ela o confrontou, ele disse que não sabia que ela podia ser cruel daquele jeito.

Lakshmi voltou para Boston sozinha assim que amanheceu, em um ônibus clandestino que saía de Chinatown, de cuja existência ela de alguma forma sabia. Quando chegou, o telefone estava tocando. Era Joey. Ele ligava toda semana, e ela sempre se recusava a encontrá-lo. Mas dessa vez ela se sentia exausta demais para discutir e concordou em beber um drinque com ele.

A última coisa de que Lakshmi se lembrava era Joey trazendo uma segunda dose de tequila.

Enquanto ela contava a história, eu tentava adivinhar qual seria a parte terrível. Primeiro achei que fosse a injustiça de Noor dizendo que ela era cruel, depois de passar o dia inteiro a torturando. Mas não era isso. A parte terrível era acordar na manhã seguinte na cama com Joey.

"Eu provavelmente não sou mais virgem", ela disse, soluçando, quando viu que eu não tinha entendido. Uma lágrima brilhava em seus cílios, e outra rolava pela bochecha. Eu nunca tinha visto lágrimas tão esparsas, relutantes e raivosas.

"Mas como você sabe?"

"Há evidências."

"Tipo… sangue?"

"Não, mas não haveria sangue. Eu ando muito a cavalo." Pelo jeito que ela falava, a prova era óbvia, mas eu ainda não tinha conseguido captar. Era uma camisinha. Joey disse que colocou a camisinha, mas, quando percebeu que Lakshmi tinha desmaiado, tirou, sem fazer nada. Lakshmi não acreditava. Dizia que tinha comprometido permanentemente seu direito ao amor de seu pai — o amor da única pessoa do mundo que lhe dava valor.

Lakshmi era minha amiga, então eu estava do lado dela. Mas, por alguma razão, minha mente tentava descobrir o que ela tinha feito de errado. Ela estava "usando" Joey para não se sentir tão mal por conta de Noor? Por outro lado, não era isso que se devia fazer? Desistir do bad boy de quem você gostava e aceitar, com maturidade e autorrespeito, a atenção de um carinha menos carismático que se provava essencialmente bom por querer ficar com você? Esse não era o enredo de 40% das comédias românticas? Não foi isso que a Alanis Morissette acabou fazendo?

Na livraria, peguei um livro que vi muitas vezes por ali e nunca pensei em ler: *35 regras para conquistar o homem perfeito*.

As regras consistiam basicamente em fazer o exato oposto de tudo que eu fazia. Você nunca podia dizer a um homem que o amava, ou nem que sequer gostava dele, ou tomar a iniciativa no sexo, ou concordar em fazer sexo. As regras batiam perfeitamente com uma lista de coisas que Tatiana também não fazia em *Evguiêni Oniéguin*:

> *Não diz: Calma, vamos devagar,*
> *Para nosso amor valorizar.*
> [...]
> *Primeiro, injetar, com uma picada,*
> *Na vaidade uma vaga esperança,*
> *Ferir de incerteza o coração,*
> *Pôr em brasa o ciúme que era carvão.*

Era isso — essas eram as regras.

Evguiêni Oniéguin não contradizia as regras — na verdade as confirmava, já que Tatiana não conquistava Evguiêni Oniéguin. Uma pessoa que tivesse seguido as regras *teria* conquistado Evguiêni Oniéguin. Prova disso é que, mais tarde, Tatiana meio que conquistava Evguiêni Oniéguin, mas só quando ela já estava casada e não servia de nada pra ele. Aí, sim, ele se jogava aos seus pés, implorando por um caso extraconjugal, e mentia pra todo mundo, destruindo a vida de Tatiana.

Esta era a essência das regras: tratar o homem por quem você estava interessada tal como você trataria um homem por quem você *não estava* interessada. Você jamais podia deixar de fingir que não estava interessada, nem mesmo depois do casamento. Era a regra 26. Se, em qualquer momento, qualquer coisa que você fizesse parecesse ideia sua, era brochante. Isso tudo era uma questão "biológica". ("Biologicamente, ele é o agressor.")

* * *

As regras atravessavam decisivamente todos os debates infinitos de que participei durante toda a minha vida sobre as palavras e as atitudes dos namorados das pessoas. "Você deve se perguntar: 'Ele age assim porque teve uma criação ruim ou será que foi trauma de infância?', e talvez até seja isso. Mas nós acreditamos que é porque você não seguiu as regras." Então não é que minha mãe e minhas tias estivessem erradas. O comportamento dos homens provavelmente *era mesmo* resultado de algum incidente do passado que os tornou incapazes de aceitar, reconhecer ou valorizar o amor genuíno. Mas não te valia de nada saber disso, ou discutir o assunto, muito menos reconstruir tim-tim por tim-tim o tal incidente. A única coisa que valia a pena — pois alterava a química do cérebro do homem e o fazia agir como uma pessoa que te amasse agiria — era fingir que seu único interesse na vida era o seu cabelo.

De acordo com as regras, a obsessão pelo cabelo não era fútil nem antissocial. Já *negligenciar* seu cabelo, sim, era antissocial, pois fazia as pessoas se sentirem perdedoras por conviverem com você. Cortar o cabelo curto também era, pois não ajudava os homens a se sentirem mais masculinos. Não importava se você ficava melhor de cabelo curto. Na verdade, em geral, sua própria personalidade não importava. A regra 1, "Seja uma criatura como nenhuma outra", até dava a entender que você ganharia pontos por não ser como todo mundo, mas na verdade era o contrário. Basicamente, todas as suas qualidades e conquistas genuínas eram inúteis e entediantes; seu valor verdadeiro residia na essência misteriosa e inexplicável que transformava toda mulher numa "criatura como nenhuma outra". O livro dizia repetidamente que "mulheres cultas e inteligentes" eram as que mais sofriam para cumprir as regras — pois achavam que seu diploma sofisticado lhes dava o direito de mostrar sua personalidade. Elas sempre eram castigadas e saíam com o "coração partido".

Nada em 35 *regras* era exatamente uma novidade pra mim: a eterna derrota das mulheres que não eram estúpidas, a inutilidade da "honestidade", o fato de que sempre acabavam se casando com caras entediantes para quem elas de início não estavam nem aí. Não que eu não soubesse dessas coisas; é que, em algum momento, sem perceber, comecei a achar que eu era diferente — que a *minha* honestidade e *minha* não estupidez não seriam punidas, porque eu tinha habilidades especiais, era autossuficiente, conseguia ficar sozinha. Eu *sempre* fui sozinha, enquanto todas as outras pessoas da minha família sempre insistiram em ter alguém por perto para fazer sexo.

Foi chocante ver o nome de Ivan na minha caixa de entrada, embora — ou talvez porque — já não fosse mais o nome que mais brilhava, perdendo um pouco o posto para o nome polonês complicado do Conde. Mas vi potencial: tudo poderia ser reiniciado, a conexão ainda existia.

Selin,

Às vezes eu não te entendo. Por que você não consegue fazer nada como uma pessoa normal? Quando vejo a forma como você se comporta, não sei nem o que fazer. É uma coisa que eu me perguntava ano passado: como você pode ser tão graciosa na escrita e tão estabanada na vida?

Fiquei encarando a tela. Por que ele agia como se eu tivesse reclamado de alguma coisa? Eu não reclamei de nada. Quem era ele para me dizer que eu não fazia nada como uma pessoa normal? Ele era o sr. Normal agora? Se você quer transar, ele continuava, não mande um e-mail. Você tem que...

O que era isso agora? Conselho? Ele falava sobre criar um clima de incerteza, em que o cara não saberia se podia ou não tocar a minha mão. Não havia erro algum sublinhando as engrenagens. Ele disse que, na verdade, se eu fizesse as coisas direito, ficaria impressionada com como as engrenagens funcionam bem.

A grosseria do se você quer transar e a interpretação maliciosa das engrenagens eram inusitadas e irritantes. Era como se certo feitiço tivesse se quebrado — como se ele estivesse finalmente me falando uma coisa que se recusara a falar até então. Pois, embora ele nunca tenha se explicado, tanto pelo que aconteceu como pelo que não aconteceu entre nós, agora ele parecia responder à pergunta que, dessa vez, eu tinha tomado todo o cuidado de não fazer.

> Cara, dessa vez você estragou tudo comigo pra valer. Nunca diga a um cara que você o ama antes que ele te diga isso sete vezes primeiro. Senão você joga pra perder. Mesmo se ele estivesse pensando em dizer que te ama, não pode mais, porque você destruiu todo o mistério da coisa.

Eu percebi que, embora muitas vezes as coisas que Ivan me dizia ou escrevia me machucassem, nunca senti que ele estava deliberadamente tentando me machucar. Será que dessa vez o que *eu* escrevi o machucou de um jeito sem precedentes? E será que foi para isso que escrevi — para machucá-lo? Da mesma forma que fui machucada, e machucada, e machucada, por duas horas, num travesseiro de caveira e na escrivaninha?

Pensei sobre as regras e sobre como eu sentia que elas não se aplicavam a mim. Durante todo aquele tempo, enquanto repetia pra mim mesma que eu não dependia de ninguém, eu também não alimentei aquela convicção contraditória de que um dia eu — para usar a frase, cheia de significado, que minha mãe e minhas tias usavam — "conheceria alguém"? Alguém diferente tanto do cara entediante que queria casar com você quanto do cara entediante que não queria casar com você?

Agora o próprio Ivan estava me dizendo, pelo visto de cabeça quente — isso tornava tudo mais ou menos verdadeiro? —, que eu tinha arruinado tudo basicamente por não ter seguido as regras. Talvez Ivan *fosse* aquele cara que não queria casar com você e que você tinha que ludibriar todos os dias pelo resto da vida.

> Enfim, há montanhas de fobias edípicas entre nós, já que comigo você parece uma irmã mais nova. Além disso, você de algum jeito me lembra a minha mãe.

Aí estava, de novo: revelações difíceis de aceitar. Ao pensar nas irmãs mais novas de Ivan, a parte em que pareço uma delas fazia sentido. Agora a menção à mãe me pareceu gratuita e estranha. Não eram mulheres mais velhas que traziam à tona lembranças maternas? Como eu poderia ser as duas coisas: a irmã mais nova e a mãe?

Tentei lembrar como a mãe de Ivan era. Teve um dia que ela me mostrou uma tabela esmaecida que eles usavam para organizar as tarefas domésticas, na época que Ivan e as quatro irmãs ainda moravam na casa — uma grade indicando de quem era a vez de fazer o chocolate quente no café da manhã. Por que pensar nisso me deixava triste? O tom com que ela contou essas coisas era alegre, e sua postura em geral era de uma competência vigorosa. Tudo bem que, se naquele dia ela estivesse triste, certamente não teria deixado transparecer na minha frente, a coitada da adolescente estrangeira.

Pensei nas regras de novo — na regra 3, sobre o primeiro encontro: "Evite olhar romanticamente nos olhos dele". Regra 10, "Do quarto encontro à hora do compromisso": "aja como uma mulher independente para que ele não sinta que você espera que ele cuide de você". Eram regras que qualquer um adoraria que a própria mãe seguisse, não? Claro, não havia razão para ela segui-las; você não poderia, nem iria evitar sua mãe da mesma forma que homens te evitam. "Evite olhar romanticamente nos olhos dele." Será que fiz Ivan se sentir como às vezes eu mesma me sentia em relação à minha mãe?

Maio

Juho disse que precisava de um conselho sobre encontros, conceito que ele considerava especificamente americano. Na cabeça de Juho, eu contava tanto como americana como especialista em encontros.

Ele tinha sido persuadido a visitar Wellesley em um ônibus conhecido como Fuck Truck. No baile que aconteceu em seguida, Juho, que achou que a música não se prestava à dança, começou a bater papo com uma garota que também não estava dançando e que se descreveu como uma pessoa muito tímida que em geral passava seus dias fazendo montagens de Shakespeare em um grupo teatral só de mulheres. Essa garota agora convidava Juho a retornar a Wellesley para vê-la interpretar Polônio.

Seria um encontro romântico? Qual era a diferença entre encontrar romanticamente uma pessoa e namorá-la? Juho deveria ir? Será que eu podia ir junto?

Eu disse que ele devia ir sozinho, porque vai que era mesmo um encontro romântico? Se não fosse, pelo menos ele teria a chance de ver uma montagem de *Hamlet*. Era uma frase que eu conseguia ouvir minha mãe dizendo, judiciosa: *Na pior das hipóteses, você terá visto Hamlet*. Funcionou. Juho ficou satisfeito. Ele perguntou de novo se eu não queria ir, e eu expliquei que já tinha visto *Hamlet*. Mas pensando bem, era inusitado que Juho estivesse indo pela segunda vez a uma faculdade só de mulheres, enquanto eu nunca tinha ido.

Me peguei pensando numa amiga que fiz num acampamento de verão, Jordan, que tinha minha idade, mas já era caloura na Smith. (Ela se inscreveu em várias universidades um ano antes, pois morava no Kansas com o pai, que ela odiava, daí a Smith lhe ofereceu bolsa integral.) Minha mãe não era a maior fã de Jordan, que ela conheceu quando foi me buscar no acampamento. Jordan era ainda mais alta do que eu, fazia as próprias roupas (em geral reformando roupas que já existiam) e tinha uma tatuagem de cobra que ficou pela metade, inacabada. Jordan publicava um zine de quadrinhos e tinha ascendência chinesa. Sempre que minha mãe apontava uma pessoa com quem eu devia fazer amizade, era sempre uma garota americana com tranças francesas.

Na última noite de acampamento, Jordan e eu conversamos até tarde, pois não sabíamos se nos veríamos de novo. Dito e feito: nunca mais nos vimos. Minha mãe falou que eu parecia estranhamente empolgada, perguntou repetidas vezes se eu tinha usado drogas e tentou, ironicamente, me dar um Diazepam para ver se eu dormia no carro. Mas eu nunca tinha me sentido tão desperta e não queria parar de me sentir daquele jeito.

Durante todo o ano seguinte, Jordan e eu trocamos cartas, escritas à mão nos maiores pedaços de papel que encontrávamos: sacos de pão, papel de embrulho, rolos de papel para impressão. Quando minha mãe viu uma das longas cartas-pergaminhos de

Jordan, me disse que ela parecia mentalmente instável e perguntou se era lésbica.

Numa sexta à noite, enquanto eu e minha mãe assistíamos a *Law & Order*, ela me perguntou se *eu* era lésbica: se não era, por que estava ali com ela vendo TV, e não num encontro? Me pareceu um tanto rude, mas tentei ser educada. Ela não ficou satisfeita com nada do que eu disse, até que falei que, caso eu *fosse* lésbica, eu já teria contado. Dava pra ver na cara dela que ela tinha ficado aliviada — "Teria, né? A gente não guarda segredos uma da outra, né?" —, com isso pudemos voltar a ver os promotores correndo atrás dos infratores.

Ano passado, quando entrei na faculdade, Jordan e eu passamos a trocar só uns e-mails vez ou outra. Ela escrevia cada vez mais sobre suas colegas de apartamento, duas das quais estavam misteriosamente apaixonadas pela terceira, Pepper, que era metida e insuportável. Depois de mais ou menos seis meses, Jordan contou que ela e Pepper tinham se beijado e que agora ela também estava apaixonada por Pepper. Eu não entendi. Como Jordan poderia amar um ser humano que se chamava Pepper? Jordan era *mesmo* lésbica? Então minha mãe estava certa? No acampamento, Jordan e eu passamos horas e horas falando sobre paixonites que tínhamos por meninos.

Nunca nem passou pela minha cabeça me candidatar para uma universidade só de mulheres. Desde o ensino médio eu já percebia que as aulas, intoleráveis por si só, se tornavam exponencialmente piores quando não havia meninos. Até as meninas inteligentes da sala pareciam menos interessadas do que o normal em fazer bons comentários, sobretudo quando a professora também era mulher. Em todo caso, eu não queria ser "estimulada" por um "ambiente" todo pensado para que eu me "destacasse". Eu queria participar de coisas mais reais e rigorosas. Obviamente, tudo seria pensado para meninos. Mas e daí? Eu me esforçaria dez vezes mais do que eles, e no fim todos reconheceriam que eu era melhor.

Quanto mais Juho me contava de Lara, a menina da Wellesley, menos ela se encaixava em qualquer tipo de estereótipo que eu conhecia. Ela era mexicana e tinha crescido na Cidade do México, mas a mãe era inglesa, então ela tinha sotaque britânico. Lara tinha três irmãos, era obcecada por teatro, atuava desde pequena, mas era patologicamente tímida. Escutando suas peculiaridades, parei pra pensar que Wellesley devia estar cheia de gente de todo tipo, igual Harvard, só que todas eram meninas. Isso sim deixava tudo mais empolgante. Por outro lado, elas claramente sentiam falta dos garotos, já que tinham de trazê-los num ônibus.

Radcliffe me enviou uma carta oferecendo um subsídio de viagem, mas num valor inferior à metade da bolsa de estudos no estrangeiro. O cara da comida peruana congelada me mandou um e-mail dizendo que eu poderia trabalhar para ele, mas demandava o envio de uma "foto de corpo inteiro". O editor turco do *Let's Go*, Sean, me ligava o tempo inteiro, cheio de ideias sobre como expandir a cobertura da Anatólia Central. Só que eu tinha ido para Ankara em todos os verões da minha vida, como aquilo contaria como viagem?

Passando pelo Centro de Ciências sem olhar por onde andava, topei com Peter, que me perguntou quais eram meus planos para o verão. Falei da bolsa insuficiente para a Rússia, do fornecedor de comida congelada visualmente obcecado e do itinerário pela Anatólia Central que causava colapsos nervosos em americanos. Contei esperando que fosse uma história engraçada sobre como cada opção tinha alguma coisa errada, mas Peter pareceu entender de outra forma. Ele me perguntou se eu já tinha viajado sozinha para a Turquia, disse que seria uma experiência incrível e pareceu dar como certo que eu iria tanto para a Turquia como para a Rússia.

"Eu não sei se com esse dinheiro dá pra ir para a Rússia."

"Mas de quanto é a bolsa?"

Quando eu disse que era de mil e duzentos, Peter riu e disse que os programas de intercâmbio jogavam os preços lá em cima. Arranjos mais econômicos podiam ser feitos de forma particular, com grandes vantagens para os hospedeiros locais. Além disso, todo mundo em qualquer país queria alguém para trabalhar de graça: tudo que eu precisava fazer era encontrar alguém que tivesse um emprego interessante e me oferecer para servir um cafezinho, isso contaria como estágio e eu estaria aprendendo tanto quanto num intercâmbio de três mil dólares.

Impressionada com o modo de Peter de ver as coisas, com seu jeito de fazer o mundo parecer administrável, grande e pequeno ao mesmo tempo, me perguntei em voz alta se eu deveria dar uma chance para o empresário das comidas congeladas. Não seria ótimo, no sentido narrativo, se tudo terminasse amarradinho? Peter riu, mas com uma expressão levemente preocupada, e disse que me passaria o número de um amigo.

Eu ainda não tinha uma imagem formada da nova namorada de Juho, Lara; na minha cabeça, ela era uma pessoa meio borrada. Claro, depois descobri que Lara tinha um nível normal de realidade material, com olhos cinzentos, covinhas e um cabelo encaracolado numa mistura marrom-dourada. Estava de macacão mal cortado, meio caixote, que, de alguma forma, além de descolado, vestia bem.

Por que fazíamos isso quando víamos uma garota: julgar se e de que modo ela era bonita — como Lara, por sinal, era? No caso dos garotos, alguns eram fisicamente repulsivos ou atraentes, mas, logo de cara, a maioria era neutra, não existia aquele impulso cognitivo imediatista de categorizá-los, como havia com todas as mulheres, incluindo a nós mesmas, quando passávamos por janelas ou vitrines. Às vezes eu me achava interessante, misteriosa e escultural. Mas às vezes achava que eu não tinha aparência *nenhuma*, que nada combinava, ou tinha graça, proporção ou sentido, que minha postura era deformada e odiosa, como se fosse sinal de preguiça ou subserviência ou outra falha de personalidade qualquer.

A segunda coisa mais impressionante sobre Lara, depois de sua beleza, era a vontade de ser aceita: não aquela vontade exagerada que afastava as pessoas, mas uma esperança radiante, meio Bambi, que neste caso parecia direcionada a mim — como se eu fosse uma amiga especial de Juho, uma amiga cujo amor ela precisasse conquistar. (Ou seja, ela amava Juho.)

Juho leu um livro de gramática espanhola e ouvia fitas cassetes em espanhol na hora de dormir. Durante o recesso de primavera, ele foi para a Cidade do México com Lara e voltou falando espanhol. Tudo aconteceu tão rápido! Juho e eu éramos amigos havia meses, mas nunca nos ocorreu ir a outros países aprender idiomas por influência um do outro.

Juho disse a Lara que, se estivessem pensando em ficar juntos por mais de um ano, ela teria de aprender finlandês e desenvolver uma relação com a cultura do país, pois ele tinha que voltar para Helsinki assim que a bolsa de estudos acabasse. Ele tinha visto muita gente da Finlândia voltar namorando pessoas que não falavam finlandês, e elas ficavam totalmente dependentes, e no fim todo mundo saía deprimido. O combinado era que, depois de se formar, Lara teria de passar seis meses sozinha em Helsinki, assim ela decidiria se gostava a ponto de morar lá — pela cidade em si, não por Juho.

"E onde você vai estar?", perguntei.

"Em algum outro lugar. Ou em Helsinki mesmo. Só não estaremos em contato."

Fiquei aliviada ao descobrir que no fim das contas havia certa lógica que determinava os pares românticos, pois aquele plano me pareceu insano, e, no entanto, eu conseguia imaginar uma pessoa diferente de mim pensando que seria divertido. Lara claramente era essa pessoa, e por isso ela e Juho estavam juntos.

Em um jantar na semana seguinte, Juho me disse que precisava de outro conselho. Estava preocupado com Lara, pois eles tinham passado o fim de semana juntos e uma hora ela desatou a chorar compulsivamente. Eu perguntei o que tinha acontecido antes de ela começar a chorar, e ele falou que os dois estavam conversando sobre os seis meses que ela teria de passar sozinha em Helsinki depois da graduação. Eu disse que talvez Lara não quisesse passar seis meses sozinha em Helsinki. Juho disse que não devia ser esse o caso, pois os dois tinham discutido o plano a fundo, e Lara concordou que era um plano sensato.

"Pode ser o tipo de plano que parece sensato na teoria, mas que, na hora de colocar em prática, é deprimente", eu disse. "Consigo me imaginar sentindo algo do tipo."

"Você?", Juho exclamou. "Mas você morou num vilarejo húngaro!"

Era verdade. Eu tinha me hospedado com pessoas aleatórias, tentado aprender húngaro e ficado semanas sem conversar com Ivan. Mas quase nada disso foi ideia dele. Ele nunca disse que eu tinha de aprender húngaro ou que eu não tinha permissão para falar com ele.

E se tivesse dito? Por um lado, teria sido bacana se meu estudo de húngaro tivesse sido um projeto legítimo, reconhecido, e não uma coisa bizarra que eu fazia escondida. Por outro, quando me imaginei morando em Budapeste por seis meses sabendo que Ivan estava lá, mas não falava comigo de propósito... Bem, me pareceu no mínimo tão ruim quanto a minha situação de verdade.

Fui ao Café Gato Rojo encontrar Seongho, o amigo que Peter tinha mencionado. Ele apareceu de terno, com uma pasta, e contou do programa autônomo de estudos que fez em Moscou no ano passado, quando no meio da pesquisa sobre as facções comunistas da Coreia percebeu que precisava urgentemente aprender russo. Seongho pôs uma folha sobre a mesa. Na folha havia o telefone dos geneticistas que lhe alugaram um quarto no subúrbio e do estudante de Letras que lhe ensinou gramática básica para ler jornais comunistas. Havia também o número do pager de um cara chamado Igor, do Queens, que me descolaria uma carta-convite para estrangeiros por duzentos dólares.

Era possível que tudo fosse assim tão... Não exatamente fácil, já que parecia meio trabalhoso, mas tão *factível*? Seongho fazia com que todos os problemas dele parecessem piada. Disse que falaria bem de mim para os geneticistas, que diria que eu não era uma psicopata. (Mas como ele poderia saber que eu não era?)

Comecei a pensar em pessoas de Moscou que tivessem um trabalho sobre o qual eu pudesse aprender alguma coisa enquanto lhes servia café. Lembrei de um jornal literário russo publicado em inglês que de vez em quando eu tentava ler e encontrei um exemplar na biblioteca. Na página de créditos havia o e-mail da editora, com uma terminação empolgante: "msk.su". Levei o periódico para uma cabine, determinada a lê-lo do início ao fim.

Já nas primeiras páginas me bateu a tristeza e o desânimo, e lembrei por que eu nunca conseguia ler aquele jornal. "Serdiuk percebeu o que lhe trouxe o cantor Polyp Paudeporco à mente do nada", eu li. Passei para o próximo conto. Alguém chamado Vic, o Babão Ranhento falava de uma mulher que tinha "quatro peitos, dois traseiros e uma trança de cabelo da grossura de um punho".

No entanto, por alguma razão, achei um trecho do conto de um terceiro autor engraçado:

> "Por que você está usando uma máscara de gás?", perguntou Putoff. "Vazamento no fogão?"
>
> "E por que você manca com as duas pernas?" Karmalyutov respondeu sua pergunta com outra pergunta: "Você é um velho lobo do mar?".

Mandei um e-mail para a editora, muito empolgada com Putoff e Karmalyutov, dizendo que eu estaria em Moscou em agosto e perguntando — me senti tão ousada! — se não haveria algum trabalhinho para mim. Ela respondeu pedindo que eu entregasse folhetos informativos sobre o periódico para vários professores famosos de Harvard, e eu respondi dando a entender que eu não conseguiria entregar os folhetos se ela não pensasse em alguma coisa que eu pudesse fazer em Moscou, e ela disse que ia pensar.

Priya também trabalharia para o *Let's Go*, ia para o Nepal. Fomos juntas a um treinamento de defesa pessoal para mulheres. Um ex-presidiário imenso vestido num traje espacial fingia nos assaltar. Era com isso que ele trabalhava agora. Nós basicamente aprendíamos como chutá-lo no saco enquanto gritávamos "Não!".

O ex-presidiário falava com orgulho profissional sobre os processos inconscientes com os quais os criminosos escolhiam seus alvos. Citou um estudo em que vários infratores violentos analisavam um vídeo com pessoas caminhando num shopping e selecionavam as mesmas vítimas. Eles não escolhiam as pessoas mais ricas, mas as que pareciam menos confiantes ou mais desatentas.

Priya sabia muitas histórias sobre o *Let's Go*, pois um de seus admiradores era estudante de direito e eram eles que cuidavam da maior parte dos processos envolvendo o guia. De acordo com o estudante de direito de Priya, a última vez que eles "mandaram uma mulher solteira" para a Turquia, ela foi abusada sexualmente e tentou processar a editora por negligência. Será que era verdade? Sempre tinha alguém processando o *Let's Go* mesmo, mas geralmente era por difamação.

Parte do nosso treinamento era aprender a escrever num determinado tom, descrito como "espirituoso e irreverente", o mesmo empregado no *Guia informal para a vida em Harvard*, um livro que era distribuído gratuitamente para os graduandos e que todos nós líamos várias vezes — pelo menos era a sensação que eu tinha, já que frases inteiras, em geral de resenhas de restaurantes, pareciam gravadas na minha mente. Frases como "O Fishery serve porções enormes, mas medíocres, de peixe fresco para uma clientela bem família" me impressionavam pela declinação judiciosa de forças e fraquezas, assim como pela familiaridade dos escritores com grupos sociais que eu desconhecia ("tagarelas meio folk alternativo", "despreocupados garçons da geração X").

Cada colaborador era designado para escrever sobre três empreendimentos localizados na grande Boston para o *Guia informal* do ano seguinte. Os meus foram o Tesouros Vintage, a Oficina de Abafadores do Bob e o Baú dos Quadrinhos do dr. Stoat, todos em Coolidge Corner. Era ótimo ter uma razão para ir a um bairro que eu raramente visitava; Bob era gente boa e disse que podia dar aos estudantes um desconto de 10% nos abafadores. Mas era difícil pensar em coisas espirituosas ou irreverentes para dizer sobre esses lugares, já que a maioria dos estudantes de Harvard não tinha carro nem comprava antiguidades e, mesmo no caso do Baú dos Quadrinhos do dr. Stoat, a média de idade dos clientes parecia ser de quarenta e cinco anos. Quem eram esses homens adultos que gastavam um bom dinheiro com bonecos e figurinhas — artigos que eu, a propósito, não sabia nada a respeito, não podendo sequer dizer se havia ali uma "grande variedade" —? Ham me veio à mente. Será que Ham conhecia o dr. Stoat? Era provável. Desde aquela festa não tive nenhuma interação com ele.

Já em casa, reli a seção de restaurantes do *Guia informal* do começo ao fim. Parecia encapsular uma visão de mundo específica, quase uma persona específica, uma que você incorporava enquanto lia. Do mesmo jeito que, lendo um romance do século XIX, você adentrava a persona de um homem cristão do século XIX, membro das classes proprietárias, quando lia as resenhas dos restaurantes, se tornava uma pessoa cujo estilo de vida demandava infusões constantes de café — café que jamais poderia ser medíocre, nem queimado, nem comercializado por uma rede nacional; uma pessoa que desprezava os ricos e considerava "superfaturado" ou "superestimado" os piores insultos, mas que, em certas circunstâncias, era capaz de identificar e apreciar um venison pastrami memorável. Essa persona que vivia engajada na tarefa de destruir a si mesma de uma forma inevitável, prestigiosa, mas vergonhosa, o que ficava claro em frases como: "Aquela fritada de caranguejo (sem caranguejo) cai muito bem com a ressaca que você vai ter amanhã" — e quão poderosamente a frase "fritada de caranguejo (sem caranguejo)" resumia a desconexão entre a forma como as coisas eram descritas e o que de fato elas eram. De um jeito semelhante, a resenha do Frescos& Saudáveis quase me levou às lágrimas.

> Aberto supostamente 24 horas, Frescos&Saudáveis oferece basicamente tudo o que seu coração deseja. Sanduíches fartos. Pratos quentes. Sushi. Creme de chocolate. Páprica. Guardanapos.

Aí estava, finalmente: a discrepância entre a ideia de que a Frescos&Saudáveis vendia de si, de um jeito ingênuo ou sinistro, e a sensação que de fato se tinha quando se estava lá. Que alívio ver aquilo articulado!

Era solitário demais caminhar normalmente pela rua tentando se decidir entre diferentes estabelecimentos. Não era a parte mais glamourosa da vida, ou algo que se discutisse muito, mas era algo tão constante, como a batida do coração, como as ondas: o problema de onde e como gastar o dinheiro que arrancamos com tanta dificuldade do mundo. Ninguém falava disso, só os anúncios publicitários, mas eles não tinham a intenção de dizer a verdade — diziam simplesmente que o Frescos&Saudáveis tinha coisas frescas e saudáveis. De certa forma, me parecia que o *Guia informal* era o livro mais verdadeiro que existia, mais verdadeiro inclusive do que o *Ou-Ou* — pois descrevia situações concretas que você vivia, próprias de um tempo e de um espaço, e era atualizado todos os anos.

Encontrei Sean, o editor turco, para analisar meu roteiro. Robusto, de óculos e pele vincada, Sean tinha uma postura agradavelmente conspiratória e ultracafeinada, como aqueles chefes de redação de jornais que vemos nos filmes. Criticava abertamente a cobertura da Turquia feita pelo *Let's Go*, falando como se nós dois soubéssemos que qualquer viajante sensato preferiria os guias da *Lonely Planet*, que eram escritos por viajantes que de fato eram escritores: daqueles que viviam em outros países e se diziam "expatriados". (Meus pais eram expatriados? Parecia que só britânicos e australianos eram expatriados, assim como apenas nobres russos ou poloneses eram emigrantes.)

Ao mesmo tempo, o fato de que o *Let's Go* se valia de estudantes sem experiência enviados por algumas semanas a cada verão era, de certa forma, seu atrativo — um atrativo no qual o próprio Sean parecia acreditar. *Let's Go* não tinha dinheiro para pagar pesquisadores de verdade, e os viajantes por sua vez também não tinham dinheiro para viajar, então o *Let's Go* era o único guia realista.

Meu itinerário era a Anatólia Central, a costa mediterrânea e o Chipre do Norte, que a Turquia considerava parte de seu território, embora o resto do mundo não. Recebi uma pasta com xerox corrigidas das páginas relevantes da edição do ano anterior, junto com uma lista de novos lugares por acrescentar.

Minha mãe disse que o itinerário era impossível: ninguém poderia ir a tantos lugares em sete semanas, e não tinha nem necessidade disso. Que tipo de turista pensaria em visitar pelo menos dois terços desses locais?

"Bem, a ideia é seguir por 'caminhos nunca trilhados'", expliquei.

"Tem bons motivos para esses caminhos nunca terem sido trilhados", minha mãe respondeu.

Depois de consultar minha tia Arzu, ela me enviou um roteiro revisado. Mais da metade das paradas tinha sido excluída. Em compensação, acrescentou duas outras no Mar Negro, onde tínhamos "conexões". Mas era o outro pesquisador, um graduando turco, quem cobriria o Mar Negro. Eu não podia me meter. Minha mãe disse que era exatamente o que eu devia fazer. Me senti exausta diante da vasta diferença entre as visões de mundo da minha mãe e do guia *Let's Go*.

A grande preocupação dela era o Chipre do Norte, sítio de violentas disputas no passado, e Hatay, na fronteira com a Síria. Minha mãe chorou, disse que eu não tinha por que ir até lá, não havia vantagem, e me proibiu.

Meu pai disse que o Chipre do Norte devia ser lindo e que talvez eu conseguisse levar minha prima Evren junto comigo. Ele também não tinha nada de mal a dizer sobre Hatay; ficava a poucas horas de Adana, que também constava no meu roteiro. Eu poderia encontrar Evren em Adana, e de lá iríamos pro Chipre. Ouvindo a ideia dele, pareceu até divertido.

PARTE IV
Verão

Junho

No fundo, eu não via necessidade de comprar um daqueles mochilões de viagem. Não seria melhor levar uma mala? Ainda mais agora que todas tinham rodinhas. As pessoas nem falavam mais sobre isso, agiam como se sempre tivesse sido assim. No entanto, quando eu era criança, sempre via as pessoas gritando: "Você vai machucar as costas!". Elas disputavam a mala, como se lutando para ser a pessoa que ficava com dor nas costas.

No fim, acabei comprando o mochilão mais discreto possível: todo preto e "conversível", ou seja, as alças podiam ficar ocultas e ele ficava parecendo um saco de pano sem forma. Abrindo um zíper, uma parte caía e virava uma mochilinha destacável.

Muitas pessoas me encararam com interesse quando o puxei da esteira da área de retirada de bagagem em Ankara. Soltei as alças, coloquei o mochilão nas costas e, ignorando os olhares perplexos de uma família de seis pessoas, marchei penosamente em direção à fila de táxis.

* * *

Essência de limão, bancos de couro sintético e aquele cheiro subindo quando abríamos a janela do táxi — o que era aquilo? Asfalto? Cigarro? Algum tipo de árvore? O que havia de tão emocionante em simplesmente reconhecer algumas coisas, quase à revelia do que eram? O hall sem luz do prédio da minha tia, o chão de pedra e as escadas que sempre pareciam ter sido lavadas por alguém que sofria de dores lombares. Agora mesmo elas pareciam úmidas e escurecidas, cheirando a lama, porque aqui a poeira não tinha direito de ser só poeira, era sempre inundada pela água. Sempre que alguém ia embora, os anfitriões gritavam e jogavam um balde d'água nas escadas de pedra — para que os que iam embora "voltassem rápido como a água". Naquele dia, as escadas e o chão estavam molhados mais uma vez.

Minha avó abriu a porta, bem magrinha, parecendo um Muppet, com um sorriso enorme e a voz forte. "Selin, minha menina linda! Bem-vinda, bem-vinda! Mas que dó, o que é isso nas suas costas?"

Os armários, guarda-louças e aparadores de madeira talhada, as bandejas de cristal, as toalhas bordadas, as pilhas de fichas de bezique, as cartas que minhas tias sabiam embaralhar com habilidade assustadora e sem qualquer expressão no rosto. A fala educada e urgente dos apresentadores de jornal, vinda da televisão de caixa de madeira. O cheiro indescritível, com um toque de sabão, mas humano. A fotografia emoldurada de Atatürk com um chapéu de pele. A pintura a óleo da minha avó quando menina, com uma expressão que ela tem até hoje — cética, risonha e imperiosa.

"Ai, ai, envelhecer é uma tristeza!" Minha avó sentou-se e sorriu, olhando para o meu rosto, inclinando-se para contar tudo que lhe doía, o que incluía seus rins e algumas coisas que não entendi. Como sempre, ela mencionou um prego que os médicos haviam colocado nas suas costas.

Uma onda paralisante de ternura. Era possível que ela estivesse feliz? Seu sorriso enorme, sua gritaria, "Sente-se, relaxe, agora você está em casa, quer um chá?".

Logo chegou a hora de enfrentar um problema que eu não tinha considerado: o sono. Não havia nada como as insônias de Ankara. O sono nos ludibriava, e, quando finalmente vinha, já não era uma benção, mas sim uma maldição. A partir daquele momento, quanto mais você dormisse, mais bocejaria no dia seguinte, destruindo o que restava dele com aquele desânimo enorme e selando a catástrofe da noite seguinte.

Quando eu era pequena, não entendia o que era aquilo — por que tínhamos de sofrer daquele jeito. Me explicaram que era uma coisa normal das viagens, o jet lag. Minha mãe me oferecia um Valium, dizendo: "Não ponha essa parte no seu romance". Só que uma vez o Valium me deixou superfatigada e abatida, mas mesmo assim não me fez dormir, daí nunca mais tomei.

Já que eu não conseguia dormir, comecei a ler, terminando todos os livros que eu tinha levado pra viagem nas primeiras duas ou três noites, tendo que relê-los várias vezes durante o resto do verão. Eu decorei grandes trechos desses livros, que tratavam de crianças americanas com leucemia ou obcecadas por babás. Tinha também uma série de livros ingleses sobre criancinhas em Cornwall que, por algum motivo, eram designadas para encontrar o graal do Rei Artur e salvar a humanidade, tarefa que claramente excedia suas forças e habilidades. Isso se desenrolava por vários volumes deprimentes, mas ainda insuficientemente numerosos.

As crianças inglesas sempre se deparavam — ou quase — com forças mágicas. A menina em *O jardim secreto* sabia tudo sobre magia, "pois nasceu na Índia, onde existem *fakirs*". Isso me confundiu, porque minha avó sempre falava de "*fakir*" também. Era uma palavra turca para se referir a uma pessoa pobre, pronunciada num tom cheio de pena, remorso e emoção. A casa da minha avó era conhecida por ser um lugar onde as coisas desapareciam, depois descobríamos que o item tinha sido dado a um *fakir*. Minha mãe até hoje lamentava que, em algum momento dos anos 1950, um *fakir* ficou com a bicicleta dela.

Eu me esforçava muito para gostar daquelas viagens a Ankara, para sentir que algo interessante estava acontecendo e que eu não tinha sido eliminada do registro dos vivos. Era uma coisa que eu nunca tinha admitido e só conseguia pensar agora que minha mãe não estava comigo. Era ingratidão e traição pensar que aquelas viagens eram deprimentes; no entanto, elas me deprimiam. Eu mal conseguia articular essas palavras para mim mesma, pois sabia que minha mãe, incrédula, diria que aquilo era "revisionismo" da minha parte.

Era revisionismo? Foi tudo maravilhoso? É claro que foi. Ankara sempre foi um lugar de mimos: lindos anéis e bugigangas douradas, roupas novas, mantas acolchoadas, pantufas vermelhas, casca de laranja com cobertura de chocolate, amêndoas açucaradas, damascos de um dourado pálido, uvas. Minha avó sempre fazia uma geleia maravilhosa: cereja amarga, laranja de Sevilha, morangos silvestres. Minha mãe me levava a passeios especiais, só nós duas. A Flamingo Patisserie tinha a melhor limonada. Minha mãe pensava em pedir um profiterole e eu a encorajava, pois sempre queria que fosse um dia especial, um dia em que ela finalmente ganhasse um mimo. E eu me sentia agradavelmente desinteressada quando dizia, em relação aos profiteroles, "Por que não pede um?", já que eu mesma não gostava muito. Minha indiferença a cremes e massa folhada era comentada com admiração por minha mãe e minhas tias. Mas minha mãe quase nunca pedia os profiteroles.

Perto da Flamingo Patisserie, havia a Paşabahçe, uma loja de artigos de cristal, onde admirávamos as jarras *çeşm-i bülbül*, os copos extravagantemente dourados de formatos peculiares para chá turco, *rakı*, champagne e conhaque: os conjuntos folheados a ouro misturando-se em minha mente às coleções elaboradas de objetos pessoais em exibição no mausoléu de Atatürk, que também visitávamos às vezes, de táxi, embora com não tanta frequência — só quando acordávamos cedo — quanto o Museu Hittite.

A melhor parte do Museu Hittite era quando minha mãe lia as tabuinhas de pedra com hieróglifos. Uma delas falava de um bode que perdia a roupa e roubava um colete do varal de alguém. Outra envolvia um pássaro estudando para virar encanador. Por um lado, eu sabia que minha mãe não estava lendo, e sim inventando aquelas histórias, mas, por outro — quando ela apontava os glifos das Duas Chaves Inglesas Cruzadas e a Torneira Quebrada, por exemplo —, eu sabia que de certa forma ela estava lendo, sim. Quando chegávamos à outra ponta do corredor, quando eu já tinha quase me esquecido do bode, minha mãe dizia, pensativa: "Ah, claro — essa é sobre o vizinho do bode".

O vizinho tinha pendurado suas roupas lavadas no varal e teve uma surpresa quando foi procurar, todo animado, seu colete limpinho…!

Se fosse outra pessoa contando a história, o vizinho ficaria indignado. Na versão da minha mãe, virava um agradável mistério. Onde estava o colete? O pássaro o teria levado? Mas o pássaro não gostava de roupas; o assunto deles era o encanamento. O bode, por outro lado, elogiou aquele colete em várias ocasiões. "Bem, acho que vou trocar uma palavrinha com o bode." Nisso nós duas já estávamos às gargalhadas.

Diante de tudo isso, só podia ser engano meu pensar que aquelas viagens eram ruins. A ideia de decepcionar minha mãe era tão dolorosa que eu revirava a mente em busca de evidências contrárias. Mas a verdade é que nem *tudo* era como o Museu Hittite; geralmente acordávamos tarde demais para dar tempo de chegar a qualquer lugar, pois eu não era a única com dificuldades para dormir; minha mãe sofria ainda mais, e muitas vezes só adormecia depois de o dia raiar. As portas da sala de estar, com maçanetas de prata e vidros foscos, ficavam fechadas até que o sol do meio-dia parasse de bater direta e deprimentemente nas janelas da fachada. Lembro do medo de acordá-la — do terror da sua voz exausta.

Em outras ocasiões, eram as visitas que nos impediam de sair. Mulheres exageradamente enfeitadas passavam horas sentadas no nosso sofá, bebendo chá. De início elas recusavam o chá, faziam uma expressão de pesar, mas minha mãe ou minha avó ou minha tia insistiam, então elas bebiam, ainda com a expressão pesarosa, enquanto "conversavam" — o que implicava passar pra frente os comentários espirituosos ou ecleticamente desalentadores feitos a elas por terceiros, inserindo "ele disse" ou "ela disse" entre praticamente todas as palavras: "E então, ela disse, Senay, ela disse, você, ela disse, não, ela disse, entende nada". Às vezes havia longos intervalos em que ninguém dizia nada além de "olha só" ou "é mesmo?".

Acabei entrando num ciclo — como em "O diário de um sedutor", quando Cordélia fica sem conseguir parar de debater se algo ruim tinha ou não lhe acontecido. Aquelas viagens não podiam ter sido deprimentes, já que minha mãe fez de tudo para que não fossem. E, no entanto, talvez todo esse esforço dela fosse parte do que me deprimia.

Eu sabia que minha mãe havia me protegido com todo cuidado das coisas que a deprimiam quando criança — como ter que beijar as mãos das pessoas mais velhas nas festas. Ela achava aquelas mãos nojentas e se sentia insultada quando tinha de beijá-las, mas a obrigavam mesmo assim. Minha mãe disse que aquilo era errado, que crianças eram pessoas cuja dignidade e privacidade mereciam ser respeitadas. Ela era a única pessoa que eu conhecia que pensava ou dizia coisas do tipo.

Assim, foi comunicado aos demais parentes que Selin não beijaria a mão de ninguém. "Tudo bem, tudo bem, não vamos fazer a Selin beijar a mão de ninguém", eles diziam, ironizando a forma como mamãe me mimava. Eu sempre soube que aquela maneira de decepcionar todo mundo e de fazer showzinho era um favor que vinha da minha mãe ao tentar me preservar de uma experiência ruim da qual ela mesma não havia sido preservada, e o resultado disso é que eu me sentia culpada diante de todos: diante dela, por não ser grata o suficiente pela forma como sempre me defendia e me protegia; diante dos meus parentes, cujas mãos eu não beijava; e diante dos meus primos que *tinham* que beijá-las.

Murat, filho de Arzu, quatro anos mais velho do que eu, era obcecado por armas. Eu só existia para ele enquanto fonte de irritação, pois eu era mais alta, embora fosse mais nova — e menina. Murat estava convencido de que o segredo da minha altura anormal residia nas multivitaminas mastigáveis dos Flintstones que minha mãe me repassava de sua mala. Sabendo disso, minha mãe começou a dividir minhas vitaminas Flintstones com Murat, e a partir de então sempre enviava pelo correio ou levava estoques das vitaminas só para ele. O efeito em sua psique quando não me ultrapassou em altura depois de um ano inteiro tomando as tais vitaminas... Arzu disse que eu era mais alta do que ele porque os frangos na América eram entupidos de estrogênio. Minha mãe se irritou.

Por que eu ainda estava pensando sobre isso, se agora eu não tinha mais idade para beijar a mão de ninguém? Talvez meu pai estivesse certo, e eu tivesse mesmo uma tendência a me "apegar" a ofensas imaginárias ou a sentimentos ruins do passado.

Minha avó estava lendo o jornal na cama, no quartinho lateral onde ela costumava dormir, ainda bebendo o chá que, segundo ela, não lhe tirava o sono. Como sempre, fiquei com a suíte principal. Tomei um banho na banheira que tossia quando você a ligava, vesti um short e uma camiseta e sentei na cama para ler as partes do *Let's Go* sobre a Anatólia Central e Ankara.

Era incrível ver *aquele cara*, a persona do *Guia informal*, evocando os bairros de Ankara: um lugar que nunca me pareceu ser muito falado, descrito, pois poucas pessoas que eu conhecia o tinham visitado — tirando as que de fato moravam lá e não sentiam necessidade alguma de descrevê-lo. Os lugares que o *Let's Go* recomendava tinham um logo de joinha, que funcionava também como o apóstrofo do nome *Let's Go* na capa, e me deixavam mal comigo mesma por nunca ter feito um mochilão. Em Ankara, apenas um lugar recebeu o joinha: o Museu das Civilizações Anatolianas. Senti um alívio enorme quando, lendo a descrição, percebi que era o lugar que minha mãe chamava de Museu Hittite! Então nós estávamos certas em gostar dele — e eles estavam certos em identificá-lo como valioso.

No topo, o *Let's Go* dizia que Ankara não valia uma visita especial, a não ser que você tivesse uma razão para ir até lá, pois era bem menos interessante do que Istambul. A comparação me pareceu estranha. Eram cidades completamente diferentes. Não havia nada semelhante entre as duas. Decidi fazer uma cobertura mais positiva de Ankara. Na manhã seguinte acordei às dez, surpresa por ter conseguido dormir.

Quanto tempo fazia que eu não pensava em Fatma ou Berrak, as duas mulheres que ajudavam minha avó em casa? Fatma morava fora da cidade e vinha uma vez por semana. Tinha um rosto grande e escultural com uma expressão fixa de bondade, e se comportava como alguém da família. Eu lavava minhas roupas em segredo e depois as escondia para evitar que ela as passasse; mas Fatma encontrava tudo e passava, inclusive as camisetas e calcinhas. Por que eu sentia vontade de chorar quando via aquela pilha de roupas perfeitamente dobradas?

Berrak, que vinha todos os dias, era magra e tinha um sorrisinho torto, parecia uma adolescente, embora já tivesse vinte anos. Era casada com o porteiro e morava no andar de baixo. Minha avó lhe dava ordens sem pedir por favor ou agradecer, como se vivesse irritada com ela. Por que Berrak era encarada com ceticismo? Talvez por causa de suas opiniões políticas, compartilhadas com o porteiro, que era marxista e também religioso — não daqueles que se privavam, como minha avó, mas de uma forma crítica ao secularismo e aos Estados Unidos.

Só que, pensando bem, talvez fosse menos por questões políticas do que pela tendência de Berrak de dizer coisas desagradáveis. Uma vez, ela falou, com minha mãe por perto, "daquele tipo de mulher que chegou aos cinquenta e não tem propriedades".

"Não é meio engraçado que ela seja marxista, mas despreze pessoas que... não têm propriedades?", perguntei.

"É muito engraçado", concordou minha mãe, mas sem rir.

Em outra ocasião, Berrak estendeu os lençóis molhados nas portas para secar. "Vocês podem me lembrar por que mesmo não é uma boa ideia?", perguntei, pensativa, como se tivesse simplesmente esquecido. Minha mãe e minhas tias me encararam com a mesma expressão pesarosa. Uma porta, explicaram-me, não era feita para ser um elemento de sustentação; aquilo não fazia parte do grande plano elaborado para as portas, elas não foram feitas para serem cavalgadas por ninguém, apenas para existir junto com suas dobradiças, regulando o acesso aos cômodos. Fazer aquilo já era o bastante, não tinha nenhuma necessidade de carregar o peso de grandes lençóis encharcados. E que razão haveria, que benefício poderia ser extraído da rejeição àquele célebre produto da engenhosidade humana, o varal?

"Então eles escreveram um livro sobre a Turquia e enviaram você para corrigir os erros?" Na voz da minha avó eu ouvia aquele clubismo familiar capaz de jurar de pés juntos que eu estava perfeitamente apta a revisar qualquer tipo de livro — e também aquele leve ceticismo em relação ao possível valor desse livro em particular.

Passei os dois primeiros dias com minha avó na sala onde ela ficava a maior parte do tempo, sentada de pernas dobradas sobre o assento da poltrona verde, fumando Marlboros, bebendo um copo de chá atrás do outro, resolvendo palavras cruzadas e se irritando com os neologismos. O turco moderno só tinha uns sessenta anos, então ainda estava em transformação. Palavras emprestadas do árabe e do persa eram substituídas de tempos em tempos por termos equivalentes supostamente mais turcos, mas que às vezes eram simplesmente inventados. Isso irritava os mais velhos. Minha avó mal tinha aceitado "simge", palavra fictícia para "símbolo", e já tinha de engolir a imposição descarada de "imge" para imagem.

Ela muitas vezes falava por meio de provérbios que eu não entendia, por isso eu geralmente os ignorava. Só que agora parei pra pensar que, se eu estivesse num país "estrangeiro" — se eu estivesse na Rússia —, eu estaria tentando aprender aqueles provérbios. Então comecei a anotá-los. Alguns deles envolviam meu velho amigo, o *fakir*. "A galinha *fakir* põe um ovo de cada vez": provérbio sobre não ter pressa, e parecia dirigido a mim. Outro dizia: "O ovo não gosta de sua casca", usado para pessoas que tentavam se distanciar do lugar de onde elas vieram, ou que desrespeitavam seus pais.

Fui checar algumas informações usando o telefone de disco ao lado da poltrona da minha avó. Ela insistiu em se levantar, sentando-se no sofá à minha frente, me lançando olhares radiantes e tecendo comentários sobre a minha gramática. Eu planejava as frases antecipadamente. "Bom dia, seria possível solicitar algumas informações..." Minha avó disse, com aprovação, que eu não era como a maioria das moças, que falavam "éééé" o tempo todo e diziam "coisa" quando não lembravam da palavra certa. Claro: elas falavam de um jeito normal, eu não.

Por insistência da minha mãe, minha avó e eu fomos comprar um celular para eu carregar por aí. Eu não podia comprar um sozinha, pois o aparelho tinha de ser registrado em um cartão de cidadania e o meu não tinha foto — o que era normal para crianças, mas a partir dos quinze a foto já era obrigatória.

O oficial da imigração ainda te deixava entrar com um passaporte americano e um cartão de cidadania turco sem foto, mas, uma vez dentro da Turquia, era impossível comprar um celular.

Minha avó era a elegância em pessoa, com seus sapatinhos de senhora e a bolsa combinando. Escolhemos um Ericsson que tinha o tamanho de um pão francês.

Minha avó gritava que me amava e que sentiria muitas saudades quando eu fosse embora. Lágrimas brotavam nos seus olhos por causa da vida que acabou tão diferente do que ela imaginou: todo mundo estava na América, ela só tinha dois netos, havia problemas de comunicação — problemas que ela nunca especificava, mas que provavelmente tinham a ver com o fato de que eu falava turco imperfeitamente e meu primo, David, não falava nada. Minha avó logo acrescentava que nos amava muito, que amava ver fotos nossas e pensar em nós dois. Falava isso com um sorriso enorme no rosto, como se tudo fosse prazeroso. "Ai, ai! Vou pensar tanto em você quando você for embora!"

Minha avó pareceu chocada e triste quando, no terceiro dia, eu saí, embora eu tivesse dito repetidamente que faria isso. Eu tinha colocado o alarme para despertar às oito e meia da manhã, temendo cair subitamente num estado de desespero e exaustão em que eu não conseguia fazer o que tinha de fazer, fracassava e sofria um colapso nervoso. Mas assim que consegui acalmar minha avó e me retirar das dependências da casa, tudo foi mais fácil do que eu havia imaginado. O taxista já sabia como chegar ao terminal de ônibus e lá o trabalho das pessoas era basicamente responder perguntas sobre os horários dos ônibus. Você não tinha que explicar nada, ou dar conta de nada, ou ser amorosa. Se alguém se irritasse com você, eles não podiam chorar, gritar ou acusá-la de ofendê-los, e você sempre tinha a opção de a qualquer momento virar as costas e ir embora. Era o oposto de estar em família.

Comprei um rolinho de azeitona e um chá no balcão de uma pastelaria e tentei separar a euforia da liberdade, que eu achava legítima, da satisfação com os preços — o rolinho e o chá custaram menos de um dólar, o que me pareceu suspeito.

Era satisfatório ir a um endereço presente na edição anterior e descobrir que o edifício, a localização e os horários de funcionamento estavam corretos, ou, melhor ainda, apenas levemente incorretos, portanto facilmente corrigíveis. Essa era a parte mais emocionante: descobrir que a verdade podia ser verificada e posta num livro.

Às vezes acontecia de um endereço ou ponto de referência não existir. No começo isso me dava uma sensação ruim, mas, perguntando nos arredores, eu quase sempre encontrava uma pessoa mais velha que me explicava tudo de bom grado. A rua tinha dois nomes diferentes, ou a rota do ônibus tinha mudado por causa do novo metrô. Até me elogiavam por ter percebido: "A maioria das pessoas nessa vizinhança nem lembra que era assim, mas você lembra". Eu explicava que trabalhava para o *Let's Go*, e mais de uma vez me disseram que os americanos faziam as coisas direito, conferiam tudo, que não era que nem na Turquia, em que as pessoas só torciam pelo melhor e pronto.

Fiquei empolgada quando vi uma placa do lado de fora do Museu Hittite, anunciando que ele tinha vencido o Prêmio de Museu Europeu do Ano em 1997, concedido pelo Conselho da Europa. Depois fiquei confusa. Por que esse tipo de coisa aliviava as pessoas daqui? "Conselho da Europa"? Uma das minhas crenças mais profundas era a de que o verdadeiro valor não dependia em nada do que americanos ou europeus achavam. E, no entanto… o que *era* o valor, senão algo conferido por um grupo de pessoas? Um pensamento intimidador me ocorreu: como arrancar da minha mente todas as crenças que eu detestava?

Uma famosa deusa da fertilidade de oito mil anos sentava-se em um trono, seus seios pendendo quase do pescoço, a barriga dobrando-se sobre as coxas, o rosto — o que havia sobrado dele — borrado e um tanto estúpido, porque não tinha importância nenhuma. Algo caía do meio de suas pernas. Eu sabia que as feministas gostavam quando as sociedades idolatravam as mães, então por que eu não queria olhar para ela?

A menina da Era do Bronze — a estatueta Hasanoğlan — tinha mais ou menos vinte e cinco centímetros de altura e era feita majoritariamente de prata. Seu rosto, uma máscara de ouro batido, exibia uma expressão de tristeza profunda. As faixas que cruzavam seu corpo eram de ouro, as tiras que circundavam seus tornozelos também. Havia um elemento sexy nas tiras dos tornozelos. Não era uma figura empoderadora: era magra demais e a forma como se abraçava dava a impressão de que ela sentia frio ou medo. Mas era linda — pequena, parecia uma boneca, eminentemente portável. Você ficava com vontade de levá-la mundo afora. Nesse sentido ela parecia fascinante e livre.

Alguém fez um diorama em tamanho real de uma morada neolítica, inspirado em ruínas encontradas perto de Ankara. Cinco cabeças de touro de tamanhos diferentes e sem olhos foram dispostas nos muros brancos. Uma fogueira elétrica reluzia numa lareira branca. Lá no centro do piso, também branco, um poço raso e redondo continha dois esqueletos humanos em posição fetal. A cena parecia um quebra-cabeça, um mistério envolvendo um assassinato. Ao mesmo tempo, havia ali certa qualidade metódica e autossuficiente que me fazia lembrar do apartamento da minha avó.

Quando viu minha mochila, Şenay, prima de Arzu, ficou boquiaberta. "Não é possível que você leve isso nas costas."

"Foi o que eu disse!", exclamou minha avó, logo saindo em minha defesa: "Mas ela leva! Minha menina forte, *maşallah*, ela carrega tudo".

Coloquei a mochila, para que vissem.

"É, ela carrega mesmo", disse tia Şenay. "Mas me diga, Selin, você consegue caminhar?"

Dei alguns passos pela sala de estar. Şenay me olhava com espanto e consternação. "Tudo na mochila, como um *yörük*", ela disse, aludindo a um povo nômade da Anatólia.

"*Hamal, hamal*, ela virou um *hamal*", disse tia Arzu quando viu a mochila. *Hamal* eram os carregadores que ainda vez ou outra víamos por aí subindo e descendo montanhas com fardos de cento e quarenta quilos. Mais tarde, em um museu de antropologia, vi as selas de carga otomanas que os carregadores usavam debaixo dos fardos. Pareciam mesmo minha mochila.

Meu maior problema era a "vida noturna". Não se podia confirmar informação nenhuma por telefone, pois ninguém atendia. E, se atendiam, não tinham como lhe dar uma descrição irreverente e espirituosa sobre a atmosfera ou a clientela.

"Que pesquisa se pode fazer num bar?", perguntou Arzu, com uma expressão torturada.

Mas eram justamente os bares que eu precisava pesquisar, não apenas para o *Let's Go*, mas para entender a condição humana. Quanto mais eu vivia, mais óbvio me parecia que sair de casa e ficar bêbado era o que havia de mais importante na vida das pessoas. Se você dissesse que estava interessada em outras coisas, diziam que estava fingindo. Mesmo o *Let's Go*, um guia escrito por pessoas supostamente interessadas nos grandes feitos humanos, insinuava o tempo todo que museus eram lugares que visitávamos por vaidade intelectual, já que o importante e desejável mesmo era saber quais eram os melhores bares e as melhores boates de cada lugar.

Nada que Arzu falava contradizia a importância central dos bares e das boates. Só que, neste caso, o que ela queria era impedir minha ida a esses bares e boates. Ninguém discordava que eram estabelecimentos importantes. Mesmo quando eu era pequena, havia sempre um momento nos jantares de família em que alguém fazia a mesma piadinha: "E agora? Vamos para a discoteca?". E riam: "Selin vai pra discoteca!".

Qual era a piada? Que eu não tinha permissão para ir à discoteca? Que eu não queria ir? Que eu nem sequer sabia o que era uma discoteca — que eu nunca tinha visto sua enorme face espelhada piscando para mim, cheia de insinuações?

Mais tarde estava eu vagando por um enorme edifício que parecia um depósito, chamado Proibido Estacionar, tentando descobrir se aquilo era um bar ou uma boate e qual era o seu público. "Ratos de boate", "gente metida na política", "socialites endinheiradas"?

Senti um tapinha no ombro. "Com licença, senhorita", disse um homem de terno, "seu carro está lá fora."

"Você deve ter me confundido com outra pessoa, eu não estou esperando um carro."

"Perdão, srta. Selin", ele disse, sorrindo. Fiquei arrepiada. "O carro foi enviado precisamente para você, por uma senhora que me passou uma descrição bem detalhada." Quando ele disse "detalhada", me olhou da cabeça aos pés, como se admirando a exatidão da descrição que recebeu.

Eu o segui até o lado de fora. Outro homem de terno esperava ao lado do carro estacionado. Logo compreendi quem era o segundo homem: um empregado do MIT, a agência central de inteligência da Turquia, onde Arzu trabalhava.

Horas antes tive a impressão de que estava sendo seguida, mas não quis acreditar. Comecei a chorar.

"Meu braço não chega tão longe. Conhece essa expressão?", perguntou Arzu. Como se houvesse algum conhecimento envolvido. "Se alguma coisa acontecer...", disse ela, com certa urgência. Eu conhecia bem esse modo de falar, como se minha vida representasse um risco às pessoas mais velhas. Como quando minha mãe dizia, horrorizada, que sonhou que eu tinha sido estuprada e tomou aquilo como um sinal de que eu estava em apuros e que precisava dela na vida real.

Eu não parava de dizer à minha avó que eu viajaria, mas ela não acreditava e insistia que eu podia ir outro dia. Por fim, simplesmente parti bem cedo da manhã e deixei um bilhete. Não especifiquei meu destino, porém, assim que desci do ônibus em Tokat, fui saudada pessoalmente por um funcionário público de uma agência do Ministério do Meio Ambiente.

Tokat foi tema de uma longa discussão com minha mãe, que dizia que não havia nada pra ver ali. Tokat não tinha aparecido no *Let's Go* do ano anterior. Sean me deu meia página de pesquisa, com uma citação de *Geografia*, do Estrabão: "Ali, por causa da multidão de prostitutas, os forasteiros se hospedam em grandes números durante as festividades". Aparentemente, foi na província de Tokat, a caminho de Zile, que Júlio César disse "Vim, vi, venci", depois de trucidar um monte de gente, o que não era lá um grande endosso de Tokat da parte de Júlio Cesar.

O funcionário que me cumprimentou quando cheguei, Arif bey, insistiu para eu me hospedar com ele. Sua esposa arrumou um lugar pra eu dormir no sofá. As plantas da casa vestiam roupinhas de crochê. Arif bey ficou interessado no meu walkman. Quando viu que eu não estava ouvindo música turca, quis me dar todas as fitas de Sezen Aksu que ele tinha. "Ela é nosso pardal", ele explicou, a voz comovida.

As canções de Sezan Aksu começavam promissoras, mas ela logo se metia a cantar num lamento histriônico, como se quisesse que o ouvinte se sentisse mal. Na aula de teoria musical, aprendi que, quando a música do Oriente Médio parecia um lamento, ou um canto desafinado, era porque nossos ouvidos — meus ouvidos — haviam sido dessensibilizados pelas convenções da música ocidental. A escala do Oriente Médio tinha vinte e quatro tons por oitava, sendo mais verdadeira e mais real do que a versão de doze tons que os europeus inventaram para os pianos. Ainda assim, eu não gostei de ouvir mais de uma ou duas canções de Sezen Aksu.

* * *

Em todas as cidades seguintes eu fui recebida na estação por funcionários do governo. Em Kayseri, a capital turca do *pastırma*, um coronel do Exército apareceu no meu albergue e me levou para jantar num restaurante militar. Repetiu três vezes que eu provavelmente não tinha ideia do quão sortuda era por estudar em Harvard — de quantos jovens turcos cortariam uma orelha por uma oportunidade como aquela. A certa altura, ele perguntou o que eu estudava, e quando eu disse que era literatura russa, ele quase infartou. Esqueci que os membros do Exército turco ainda se ressentiam pela... Guerra da Crimeia?

Na biblioteca do albergue — cujos livros eram, em sua maioria, ingleses —, encontrei uma introdução à Turquia escrita nos anos 1950 e publicada pelo Exército americano. O texto dizia basicamente que a Rússia e os otomanos sempre viveram em guerra. "Quando os otomanos perderam a Hungria em 1699" — então a Hungria estava envolvida... —, a Rússia empreendeu renovadas tentativas de invadir os Estreitos Turcos, em busca de uma passagem para o Mediterrâneo.

> A velha ambição territorial russa, claro, é bem conhecida. Ela segue firme nesse propósito. Há quase quatrocentos anos a Rússia molesta a Turquia, o que explica por que todo estudante turco odeia a Rússia. É fácil encontrar muitos turcos com parentes ou antepassados que morreram em guerras contra os russos. Outros turcos não se esquecem que foi o Czar Nicolau I da Rússia que se referiu à Turquia como "o homem enfermo da Europa".

Eu, claro, conhecia a frase sobre o homem enfermo, mas não sabia que o autor era russo, e nem que esse comentário em particular tinha "trazido à tona" toda a "Questão Oriental". Eu também tinha ouvido falar da Questão Oriental: assim como a "Questão Feminina", era algo que os romances do século XIX mencionavam. A Questão Oriental indagava, essencialmente, como dividir tudo que antes pertencera aos otomanos. Não era muito diferente da Questão Feminina, que especulava se mulheres poderiam ou não ter empregos e dinheiro. Era esse tipo de coisa que as pessoas tomavam por grandes "questões". Se passasse a vida inteira lendo coisas desse tipo, você também odiaria a Rússia.

A Capadócia era famosa, mas era difícil entendê-la, até mesmo pelas fotos. Muitas vezes elas exibiam um número anormal de balões, às vezes cinquenta balões, suspensos em alturas diferentes, sobrevoando o que geralmente era descrito como uma "paisagem lunar surreal" ou uma "paisagem de conto de fadas". Eu achava que havia alguma relação entre balões e a Lua, mas aparentemente não. Alguém simplesmente decidiu que um balão era o jeito mais fácil de ver tudo.

Capadócia era o nome milenar de uma região que agora abrangia três ou quatro províncias turcas, cada uma com sua própria capital. A região inteira se localizava numa região vulcânica elevada em que a erosão traçou cordilheiras, vales, pináculos e estranhas formações, incluindo as chaminés de fada. O termo "chaminés de fada" parecia uma coisa meio etérea, mas se referia na verdade a enormes pilares ou cones de pedra escupidos pelo vento, de dezenas de metros de altura, sempre com uma rocha gigante no topo.

Quando eu era pequena, minha mãe e minha tia tentaram me descrever essas chaminés de fada. No fim minha mãe disse que a coisa mais parecida com uma chaminé de fada era um pênis. "É verdade", disse minha tia, assentindo judiciosamente. Naquela época eu nunca tinha visto um pênis.

Em muitos lugares, as formações rochosas eram esburacadas: portais para milhares de habitações, igrejas e monastérios escavados ali pelos povos antigos. Era outra coisa confusa na Capadócia: as rochas que pareciam esculpidas ficaram daquele jeito devido à erosão; já os buracos, que pareciam resultar de algum processo natural obscuro, não — a não ser que contássemos a criação desses antigos esconderijos como um processo natural. Em alguns pontos, esses povos escavaram vilas inteiras, interconectadas: cidades de vários níveis que acomodavam até dez mil pessoas, com estábulos para cavalos. As pessoas se escondiam na Capadócia desde o século IV a.C.. Os primeiros cristãos se esconderam ali dos romanos — Pedro escreveu sobre isso na Bíblia.

Hoje, a Capadócia era um destino turístico famoso. Ninguém achava estranho ou perigoso que eu viajasse pra lá, então não me seguiram dessa vez. Arranjei um quarto numa pensão que funcionava numa mansão grego-otomana de cento e cinquenta anos. A proprietária, uma mulher de meia-idade com corte de cabelo descolado, me levou a um quarto enorme com vista para um roseiral. Notei, surpresa, que nas pensões as pessoas sempre me recebiam muito bem. Nos restaurantes, lamentavam que eu não estivesse com um grupo maior, ou não fosse um homem, mas nas pensões era diferente.

"Bem-vinda, bem-vinda, bem-vinda", disse um proprietário, usando várias frases diferentes que significavam "bem-vinda". "Você é bem-vinda aqui." Ele mal conseguia conter a animação, até que disse, num tom confidencial: "Uma senhorita viajando sozinha é nosso tipo de cliente favorito".

"Sério? Por quê?"

"Damas nunca quebram nada."

"Mas as outras pessoas... quebram?"

"Claro. Homens, famílias. Rapidinho alguma coisa aparece quebrada e o valor da propriedade diminui."

"O que eles quebram?", perguntei, preocupada. A pensão começou a me parecer um tanto frágil.

"A pergunta é o que eles *não* quebram. Quebram janelas, abrem buracos nas paredes. Coisas que você nem imagina. Já uma moça de boa família" — ele inclinou a cabeça com deferência — "pode ficar dez anos num quarto e não acontece nada, o quarto continua a mesma coisa! O valor da propriedade não muda um centavo!"

Fiquei aliviada, pois tinha certeza de que conseguiria deixar as janelas intactas, e era um prazer receber o que claramente me foi oferecido como elogio. Ao mesmo tempo, alguma coisa me inquietava na imagem de uma dama de boa família passando dez anos num quarto sem deixar nenhum vestígio.

No terminal intermunicipal de ônibus, eu procurava o ônibus para Ahmetpaşa, uma vila que Sean sugeriu que eu visitasse, pois lá supostamente existiam grutas artificiais antigas e pouco valorizadas. Os funcionários das linhas intermunicipais me olhavam como se eu fosse louca. Alguns me falavam com uma expressão aflita das muitas companhias de ônibus para turistas que me levariam a locais muito mais interessantes e famosos.

"Tenho que ir para Ahmetpaşa", eu dizia. "Estou trabalhando num livro."

Isso durou uns dez minutos, até que um outro funcionário do terminal me disse, num tom animado: "Ahmetpaşa? Sem problema, eu te levo lá. Que horas a gente sai?".

Ele parecia ter uns vintes anos e sorria, cheio de energia. Eu não sabia se era uma piada, mas não importava, pois eu tinha que ir de ônibus. Era justamente pra isso que eles ofereciam esse tipo de emprego para estudantes sem experiência: porque se nos mandassem viajar num ônibus noturno por dezessete horas, tendo que jantar sanduíche de tripa, nós viajaríamos, anotando o preço de tudo.

O rapaz disse que não havia ônibus. Eu o questionei. Como as pessoas iam e voltavam do vilarejo? Devo ter cometido algum erro gramatical, pois ele imediatamente passou a falar o inglês estridente e oficialesco dos guias turísticos. Era deprimente. Com quem eles aprendiam a falar daquele jeito? Quem era o sabichão enfadonho e pedagógico que eles estavam tentando imitar?

"Saindo daqui, você tem que viajar por duas horas. São dois ônibus." Ele mostrava o número com os dedos.

"Esplêndido", eu disse energeticamente em turco, usando uma das palavras otomanas favoritas da minha avó. "Quanto maior a tortura, melhor."

"Perdão?", ele disse, em inglês.

"Esse livro é para americanos. Se eles acharem tudo fácil demais, vão pensar que estão perdendo a autêntica experiência turca. É por isso que querem ir a Ahmetpaşa."

"Ah, é?" Ele pareceu refletir. "Te proponho o seguinte, então", ele disse, em turco, e foi como se toda a personalidade dele mudasse, voltando a ser de novo cortês e bem-humorado. "Vamos supor que te coloquemos num ônibus para Ahmetpaşa. Em duas horas, você terá viajado uns sete quilômetros. Você verá todas as coisas que há para ver em Ahmetpaşa — uma por uma, você vai ver tudo. Viverá a autêntica experiência turca? Isso eu não sei, aí você decide. Mas considerará a experiência suficientemente torturante. A essa altura, meu expediente já vai ter acabado, então vou te buscar e nós vamos jantar. O que me diz?"

"Se você me ajudar a encontrar um ônibus, ficarei muito grata."

"E o jantar?"

"Bem, acho que não. Mas posso pensar sobre isso no ônibus."

"Perfeito!" Ele ficou radiante, sentando-se de novo na cadeira. "Eu só quero que você considere a possibilidade. Fico muito feliz."

"Então, qual é o ônibus para Ahmetpaşa?"

"Quê? Ah, sim. Eu não faço a menor ideia. Velih bey!"

Um senhor mais velho caminhou até nós, de bengala. "Sim, Mesut", ele disse. "Como quiser, Mesut. Estão vendo? Mesut me chama e eu venho, dentro das minhas capacidades, e eu vou te dizer o porquê. É porque eu sei que algo muito importante me aguarda. Outros me chamam para bobagens, mas com Mesut você nunca se arrepende de ter se levantado de sua confortável cadeira."

"Velih bey, eu lhe tirei do seu conforto, e agora você me deixa sem graça."

"Não se preocupe com isso, filho. Diga-me como posso ter a honra de ajudá-lo."

"Velih bey, escute! Essa jovem senhorita tem que ir para Ahmetpaşa de ônibus. A jovem é uma pesquisadora, sabe, e precisa pesquisar alguma coisa lá, e só pode ser de ônibus."

"De ônibus? Mas não tem ônibus direto para Ahmetpaşa. Pegando dois ônibus... São duas horas."

Mesut explicou que a viagem de ônibus era parte da minha pesquisa. Velih escutou tudo com muita atenção, depois enviou um mensageiro para perguntar a um rapaz que morava num vilarejo perto de Ahmetpaşa. Outro mensageiro foi enviado para nos trazer chá. Agora todos me chamavam de "senhorita" e agiam como se fosse não apenas razoável, mas também importante que eu fosse até lá.

"Uma pesquisadora!", Velih disse, enquanto esperávamos pelos mensageiros. "Que legal!"

"Você e eu também devíamos fazer umas pesquisas qualquer dia desses", Mesut lhe disse.

"É bem verdade. Você e eu vivemos aqui a vida toda e não pesquisamos nada. Daí eles vêm de lá da América e pesquisam todo tipo de coisa."

"Até em Ahmetpaşa eles pesquisam alguma coisa."

"E com razão. Por acaso não há o que pesquisar em qualquer parte da criação de Deus? Não foi isso que você descobriu, senhorita, nas suas viagens?"

Mesut me acompanhou até o ônibus local e disse ao motorista para me deixar no ponto da estrada onde eu pudesse dar sinal para o ônibus que me levaria a Ahmetpaşa. Perguntei como chamava o tal ponto da estrada. O motorista me deu o nome de um riacho das redondezas. Anotei no meu caderninho — para que algum dia outras pessoas pudessem ter a mesma experiência que eu.

O segundo ônibus me deixou numa praça com uma estátua do Atatürk e um mercado. Não havia nenhum sinal das tais grutas escondidas. Nem poderia haver, certo? Mas quando fui comprar suco de cereja no mercado, o atendente me perguntou se vim conhecer as igrejas e chamou um garoto para me mostrar o caminho. O menino, que parecia acostumado a receber ordens, partiu de imediato com uma postura profissional, caminhando rapidamente, depois mais rápido ainda, até que estivéssemos praticamente fazendo jogging.

Aos poucos, percebi que andávamos rápido daquele jeito para despistar dois cachorros que, por incrível que pareça, fornicavam enquanto nos seguiam. Os dois mandavam ver por um momentinho, depois paravam e se apressavam na nossa direção, depois voltavam a fornicar.

"Esses cachorros são seus?", o menino me perguntou, finalmente. Quando eu disse que não, ele atirou uma pedra na direção deles, e os cães fugiram, quase envergonhados.

Quando voltamos das grutas, o rapaz do terminal de ônibus, Mesut, estava parado em frente ao monumento do Atatürk, ao lado de um Opel branco — o mesmo modelo que a mãe de Ivan dirigia. O rosto dele se iluminou. "Selin!"

"Não precisava se dar ao trabalho", eu disse. Não tinha me passado pela cabeça que ele me encontraria tão facilmente. Falei que meu plano era voltar de ônibus. Assim que eu disse aquilo, pareceu absurdo. A ideia de pegar o ônibus era para afirmar minha independência e não entrar num carro com um desconhecido. Mas por acaso eu não dependeria do ônibus — e o ônibus não estava cheio de homens?

Entrei no carro e dirigimos por meia hora até uma cidade que eu tinha achado que era distante, pois no ônibus levou um milhão de anos para chegar. O sol se pôs e a lua nasceu. Mesut estacionou numa rua lateral, atrás de um restaurante. Eu ainda não tinha dado uma boa olhada nele, mas pude observá-lo enquanto ele trocava saudações com todos os funcionários do restaurante. Vi que ele era mais baixo do que eu e que de alguma forma parecia mais vivo do que todo mundo.

Sentamos no terraço debaixo de um caramanchão de videira. Tocava música otomana e o lugar tinha um clima de taverna. Mesut pediu duas taças de vinho, puxou um maço de cigarros, me ofereceu um, fumou meio, disse que cigarros faziam mal para a saúde e jogou fora. Também não bebeu quase nada do vinho.

"Então, Selin", ele disse. "Me conte."

"O que devo contar?"

"Das suas pesquisas."

Falei das grutas religiosas e do menino que me acompanhou. Caminhamos quatro quilômetros, subindo e descendo rochas. O garoto conhecia os pontos mais fáceis de escalar, segurou minha mão numa passagem difícil e me contou o que dizia ser os nomes e as idades de todas as igrejas, embora eu não estivesse convencida de que os nomes gregos estivessem certos. Eu não sabia se lhe dava um dinheiro depois do passeio e tentei comprar cookies para ele, mas ele disse que tinha que ir pra casa jantar.

"Ele é um bom menino", Mesut disse. "E fez bem. Com certeza viu que você era uma boa pessoa também. As boas pessoas sempre se encontram."

Será? Era uma pena que não houvesse um clube, como tinha para diferentes religiões, etnias e nacionalidades — coletivos constituídos tanto de pessoas escrotas como de pessoas não escrotas, distribuídas sempre com uma uniformidade admirável. Por que era assim?

Tudo estava delicioso — a salada com sumac, o pão fresco, o vinho rústico.

"Agora, me conte você", eu disse.

"O que quer saber?" Ele se aprumou na cadeira.

"Sua infância."

"Tive uma infância muito feliz no Mar Negro", ele respondeu na mesma hora. A mãe morreu quando ele era bebê; ele não se lembrava dela, então nunca foi motivo de tristeza. A pessoa mais próxima dele, a irmã mais velha, Elmas, hoje em dia era casada com um homem maravilhoso, então ele nunca falava com ela, nem a via. A coisa que ele mais gostava de fazer quando criança era capturar peixes com as mãos, daí dava pra ver como os peixes eram abundantes naquela época. Ele os colocava num balde e vendia. A vida de Mesut me pareceu mais real do que a minha, mas como a vida de alguém pode ser mais real do que a de outra pessoa?

Eu disse que precisava voltar para a pensão e passar a limpo minhas anotações do dia. Ele propôs um retorno por um percurso cênico. Aceitei. Depois de duas semanas de ônibus que paravam a cada vinte metros para pegar passageiros, foi ótimo se mover tão livremente, sem um enorme traseiro de ônibus se arrastando vagarosamente atrás de nós.

A estrada íngreme acabava subitamente num precipício. Lá embaixo, grandes extensões de "chaminés de fada", como criaturas gigantescas reunidas à luz da lua. Qual teria sido o aspecto desse lugar, "naquela época"? Onde nós estávamos, o que tudo aquilo significava, por que as coisas eram assim? A atitude de Mesut, quando me beijou, foi atrevida e respeitosa — como se quisesse ver até onde era capaz de ir na base do charme e da diplomacia. As batidas do seu coração: eu as sentia ou ouvia? Em turco, é possível "ouvir" um cheiro. Por que essas loções pós-barba pareciam hackear seu cérebro?

"Como você é bonita", ele disse, com uma espécie de dor ou espanto na voz que me fez pensar que um dia eu envelheceria, ou morreria, ou os dois, e a transitoriedade de todas as coisas — do carro, do luar, da rocha vulcânica em erosão e das estrelas cadentes —, tudo fazia o mundo parecer ao mesmo tempo mais importante e menos importante, até que finalmente o próprio conceito de importância evaporava, como fogos de artifício cintilantes se apagando no céu.

* * *

Ele reclinou o banco do meu assento e pulou por cima do câmbio.

"Não, não faz isso", eu disse.

"Por quê?"

"Eu não quero."

"Por quê?"

"Porque não."

"Mas por quê? Seria tão bom com você...", ele disse. "Pensei nisso no terminal." (Como assim?)

"Não, impossível."

"Mas por quê?"

De início nem considerei aquele "por quê" uma pergunta de verdade, mas, como a discussão se arrastou, analisei a questão. Era uma coisa relacionada a se supervalorizar? Lembrei de um episódio de *Sex and the City*, quando Samantha leva um bolo de um magnata de finanças num restaurante e começa a chorar, bem na frente do "moço paquistanês" que auxiliava os garçons. Era assim que Carrie se referia a ele na narração em off, embora ele parecesse ter mais de quarenta anos. Na chapelaria, o moço paquistanês a beijava — "Samantha deixou o moço paquistanês beijá-la; afinal, ele tinha sido tão gentil e atencioso com o pão" — e sugeria que os dois fossem embora juntos. Samantha hesitava, depois recuperava o autorrespeito, dava-lhe uma boa gorjeta e saía de cabeça erguida. Era isso: você precisava lembrar que era melhor do que ele. Mas por que você seria melhor do que ele?

"Eu só não quero", eu disse, e ouvi minha voz vacilando.

"Não esquenta", Mesut disse prontamente. "Vamos fazer outra coisa. Por que não vamos às fontes termais?"

* * *

Nas fontes termais, assim como tinha sido no restaurante, Mesut parecia ser uma pessoa muito conhecida. Um rapaz nos levou a um cômodo de pedra amarela imerso em vapor. Vestindo apenas nossas roupas íntimas, entramos na água quente, que era metálica e sulfúrea e parecia mais "flutuante" que o normal.

Trocamos longos beijos. Por fim, quando ele afastou minha calcinha e meteu os dedos devagarinho, senti um sobressalto que me pareceu muito promissor. Parecia uma mensagem me chegando através de uma parede. A pista numa investigação importante.

A ereção de Mesut era diferente da do Conde — era, de alguma forma, mais otimista e alerta. Me ocorreu que talvez o Conde não fosse circuncidado. Mas, aliás, o que era a circuncisão? Claro que eu sabia que se cortava o "prepúcio", um "capuz de pele". Mas, mesmo sabendo disso, o que é que eu sabia de verdade?

De início, fiquei com medo de tudo ser como na primeira vez e de que sujássemos a cama do hotel do amigo de Mesut, onde fomos parar. Só que dessa vez a penetração me pareceu mais fácil, pensei que tinha dado certo e que eu não teria mais problemas, mas logo descobri que havia mais, e aí foi como a primeira vez. Nada tinha mudado.

"Tudo bem, podemos parar por aqui", Mesut disse, recuando para o ponto onde não doía. Ele acariciou meu cabelo e disse que meu corpo era ainda mais bonito do que ele havia imaginado. Depois de um tempinho, tentou de novo.

Com o Conde, eu tinha pensado que aquele movimento

repetitivo tinha a ver com a minha primeira vez, com romper alguma coisa. Na minha cabeça, uma vez que essa coisa fosse rompida, aí, sim, faríamos sexo, seja lá o que fosse.

Agora, comecei a ficar com a sensação de que aquele movimento de vaivém *era* o próprio sexo — não havia nada além daquilo. Revisitei mentalmente cenas de sexo que vi nos filmes. As pessoas quicavam comicamente, ou, se fosse uma cena mais séria, subiam e desciam devagar. Quando uma pessoa era estuprada, tudo que se via era a bunda do cara naquele movimento de estocada. Ok: agora eu sabia o que se passava do outro lado. Era ele, metendo e tirando, metendo e tirando. Sexo era isso. Tentei assimilar essa nova informação — conferir a ela sua importância apropriada.

Mais tarde, ele me deixou na pensão. Caminhei pelo jardim enluarado, subi pela escadaria de pedra, tomei um banho e trabalhei no guia até adormecer, com a sensação de estar "vivendo plenamente".

Depois da quinta ou sexta vez, mal doía. Mas, um dia, no meio de uma conversa, eu ri de alguma coisa que me pareceu implausível — "Mas isso nem é possível!" — e, com raiva real ou fingida, ele penetrou mais fundo, e a dor atordoante me fez entender que até ali ele vinha fazendo tudo com muita delicadeza, e esse pensamento pareceu escancarar a minha alma.

Quanto mais fazíamos, mais a coisa ia ganhando sentido. O que eu achava antes não vinha ao caso; aquilo não resolvia ou respondia de cara qualquer necessidade ou dúvida preexistente da minha parte. O sexo não era algo que fazia sentido automaticamente, como eu esperava, considerando o status universal e canônico da atividade. Era uma coisa superespecífica, como o sabor de um tipo particular de vinho.

Os momentos, de início isolados, em que eu começava a entender — reconhecia o que havia de desejável, e como apreciá-lo, como atraí-lo — me lembravam da primeira vez que consegui acompanhar uma peça de Shakespeare, não apenas ciente do que as personagens falavam, mas compreendendo também por que aquele tipo de discurso era considerado admirável e como todas as coisas que não eram ditas numa conversa real — por serem secretas, ou porque ninguém encontrava as palavras certas — eram ali traduzidas numa torrente rítmica polissilábica que se desfraldava incessantemente dos atores.

Sim: entender o sexo era como entender Shakespeare. E por acaso as duas coisas não se relacionavam? A animosidade que eu sentia no começo, não bem em relação ao próprio Shakespeare — o que ele fez além de escrever peças? —, mas em relação ao que se dizia de sua humanidade universal, do virtuosismo atrevido presente em seus jogos de palavra, essa coisa de Shakespeare dizer "nada" e significar "vagina", dizer "Ó" e significar "vagina", dizer "questões campestres" e significar, de novo, "vagina".

Às vezes, quando eu sentia aquele vislumbre de promessa, eu me tocava para ver se conseguia chegar ao orgasmo. Nunca funcionou muito bem. Depois de tudo, quando Mesut caía naquele transe esquisito, eu me perguntava se eu devia me levantar e ir ao banheiro resolver a questão sozinha e em paz. Mas nunca achei que valesse a pena. Concluí que o orgasmo não devia ser o objetivo de tudo e que não ter tido um orgasmo não era a causa daquele vago sentimento de insatisfação que eu sentia às vezes. A razão devia ser outra.

Eu me mudei da pensão para o hotel do amigo de Mesut. Ele tinha um cabelo longo e encaracolado, sobrancelhas espessas e uma expressão comicamente perplexa, como se não entendesse como e nem por que acabou administrando aquele hotel, todo coberto de carpete bege e repleto de besouros extraordinariamente brilhantes, grandes e pretos, com passos lentos e instáveis. Nunca vi tantos besouros em nenhum outro lugar, antes ou depois daquela vez.

Mesut não gostava de ser visto saindo de manhã, então, ao nascer do sol, ele pulava da janela em cima de um arbusto. Quando contei à minha mãe que Mesut pulava a janela, ela disse que ele era casado. Eu disse que não tinha como aquilo ser possível.

"Tenho certeza."

"Você é casado?", perguntei a Mesut, um tempo depois.

"Quê?" Ele começou a rir. "Como eu poderia ser casado?"

"Então quando você vai se casar?"

Ele riu de novo e não falou mais nada, até que disse: "Você e eu vamos casar um dia".

Por que senti uma onda de euforia? Era como se meu cérebro aspirasse pela liberdade, mas meu corpo tivesse outros planos. Ou será que a euforia era a parte real, e todo o resto — a ideia de que não se podia casar antes de terminar a faculdade, que tinha de se casar com alguém que também era formado e que falava inglês — era, de alguma forma, falso?

Eu via que Mesut era inteligente, pois ele não ficava se repetindo, e sempre entendia o que eu estava querendo dizer, mesmo quando eu não encontrava as palavras certas. Uma vez, quando um dos funcionários do terminal de ônibus duvidou do meu conhecimento sobre as províncias perto de Ankara, Mesut riu e disse: "Você devia acreditar nela, ela sabe de tudo". Ele falou de um jeito tão engraçado que todo mundo riu e ninguém se ofendeu.

Eu fiquei duas horas perdida no tal do Vale do Amor. No começo não acreditei que aquelas formações rochosas tivessem sido moldadas por um processo natural, mas os próprios pênis tinham aquele formato, então talvez aquele fosse o modus operandi da natureza. Subi por uma ladeira íngreme, pensando que era a saída, daí fiquei com medo de descer. Muito acima de mim, em outro plano da existência, como num quadro holandês, um homem andava com um burrico às margens de um pomar. Ele acenou pra mim. Acenei de volta. O telefone gigante da Ericsson começou a tocar na minha bolsa. Era minha tia-avó Bahriye.

"Quem é?", perguntou, ainda que ela é quem tivesse me ligado.

"Oi, tia Bahriye, é a Selin."

"Quem? Selin? A filha do jardineiro?" Seu tom era de revolta. Levou um tempo até que eu conseguisse explicar quem eu era. Ela disse que a filha do jardineiro, Selin, só tinha oito anos, mas sempre se metia onde não era chamada, então seria bem a cara dela descobrir como fazer telefonemas.

No fim, um casal alemão com equipamentos de escalar me ajudou a sair do vale. A garota segurou minha mão. Depois tentei retribuir pagando um almoço no meu restaurante preferido, mas eles pagaram tudo sem que eu percebesse. Fui a um café revisar as anotações do dia.

"Pegue à esquerda na estrada de terra perto da fábrica de ônix, caminhe quatrocentos metros, desça à direita..." As direções não me serviram de nada, mas de quem era a culpa? Eu tinha uma ideia melhor?

Mesut se revelou religioso. Vivia me perguntando sobre minha relação com o Islã. Eu disse que respeitava, mas não seguia. Ele me deu um livreto ilustrado para mulheres sobre como fazer as abluções rituais e me mostrou como lavar as orelhas.

Eu tinha um véu que levava na mochila para visitar lugares religiosos. Mesut pediu para ver como eu o colocava.

"Não é assim", ele disse. Mesut tomou o véu da minha mão e fez um arranjo com muito mais destreza, enrolando e entocando as pontas várias vezes, até que o pano cobriu quase todo o meu cabelo e a parte inferior do meu rosto.

"Nossa, ficou ótimo!", eu disse, olhando-me no espelho. Eu parecia outra pessoa. "Vou começar a andar sempre assim."

Mesut pareceu desconfortável. "Tira isso", ele disse.

Certa noite, Mesut foi ríspido. Lembrando de como ele falava comigo pouco tempo antes, me senti tão triste que pensei que não era certo continuar naquele hotel. Coloquei roupa para dois dias na mochila e viajei de ônibus por quatro horas para uma cidade perto de um vale onde se podia visitar afrescos subterrâneos de mais de mil anos. Aluguei um quarto num albergue, deixei minha mochila e fui fazer a trilha. Meu celular começou a tocar.

Quando eu contei onde estava, e que dormiria lá, a voz de Mesut mudou, e ele disse que viria me buscar depois do trabalho. "Mas são quatro horas de viagem", eu disse.

"Quê? Não, não é, de carro não é nem uma hora."

Ainda não tinha escurecido quando ele chegou. Mesut nunca tinha estado naquela cidade. "Me mostre o que tem por aqui", ele disse. Eu mostrei.

Mesut disse que só era importante usar a camisinha no fim. Eu disse que não era verdade, mas não sei se ele acreditou.

Uma vez, no meio da coisa, ele disse que tinha tirado a camisinha sem que eu percebesse.

"Como você pôde fazer isso?", eu disse, empurrando-o e chorando.

"Não precisa ficar tão chateada", ele disse, assustado. Era brincadeira.

Mais tarde, encontrei um pequeno aviso no pacote de Durex, escrito num turco bem-educado: "Não se deve penetrar uma vagina sem que seja feito o uso de preservativo. A penetração da vagina, mesmo antes do orgasmo, pode levar à gravidez". Recortei o aviso, junto com um diagrama ilustrativo, e fiz uma colagem dentro de um cartão de presente com uma miniatura otomana na capa. A miniatura mostrava um mundo cheio de níveis, balcões e terraços, onde homens com cara de boneco e corpos semelhantes a travesseiros ajoelhavam-se sob um céu estrelado.

Por um momento tive receio de ofendê-lo quando Mesut abriu o cartão, mas ele logo começou a rir, disse que eu era prevenida e que ele guardaria o cartão para não esquecer.

Uma vez, porque me senti grata e porque não queria errar em nada, tentei fazer um boquete em Mesut.

"O que você está fazendo?", Mesut exclamou. Ele disse que aquilo era impuro e me fez jurar que eu jamais faria nada do tipo com ninguém pelo resto da minha vida.

"Ok, eu juro", acabei dizendo. Ele me fez prometer nunca fazer sexo anal também. Eu me perguntei se aquelas coisas eram consideradas piores do que fazer sexo fora do casamento.

Pelos pubianos, fiquei sabendo, também eram antimuçulmanos. Havia um hadith sobre isso. O assunto parecia deixar Mesut ansioso. Mas suas convicções em relação a isso eram tão mais fortes do que as minhas que, um dia, no chuveiro, raspei tudo. Será que alguma coisa que fiz na vida agradou tanto a uma pessoa quanto esse simples ato de me depilar agradou a Mesut?

"O que você acha do amor?", perguntei, num tom casual.

"Amar é ficar preso numa coisa", Mesut disse, prontamente. "É não conseguir esquecer."

Adiei minha data de retorno algumas vezes. Mesut disse que me colocaria no melhor ônibus: um Mercedes.

A caminho do terminal, ele disse que teve muita sorte em conhecer alguém como eu, de ter passado aquele tempo comigo. Ele imprimiu minha passagem no balcão. Lá fora, entardecia. Só havia um ônibus com as luzes acesas. Mesut cumprimentou o motorista e os carregadores e colocou minha mochila no bagageiro. Ele era tão presente e vivo, tão forte e substancial. No entanto, aquilo era limitante. Um aspecto indissociável da sua força e solidez vinha do fato de que ele não existia em qualquer lugar, mas em um específico. Ao contrário dos meus sentimentos, que não tinham dimensões e me seguiam aonde quer que eu fosse, ele tinha o tamanho de uma pessoa e permaneceria ali, naquele mesmo lugar.

Aquelas pesadas engrenagens estalaram e começaram a se mover por trás dos meus olhos e no meu peito. Me senti como tinha me sentido no outono. Hoje eu nem conseguia conceber como vivi daquele jeito. Ao mesmo tempo, me achei sortuda por sentir aquilo de novo — estar aqui de novo. Foi como se um portal se abrisse. Chorar, um poderoso processo físico que geralmente estava fora de questão, tornou-se uma possibilidade constante. Isso parecia provar a realidade material dos pensamentos e sentimentos.

Mesut subiu no ônibus comigo. Eu tinha uma fileira de assentos só para mim, na frente, com vista para o para-brisas gigante. Dava pra ver muita coisa, pois o ônibus era bem alto. Mesut me deu uma caixinha embrulhada para presente, pediu que eu abrisse mais tarde e passou a mão pelo meu rosto, para limpar uma lágrima. Era quase intolerável que ele fosse daquele jeito tão gentil, e que esse momento, por ser o último, estivesse desde o início comprometido, oferecendo tão poucas possibilidades. Agora ele transmitia bons votos para pessoas da minha família e elogiava Adana. Um pouco mais de tempo se passou. Por fim, ele se virou e desceu do ônibus, as portas se fecharam e eu fiquei sozinha no meio de desconhecidos.

O motorista me olhou pelo retrovisor e disse que minha tristeza só provava que eu era uma boa pessoa. Era óbvio que eu gostava muito de Mesut, e era verdade que Mesut era um bom rapaz, mas agora eu não tinha com o que me preocupar, pois ele, o motorista, sabia o que estava fazendo, e a viagem para Adana correria tão tranquilamente e sem incidentes que chegaríamos lá antes mesmo que eu pudesse sentir qualquer tipo de desconforto.

Abri o presente que Mesut tinha me dado. Era uma fita cassete. Coloquei no walkman, com medo de me deparar com aquelas músicas "arabescas" desesperadoras que ele gostava de ouvir. Mas era música pop americanizada, com bateria eletrônica reproduzindo tambores turcos e sintetizadores imitando alaúdes. A primeira canção se chamava "Essa garota vai ser meu fim". Era uma música engraçada. Chorei sem parar.

Por que essa dor era tão intensa — quase pior do que a que eu senti com Ivan? Talvez porque, quando me despedi de Ivan, eu não sabia que aquela seria a última vez em que eu o veria, pois eu ainda acreditava em um futuro em que as coisas voltariam a ser como eram. Dessa vez eu não pensava nada do tipo, óbvio. Como eu voltaria algum dia para a Capadócia, e por quê? Mesut prometeu me visitar, mas a possibilidade me parecia remota e não muito atraente. Teríamos de lidar com todas as ideias que ele tinha da América, e com seu inglês, e eu nem sei o que faríamos. Comeríamos wraps de frango à moda tailandesa no The Wrap? Tentei lembrar do nome infame do wrap de frango à moda tailandesa. Era "A(tai)-me". Meu rosto se contorceu de tristeza. Eu nunca mais entraria no Opel branco de Mesut, nunca mais passearíamos pelas colunas falocêntricas onde os bizantinos tinham se escondido, não iríamos mais beber vinho adstringente naquele telhado e nem voltaríamos ao hotel para transar por horas. Será que era isso que doía tanto? Que ninguém nunca tivesse se aproximado tanto de mim? Que ninguém nunca tivesse me visto e vindo até mim, sem hesitação, olhando-me nos olhos com tanta seriedade e tão pouco medo?

Julho

Em Adana, fui imediatamente consumida pela minha família. Era essencial que eu me encontrasse com todos os homens poderosos que conhecíamos. Não eram muitos, mas cada encontro parecia durar uma eternidade. Lacaios traziam chá. Os tais homens poderosos desafiavam, em tom de piada, que alguém trouxesse uma rodada de café turco. Usavam a construção verbal potencialmente infinitiva que também existia no finlandês. A certa altura, tentaram citar os nomes de todas as pessoas mais velhas da minha família.

Minha prima Evren estava em Istambul, de férias da faculdade de medicina que começara um ano antes. Agora que já não morava em Adana e estudava numa universidade famosa e bonita, ela pareceu mais relaxada do que antes, e eu me senti menos culpada.

Quando eu era criança e visitava Adana, passava o dia todo com Evren. Ela estava sempre na casa dos nossos avós, pois seu pai — o marido da minha tia — era alcoólatra e certa vez empurrou minha tia grávida escada abaixo.

No parquinho, Evren sempre pedia para eu dizer às outras crianças, aos garotos, que eu era da América. Nunca foi uma coisa que eu sentisse vontade de fazer: ir atrás dos garotos para falar da América. Não era um direito que eu tinha conquistado, tendo sido sempre diferente na América? O direito de, pelo menos aqui, ser igual a todo mundo? Por outro lado, e Evren? O que Evren ganhou sendo, de nós duas, aquela cujos pais não eram médicos nos Estados Unidos?

Quando os meninos duvidavam de mim, Evren se irritava. Eles pareciam esperar essa reação, e se surpreendiam quando eu não ligava. "A gente não acredita!", diziam, esperando que eu surtasse.

Evren e eu nunca tínhamos viajado juntas, só nós duas, e era emocionante estar a caminho do Chipre Setentrional. Fizemos uma viagem de ônibus de quatro horas ao porto de onde as barcas partiam, mas só chegamos até aí, pois descobrimos que era preciso ter uma carteira de identidade para embarcar. Meu passaporte tinha ficado em Ankara, e eu só tinha uma carteirinha e meu cartão de cidadania sem foto. Fizemos alguns telefonemas usando meu celular gigante. Um dos homens poderosos com quem bebi chá interveio. Depois disso, todos foram muito gentis. Eu pude embarcar, mas Evren não, pois ela não tinha levado nenhum documento de identidade. Choramos. Evren queria que eu voltasse para Adana com ela, mas eu já estava dois dias atrasada no meu roteiro.

Cheia de culpa e daquele sentimento de traição que raramente me abandonava desde que Evren e eu éramos pequenas, embarquei sozinha. Não fiquei exatamente surpresa quando, quatro horas depois, ao chegar a Kyrenia com meu cartão sem foto, prontamente mandaram que eu reembarcasse e voltasse para a Turquia. Pelo jeito eu viveria o resto da minha vida assim, indo e voltando. Mas os oficiais da imigração turca pareceram tomar como afronta pessoal meu embargo no Chipre. Eles imprimiram uma licença especial e disseram que, se eu me apressasse, conseguiria pegar o último barco.

A última balsa já tinha saído, mas alguns membros da tripulação voltariam para dormir no Chipre. O capitão mal-encarado, que antes em momento algum se dirigiu a mim ou reconheceu minha presença, disse que eu podia sentar com ele no deque superior. A ideia não me animava muito, mas, pelo comportamento da tripulação, ficou claro que aquilo era um grande privilégio. Na cabine envidraçada onde ficava o aparato de condução, me indicaram uma poltrona de couro de comando ao lado da do capitão. Pairávamos acima do mar que se expandia à nossa frente como um reluzente tecido mágico. O sol afundava no horizonte, e ouro e púrpura pareciam jorrar infinitamente das nuvens.

O taxista que me levou ao velho porto contou toda a sua história de vida e começou a chorar. Ele tinha sido evacuado do sul, com todos os turcos, quando dividiram a ilha em 1974. Ele jurava que o norte era uma porcaria e que os lugares que ele deixou para trás eram dez vezes mais bonitos, com árvores e flores que não existiam aqui. Era possível? O sul ficava a quinze minutos de carro, e era difícil imaginar um lugar mais bonito do que aquele onde estávamos.

No *Let's Go*, o fato de não dar para viajar entre o norte e o sul do Chipre era mencionado com humor. Era parte da aura pitoresca que cercava muitos dos problemas dos outros países, sobretudo os relacionados a "antigos conflitos étnicos". A posição da América, agindo como poder moderador entre povos tão pouco razoáveis, era inerentemente cômica. Exemplo: turcos e gregos se "odiavam", mas ambos eram aliados da Otan. Que situação engraçada — e delicada — a da América!

O conflito curdo era levado mais a sério, talvez porque entre os curdos havia os separatistas militantes que realizavam bombardeios suicidas, não apenas na Turquia, mas às vezes na Europa Ocidental.

Por que tinha tanta gente assim, que preferia matar — aos outros e até a si mesmos — do que simplesmente se juntar a outro país? Em alguns casos, era o país que tentava excluí-los. Em outros, eram os separatistas que se opunham à integração.

Acabei lembrando de um dos projetos finais que alguém tinha feito na disciplina de Mundos construídos no ano anterior: uma caixa de madeira cheia de lixo — um fragmento de escultura de ferro, um tecido manchado de cetim verde, uma velha caneta de madeira com a ponta enferrujada — acompanhada de um conto. O conto era sobre uma garotinha que vivia em um reino fantástico em que precisava trabalhar numa mina todo dia, e cuja mãe sempre dizia: "Nosso povo nem sempre foi escravo". Um dia ela desafiou a mãe. Os olhos da mãe brilharam de ódio. Sem dizer uma palavra, foi até um armário, puxou uma caixa de madeira e tirou dali, um por um, os artefatos inestimáveis de seu povo: o amuleto de formato curioso, o pedacinho do vestido da princesa que tinha sido usado para estancar a ferida do herói, a caneta enferrujada que assinou o tratado que depois foi violado. Se a menina se esquecesse daquelas coisas, ela seria cúmplice no assassinato de seus ancestrais.

Eu sabia que Leora acreditava em alguma coisa naquela linha e achava que tinha de aprender os idiomas dos ancestrais, traduzir seus livros e memorizar a forma como eles foram assassinados. Mas Atatürk disse: "Há muitos países, mas apenas uma civilização. Para que uma nação prospere, ela precisa se juntar a essa civilização, a única que existe". Se aquilo era verdade, então você não estava traindo seus ancestrais se falasse outra língua, uma que publicava mais livros, e se buscasse escrever livros novos, diferentes dos antigos.

Quando minha mãe tinha seis anos e descobriu a Inglaterra — descobriu que a Inglaterra existia —, ela disse que queria ter nascido lá, e meu avô teve um acesso de ira terrível, do tipo que ele já não tinha mais quando nasci, por causa do coração.

Espalhados por toda a Turquia havia cartazes que diziam: COMO É FELIZ AQUELE QUE DIZ "EU SOU TURCO" — outra citação de Atatürk. Se meu avô era feliz sendo turco, por que gritou com minha mãe?

Na minha ligação semanal com Sean, perguntei dos separatistas. Sean soltou uma gargalhada: "Meu salário não cobre isso!". Bem, eu ganhava ainda menos do que ele.

Depois de Antakya, que descobri ser a cidade que antes se chamava Antioquia, comecei a fazer o trajeto de volta, seguindo na direção oeste ao longo do Mediterrâneo. Agora já não eram funcionários do governo, mas donos de pensões que me recebiam nas rodoviárias. Chamando-me pelo nome, eles disputavam minha mochila, lutavam para me enfiar em seus carros e tagarelavam sobre o setor turístico.

Esses encontros eram estressantes e constrangedores. Mesmo assim, se eu tivesse de escolher, preferia os hoteleiros a suas contrapartes no governo ou no exército. Os hoteleiros pelo menos consideravam o que eu fazia um emprego de verdade. Eles conheciam o *Let's Go* e achavam que era uma coisa importante. Claro, não acreditavam no guia da mesma forma que o próprio guia acreditava — quer dizer, não acreditavam na nossa "objetividade". Achavam que eu podia escrever o que bem quisesse, negando ou concedendo oportunidades infinitas de acordo com os meus caprichos. A ideia de "comprometimento" com "o leitor" não fazia o menor sentido para eles. Que diferença faz para os estrangeiros em qual hotel eu me hospedei? Por acaso o outro hotel tinha um café da manhã superior? Se tinha, era porque mais gente se hospedava lá, então eles podiam comprar uma maior variedade de queijos, ou preparar os ovos ao gosto do freguês, em vez de apenas cozinhá-los. Se mais gente se hospedasse conosco, também teríamos um belo café da manhã todos os dias, com ainda mais opções! (Daí começavam a listar tudo que incluiriam no café da manhã.) E, então, vamos entrar no livro?

De início me pareceu que eu tinha sido jogada no meio de um mal-entendido de fácil resolução, que eu conseguiria esclarecer graças ao meu diálogo com diferentes culturas. Eu via, por exemplo, que a palavra turca "turistik" tinha uma conotação positiva, sugerindo coisas que os turcos valorizavam, como o ar-condicionado e uma clientela internacional. A princípio, fiquei empolgada para dizer a alguns dos donos de albergue, os mais tristes e com ares mais intelectuais, que o tipo específico de turista que lia publicações como o *Let's Go* não gostava da palavra "turista". Contudo, a única coisa que eu fazia dando essas explicações era mostrar meu "bom coração" e dar a entender uma possível disposição para fazer sexo com eles.

Em algum momento, desisti de tentar explicar qualquer coisa. Não valia a pena. Todo mundo tinha medo. Os turcos tinham medo de perder alguma "oportunidade", representada pelos turistas, e de serem passados para trás, acabando sem nada. Os turistas tinham medo de perder a experiência "autêntica" e de serem explorados, também acabando sem nada. No fundo o que os turistas queriam mesmo era nunca pagar por nada, já que eram pessoas tão boas. Eu via isso em mim mesma: sempre esperava que me dessem tudo de graça, como recompensa por não ser uma pessoa ruim. Era uma esperança ilusória, que eu provavelmente deixaria para trás quando fosse mais velha e tivesse mais dinheiro. Mas o *Let's Go* agia como se não pagar pelas coisas fosse não apenas vantajoso, mas nobre. Da mesma forma, pagar o "preço de turista" não só era perder dinheiro, mas se render aos falsários, deixando de apoiar os verdadeiramente merecedores e autênticos. Pelo visto, a forma de apoiar os autênticos era pagar *menos* para eles.

Quanto nisso de não querer ser "turista" era pura mesquinharia? O *Let's Go* dizia que você podia contornar o "enxame de turistas" que lotavam Istambul e as praias não indo para Istambul nem para a praia; no lugar, você podia fazer mochilão por pequenos vilarejos, desfrutando "incontáveis copos de *çay*, oferecidos por pessoas que se orgulhavam de suas tradições e hospitalidade". Eu achava idiota colocar "çay" em itálico, como se não existisse um sinônimo exato: chá. E, digo mais, o que havia de tão espetacular nesse chá? Por que era necessariamente melhor do que o café queimado do Au Bon Pain? Só porque era de graça?

O *Let's Go* também dizia para evitar restaurantes com vista, pois serviam "uma comida não tão boa a preços superfaturados" — mas que história é essa de superfaturado? O aluguel de um local com vista é mais caro, então era natural que a comida ali custasse mais. Minha mãe jamais iria querer pagar menos para ir a um lugar sem uma boa vista. Era como se o guia estivesse sempre criticando minha mãe. Diziam o tempo todo para optar por "lugarezinhos baratos". Mas esses lugarezinhos estavam sempre repletos de homens pobres e infelizes, que tentavam compensar a falta de poder dominando mulheres. Eu era superficial e elitista por querer evitá-los?

Sempre que algo me deixava mal, meu procedimento-padrão era recontar tudo para mim mesma como uma história em que todos os envolvidos estavam pelo menos um pouquinho certos, alguns sendo gentis ou bem-humorados, e essa gentileza e bom humor redimiam tudo, inclusive *a mim mesma*. Dessa forma, eu me sentia humana e objetiva. Mas será que eu era mesmo humana e objetiva? E se nisso eu estivesse me comportando exatamente como o *Let's Go*, que tratava os problemas dos outros como cômicos e sectários, ou como um romance inglês, em que o personagem que estudou em Eton sempre se metia numa enrascada? Era como se, tentando narrar todos os pontos de vista, você se colocasse ao lado do *Let's Go* ou dos romances ingleses — pois eram eles que se propunham a narrar todas as perspectivas diferentes em busca de certa "objetividade". O que me fez pensar no último capítulo de *Ou-Ou*: "O edificante no pensamento de que contra Deus estamos sempre equivocados".

Minha sensação era a de que, também em relação às viagens, estávamos sempre equivocados.

No terraço do albergue em Side, uma alemã me ouviu falando turco e exigiu que eu fizesse a dança do ventre.

"Eu sou de Nova Jersey", expliquei.

"Ah, então deixa pra lá", ela disse, virando as costas o mais rápido possível, como se fosse contagioso.

Eu estava sentada na cobertura bebendo vinho e trabalhando no meu texto, tentando fazer tudo parecer mágico e barato, quando um cãozinho cinza veio brincar comigo. Eu não tinha dado um centavo para ele. As lágrimas que agora viviam mais próximas de mim, por conta de Mesut, encheram meus olhos. O cãozinho pertencia a uma família turca que estava lá de férias.

"Qual é o nome dele?", perguntei.

A família toda riu. O nome do cãozinho era um trocadilho levemente sexual. O pai, professor aposentado, tinha olhos reluzentes e uma expressão doce. Falando num tom muito cordial, perguntou sobre o meu trabalho e sobre todas as coisas que eu tinha visto, e eu fiquei aliviada, pois sabia que ele não me pediria para fazer uma dança do ventre e nem uma resenha sobre o hotel de algum amigo.

Contudo, na noite seguinte, quando fui à cobertura, o pai apareceu sozinho e me fez um monte de perguntas sobre minha vida sexual — se eu fazia sexo com cristãos —, e no dia seguinte me entregou um relatório impresso endereçado ao governo americano que dizia que o assassinato dos armênios não teve coordenação central, logo não devia contar como genocídio.

Mais adiante, eu estava sentada num ônibus parado no terminal, olhando pela janela. Do lado de fora, um homem grisalho com roupas de safári foi abordado bruscamente por jovens turcos. "Por favor. Por favor. Olá, senhor. Por favor." Eles pareciam amigáveis, e dispostos a ajudá-lo com a bagagem, mas havia algo assustador na pronúncia mecânica do "por favor" — como se não fosse parte de um idioma, apenas um som que você repetia para conseguir dinheiro.

O homem grisalho, que tinha sotaque britânico e lembrava vagamente meu professor de ética, primeiro falou com educação, mas foi ficando cada vez mais ansioso. Um dos jovens deu um tapinha jocoso em suas costas, como se sugerindo que todos ali estavam se divertindo juntos.

"Por favor, não me toque", o inglês disse, várias vezes, mas os jovens não prestaram atenção e continuaram a circundá-lo. Senti pena e falei, em turco: "Ele não quer ajuda, pediu para não tocarem nele".

Um dos rapazes se virou para mim com um olhar de desprezo. "Nós também falamos inglês." Nisso eles pararam de azucrinar o britânico e passaram a se dirigir a mim; diziam "E em você? Em você eu posso tocar?" num inglês horrivelmente carregado, e coisas bem piores em turco, e ali eu entendi que eles me odiavam. Porque eu falava turco com sotaque, porque tomei partido do homem estrangeiro, porque eu me meti na tentativa deles de conseguir um dinheirinho, porque eu mesma tinha dinheiro para visitar outros países, e porque eu era mulher.

Quando olhei de novo para o homem grisalho, que agora procurava alguma coisa na mala, senti que eu tinha interpretado mal sua expressão. Ele não parecia professoral nem educado. Parecia só um idiota, grosseiro e ganancioso qualquer, tentando se safar de alguma coisa.

* * *

Em Anamur, a maior área produtora de banana da Turquia, um funcionário alto e com um ar intenso do albergue se ofereceu para me levar de carro à antiga cidade de Anemurium. Ficava numa praia deserta. Quando chegamos lá, ele quis transar. Por que isso não parava de acontecer? Era estranho que só houvesse duas opções: sim ou não. Qual era a opção ativa, e qual era a passiva? Num livro, o que eu gostaria que acontecesse? O que é mesmo que dizia naquele livro? "Só conecte-se"?

Fiquei encalhada com esse cidadão por vários dias. O nome dele era Volkan. Ele deixou o albergue e me seguiu para a cidade seguinte, comportando-se como se fosse meu namorado. De certa forma, tudo era mais fácil quando se tinha um companheiro do sexo masculino a tiracolo. As interações com as outras pessoas tendiam a ser mais tranquilas. E, no entanto, quase tudo que Volkan dizia era maluquice. Bebemos vinho, fumamos cigarros e tivemos discussões homéricas no meio da rua. Discutir daquele jeito com um homem parecia ser uma experiência importante e universal.

"Você acha que eu sou uma pessoa difícil de se relacionar?", uma vez Volkan me perguntou.

"Sim. Você acha que eu sou?"

Perguntei unicamente para ser justa, mas, para a minha surpresa, ele parou, refletiu e disse: "Não, você até que é tranquila, mais do que a maioria das pessoas".

Eu me ofereci para pagar as passagens de ônibus e de táxi, mas Volkan insistia que pedíssemos carona. Ele conseguiu fazer um carro parar, me enfiou lá dentro e disse ao motorista que ambos éramos estudantes de Harvard. O motorista deu uma olhada pelo retrovisor, mas não disse nada.

Mais tarde, Volkan passou meia hora gritando comigo. Segundo ele, o motorista não tinha acreditado, e a culpa era minha, pois eu não disse: "Sim, nós nos conhecemos em Harvard". Pelo menos agora eu podia dizer que tinha alguma experiência com caronas.

Tentei esconder a insegurança e o medo sem fim que eu senti quando Volkan não conseguiu manter a ereção.

"Eu não sou uma máquina!", ele gritou.

Volkan não gostava que eu me tocasse enquanto transávamos. "Então faça tudo sozinha!", dizia.

Ele não parava de falar sobre sexo anal: que o sexo anal era muito mais prazeroso para as mulheres e que elas gostavam mais de anal do que de vaginal. Às vezes ele dizia essas coisas em inglês, naquela voz turístico-pedagógica, pronunciando "vagina" errado. Quando eu mostrei como se pronunciava a palavra corretamente, ele continuou falando errado e disse: "É assim que eu falo".

Finalmente, pra ver se ele calava a boca, concordei em fazer sexo anal. Ele usou protetor solar como lubrificante. Quando eu disse que queimava, ele quase morreu de rir. Não queria parar, então dei um chute nele.

Uma vez, enquanto íamos para algum lugar, um menino engraxate olhou na nossa direção. Volkan passou meia hora perguntando sem parar para quem o menino tinha olhado — se para mim ou para ele.

Volkan falava muito sobre gays. Disse que, quando era adolescente, foi estuprado por um arqueólogo alemão. Fiquei me perguntando se aquilo era verdade. Quem poderia saber? Não era essa a grande questão de *Rashomon*? A impossibilidade de saber se uma pessoa tinha mesmo sido estuprada?

"Sua mão é tão macia, bem se vê que nunca levantou uma caneta", Volkan disse. Aquilo me irritou. Quem ele achava que era para falar aquilo? Um minerador?

"Sua mão também é macia."

"É?" Ele pareceu contente.

No jantar, Volkan me contou de uma menina que ele conhecia que tinha feito sexo com um hidrante.

"Que cois...", eu comecei a dizer.

Ele passou cinco minutos rindo, dizendo que eu era muito ingênua, pois eu não falei logo de cara que era mentira.

Por um lado, eu não ficava entediada, e transávamos todos os dias. Era um alívio sentir que eu não levava uma existência celibatária, que negava a vida, aprendendo apenas o que havia nos livros, alheia às coisas do mundo real. Minha pele estava mais bonita do que na época do colégio.

Mas, depois de três dias, eu já não aguentava mais; concluí que eu preferia ser celibatária, ter uma pele sem brilho e viver em paz. À tarde, quando Volkan adormeceu, arrumei minha mochila, fechei a porta do nosso quarto de hotel por fora e me mandei para a rodoviária. Meu coração batia acelerado. Tentei fingir que não havia nada de extraordinário naquilo.

No terminal, só havia um funcionário trabalhando. Ele tinha me visto com Volkan, feito gracinhas com ele, e quando eu disse que precisava de apenas uma passagem, não de duas, tudo que ele fez foi dar risada, recusando-se a me vender ou dizer qualquer coisa, ou dar qualquer atenção ao que eu falava. Voltei para o hotel, destranquei a porta com a chave que eu tinha escondido no vaso de flores, e fingi que nada tinha acontecido. Mas, na manhã seguinte, voltei à rodoviária. Outro funcionário me vendeu uma passagem para Konya.

Em Konya, entrei em um dos restaurantes mencionados no *Let's Go* e tentei me sentar. Quatro homens correram até minha mesa, espantados.

"Senhorita, permita-nos levá-la para a área familiar, onde você ficará mais confortável", um deles disse.

"Não estou com a minha família, vim sozinha."

"Mas você não pode sentar aqui!", gritou outro cara, um jovem.

O mais velho dos quatro se aproximou. "Chamamos de área familiar, mas na verdade é onde acolhemos todas as damas."

"Damas não podem sentar aqui?", olhando em volta e percebendo que todos os clientes dali eram homens.

"Você vai ver, o outro espaço é bem mais bonito."

O outro espaço tinha mesmo flores mais vivas e ar-condicionado. Minha entrada com uma equipe de garçons produziu um pequeno espetáculo. A especialidade local, o *kebab* de Konya, era fiel à descrição: "um belo naco de carneiro ao forno".

Volkan levou menos de vinte e quatro horas para dar as caras em Konya. A recepcionista do hotel tinha dito que não tinha problema alguém se hospedar comigo, mas, assim que pôs os olhos em Volkan, começou a gritar. Ela imaginou que seria uma amiga. Não esperava aquilo de mim. Seus olhos se encheram de lágrimas, sua voz vacilou.

Eu pedi desculpas, disse que não pretendia aborrecê-la, que Volkan se hospedaria em outro lugar e que eu iria embora logo pela manhã. Mas ela disse que eu já não era bem-vinda ali e que não poderia ficar nem uma noite a mais.

Assim, nós fomos parar no olho da rua no meio da noite. Ele disse que eu errei em não descrevê-lo como meu marido. Fomos a outro hotel e dissemos que éramos casados. O recepcionista pediu nossos cartões de cidadania, em que se lia "solteiro(a)". Volkan ofereceu uma graninha, e ele disse que poderíamos pernoitar. Minha primeira experiência com subornos.

"Ele vai embora amanhã", informei ao recepcionista.

De fato, o cara que estava cobrindo a licença de Volkan teve apendicite, e ele precisou mesmo voltar para Anamur.

Descobri que Konya era uma das paradas na peregrinação para Meca. Todos os principais pontos turísticos eram religiosos. O mais famoso era o mausoléu de Rumi. Rumi fundou a ordem Mevlevi dos dervixes e escreveu poemas líricos extáticos sobre uniões místicas — ou talvez sobre vinho. Nunca me interessei por estados transcendentais que desafiavam os limites da linguagem, ou por qualquer outra coisa que desafiasse os limites da linguagem.

O mausoléu estava lotado de peregrinos, em geral homens. Usei uma echarpe e fiquei de canto. Havia sessenta tumbas, pertencentes a Rumi, sua família e seus amigos. O status social de cada morto era indicado pelo tamanho do caixão e pelo uso e a cor do turbante.

No museu contíguo, aprendi sobre a vida de Rumi: cresceu numa família religiosa, tornou-se clérigo, ensinava numa madraça e levava uma vida tranquila com a esposa e quatro filhos. De repente, aos trinta e sete anos, conheceu um viajante dervixe chamado Shams. Esse foi "o momento decisivo de sua vida". Shams fez uma pergunta a Rumi, que caiu de cara no chão. Rumi respondeu à pergunta, e então Shams caiu de cara na cara de Rumi. Os dois tornaram-se inseparáveis, passando cada momento em um reino de pura conversação, sem comer nem beber. Isso se prolongou por um ano e meio, irritando a família de Rumi e os membros da madraça.

Um dia, Shams desapareceu. Rumi enlouqueceu e virou poeta. Ouvia música e rodopiava por horas a fio — por isso os dervixes faziam o mesmo. Rumi encontrou Shams em Damasco e conseguiu fazer com que ele voltasse. Ambos caíram aos pés um do outro, e "ninguém sabia quem era o amado, quem era o amante". A coisa toda recomeçou: os discursos místicos e a falta de paciência da madraça. A certa altura daquela falação sem fim, Shams foi chamado à porta dos fundos e foi ver quem era. Nunca mais foi visto.

Rumi partiu em busca de Shams. Foi até Damasco, onde teve uma revelação: os dois eram a mesma pessoa. Enquanto esteve em busca de Shams, esteve em busca de si mesmo. *Era Shams quem escrevia os poemas de Rumi*. A partir daí, Rumi passou a assinar seus poemas com o nome de Shams.

Não era o que eu esperava da vida de um santo. Ele começava convencional, religioso e submisso às leis — e *depois* se deixava consumir pelo amor, alienava-se da família e da comunidade, enlouquecia e escrevia poemas? Era tipo o Santo Agostinho, só que ao contrário, o que não deixava de ser empolgante.

Fui à livraria ler poemas de Rumi. Tentei primeiro as traduções turcas, achava que seriam mais próximas do original. Eu sabia que Rumi escrevera em persa, mas, no mínimo, falava turco. Até porque o turco, diferentemente do inglês, tinha um monte de palavras persas. Mas, com exceção de uma coleção caríssima de vários volumes, ainda plastificadas, que jamais caberia na minha mochila, as únicas edições turcas eram livretos cheios de erros tipográficos, com capas que variavam entre um dervixe rodopiando entre as cores do arco-íris e a foto de uma rosa coberta de orvalho.

Escolhi uma edição em inglês — um livro de tamanho comum, com uma capa feita por um profissional, introdução e centenas de páginas de dísticos organizados em várias categorias.

Nos sonhos, e mesmo desperto,
ouvirás o amado gritando com você.

Será possível que Rumi era engraçadinho?

Ler em inglês era muito mais fácil e mais divertido, e, no entanto, eu me sentia insatisfeita, como se estivesse perdendo a chance de capitalizar em cima de uma vantagem que eu tinha por "ser" turca — uma vantagem que compensaria o aborrecimento de eu sempre ter que explicar o meu nome e a minha aparência. Foi uma grande decepção chegar à Turquia e descobrir que meu nome e minha aparência ainda demandavam explicações constantes — talvez até mais que na América. As pessoas ouviam meu sotaque, viam as roupas que eu vestia, as coisas que eu fazia, e na cabeça delas nada fazia sentido, nada batia com a minha carteira de identidade.

Percebi também que, mesmo que eu soubesse que Rumi tinha escrito em persa, eu de certa forma ainda achava que ele "era" turco, ou que também escrevia em turco. Seria esse outro traço da nossa cultura: a crença de que uma coisa era turca, ou que tinha alguma conexão com a Turquia, ainda que ninguém mais pensasse aquilo? Os turcos achavam que a Turquia e a Hungria eram irmãs, mas os húngaros não achavam.

Folheei um panfleto publicado por uma associação histórica turca, explicando que Rumi se considerava etnicamente turco e que escrevia em persa apenas como convenção literária. Citava um verso de um poema: "Eu sou aquele turco que não sabe o persa". O panfleto era contradito por um livro em inglês que tinha uma formatação mais normal, incluía outras citações e apontava que o verso sobre não saber persa tinha sido escrito em persa, sendo, portanto, uma metáfora ou um paradoxo. Rumi não tinha apego pela ideia de as pessoas serem de países diferentes, e, em geral, evocava sua ascendência turca apenas para desestabilizá-la: "Ora sou turco, ora, tajique", escrevera. E: "Chamei-te de turco, mas o fiz para confundir os circunstantes".

Comprei a edição inglesa. O tradutor, Coleman Barks, era, aparentemente, de Chattanooga, Tennessee, e não falava persa. Mesmo assim, sua tradução tinha uma das descrições mais convincentes que já li na vida sobre a primavera.

A terra enverdece. Um tambor ressoa.
Comentários sobre o coração chegam em sete volumes.

Aquilo era claramente verdade. Este também:

Primavera, e ninguém se aquieta,
tantas mensagens nos alcançam.

E eu nunca tinha visto ninguém descrever com tamanha precisão a diferença entre o ano passado e este ano:

Ano passado, eu admirava os vinhos.
Neste, vagueio pelo mundo vermelho.

Durante a leitura, às vezes eu me perguntava se tudo não passava de uma invenção de Coleman Barks. Como uma pessoa do século XIII poderia ter escrito aquelas coisas?

Se queres o que a realidade visível
pode dar, és um mero funcionário.

Por outro lado, por que Rumi *não* poderia dizer aquilo? Por acaso no tempo dele não havia realidade visível e funcionários?

Parecia estranho que Rumi tivesse se casado duas vezes e tivesse filhos, mas nem as esposas nem os filhos fossem as pessoas mais importantes de sua vida. A pessoa mais importante era um cara aleatório. Então será que ele era gay? Ou teria sido gay, caso fosse permitido? Ou havia outra forma, sobre a qual eu não fui informada, de uma pessoa ser importante para outra?

Você não é a noiva, nem o noivo.
Você não cabe numa casa com uma família.

Era possível ser aquilo — não ser a noiva, nem o noivo e nem caber numa casa com uma família? Nesse caso, o que acontecia com você? O que diziam era que Shams muito provavelmente tinha sido assassinado e que o filho de Rumi estava envolvido.

ANTALYA

Enquanto eu cambaleava pela rodoviária em Antalya, um rapaz de beleza incomum se afastou de uma grade onde estava recostado e veio até mim.

"Posso ajudar com a mala?", perguntou.

Ele parecia ator de cinema, uma figura num vaso antigo:

ágil, musculoso, maçãs do rosto proeminentes, cabelo curto exibindo o formato elegante da cabeça e do pescoço. O desenho de marciano estampado na camiseta destacava o verde dos seus olhos. Imagino que entreguei a ele minha mochila, pois logo em seguida ele a carregava, caminhando à minha frente num passo displicente. Eu o segui até um pequeno albergue, que ele disse ser de seu primo, com um jardim cheio de mato.

"Vejo que você já conheceu Koray", disse o primo, que era baixo, quadrado e bronzeado, postura militar. "É um bom rapaz, na verdade", acrescentou, como se eu tivesse sugerido outra coisa. O primo tinha trabalhado por cinco anos em um navio russo e conhecia Púchkin. O albergue não tinha nada de especial, mas era barato e limpo, e minha mochila estava lá. Koray se ofereceu para voltar mais tarde e me levar para conhecer a vida noturna da cidade.

Fomos primeiro a uma cervejaria ao ar livre, onde Koray me comprou uma Efes e me contou uma história sobre um porco alemão. Eu tinha certeza de que não estava entendendo direito — talvez ele falasse um dialeto regional. Aparentemente o porco trabalhava no departamento de trânsito de Hamburgo, de alguma forma encarregado de organizar o tráfego. Koray falava de forma meio desdenhosa do porco, embora o bicho parecesse inteligente. Seus olhos tinham um brilho ora desdenhoso, ora risonho. Ele se inclinou e me deu um beijo — um beijo longo, lento.

A principal balada era a céu aberto, à beira-mar, com múltiplas pistas de dança entre ruínas, caixas de som imensas, parecendo lançadores de mísseis. Mulheres corriam para lá e para cá gritando, quase peladas. Entendi que eu é que teria de pagar nossa entrada; "Mas eu não tenho esse dinheiro", eu disse, rindo: custava quase quarenta dólares, o que eu ganhava por dia. Para minha surpresa, Koray agarrou meu braço com a força de uma pessoa louca e me arrastou marchando para uma rua lateral mal iluminada onde havia um caixa eletrônico. "Saca o dinheiro", ele mandou.

"Eu não trouxe meu cartão", menti.

"Não minta pra mim. Eu sei que você está mentindo."

Fiquei tão surpresa que de fato inseri meu cartão no caixa e digitei a senha. O extrato surgiu em inglês.

"Ah, não, minha conta está zerada", eu falei. "Diz que só receberei amanhã."

Koray se inclinou e conferiu a tela. "Diz mesmo?", ele perguntou. "Mas então como é que vamos entrar na festa?"

Foi aí que eu percebi que Koray era mentalmente... perturbado? Incapacitado? Eu não sabia bem como descrever, ou o que pensar. Olhando em retrospecto, não faltaram sinais. A questão é que, durante toda aquela história do porco alemão, ele falava de um jeito nobre. Por que eu pressupus que o problema era o meu domínio do turco — ou seja, que o problema era comigo? Garotas faziam isso mesmo. Por outro lado... O problema era, por definição, meu. *Eu* era a pessoa com um problema.

"Pensando bem, estou com muito sono. Acho que vou pra casa", falei.

"Não vai, não", disse. "Eu não vou deixar." Ele segurava meu braço. Pensei em dar um sacode, ou em gritar, mas não sabia como. Parecia demandar certo conhecimento especializado. Como o celular gigante não cabia no meu bolso, deixei no albergue.

"Estou com muito sono", repeti. "Quero voltar."

Ele estudou meu rosto e retrucou: "Não está. Já falei para não mentir. Vem, eu conheço um hotel". Ele ria. "Em hotéis tem camas!"

Será que, no fundo, eu queria transar com Koray? Dora achou que não queria fazer sexo com Herr K, e aquilo não acabou por adoecê-la? Eu beijei Koray e o achava bonito. E já tinha transado com três pessoas, então que diferença fazia? Claro, talvez ele sofresse de algum distúrbio mental. Mas não era superficial, elitista e, de certa forma, irritantemente feminino julgá-lo por isso? Um cara não daria a mínima se a garota se revelasse incapaz de formular uma frase coerente. Por que eu insistia em me proteger do sumo da vida? A vida não era isso? Estar aqui, nesta rua, negociando com um agressor lindo e possivelmente perturbado? Não era isso? As bitucas de cigarro, os bagaços de melão na sarjeta, o vago odor de cavalos, o pulsar repugnante do grave nas boates? Não era isso a vida?

"Você tem camisinha?", perguntei.

"Não. Mas não se preocupe, não tem necessidade."

"Como assim não tem necessidade?"

"Não precisa."

Eu parei de andar. "Se não temos camisinhas, eu não vou a hotel nenhum, a *lugar* nenhum, vou ficar paradinha bem aqui e fazer um escândalo", eu disse, surpreendendo a mim mesma.

Ele pareceu preocupado e puto. Então quer dizer que eu podia fazer algumas demandas. Andamos para cima e para baixo até encontrarmos uma farmácia aberta. Entrei sozinha, passei pelas papinhas de bebê e chupetas, pelos cremes anti-idade franceses e alemães. As camisinhas sempre ficavam no balcão — era preciso pedir. Uma vez um farmacêutico tentou me vender um modelo com nervuras. "São mais prazerosas para as mulheres", ele explicou, com uma expressão lasciva no rosto.

"Não precisa ser prazeroso, basta não me passar doença", repliquei, citando minha avó, que, se a levavam a um restaurante e perguntavam se gostou da comida, dizia: "Desde que não me envenenem, está ótimo".

Olhei para a rua pela porta de vidro da farmácia. Koray estava do lado de fora, bem em frente à porta. Sua nuca parecia forte e inocente.

O farmacêutico ficou de pé. Ele era corpulento, tinha bolsas sob os olhos e vestia um jaleco branco. Eu montei mentalmente a frase para pedir as camisinhas, mas o que saiu da minha boca foi: "Aqui tem outra saída?".

"Quê?"

"Uma porta dos fundos, talvez, por onde eu possa sair. Estou com problemas com aquela pessoa ali de fora."

Ele olhou pela porta de vidro. "É a única porta", ele disse, de um jeito antipático que me sugeria que não tinha o menor interesse em me ajudar — que nem sequer achava que eu merecesse ajuda.

"Posso usar o telefone, então? Quero chamar a polícia." Assim que falei, comecei a me preocupar quanto ao que dizer à polícia, mas nem precisava pensar nisso, pois ele disse: "Não temos telefone". Era um nível inacreditável e imprevisível de canalhice.

"Como é que não tem telefone numa farmácia?"

"Quebrou." Seu tom era de alguém que nem se importava se eu acreditaria ou não — ele até preferia que eu *não* acreditasse. Comprei um pacote de três camisinhas e saí.

"*Selamün aleyküm*", disse o recepcionista do hotel, apertando a mão de Koray de um jeito másculo. Era o tipo de hotel sobre o qual o *Let's Go* não escrevia, muito embora ficasse bem distante das "trilhas conhecidas" e não houvesse nenhum turista por perto.

"A jovem dama pagará?", ele perguntou. Custava mais ou menos quatro dólares.

"Infelizmente, não tenho essa quantia", eu disse. "Acho que vou para casa." Notei um passarinho numa gaiola atrás da mesa. Era um sinal de bondade ou o oposto?

Koray se enfiou na minha frente. "Isso aí é o preço da noite inteira", ele disse ao recepcionista, numa voz petulante. "Só precisamos de metade."

O recepcionista se virou para mim e disse: "A metade você deve ter".

"Ela tem, eu vi!", Koray afirmou.

Dei ao recepcionista o equivalente a um dólar e setenta e cinco centavos, e ele e Koray pareceram superfelizes.

O rosto de Koray estava vermelho, deformado e contorcido, a expressão já não era nobre, parecia um bebê desesperado. Usou as três camisinhas — não como Volkan, que colocava a camisinha, reclamava de algum defeito e depois a descartava na privada, não: Koray de fato usou cada uma delas, religiosamente, até o fim. "Ok, me dê outra", ele pediu, depois de jogar a terceira, pesada e encharcada, no chão. Eu disse que não tinha mais nenhuma e comecei a me vestir. Ele me puxou de novo e, parecendo perplexo, falou: "Parece até que você não transa mais agora que não tem camisinha".

Nesta hora alguma coisa mudou, e eu por instinto empurrei seu rosto para longe de mim, pulei da cama e me tranquei no banheiro. Ele forçou a maçaneta e bateu na porta, mas não parecia querer arrombá-la. Fiquei com vergonha quando percebi como tinha sido fácil escapar. As batidas na porta continuaram por um tempo. Alguém no andar de baixo começou a jogar o que pareciam ser sapatos no teto. Sentei na privada, sentindo-me estranhamente calma, pensando na citação escrita no prédio de filosofia da universidade: QUE É O HOMEM PARA QUE TE IMPORTES COM ELE.

As batidas cessaram, e com isso os sapatos. Esperei uns minutinhos e entreabri a porta. Koray estava esparramado na cama, como se tivesse levado um tiro, mas seu peito subia e descia, de um jeito calmo e constante.

Quando voltei para o albergue, não havia ninguém na recepção. Fui para o quarto, tomei um banho e arrumei minha mochila, pensando em dar o fora bem cedinho. Acordei antes do amanhecer com vontade de ir ao banheiro. Foi aí que descobri que eu não conseguia fazer xixi. Depois começou a doer quando eu me sentava, e logo também quando eu não me sentava. Minha mãe falava bastante de infecções urinárias, então me perguntei se seria isso. Quando conferi meu relógio, ainda não eram onze horas em Nova Jersey. Liguei para ela e expliquei a situação. Ela disse que certamente era infecção urinária. Não pareceu preocupada ou com raiva. Disse que em Antalya tinha um bom hospital, falou para eu ir direto para o pronto-socorro e dizer ao médico de plantão que meus pais também eram médicos. Ele me daria uma receita e eu melhoraria rapidinho. Também pediu para eu ligar de novo independentemente do horário. Eu desliguei aliviada.

As outras únicas pessoas na sala de espera do pronto-socorro eram uma mulher de véu semiadormecida e um menininho deitado de bruços numa cadeira, fungando forte com o nariz cheio de catarro. O menino tentava chamar minha atenção o tempo todo. Peguei uma revista e fingi ler um artigo sobre como alimentar seu filho com uma dieta baseada no signo dele, mas na verdade eu só aguardava o som da próxima fungada. O menino percebeu que eu não conseguia ignorá-lo e se divertia fungando ainda mais alto e mais particularmente na minha direção.

Quando eu disse ao médico que meus pais também eram médicos, ele reagiu como se fosse a melhor notícia que ele recebeu na vida. Acreditava em tudo que eu dizia, não se comportava como se eu estivesse tentando roubar medicamentos, não me obrigou a tirar a roupa, fez minha receita e explicou onde comprar os remédios. Tudo custou cinco dólares. Eu mal conseguia acreditar que tinha sido muito mais fácil do que ser atendida no centro médico estudantil.

Quando eu disse ao primo de Koray que eu faria o check-out mais cedo, foi como se eu o abandonasse depois de vinte anos de casamento.

"Não aconteceu nada, mudança de planos", eu dizia, mas ele não aceitava, perguntava repetidas vezes numa voz apaixonada o que ele tinha feito de errado e como poderia me compensar. Ficamos presos nisso por um bom tempo.

"Meu primo aprontou alguma coisa?", ele perguntou, subitamente, me pegando de surpresa.

"Seu primo bate bem da cabeça?", soltei, sem planejar. Eu não sabia como dizer que achava que ele era uma pessoa com deficiência mental.

Uma série de expressões passaram pelo rosto do primo. "O que ele fez?"

"Nada, esquece."

"O que ele fez?"

"Nada, meus planos mudaram."

"Pode falar comigo. Você tem que falar. Olha aqui nos meus olhos. Olha aqui nos meus olhos, Selin. Eu bato bem da cabeça?"

Sem querer, olhei nos olhos dele. O que eu vi — meu salário não cobria. Saí e fui atrás de um táxi.

Agosto

A vila de Olympos era um sítio arqueológico, então novas construções eram proibidas. Nos albergues, os quartos ficavam em casas na árvore ou em contêineres de carga. Na Gökhan's Treehouse Pension, uma menina bonita correu para me cumprimentar como se eu fosse sua melhor amiga.

"Agora podemos conversar", ela disse.

"Sobre o que vamos falar?", perguntei, sorrindo.

"Sobre o meu irmão mais velho." Ela começou uma descrição de como seu irmão era bonito e do tanto de namoradas que ele tinha. As namoradas, também bonitas, tinham formas bem-desenvolvidas e vinham todas de países diferentes. Sempre queriam vê-lo, mas ele nunca tinha tempo, pois administrava a pensão inteira.

"Que legal", eu disse. O sorriso com o qual eu mostrava reconhecer sua beleza continuava fixo no meu rosto. Então, seu irmão apareceu. Usava óculos escuros iguais aos do Exterminador do Futuro e parecia um tomate.

"Que coincidência!", disse a menina, surpresa. O irmão e eu trocamos um aperto de mão, mas ele logo deu dois passos para trás, aparentemente para organizar uns folhetos que estavam por ali.

"Você não acha meu irmão o homem mais inacreditavelmente bonito e sexy que já viu na vida?", perguntou a garota. O garoto estava a um metro e meio de nós. Era como se estivéssemos numa peça e a convenção ditasse que ele não podia ouvir nada do que dizíamos. Inspecionei melhor a menina, tentando adivinhar quantos anos ela tinha. Seu rosto estava radiante, como se transfigurado diante do apelo sexual do irmão. "Você deve estar certa", eu disse, minha resposta turca oficial para gente doida. "Você está certíssima" funcionava melhor do que "Você deve estar certa", mas eu nem sempre conseguia dizer. Em alguns casos, parecia uma violação do contrato social, afinal, nós duas devíamos saber que o irmão dela era idêntico a um tomate.

"Eu vou dar um pulo no meu quarto", eu disse.

"Claro, claro", disse o irmão, quebrando a quarta parede. "Fique à vontade, por favor. Espero aqui."

Esperar? Não entendi. Ele não administrava a pensão inteira? E as namoradas, onde estavam?

O local estava lotado de mochileiros, com suas bandanas e flores murchas, garrafas de refrigerante de dois litros cheias de água de torneira e garrafas de água de um litro transformadas em bong. Alguns jogavam vôlei, gritando e vibrando de um jeito que não me parecia natural. Um sujeito grandalhão meio pálido, de calção xadrez, descansava numa rede. Outras pessoas com físicos e vestimentas semelhantes relaxavam em bancos almofadados. Sempre me considerei uma pessoa que não julgava ninguém por se vestir de maneira informal. Só que como aquelas pessoas conseguiam ficar largadas daquele jeito, de calção, lendo *O Alquimista*?

Não tive pressa para subir a escada: uma das poucas ocasiões em que fiquei contente por andar de mochila e não com uma mala. A cama bem arrumadinha e as toalhas dobradas, os ganchos nas paredes e o caixote para guardar a mochila, tudo contribuía para a sensação de que ali tinha tudo de que eu precisava. Vista da janelinha, filtrada pela folhagem, a cena lá embaixo parecia menos deprimente. A casa na árvore me inundou de um sentimento de orgulho e reclusão que me lembrava a infância. Talvez porque adultos não gostam de escalar? Ou porque uma casa na árvore era uma casa que você, enquanto criança, podia reivindicar para si — pois você a construiu, ou poderia, plausivelmente, tê-la construído? Pelo menos ali você não estava em dívida com um mundo insondável construído por máquinas pesadas.

O irmão, Alp, pareceu ficar triste quando eu disse que tinha de ir para a praia. "Mas eu não sei nadar", ele disse, ou será que ouvi errado? "Você volta de noitinha para o jantar, né?", ele continuou, falando numa voz conspiratória e sorridente. "Vai ver como é uma delícia o clima daqui. É indescritível, social, vivo, com conversas genuínas e sinceras, piadas e chistes espirituosos. As pessoas vêm passar uma noite e acabam ficando uma semana. Olha, esses australianos mesmo, estão hospedados com a gente há três semanas!"

"Alp, irmão!" O australiano fez festa com Alp, enquanto a namorada observava tudo com uma tolerância bem-humorada. "Alp é *muito* sociável", ela me disse. Decidi não comparecer ao jantar. Eu só precisava voltar às nove, quando pegaria o micro-ônibus que levava turistas para ver a Quimera, uma chama perpétua que brotava de dentro de certas rochas e que os povos antigos acreditavam ser o hálito de uma Quimera de verdade. De acordo com o *Let's Go*, era por causa dessa chama que Olympos havia sido fundada como templo de Hefesto, deus dos ferreiros. Não entendi direito: ou a chama era o hálito da Quimera, ou o fogo da fornalha de Hefesto, não tinha como ser as duas coisas. Como determinar? Eu tinha de bater o olho e decidir por mim mesma?

O mar mudou, no curso de um metro ou dois, de perfeitamente transparente para um forte azul-esverdeado. Nadando em paralelo à praia, era possível ver as ruínas: arcos bizantinos e romanos semiescavados, pairando acima da água, repletos de videiras e flores magenta que pareciam rostos espantados.

Havia uma bifurcação demográfica pela qual os rapazes que pareciam nativos, de bronzeado mais profundo, não nadavam, só patinavam nas águas rasas. Os que nadavam pareciam ser turcos ou estrangeiros.

Nadei até uma grande rocha plana onde havia algumas pessoas sentadas. Um rapaz bronzeado sem um dos dentes da frente se aproximou de mim e elogiou meu nado. Falou que a maioria das pessoas não gostava de nadar, mas ele sim. Eu sorri educadamente, evitando olhar nos olhos dele. Nisso ele me agarrou e enfiou a língua na minha boca. Me senti imediatamente culpada: por que permitir que algumas pessoas fizessem isso e outras não? Só porque ele era pobre e desdentado? Refleti sobre isso enquanto voltava para a água, tentando nadar o mais depressa possível. Como eu não era a nadadora mais veloz, rapidinho ouvi o rapaz sem dente pulando na água atrás de mim e tive certeza de que ele me alcançaria. No entanto, quando olhei para trás, ele nadava feito um cachorrinho, de um jeito tão estranho e furioso que mal chegava a sair do lugar.

"Como você consegue nadar tão rápido? É nadadora profissional?", ele gritava, abismado.

Alp se aproximou de mim enquanto eu esperava o micro-ônibus. Fingi que tinha esquecido alguma coisa na casa da árvore. Dessa vez ele me seguiu e se colocou entre mim e a escada, falando sobre como tínhamos várias coisas em comum. Segundo ele, dava para ver que eu era muito inteligente. Outras pessoas só se importavam com a beleza exterior, mas para ele a inteligência era ainda mais importante.

"Eu não posso perder o micro-ônibus", eu disse.

"Tem tempo ainda, ele sempre atrasa. Sabe o que é mais impressionante? Apesar da sua inteligência, você não é fria. Dá pra ver que tem um bom coração, um coração mole." No segundo seguinte, a língua dele pressionava minha boca.

"Pare! O que você pensa que está fazendo?"

Ele me olhou nos olhos. "Quem te mandou pra cá para me enlouquecer?"

"Eu preciso pegar meu ônibus."

"Mas o ônibus já veio e já foi."

Pensei que ele estava brincando, mas era verdade: o ônibus havia partido cinco minutos antes.

"O que você fez foi muito errado", eu disse, tentando escolher as palavras certas para expressar minha raiva. "Você sabia que eu tinha de pegar o ônibus, e me impediu. Como pôde fazer isso?"

"Não fique chateada, não é nada de mais. Amanhã você vê a tal da rocha em chamas." Ele segurou meu pulso.

Dei um tapa em sua mão. "Amanhã eu não estarei aqui. Preciso ver hoje, é para o meu trabalho. Tem outro jeito de chegar lá?"

Ele parecia genuinamente confuso. "Por que você quer tanto ver isso? É um tédio. Olha só, eu posso descrever pra você: tem umas rochas, e, entre as rochas, uma chamazinha. Nada de mais."

Havia algo desestabilizante naquela descrição da Quimera, que me pareceu tão inequivocamente verdadeira. Segundos atrás, eu achava que precisava mesmo vê-la. Mas por quê? Por que qualquer pessoa precisa ver qualquer coisa?

A menina bonita disse que eu devia muito a ela por ter me apresentado ao seu irmão. Ela me perguntou se eu já tinha ouvido falar do tênis Converse de cano alto. Quando eu disse que sim, ela pediu que eu lhe enviasse um par vermelho, tamanho 37, pelo correio. "Você vai me mandar, não vai? Vermelho, de cano alto?"

De volta à Antalya, enviei meu último texto. Não pulei nada do meu roteiro, nem sofri um colapso nervoso. O fracasso, claro, não foi completamente evitado. Meu voo para Moscou partiria em três dias. Lá, eu teria de localizar os geneticistas, cujo endereço, preocupantemente, incluía um número de rua, um número de "corpus", um número de edifício *e* um número de apartamento. Depois eu teria de convencer a editora da revista, que parecia não conhecer o conceito de estágio, de que eu seria sua estagiária. Ainda assim, uma etapa da minha viagem havia sido cumprida, sem desonras.

No ônibus, um funcionário distribuía bolinhos. Era maravilhoso comer aquele doce industrializado cheio de frutas cristalizadas — experiência que, se dependesse de mim, eu jamais buscaria — enquanto observava o cintilante Mediterrâneo desaparecendo por trás de grossas janelas de vidro, substituído pelas montanhas e estepes. A noite começou a cair, eu acendi a luz do meu lugar e puxei meu novo livro: *Retrato de uma senhora*, escolhido um tanto superficialmente na única prateleira de livros em inglês — todos "clássicos" de bolso — da livraria em Antalya.

O livro começava numa propriedade inglesa. Ricaços bebiam chá da tarde — eu também estava bebendo chá, o funcionário tinha distribuído junto com o bolinho — e trocavam comentários espirituosos. Como era confortável ler sobre pessoas confortáveis. A personagem principal logo dava as caras: Isabel, americana, sobrinha de alguém. Todos a consideravam incrivelmente interessante, surgia um cachorrinho fofo, ela brincava com ele...

Quando tirei os olhos do livro, quase duas horas já haviam se passado. Olhei pela janela. De início, a única coisa que eu via era escuridão e o meu reflexo. Mas ao olhar com mais atenção para o meu próprio rosto, pude ver, através dele, o mundo todo: montanhas negras se destacando contra um céu profundamente azul, nuvens cinzas estriadas, estrelas espalhadas entre elas. A certa distância da estrada, uma tenda longa e azul iluminava-se por dentro, e perto da tenda havia uma fogueira, e acho que pude distinguir a silhueta de um cavalo.

Era inacreditável o tanto que o *Retrato de uma senhora* se aplicava à minha vida — muito mais do que *Contra a natureza*. A personagem principal, Isabel, tinha a minha idade, era americana e cheia de vida. Só algumas pessoas a achavam bonita. A obra de arte que ela estava criando era sua própria personalidade: a forma como ela agia, como ela era, como era vista pelas outras pessoas. Dessa perspectiva, o estético não era o oposto do ético. O que Isabel queria ser, como queria agir e parecer, era generosa e valente. Seu objetivo principal era evitar a mesquinharia, a inveja e a crueldade — não porque Deus assim o ordenava, mas por não entender por que alguém desejaria ser daquele jeito.

Seu primo rico e tuberculoso, Ralph, doente demais para viver ele mesmo a vida estética, compreendeu que ainda poderia levar essa vida observando Isabel. Era muito reconfortante para mim que Ralph a achasse tão interessante quanto ela própria se achava — que Isabel não estivesse sozinha nessa convicção. Num ponto do livro, Henry James dizia que aquilo era a única coisa que mantinha Ralph vivo: ele ainda não vira o bastante do que Isabel faria. Isabel, então, era como Xerazade, com quem eu sempre me identifiquei e que usava histórias para adiar o momento da morte. (Não era isso que eu tinha feito quando escrevi para Ivan: me mantive viva por mais um dia?) No caso de Isabel, a morte que ela adiou não era a sua própria, mas a de Ralph — e ela vivia as histórias em vez de narrá-las. Mas, enquanto as vivia, as histórias *eram* narradas. Tornaram-se o livro que eu lia naquele instante.

Henrietta, amiga de Isabel, entrava na história. Queria que ela se casasse com um americano de queixo quadrado que administrava com carisma a fábrica de algodão do pai. Henrietta era loira, dizia que era dever de todo mundo se casar e acusava Isabel de agir como a "heroína de um romance imoral". Mas Isabel não queria casar: nem com o herdeiro do algodão, nem com o lorde inglês bonitão que lhe pediu em casamento praticamente assim que a viu. Muitas pessoas ficaram chocadas quando ela recusou o pedido de casamento de um lorde. Ela mesma sentiu medo, reconhecendo que havia dobrado a aposta. Agora tinha que fazer algo ainda mais espetacular.

Ralph persuadiu o pai moribundo a deixar uma herança para Isabel, para que ela nunca precisasse se casar e ele pudesse ver o que ela faria da vida. Isabel, então, ficava rica. E aí é que ela sentia medo *mesmo*. Uma grande fortuna significava liberdade, e era preciso fazer bom uso dela — caso contrário: que vergonha, que desonra! Ela precisava ser cuidadosa o tempo todo.

"É preciso pensar o tempo todo", Isabel dizia a Ralph. "Não tenho certeza se não será uma felicidade maior não ter poder algum." Ralph respondia: "Para pessoas fracas, não duvido que seja uma felicidade maior". Era uma confirmação da minha própria ideia de força — da minha determinação de ser forte.

Os valores de Isabel faziam sentido para mim. Ela não tinha nenhum interesse em arruinar mulheres destituídas, ou em galvanizar uma tartaruga. Isabel queria sondar a condição humana. Valorizava a leitura, as viagens e os relacionamentos com pessoas radicalmente diferentes: pessoas que não necessariamente se entendiam. A certa altura, Ralph perguntava o que Isabel via em Henrietta, e Isabel dizia que gostava que as pessoas fossem diferentes umas das outras, e que, se alguém por algum motivo a atraísse, ela se afeiçoava. Eu também tinha amigos que se achavam irritantes ou incompreensíveis, e alguns podiam *ser* de fato irritantes, mas por algum motivo todos me atraíam — e era por isso que eu gostava deles, por isso os amava. Isabel dizia que essa era "suprema ventura": estar em melhor posição para apreciar as pessoas do que elas estavam para apreciar você.

Pensando nas pessoas que faziam parte da minha vida, que agiam, falavam e viam o mundo de maneira tão diferente — Mesut, Juho, Lakshmi, Riley e todos os outros —, reconheci como foi importante para mim ter a chance de compreender cada um deles, pelo menos um pouquinho — e mais do que eles conseguiriam compreender uns aos outros. Então era *isto* que era um romance? Um plano em que se podia finalmente justapor todas essas pessoas diferentes, lhes servir de mediadora e pesar seus pontos de vista?

* * *

O aeroporto em Ankara parecia uma rodoviária, com barracas de chá, joalherias e voos domésticos listados no mesmo painel que os internacionais. Contudo, a minha escala era em Istambul, com seus montes de lojas duty-free e terminais hermeticamente envidraçados. Eu tinha despachado a mochila e levava minha bolsa a tiracolo, que agora continha *Retrato de uma senhora*, meu walkman e um pacote tamanho família de wafers de avelã.

Minha companhia era a Turkish Airlines. Os comissários eram turcos, assim como as marcas de suco e de água mineral. As instruções de segurança em russo eram gravadas. Ninguém perto de mim prestava atenção. Nada do que eu fazia dava a entender um processo que terminaria com um desembarque na Rússia.

As coisas não iam muito bem com Isabel. Ela acabou se casando com uma espécie de diletante e o auxiliava na compra de antiguidades. Vivia num palácio, tinha um salão e era infeliz — igual Tatiana ao final de *Evguiêni Oniéguin*. Como era estranho que aquilo tivesse acontecido com as duas. Onde foi que elas erraram?

Na verdade, *será* que erraram de fato? Não tiveram vidas incríveis, oferecendo enredos para ótimos livros? Por outro lado... o que ganharam com isso? *Elas* não sabiam que suas vidas tinham virado, na verdade, o enredo de *Retrato de uma senhora* e *Evguiêni Oniéguin*. Se soubessem, talvez elas mesmas tivessem escrito esses livros. Talvez viesse daí o erro — ou a má sorte: elas não puderam reconhecer e escrever os livros.

No comecinho de *Retrato de uma senhora*, mencionava-se uma tia que não parava de dizer às pessoas que Isabel estava escrevendo um livro. Mas na verdade — Henry James dizia — Isabel não estava nem nunca estivera escrevendo um livro. Ela "não tinha qualquer aspiração aos louros de escritora", tendo apenas "uma ideia geral de que as pessoas estavam certas quando a tratavam como se fosse um tanto superior". Era uma das poucas ocasiões em que Henry James era malvado com Isabel.

Bem, fazia sentido. Se Isabel pudesse escrever um livro, Henry James ficaria sem emprego. Por isso *Madame Bovary* tinha de ser burra e banal demais para conseguir escrever *Madame Bovary*: para que Flaubert pudesse ter um grande momento humano ao dizer que ele *era* Madame Bovary. Mas eu não era nem burra e nem banal, e vivia no futuro, os tempos mudaram. Ninguém me convenceria a casar com um fracassado qualquer, e, ainda que casasse, eu mesma escreveria a porcaria do livro.

Isabel, que teve aquelas experiências, não escreveu o livro. Henry James, que escreveu o livro, não teve aquelas experiências. Ele teve experiências diferentes, mas sobre essas, por alguma razão, não escreveu.

Passei ao prefácio, que de início eu havia pulado, pois era escrito no estilo complicado e constrangedor que Henry James aparentemente adotou na velhice. O texto parecia tratar do que eu queria saber — de onde saiu aquela história. Segundo ele, foi escrita na Itália. (Henry James não especificava como ele foi parar na Itália e nem como arrumou tempo e dinheiro de sobra para escrever um livro inteiro lá.) A primeira coisa que lhe veio foi a própria Isabel: uma personagem flutuando livremente, sem cenário, circunstâncias ou enredo. Eu não entendia como era possível conceber uma pessoa sem circunstâncias. Mas pelo visto Turguêniev certa vez disse a Henry James que era assim que os romances *dele* começavam: com a vaga visão de uma pessoa vazia e suplicante, e o que o artista tinha de fazer era inventar as circunstâncias.

"Quanto à origem dos próprios germes trazidos no vento", escreveu Henry James — ele chamava Isabel de "germe" o tempo todo —, "quem poderia dizer, como me pedem, de onde *eles* vêm?" Eu fiquei empolgada, já que era justamente o que eu vinha me perguntando. Mas Henry James nunca chegava a responder. Primeiro, dizia: "Tudo que podemos dizer é que eles vêm dos quatro cantos do paraíso". E acrescentava: "Poder-se-ia responder muito bem a uma pergunta dessas, sem dúvida, se fosse possível fazer aquela coisa tão sutil, se não monstruosa, que é escrever a história do crescimento da própria imaginação".

Essa parte também era empolgante — sobretudo porque depois ele dizia que, se você de fato fizesse aquela coisa sutil e monstruosa, definitivamente encontraria o que estava procurando. A resposta estaria ali, em alguma circunstância de sua vida real. (Isabel, então, vinha de sua vida real?) O caso é que depois ficava claro que ele falava apenas de forma hipotética: em termos práticos, Henry James achava que aquele tipo de reconstrução ou escavação era impossível, ou que de alguma forma não valia a pena ou não merecia reflexão.

Nesse ponto ele mudava de assunto e falava de como Isabel era uma pessoa insignificante, e como era estranho uma "'personalidade' frágil, mera sombra esguia de uma moça inteligente porém presunçosa, ver-se dotada dos elevados atributos de um Tema". Ele se admirava com a forma como "todo o tempo, ao olharmos o mundo, é como as Isabel Archer, ou mesmo os espécimens femininos menores, insistem em ter importância", e agia como se ele fosse uma espécie de visionário por ter cogitado escrever um livro inteiro sobre uma personagem assim.

Comecei a sentir aquela mesma mistura de irritação e euforia que às vezes me acometia durante voos. Era óbvio que Henry James não era nem burro e nem babaca. Então como ele não percebia que aqueles comentários eram comentários de um babaca? Mais importante: se as circunstâncias de uma jovem garota cujo destino ainda não estava selado era algo tão maravilhosa e paradoxalmente interessante, era justo dizer que eu, sendo tal pessoa, tinha aí uma grande vantagem?

Em nenhum momento do prefácio Henry James dizia por que ele não achava *sua* própria vida interessante, por que não escrevia sobre ela. Tentei lembrar o que eu sabia sobre sua vida. Tenho certeza de que li em algum lugar que ele era gay. Ser gay provavelmente era ilegal naquela época, e ele se envergonhava disso. Então, seu problema, como o de Isabel, era ter nascido cedo demais. Isso era triste, mas não mudava nada. Por alguma razão, Henry James precisou fazer certas coisas, como encontrar "um germe soprado pelo vento" e depois esquecer como encontrou o tal germe, para evitar a sensação de que o roubara. Mas eu era mais sortuda. Eu trataria de lembrar, ou de descobrir, de onde tudo nasceu. Eu faria a coisa sutil e monstruosa em que você desvendava o que estava fazendo e por quê.

Voltei a amar Henry James quando ele escreveu sobre sua luta para dramatizar a vida de Isabel, mesmo quando não parecia haver qualquer drama. Ele descrevia uma cena em que a única "ação" era Isabel sentada numa poltrona ao lado de uma lareira apagada. Em sua mente ela reconhecia todas as maquinações que giravam dentro de si, relembrando pequenos detalhes que ela achava que havia esquecido e que agora adquiriam um novo significado. Embora Isabel não se levantasse da poltrona e ninguém entrasse na sala, Henry James queria que aquela cena fosse "tão 'interessante' quanto a visão inesperada de uma caravana ou a identificação de um pirata". E a cena era só isso. Todas as cenas em que Isabel sentava numa poltrona e se dava conta de certas coisas eram incríveis.

Copiei um trecho no meu caderno:

> Agora que partilhava do segredo, agora que sabia de uma coisa que tinha tanto a ver com ela e cujo eclipse fizera a vida assemelhar-se a tentar jogar cartas com um baralho imperfeito, a verdade das coisas, suas relações mútuas, seu significado e, mais do que tudo, seu horror ergueram-se diante dela com uma certa vastidão arquitetônica.

Foi como me senti, sentada numa sala escura depois de assistir a *The Usual Suspects*, ou depois de ler *Ou-Ou* — quando todas as coisas que Ivan me disse e escreveu me inundaram de novo, assumindo uma nova forma, maior do que eu suspeitava. Agora aquilo voltava a acontecer: certas peças de uma história mais ampla que eu mal conseguia decifrar assumiam rapidamente novas posições, e eu me lembrava de coisas que tinha esquecido, dando ao conjunto uma nova organização. E enquanto tudo isso acontecia, eu me encontrava ali sentada, não ia a lugar algum nem fazia nada em particular — embora, de outra forma, eu estivesse me deslocando ruidosamente em direção ao norte a oitocentos quilômetros por hora.

No setor de bagagens perdidas no Sheremetyevo-2, mostraram-me uma página laminada com fotos de diferentes malas e mochilas. Nenhuma se parecia muito com a minha, que fora extraviada em algum momento da viagem. Apontando para a que tinha a aparência mais próxima, anotei, com a letra cursiva cirílica bem fajuta que eu só usava na aula de russo, o complicado endereço dos geneticistas. O funcionário no balcão deu uma olhada no papel e disse que tudo bem, que a mochila seria entregue lá amanhã. Era um desfecho possível? Eu não fazia ideia. Mas não havia mais nada que eu pudesse fazer ali: quanto mais eu demorava, à espera de uma confirmação extra, mais eu sentia o último fiozinho de boa vontade esvaindo-se da sala, como a areia numa ampulheta. Saí pelo saguão de desembarque, o único caminho que havia.

Os cheiros, as cores, os rostos achatados e cansados das pessoas eram radicalmente estranhos — como se o plástico e os cigarros e as lâmpadas e as roupas de lá tivessem uma composição química diferente, e as pessoas tivessem comido outros alimentos, e suas roupas não tivessem sido feitas nas mesmas fábricas, e a distância que as separava da minha própria existência fosse determinada não apenas espacialmente, por coisas como a biogeografia ou os blocos regionais de comércio, mas também pelo tempo.

A iluminação, a qualidade do ar, o teto de bronze pesado esculpido que parecia prestes a desabar sobre a nossa cabeça: tudo emprestava ao entorno o mesmo tom nebuloso de âmbar que víamos em fotografias dos anos 1970. As próprias estruturas — os painéis de bronze, os relógios pretos sem números, os pilares que pareciam os arranha-céus da capa de *A nascente* — pareciam conotar um futurismo passadista, a projeção de uma realidade histórica diferente daquela que, pelo que sei, veio de fato a se passar. É o que a Rússia tinha feito: seguiu por uma bifurcação na estrada que levava a um futuro diferente. Durante minha vida inteira tinha existido esse outro mundo, e ninguém havia entrado ou saído dele — até que, um dia, as fronteiras se revelaram fictícias, a barreira intransponível provou-se nada mais do que um baralho de cartas, e agora era permitido atravessar o espelho para um mundo de Ns e Rs ao contrário.

Com apenas minha bolsa a tiracolo, sentindo-me tão leve quanto um espírito, entrei num táxi e passei o endereço pro motorista.

"Ok", ele disse e começou a dirigir.

Então era verdade. Havia mesmo um país inteiro em que as pessoas falavam a língua de *Evguiêni Oniéguin*, cujos componentes, recombinados, surgiam ao meu redor, em sinais de trânsito e placas de carro, nas laterais de fumacentos caminhões pré-históricos ou pós-históricos. E eu vim até aqui com as minhas próprias pernas. No passado, visitei um país ou outro por influência de outras pessoas: meus pais, Svetlana, Ivan, Sean. Mas eu estava na Rússia porque conheci as literaturas do mundo e fiz uma escolha. Ninguém me pediu para vir — aliás, o cara da alfândega que carimbou meu passaporte me passou uma impressão muito clara de que não me queria aqui —, no entanto, eu estava aqui. Era como quando Isabel recusava o herdeiro da fábrica de algodão e provava pela primeira vez o gostinho da vitória — pois ela havia feito o que mais lhe apetecia.

Foi este o momento decisivo da minha vida? Era como se a lacuna que sempre esteve à espreita fosse preenchida diante dos meus olhos, de modo que, dali pra frente, eu viveria de forma coesa e significativa, como em meus livros favoritos. Ao mesmo tempo, eu tinha a forte sensação de ter escapado de alguma coisa: de ter, finalmente, fugido do roteiro.

Notas sobre as fontes

O poema “Nós, as massas, não queremos tofu” (p. 33) é de Ruth A. Fox, e aparece em *Real Change*, volume 4, número 13, de agosto de 1997. Os poemas “Vivemos num mundo”, de Sprite (p. 33); “Ódio”, de autoria anônima (p. 33); e “E pensar que ela nunca tinha sido beijada”, de SGZ (p. 122), aparecem em *Real Change*, volume 3, número 9, de setembro de 1996, assim como a coluna de conselhos semelhante à que Selin lê nas páginas 52-3. (No original, as cartas de Single in Seattle e Annoyed on the Ave são respondidas por Nancy, Frank, e Candi.)

Real Change, produzido em Seattle, é irmão do *Spare Change*, o jornal de rua da região de Boston que Selin de fato lera. Ambos foram criados por Tim Harris em 1992 e 1994, respectivamente. *Real Change* tem um arquivo digital pesquisável que remonta aos anos 1990 e pode ser acessado em: <https://www.realchangenews.org/news/archive>.

A lista de leituras para a disciplina de Acaso é inspirada na ementa gentilmente compartilhada por Miryam Sas, que ofereceu uma disciplina com esse nome em Harvard, em 1996.

A frase "a promíscua conquista sexual de Goneril e Regan", que Selin lê na sinopse de *Rei Lear* na loja de bebidas, é de Jeffrey R. Wilson, "Edmund's Bastardy", em *Stigma in Shakespeare*: <https://wilson.fas.harvard.edu/stigma-in-shakespeare/edmund%E2%80%99s-bastardy>.

Para uma descrição do debate sobre o nível de inclusão do genocídio armênio no Museu do Holocausto em Washington, nos Estados Unidos (evocado muito superficialmente na p. 84), ver Edward Linenthal, "The Boundaries of Inclusion: Armenians and Gypsies", em *Preserving Memory: The Struggle to Create America's Holocaust Museum* (Columbia University, 2001).

A frase "atuando como para-raios para os desejos eróticos de homens violentos", na p. 98, é do relato de Želimir Žilnik em *Marble Ass*, de 1995, disponível no site: <https://www.berlinale.de/en/archive/jahresarchive/2016/02_programm_2016/02_film daten blatt_2016_201602952.html#tab=filmStills>.

As citações da canção "And All the Same, It's Sad" foram extraídas de "Byloe Nel'zia Vorotit'", 1964, de Bulat Okudzhava (1924-97), pioneiro das "canções de autor" russas. É possível ver Okudzhava cantando essa canção no YouTube: <https://www.youtube.com/watch?v=o1xrTnXQmRQ>.

A expressão “Conclusão Repugnante” é de *Reasons and Persons* (Oxford University, 1986), de Derek Parfit, assim como a maior parte das ideias atribuídas ao professor de ética de Selin.

“Rudolfio”, de Valentin Rasputin (1937-2005), é citado com minha tradução desajeitada do texto disponível na biblioteca Serann: <http://www.serann.ru/text/rudolfio-9522>. Uma tradução mais elegante de Helen Burlingame aparece na *Kenyon Review*, volume 5, número 3, de 1983.

A citação de John Cage sobre escutar algo entediante por trinta e dois minutos é de *Silence: Lectures on Music and Writing* (Wesleyan University, 1961). A citação sobre o tráfego na Sexta Avenida aparece em ArtLark, “John Cage’s Music of Chance and Change”, de 5 de setembro de 2020: <https://artlark.org/2022/09/05/john-cages-music-of-chance-and-change/>.

A comparação entre meninos de smoking e buracos negros é feita pelo físico John Wheeler no documentário *Uma breve história do tempo* (Triton Pictures, 1991), de Errol Morris.

A citação da exposição de Picasso sobre Françoise Gilot foi retirada do folheto escrito por Patterson Sims para a exposição Picasso and Portraiture, apresentada no MoMA em 1996. “Contemplando, com terror e espanto, o abismo” é de uma resenha do *New York Times* sobre a exposição Picasso Again, Still Surprising, de Michael Kimmelman, apresentada em 26 de abril de 1996.

A citação de Luce Irigaray sobre dois lábios que se enlaçam continuamente aparece na discussão sobre *écriture féminine* em Patricia Waugh, *Literary Theory and Criticism: An Oxford Guide* (Oxford University, 2006). A citação de Hélène Cixous é de "Castration or Decapitation?" (que eu, ao contrário de Selin, acho brilhante), traduzido para o inglês por Annette Kuhn na *Signs*, volume 7, número 1, de 1981.

O e-mail sobre o mundo repleto de idiotas aparece na seção "Jokes" da página anônima Tripod, com última atualização de junho de 2001, ainda acessível em 23 de agosto de 2021: <https://wbenton.tripod.com/humor/Jokeindex076.html>.

A maioria das citações de *Para o lado de Swann* são da edição de 1992 da Modern Library (tradução para o inglês de C. K. Scott Moncrieff e Terence Kilmartin, revisado por D. J. Enright). Contudo, a citação sobre a lanterna mágica é da tradução de Lydia Davis (Penguin, 2002). Ed. brasileira: Companhia das Letras, 2022.

O romance de Iris Murdoch sobre o Conde (sua natureza irremediavelmente polonesa etc.) chama-se *Nuns and Soldiers* (1980).

As citações da revista literária russa em inglês aparecem em *Glas: New Russian Writing*, edição 14, de 1997, editada por Natasha Perova e Arch Tait. Vic, o Babão Ranhento é de Genrikh Sapgir, "Mind Power", tradução para o inglês de Andrew Bromfield. Polyp Paudeporco é de Victor Pelevin, "The Black Bagel", tradução para o inglês de Arch Tait. Putoff e Karmalyutov é de Valery Ronshin, "Cloudy Days", tradução para o inglês de Edmund Glentworth.

O episódio de *Sex and the City* em que Samantha beija o ajudante de garçom é "They Shoot Single People, Don't They?", temporada 4, episódio 2, exibido em junho de 1999.

A maioria das citações do *Guia informal para a vida em Harvard* é extraída, com pequenas modificações, do *The Unofficial Guide to Life at Harvard*, 1995-6, editado por Jeremy Faro e Natasha Leland (Harvard Student Agencies, 1995). A descrição do Frescos&Saudáveis [Wholesome Fresh] é da página on-line do *Unofficial Guide*: <https://www.theunofficialguide.net/articles/top-five-late-night-eats>.

As citações do *Let's Go* são uma junção da edição de 1997 de *Let's Go, Greece & Turkey* (editado por Eti Brachna Bonn), com a edição de 1998 de *Let's Go, Greece & Turkey* (editado por Patrick K. Lyons e Ziad W. Munson), e a edição de 2003 de *Let's Go, Turkey* (editado por Ben Davis e Allison Melia), todos publicados pela St. Martin's.

A citação sobre as relações russo-otomanas encontra-se em *A Pocket Guide to Turkey* (Departamento do Exército, Washington, DC, 1953): <https://archive.org/details/ldpd_11150008_000>.

As citações traduzidas de Atatürk na página 364 aparece em Ayşe Zarakol, *After Defeat: How the East Learned to Live with the West* (Cambridge University, 2010).

As citações de Rumi sobre identidade turca, bem como o argumento sobre a visão de mundo não nacionalista de Rumi, são de Talat Sait Halman, "Mevlana and the Illusions of Nationalism", em *Mawlana Rumi Review*, de 6 de novembro de 2015: <http://www.jstor.org/stable/26810313>.

As outras citações de Rumi nas páginas 376-78 são dos seguintes poemas, traduzidos por Coleman Barks e publicados pela HarperCollins: "On Gambling" e "Burnt Kabob" em *The Essential Rumi* (1995); "Dark Sweetness" em *A Year with Rumi* (2006); e "Disciplines", "Trees" e "You Are As You Are" em *The Big Red Book* (2010).

As citações do *Retrato de uma senhora* são da versão original de 1881 — não da edição de Nova York, que Henry James revisou vinte e cinco anos depois. (A versão de 1881 é a que eu li aos vinte anos, e essas são citações que guardei na memória.) O prefácio, contudo, é da edição de Nova York e não apareceria no mesmo volume com o texto de 1881. Trata-se, assim, de uma edição imaginária de Selin. A maioria das edições hoje em dia trazem o texto posterior, mas algumas, como a da Signet Classics, de 2007, usam a versão anterior. Todos os prefácios podem ser encontrados reunidos em *The Art of the Novel*, de Henry James (Scribner, 1937). Ed. brasileira: Companhia de Bolso, 2007.

Embora não tenha sido diretamente citado, eu também gostaria de mencionar um ensaio de Adrienne Rich de 1980, "Heterossexualidade compulsória e existência lésbica", que li pela primeira vez em 2017 e que me permitiu reconstruir algumas das forças heteronormativas que operavam sobre mim nos anos 1990 (impedindo-me de apreciar, à época, textos com títulos como "Heterossexualidade compulsória e existência lésbica"). Um dos objetivos deste livro é dramatizar essas forças. O ensaio de Rich aparece em *Blood, Bread, and Poetry* (Norton, 1986). Ed. brasileira: *Heterossexualidade compulsória e outros ensaios* (A Bolha, 2019).

Por fim, uma atualização bibliográfica sobre *A idiota*. Na época em que ele saiu, eu não tinha nenhuma informação sobre a autoria de "A história de Vera" (inspiração para "Nina na Sibéria", texto para iniciantes em russo que Selin e Ivan leem juntos). Desde então, fui informada de que a maior parte de "Vera" foi escrita por Michael Henry Heim em 1967, quando ele era professor-assistente do primeiro ano de russo. Heim tornou-se tradutor de, entre outras obras, *A insustentável leveza do ser*, de Milan Kundera, e *O livro do riso e do esquecimento*: dois livros que Selin e Ivan também leram. Sou grata a Charles Sabatos por ter me apontado essa coincidência e por me ter me levado à menção dos "contos de Vera" no ensaio "Meu amigo Mike", de Henning Andersen, no *The Man Between: Michael Henry Heim and a Life in Translation*, editado por Esther Allen, Sean Cotter e Russell Scott Valentino (Open Letter, 2014).

Anna Akhmátova, “Réquiem”, *Selected Poems* (Penguin, 1969).

Martin Amis, *The Rachel Papers* (Vintage International, 1992).

Fiona Apple, “Sullen Girl”, *Tidal* (Sony, 1996).

Charles Baudelaire, “Dom Juan desce aos infernos”, *As flores do mal* (Wesleyan University, 2006). Ed. brasileira: Penguin-Companhia das Letras, 2019.

André Breton, *Nadja* (Grove Press, 1960).

Anton Tchékhov, “A dama do cachorrinho”, *Selected Stories* (Norton Critical, 2014).

Eurythmics, “Sweet Dreams (Are Made of This)”, *Sweet Dreams (Are Made of This)*, (RCA, 1983).

Ellen Fein e Sherrie Schneider, *35 regras para conquistar o homem perfeito* (Warner Books, 1995). Ed. brasileira: Rocco, 1997.

Sigmund Freud, *O caso Dora: Fragmento de uma análise de histeria* (Touchstone, 1997). Ed. brasileira: Companhia das Letras, 2016; *A interpretação dos sonhos* (Basic Books, 2010). Ed. brasileira: Companhia das Letras, 2019.

Fugees, "Killing Me Softly" e "Cowboys", *The Score* (Columbia Records, 1996).

Goethe, *Os sofrimentos do jovem Werther*, Project Gutenberg, <https://www.gutenberg.org/files/2527/2527-h/2527-h.htm>. Ed. brasileira: Penguin-Companhia das Letras, 2021.

The I Ching or Book of Changes (Bollingen Series XIX, Princeton University, 1977).

Michiko Kakutani, "A vida examinada também não vale a pena", *New York Times* (1994).

Søren Kierkegaard, *Ou-Ou: Um fragmento da vida* (Penguin Classics, 1992).

Walter Kirn, "For White Girls Who Have Considered Suicide", *New York* (1993).

Alexander Púchkin, *Evguiêni Oniéguin: Romance em versos*

(Bollingen Series LXXII, Princeton University, 1990). Ed. brasileira: Penguin-Companhia das Letras, 2023.

R.E.M., "Bittersweet Me", *New Adventures in Hi-Fi* (Warner Bros., 1996).

Tom Waits, "I'll Be Gone", *Frank's Wild Years* (Island Records, 1987).

Oscar Wilde, *O retrato de Dorian Gray*, Project Gutenberg, <https://www.gutenberg.org/files/174/174-h/174-h.htm>. Ed. brasileira: Penguin-Companhia das Letras, 2012.

ESTA OBRA FOI COMPOSTA POR BR75 EM ELECTRA E IMPRESSA
EM OFSETE PELA GRÁFICA CORPRINT SOBRE PAPEL PÓLEN NATURAL
DA SUZANO S.A. PARA A EDITORA SCHWARCZ EM JUNHO DE 2024

A marca FSC® é a garantia de que a madeira utilizada na fabricação do papel deste livro provém de florestas que foram gerenciadas de maneira ambientalmente correta, socialmente justa e economicamente viável, além de outras fontes de origem controlada.